À la recherche de Noah

Séduction risquée

W0251670

BARB HAN

À la recherche de Noah

Traduction française de
ISABEL ROVAREY

BLACK ROSE

HARLEQUIN

Collection : BLACK ROSE

Titre original :
RANCHER RESCUE

Ce roman a déjà été publié en 2016

© 2014, Barb Han.
© 2016, 2022, HarperCollins France pour la traduction française.

Ce livre est publié avec l'autorisation de HARLEQUIN BOOKS S.A.

Tous droits réservés, y compris le droit de reproduction de tout ou partie de l'ouvrage, sous quelque forme que ce soit.
Toute représentation ou reproduction, par quelque procédé que ce soit, constituerait une contrefaçon sanctionnée par les articles 425 et suivants du Code pénal.

Si vous achetez ce livre privé de tout ou partie de sa couverture, nous vous signalons qu'il est en vente irrégulière. Il est considéré comme « invendu » et l'éditeur comme l'auteur n'ont reçu aucun paiement pour ce livre « détérioré ».

Cette œuvre est une œuvre de fiction. Les noms propres, les personnages, les lieux, les intrigues sont soit le fruit de l'imagination de l'auteur, soit utilisés dans le cadre d'une œuvre de fiction. Toute ressemblance avec des personnes réelles, vivantes ou décédées, des entreprises, des événements ou des lieux serait une pure coïncidence.

Le visuel de couverture est reproduit avec l'autorisation de :

© ANNA RAKHVALOVA / TREVILLION IMAGES

Tous droits réservés.

HARPERCOLLINS FRANCE
83-85, boulevard Vincent-Auriol, 75646 PARIS CEDEX 13
Service Lectrices — Tél. : 01 45 82 47 47 - www.harlequin.fr
ISBN 978-2-2804-7886-1 — ISSN 1950-2753

Composé et édité par HarperCollins France.
Imprimé en juillet 2022 par CPI Black Print (Barcelone)
en utilisant 100% d'électricité renouvelable.
Dépôt légal : août 2022.

FSC
www.fsc.org
MIXTE
Papier issu de sources responsables
FSC® C159065

Pour limiter l'empreinte environnementale de ses livres, HarperCollins France s'engage à n'utiliser que du papier fabriqué à partir de bois provenant de forêts gérées durablement et de manière responsable.

1

Katherine poussa sur ses avant-bras pour se relever. A quatre pattes dans la terre, elle toussait et crachait la poussière qui lui emplissait la bouche.

— Laissez-le ! Je ferai tout ce que vous me direz.

L'enchevêtrement de fils de fer barbelés se resserra autour de son mollet. Une vive douleur fusa dans sa jambe.

— Elle s'est prise dans les barbelés, commenta l'homme.

Il jeta un coup d'œil aux fils de fer et se tourna vers son acolyte.

— Elle est coincée… Elle ne risque pas d'avancer.

L'autre homme fit volte-face, les lèvres retroussées par le mépris. La haine flambait dans son regard.

— Laisse-la. On a le gamin.

— Kane ne va pas être content. Il les veut tous les deux.

— Non ! S'il vous plaît… Mon neveu n'a rien à voir avec tout ça.

Katherine essaya de s'extraire du piège métallique qui lui mordait les chairs, mais la souffrance fut pire encore et elle cessa de remuer.

— Je vous donnerai tout ce que vous voulez. Je trouverai le document.

— Bien sûr que oui, vous n'avez pas le choix. Prévenez la police et il est mort, menaça le second. Nous vous appellerons.

Noah se mit à crier son nom. Il était terrorisé, évidemment. Les ravisseurs s'enfonçaient dans les bois avec lui.

Le désespoir s'abattit sur Katherine. Ils enlevaient son neveu ! Elle allait en devenir folle.

Oh non… Seigneur, non !

— Il est malade ! lança-t-elle. Il lui faut ses médicaments !

Les hommes disparurent au loin sans même lui jeter un regard.

Elle recommença à se débattre, mais c'était comme si on lui enfonçait des milliers d'échardes dans la jambe. Bon sang, comment allait-elle faire ? Noah avait été kidnappé et elle était piégée là, seule et impuissante.

— S'il vous plaît… A l'aide… Au secours !

Un grondement de sabots de cheval retentit, quelque part, pas très loin. Katherine retint son souffle et jeta un regard à la ronde. Y avait-il un troisième malfrat ?

Tout s'était passé si vite… Ils l'avaient emmenée, traînée dans les bois… mais pendant combien de temps ?

Le champ de citrouilles n'était plus visible. Autour d'elle, il n'y avait pas le moindre espace découvert. Pas un seul champ, pas de balles de foin. Pas la moindre trace de jaune au milieu de tout ce vert.

Surtout, quantité de sang s'écoulait des plaies multiples qu'avaient provoquées les barbelés. Elle allait se vider lentement de son sang.

Non ! se morigéna-t-elle. Elle ne mourrait pas. Noah avait besoin qu'elle reste en vie. Noah.

Une sourde colère bouillonna en elle, échauffant sa peau. Elle devait sauver son neveu. Il n'avait personne d'autre qu'elle. Et il devait être terrifié, ce qui risquait d'entraîner une crise d'asthme. Sans son inhalateur et ses médicaments, cela pouvait prendre une tournure dramatique… Fatale.

Se forçant à se remettre debout, Katherine prit appui sur sa jambe valide et sauta. Son pied, poisseux de sang, produisit un affreux bruit de succion dans sa chaussure. Ses genoux se dérobèrent. Son épaule rencontra brutalement le sol froid et dur. Quelque chose céda au niveau de sa cheville.

Elle s'efforça de ramper sur les mains et un pied. Le barbelé lui enserra la jambe comme un nœud coulant. La douleur physique n'était rien en comparaison de l'étau qui lui serrait le cœur. Réussirait-elle à se libérer ? Avait-elle une chance de rattraper les truands ?

La panique la faisait trembler. D'autant que les sabots se rapprochaient. Les hommes lui avaient-ils envoyé de la compagnie ? Si tel était le cas, ses appels à l'aide s'étaient retournés contre elle en indiquant à leur complice l'endroit où elle se trouvait.

Le feuillage d'automne tapissait le sol. Impossible de trouver une branche ou un bâton qui lui ferait office d'arme. Restait la possibilité de se cacher, mais comment ?

Le bruit des sabots battant la terre ralentit… Il était tout proche. Katherine ravala un sanglot. Le cavalier pourrait faire d'elle ce qu'il voulait, immobilisée comme elle l'était dans ces barbelés. Pourquoi diable avait-elle crié ?

De ses deux mains, elle balaya frénétiquement le sol. Mais la seule arme disponible était ce maudit fil de fer barbelé qui lui emprisonnait la jambe. Il fallait réfléchir. Echafauder un plan.

Serrant les dents pour lutter contre la douleur, elle réussit à se traîner derrière un arbre et se saisit d'un morceau de bois cassé.

Le tambourinement des sabots s'arrêta. La respiration rapide de l'animal rompit le silence.

Une silhouette imposante mit pied à terre, jurant à voix

basse. Le roulement de sa voix grave donna le frisson à Katherine. Son pouls s'accéléra.

Toujours dissimulée derrière l'arbre, elle osa un regard. L'inconnu n'avait rien de commun avec ses assaillants. Les malfrats qui l'avaient attaquée portaient des costumes sombres et des lunettes de soleil lorsqu'ils les avaient pris en embuscade, elle et Noah. Tout était différent chez cet homme.

Il portait des bottes, était vêtu d'un jean, d'une chemise et d'un chapeau de cow-boy noir. Il avait les épaules larges et des hanches minces. Il devait mesurer au moins un mètre quatre-vingt-cinq, peut-être davantage.

Un homme d'aspect aussi authentique ne pouvait être là pour de mauvaises raisons… non ?

Un doute saisit Katherine. Pouvait-elle faire confiance à un inconnu ? Après ce qui venait de lui arriver ?

— Bon sang, mais qu'est-ce qui s'est passé ici ? grommela l'homme.

Puis il avança vers l'arbre derrière lequel se dissimulait Katherine. Elle en tressaillit. L'inconnu marchait courbé en avant et suivait la trace de sang qui allait le conduire droit à elle.

Ami ou ennemi ? Elle allait très vite en avoir le cœur net.

En silence, elle récita une courte prière et implora le ciel de la protéger.

Elle serra les doigts aussi fort que possible autour du tronc d'arbre. Elle arrivait tout juste à respirer.

Un visage taillé dans le granit et orné d'une fossette au menton se pencha vers elle. Des yeux bruns la contemplèrent. Elle vacilla.

Non. Ce n'était pas une hallucination. Ce cow-boy était bien réel… et elle faiblit un peu plus. Sa vision se brouilla. Elle devait agir vite.

Rassemblant tout son courage, elle s'avança. Ses genoux flageolèrent et elle tituba.

D'un geste prompt, Caleb intercepta le bout de bois que la femme s'apprêtait à lui planter dans l'abdomen. Puis il cloua l'inconnue au sol, l'immobilisant.

Elle était superbe avec son haut en dentelle blanche. Sa jupe vert d'eau était remontée sur sa cuisse, révélant un morceau de sous-vêtement. Bleu pâle. La couleur préférée de Caleb. Il déglutit, s'efforçant de ne pas laisser son imagination s'enflammer. L'inconnue offrait à son regard une peau bronzée et des jambes interminables. Elle avait juste assez de courbes pour être féminine, tout en sensualité et en douceur.

— Alors ? Vous allez me dire ce qui se passe ?

Elle leva la tête — une tête couverte de cheveux châtains en bataille — et ne répondit pas.

Avait-elle peur de lui ? Bon sang, non. Ça n'avait pas de sens.

Il lança le bout de bois dans les arbres. La femme se débattit de plus belle, ses mains battant l'air pour le frapper.

— Tenez-vous tranquille. Je ne cherche qu'à vous aider.

— Non, ce n'est pas vrai.

— Bien sûr que si ! Mais, tant que vous essaierez de me taper dessus…

Il avait orienté son cheval en direction des cris sitôt qu'il les avait entendus. Des cris perçants, à mi-chemin entre les gémissements d'une créature surnaturelle et les hurlements d'une victime dans un film d'horreur.

— Vous me faites mal, se plaignit-elle, les dents serrées.

A cette idée, Caleb s'en voulut, mais ne céda pas tout de suite.

— Je vous laisse si vous ne tentez plus de me frapper.

Elle crispa les lèvres et le regarda — d'immenses yeux bleu foncé et des lèvres rouge cerise.

Brusquement, le cœur de Caleb se serra. Ces grands yeux bleu cobalt lui rappelaient douloureusement le regard de sa mère, empli de terreur, quand son père s'apprêtait à lever la main sur elle. Caleb refoula le souvenir avant qu'il ne prenne racine.

— Je n'ai pas l'intention de vous faire du mal.

Son visage ovale, sa peau mate et ses traits doux générèrent chez lui une réaction sexuelle totalement inappropriée. Il ne pouvait rester là, couché sur elle.

— Alors, lâchez-moi ! pesta-t-elle. Il faut que je le retrouve avant qu'ils ne l'emmènent.

— Volontiers… Si vous me promettez de ne pas me frapper. De toute façon, vous n'irez nulle part tant que je n'aurai pas libéré votre jambe. Comment vous êtes-vous entortillée dans ces barbelés ? Et qu'est-ce qu'il s'est passé ? Qui va emmener qui ?

La façon dont elle réagissait lui faisait plus penser à un animal blessé qu'à une psychopathe prise de folie meurtrière. Il se redressa sur un genou et la parcourut d'un coup d'œil, à la recherche d'autres blessures.

Elle se recroquevilla sur elle-même.

— Qui êtes-vous ?

— Caleb Snow, et vous êtes actuellement dans mon ranch.

Il saisit le barbelé pour tenter de la libérer. Elle poussa un cri de douleur qui le fit arrêter tout de suite.

— Désolé…

Avec précaution, il reposa le filin hérissé de pointes métalliques.

La longue jambe soyeuse de l'inconnue était prise en étau par les barbelés. La femme avait perdu pas mal de sang. Encore un peu et elle risquait de faire un malaise.

— Plus vous vous agiterez, plus ce sera difficile de vous dégager.

Les paupières de la jeune femme papillotèrent.

A en juger par la pâleur de sa peau, elle pouvait perdre connaissance à tout moment si elle continuait à remuer au lieu de se tenir tranquille. Caleb se redressa en grommelant un juron.

Elle leva vers lui un regard de supplique.

— Des hommes viennent d'enlever mon neveu. Je ne sais pas qui ils sont. Ils sont partis par là, dit-elle en montrant la direction du ranch McGrath.

Sa voix se brisa. Elle luttait visiblement pour ne pas pleurer. Mais, malgré ses efforts, les larmes jaillirent de ses yeux.

— Bon..., fit Caleb. Il faut d'abord démêler ces barbelés. Ensuite, nous jetterons un coup d'œil dans les environs. Ne regardez pas, détournez les yeux. Comment vous appelez-vous ?

Une pointe de culpabilité traversa Caleb à l'idée de la douleur qu'il allait involontairement lui causer.

Elle renversa la tête pour regarder en l'air et, comme il entamait sa délicate besogne, elle grimaça.

A plusieurs reprises, elle retint son souffle mais ne lui cria pas dessus. Ses yeux bleus trahissaient toujours la méfiance à son égard.

— Attendez..., lança-t-il. Je crois que j'ai ce qu'il nous faut.

Joignant le geste à la parole, il sortit de sa sacoche une pince coupante et des lingettes désinfectantes puis il noua un mouchoir propre au-dessous du genou de la jeune femme pour limiter le saignement.

— Vous me promettez de ne pas me laisser là ?

— Mais enfin... pourquoi voudriez-vous que je fasse une chose pareille ?

Tout en parlant, il retirait une par une les pointes acérées de sa peau, lui laissant chaque fois quelques secondes pour souffler avant de s'attaquer à la suivante.

— Décrivez-moi ces hommes.

— Ils étaient… grands… taillés comme des armoires à glace, répondit-elle d'une voix hachée.

Enfin, il ôta le dernier barbelé et tendit le bras pour aider l'inconnue à se relever.

Sa main était douce et menue. Une décharge d'électricité fusa le long du bras de Caleb. En temps normal, éprouver du désir ne lui aurait pas déplu, mais ce n'était ni le lieu ni le moment.

— Il faut que j'aille voir par là, dit-elle, pointant le doigt vers le nord, tout en s'agrippant à l'arbre.

— Pas question, protesta Caleb. Vous tenez à peine debout. Et je vous rappelle que vous êtes chez moi. Donc, c'est moi qui décide. En plus, vous ne m'avez toujours pas dit ce que vous faisiez ici…

— Ici… C'est-à-dire ? rétorqua-t-elle, bottant clairement en touche.

— Au ranch TorJake.

Comment pouvait-elle ne pas savoir où elle se trouvait ? Plusieurs scénarios vinrent à l'esprit à Caleb. Aucun ne lui plaisait.

Il s'avança d'un pas vers elle. Faible comme elle l'était, elle n'était pas en position de refuser son aide. Il passa fermement un bras autour de sa taille pour la soutenir.

— Vous n'irez nulle part dans cet état, assena-t-il. J'ai de quoi vous soigner à la maison. Mais vous allez commencer par m'expliquer ce que vous faites sur mes terres. Sinon, j'appelle le shérif. Est-ce que nous sommes bien d'accord ?

— Je vous en prie, ne faites pas ça.

Ah, il avait visiblement touché un point sensible.

Il aurait dû appeler le shérif Coleman. Pourtant, étrangement, quelque chose l'incitait à attendre un peu.

— Je m'appelle Katherine Harper. J'avais emmené mon neveu voir un champ de citrouilles dans le coin, expliqua-t-elle en balayant les alentours du regard. Je ne sais plus où exactement.

— Chez les Reynold.

Etait-ce la peur dans ses yeux ou le tremblement de ses lèvres qui le touchait autant ? Caleb n'aurait su le dire, mais sa curiosité était éveillée. Cette femme l'intriguait.

— Oui, je crois que c'est ça. Quoi qu'il en soit, deux hommes en costume sombre ont surgi tout à coup de nulle part et nous ont attrapés. Ils nous ont traînés à travers les bois... jusqu'ici, où je me suis coincé la jambe dans cette clôture. Ensuite...

Les larmes strièrent ses joues.

— Ils m'ont abandonnée là et ils ont emmené mon neveu.

Caleb observa la clôture sectionnée. De l'autre côté, c'était le ranch McGrath. Il faudrait qu'il aille voir son voisin.

— Nous allons tirer cette histoire au clair.

Il considéra attentivement l'inconnue, les rouages tournant à toute allure dans sa tête.

Manifestement, cette femme était en situation d'extrême vulnérabilité.

2

Noah n'était plus là. Katherine était blessée. La seule chance qu'elle avait de retrouver son neveu vivant se tenait debout à côté d'elle. Tout, dans le comportement de ce cow-boy, indiquait qu'il souhaitait réellement l'aider. Pour cela, il devait connaître la vérité.

En outre, elle avait très envie de se confier à lui. Sans pouvoir s'expliquer pourquoi.

Aussi se lança-t-elle.

— Mon neveu a été enlevé pour une raison précise.

Oh ! Seigneur. Prononcer ces mots à haute voix était presque insupportable.

Les épais sourcils du cow-boy s'arquèrent.

— Et vous ne connaissiez pas ces hommes ?

Elle secoua la tête.

— Ils voulaient que je leur donne un dossier. Ils ont dit qu'ils savaient qu'il était en ma possession. Mais c'est faux. Je n'ai aucune idée de ce dont il s'agit.

Le bras réconfortant du cow-boy se resserra autour d'elle. Etait-il vraiment en mesure de l'aider ? Noah avait disparu et elle ne savait plus à quel saint se vouer.

Il tira son téléphone portable de sa poche.

— J'appelle mon contremaître et ensuite le shérif, histoire de mettre toutes les chances de notre côté pour…

— Non ! Pas la police. Ils ont été très clairs sur ce

point. Et puis, nous n'avons pas le temps. Prenons votre cheval... On a peut-être une chance de les rattraper. Noah a besoin de ses médicaments.

Elle esquissa un pas, mais un élancement fulgurant l'arrêta net dans son élan. Sa vision se brouilla.

— Hé, doucement, dit Caleb en la retenant d'une main ferme. Nous allons le retrouver, mais il faut prévenir les autorités.

— Si vous faites ça, ils lui feront du mal...

— J'en doute. Réfléchissez. Ils cherchaient à vous dissuader d'alerter la police... Mais nous n'avons aucune chance de retrouver votre neveu si nous leur obéissons.

Il reporta son attention sur son téléphone.

— Matt ? Rassemble quelques hommes et des chevaux. On a un problème. Un petit garçon a été kidnappé. Il semblerait que ses ravisseurs aient franchi la clôture pour passer sur les terres des McGrath. Je veux que chaque centimètre carré des deux propriétés soit passé au crible. Et préviens le shérif.

Katherine croisa le regard de Caleb, un pincement au cœur. Il avait raison... C'était vraisemblablement un coup de bluff de la part des kidnappeurs.

Elle inclina la tête.

— Ils sont deux, continua Caleb dans le combiné. Deux hommes, en costume noir. Peut-être dangereux.

Son regard s'arrêta de nouveau sur Katherine.

— Quel âge a votre neveu ?

— Quatre ans.

Puisque les renforts allaient arriver, elle commençait à caresser l'espoir de récupérer Noah sain et sauf avant la tombée de la nuit.

Un muscle joua sous la mâchoire du cow-boy.

— Tu as entendu ?

Il se passa quelques secondes puis Caleb reprit :

— Quelqu'un a sectionné la clôture du côté nord. C'est Jimmy qui s'occupait de ce secteur-là. Demande-lui s'il a remarqué quelque chose quand il est passé là-bas l'autre jour.

Katherine contempla les barbelés. Pas de doute, malheureusement : elle était bien éveillée. Ce cauchemar était atrocement réel.

— Dis-leur de se montrer très prudents, conclut Caleb avant de ranger le téléphone dans sa poche.

Il soutenait toujours Katherine de son bras libre.

— N'ayez crainte, je vous tiens.

— Je peux marcher seule, assura Katherine en tentant de se dégager.

Elle avait l'esprit complètement embrouillé. Quand on l'avait traînée jusque-là, elle avait d'abord cru à un itinéraire emprunté au hasard, mais c'était impossible. La clôture avait été sectionnée à l'avance. Tout semblait avoir été prévu, organisé… Ces types devaient être des professionnels. Mais quel genre de document pouvait intéresser des gens de cet acabit ?

Elle en avait la nausée.

Heureusement, la solide main du cow-boy se resserra autour d'elle.

— Ça ira mieux une fois que je serai sur votre cheval, confia-t-elle.

— Mes hommes commencent les recherches. Matt est en train d'avertir le shérif en ce moment même. Maintenant, je vous emmène à la maison pour soigner vos blessures. Le shérif viendra prendre votre déposition là-bas.

— Mais plus je tarde, plus Noah s'éloigne de moi…

Elle n'avait plus ni sac à main, ni papiers d'identité, ni argent. Tout ce qu'elle avait eu sur elle, y compris les médicaments de Noah, devait être éparpillé dans les bois.

— Je sais ce que vous ressentez, dit Caleb. Moi aussi,

je voudrais remuer ciel et terre si j'étais à votre place, mais vous êtes blessée.

— Il a besoin de moi. Il est si petit. Il doit être mort de peur. Vous ne pouvez pas comprendre.

Sa voix s'étrangla.

Les lignes qui marquaient le front du cow-boy se creusèrent.

— On va couper par le ranch McGrath, décréta-t-il. Comme ça, on fait d'une pierre deux coups : on rentre à la maison et on jette un coup d'œil en même temps. Ça vous va ?

Des bras robustes encerclèrent sa taille — des bras qui devaient être capables de venir à bout de n'importe quelle charge. Il la déposa sur le dos de son cheval comme si elle n'était pas plus lourde qu'une plume, puis il sauta en selle derrière elle.

— La priorité, c'est de traiter cette blessure pour éviter l'infection. Vous voulez être encore en vie quand votre neveu sera libéré, n'est-ce pas ?

Elle ne discuta pas. La fatigue alourdissait ses membres, la vidait de toute son énergie. Une fois sa jambe soignée, au moins pourrait-elle se mettre sérieusement en quête de Noah.

Mais l'incursion dans la propriété McGrath ne leur fournit aucun indice quant à l'endroit où pouvait se trouver son neveu. Le ciel s'assombrissait. Il ferait bientôt nuit.

Une grande demeure blanche à un étage apparut au loin, de style colonial, avec un large porche qui courait le long des façades de la maison et des volets vert foncé. D'imposantes dépendances se profilaient à l'arrière.

Katherine nota la présence d'un panier de basket sur le

mur latéral du garage, édifié indépendamment de l'habitation. C'était un endroit idéal pour des enfants.

Katherine était tellement rongée par l'inquiétude qu'elle ne s'était posé aucune question sur la vie de Caleb. Vu les lieux, il devait avoir une famille. Katherine se le représenta berçant un bébé. Le contraste entre un petit être vulnérable et le torse nu et puissant de Caleb la troubla profondément.

Le cow-boy avait-il un jeune fils ? Cela pouvait expliquer sa réaction lorsqu'elle lui avait indiqué l'âge de Noah.

Katherine pria pour son neveu.

Faites que je le retrouve avant le coucher du soleil !

Elle ne cessait de se torturer l'esprit. Noah était-il toujours en proie à la panique ? Parvenait-il à respirer ?

Et elle, que devait-elle faire ? Jamais, elle ne pourrait donner aux malfrats ce qu'ils lui réclamaient. Qu'adviendrait-il de Noah alors ?

A cette perspective, un frisson glacé parcourut Katherine. Elle s'efforça de ne plus y penser. La police allait lui demander de décrire ses agresseurs. Elle devait réfléchir, ordonner ses pensées. La dernière chose dont elle se souvenait, c'était d'avoir été entraînée de force à travers bois… D'avoir couru jusqu'à ce que ses poumons soient sur le point d'éclater… Jusqu'à ce qu'elle s'affale dans la terre poussiéreuse, prise au piège de la clôture. Et puis, les hommes avaient disparu. Elle avait tout perdu.

— Laissez-vous glisser vers moi, je vais vous réceptionner, dit Caleb en se plaçant à côté du cheval.

Une main à la paume calleuse se posa avec délicatesse dans le creux de son dos. Caleb la porta jusque dans la maison comme si elle ne pesait rien et l'étendit sur le sofa, dans la pièce qui donnait sur l'avant. Soulevant précautionneusement sa jambe ensanglantée, il plaça celle-ci sur la table basse en pin verni.

Une alléchante odeur d'épices et de nourriture en train de mijoter flottait dans l'air. Seigneur, combien de temps tout cela avait-il pu durer ? se demanda Katherine. Elle se sentait incapable d'avaler quoi que ce soit, mais Noah… Combien de temps tiendrait-il sans manger ? Avait-il faim en ce moment ?

— Margaret, apporte-moi ma trousse de premiers secours, cria Caleb avant de se tourner vers Katherine. Margaret m'aide pour le ménage et la cuisine. C'est elle qui prépare les repas pour moi et les garçons.

Katherine avait donc vu juste : Caleb avait bien une famille. Logique, pensa-t-elle : une propriété comme celle-ci, avec autant d'espace, était l'endroit rêvé pour élever des enfants. Noah aurait adoré vivre là.

Une femme replète entra à pas feutrés dans la pièce. D'une soixantaine d'années, elle avait l'air tout à la fois placide, douce et empressée. Ses traits s'affaissèrent lorsqu'elle posa les yeux sur Katherine.

— Mon Dieu, ma pauvre petite, que s'est-il passé ?

Caleb lui expliqua brièvement la situation avant de faire les présentations.

— Il va me falloir des serviettes propres, de l'eau chaude et un verre d'eau pour Katherine. Les entailles sont profondes.

Margaret fit demi-tour et revint quelques minutes plus tard avec ce que Caleb lui avait demandé.

— Ne vous souciez pas, dit-elle à Katherine. Si quelqu'un peut retrouver votre neveu, c'est bien Caleb.

L'empathie que dégageait cette femme apaisa un peu Katherine.

— Merci.

— Ça va ? s'enquit Caleb en scrutant son expression.

— A peu près. J'ai mal à la tête et j'ai la nausée… Mais ça va aller.

— Bien sûr que ça va aller. Vous êtes entre de bonnes mains, assura Margaret en déposant une tasse de thé près de Katherine. Buvez ça, ça vous fera du bien.

Katherine remercia la gouvernante, sourit et trempa les lèvres dans le breuvage chaud.

— C'est bon… Merci.

— Peux-tu prendre les clés sur ma camionnette ? lança Caleb à Margaret. Et appeler l'écurie. J'ai de nouveau monté Dawn… Demande à Teddy de la rentrer pour la nuit.

Margaret se retira et Caleb commença à tamponner les blessures de Katherine avec une compresse imbibée d'antiseptique.

Katherine se mordit la lèvre, se retenant de crier.

— Puisque vous aurez bientôt fini de me soigner, nous allons pouvoir partir les chercher nous-mêmes… N'est-ce pas ?

— Je préférerais d'abord vous emmener aux urgences pour…

— Non !

Le simple fait de remuer la tête amplifia la douleur.

— Si vos hommes retrouvent Noah, ils le ramèneront ici, n'est-ce pas ?

— Oui.

— Alors, je ne bougerai pas d'ici — sauf pour participer aux recherches. Noah a besoin de moi et de ses médicaments.

Elle s'attendait à une fin de non-recevoir, mais Caleb se borna à hocher la tête, puis se pencha de nouveau sur sa jambe.

S'efforçant de détourner ses pensées de la douleur, Katherine examina la pièce. Le décor était simple. De solides meubles en bois sculpté à la main encadraient la cheminée dont le manteau s'ornait d'une étoile couleur rouille. Les coussins étaient moelleux. L'atmosphère était plus masculine qu'elle ne l'aurait pensé. Il devait pourtant bien y avoir une femme quelque part… Un homme aussi fantastique, aussi protecteur que Caleb avait forcément une belle épouse. Et des enfants. Katherine l'avait déjà visualisé portant son fils… Elle l'imaginait sans peine entouré de deux ou trois bambins.

Pourtant… tout était parfaitement rangé.

Or, pour avoir passé la semaine avec Noah, Katherine était bien placée pour le savoir : les enfants sèment le désordre sur leur passage.

— J'espère que votre femme ne va pas se faire des idées en trouvant une étrangère installée sur votre canapé.

Caleb ne leva pas les yeux.

— Je suis célibataire.

En d'autres circonstances, cette déclaration aurait fait battre le cœur de Katherine un peu plus vite. Pour l'heure, elle était incapable de penser à autre chose qu'à Noah.

— Voulez-vous appeler les parents de votre neveu pour les prévenir de ce qui est arrivé ? proposa Caleb.

— Non, répondit Katherine. Il n'y a personne à appeler. Sa mère est décédée. Je suis sa seule parente.

A ces mots, Katherine ne put retenir un lourd soupir. Sa sœur, Leann, avait toujours été insouciante, intrépide. Pour elle, tout n'était que jeu, amusement et risque. Elle en était morte, et son fils était désormais en danger, songea Katherine avec effroi.

Mille questions dansèrent dans les yeux bruns de Caleb, mais il eut la décence de n'en formuler aucune.

Katherine lui en sut gré.

Toutefois, il avait le droit de connaître la vérité.

— Ma sœur a péri dans un accident d'escalade à Enchanted Rock la semaine dernière. Apparemment, elle grimpait à mains nues, sans aucun équipement de sécurité.

Normalement, un équipier est censé vous assurer, d'après ce qu'on m'a expliqué, mais ce n'était pas son cas.

Le muscle sous la mâchoire de Caleb tressauta de nouveau, remarqua Katherine. C'était apparemment le signe qu'il était troublé mais s'interdisait de formuler tout haut sa pensée. Avait-il quelque chose à lui dire ?

— Je suis désolé. Ce doit être une perte terrible pour vous. Qu'en est-il du père de Noah ?

— Elle… elle vivait seule avec Noah à Austin. Elle ne m'a jamais dit qui était son père. Pour autant que je sache, personne n'est au courant. Ma sœur était peut-être impulsive et irréfléchie, mais elle savait tenir sa langue.

D'ailleurs, Leann lui avait peut-être caché d'autres choses…

— Ça doit être relativement facile d'avoir accès à son acte de naissance, fit observer Caleb.

Katherine leva les yeux au ciel.

— Ma sœur y a inscrit : George Clooney.

Si Caleb trouva cela drôle, il n'en montra rien.

Katherine s'éclaircit la gorge.

— Je doute que le père soit au courant de l'existence de Noah. Leann n'a jamais dit à personne avec qui elle sortait. Pas même à moi. Je n'ai jamais su qui étaient ses petits amis. Quand elle parlait d'eux, elle y faisait référence en les affublant de noms de stars de cinéma.

— Mais ces noms… Elle ne devait pas les choisir au hasard, suggéra Caleb.

Katherine haussa les épaules.

— J'avoue que je ne me suis jamais posé la question. Je me disais que cela devait l'amuser.

Caleb afficha, cette fois, un léger sourire. Katherine en fut rassurée et poursuivit.

— Notre relation était compliquée, mais je… j'essayais de la protéger de mon mieux.

Katherine referma les bras sur sa poitrine, refusant d'énoncer sa véritable crainte. Sa sœur avait dû tremper dans quelque chose de peu recommandable malgré ses responsabilités maternelles. Et c'étaient Katherine et Noah qui en payaient les pots cassés. Mais les choses avaient commencé à s'améliorer pour Leann. Pourquoi, alors, s'était-elle comportée ainsi ?

Katherine s'efforça de refouler l'angoisse qui lui comprimait la poitrine.

Personne ne ferait de mal à Noah.

Elle devait absolument s'accrocher à cette certitude... même si chaque fibre de son être redoutait le contraire et imaginait Noah en pleine crise d'asthme.

Caleb haussa un sourcil.

— Et ses amis ?

— Je n'ai pas la moindre idée de qui ils sont. Ma sœur était un esprit libre. Elle se déplaçait beaucoup, vivait de petits boulots. Je ne sais pas grand-chose de sa vie avant Noah. Ce n'est qu'assez récemment qu'elle a repris contact avec moi.

Leann avait-elle su que quelque chose se tramait ? Quel était le lien entre elle et le document que ces types réclamaient à Katherine ?

Caleb ne releva pas. Il se contenta de continuer à nettoyer le sang séché et à badigeonner les plaies d'antiseptique.

Oh ! mon Dieu. La bile monta dans la gorge de Katherine. Un goût amer lui emplit la bouche.

— Pas de nouvelles..., souligna-t-elle nerveusement. Ça ne peut pas être bon signe.

— Il n'y a guère d'endroits où se cacher par ici, assura Caleb. Si votre neveu est toujours dans le secteur, nous le retrouverons. Mes hommes connaissent le ranch comme leur poche.

Mais ces paroles réconfortantes sonnaient creux. Le

désespoir submergea Katherine. Si les ravisseurs quittaient la propriété avec Noah, comment pourrait-elle jamais le localiser ?

Elle s'agita sur le canapé.

— Vous avez faim ? s'enquit Caleb.

— Vous savez, je commence à me sentir beaucoup mieux, dit-elle en essayant de se redresser.

Mais elle dut renoncer, ses bras ployant sous son poids.

— Vous allez d'abord manger et vous reposer, lui intima Caleb. Vous avez dû vous tordre la cheville en tombant… Elle est en train de gonfler. Restez ici, gardez la jambe surélevée. Moi, je vais aller me renseigner.

Caleb disparut dans le couloir et revint au bout de quelques minutes avec un bol fumant dans une main et un sachet de glace pilée dans l'autre. Il avait enlevé son chapeau de cow-boy, révélant des cheveux blond pâle assez longs pour boucler à leurs extrémités.

Caleb déposa le bol devant Katherine, plaça un coussin dans son dos et appliqua la glace sur sa cheville. Puis il sortit son téléphone pendant qu'elle trempait les lèvres dans la soupe de légumes que Margaret avait préparée.

On frappa à la porte. Katherine se figea, pétrifiée.

Les yeux de Caleb croisèrent ceux de Katherine, et la puissance de ce simple échange de regards l'ébranla jusqu'au plus profond de son être. Qu'elle soit là, sur son sofa, tellement désemparée, avec ces grands yeux remplis d'anxiété — des yeux d'un bleu qui tirait presque sur le violet sous l'effet de la lumière… Bon sang, il donnerait n'importe quoi pour gommer la souffrance qui se lisait sur les traits de Katherine.

Il alla ouvrir au shérif Coleman. L'expression tendue de l'officier reflétait sa propre inquiétude.

— Merci d'être venu aussi vite.

Coleman souleva brièvement son chapeau, signe du

respect mutuel qui s'était établi entre les deux hommes au fil des années, depuis que Caleb était propriétaire du ranch.

— Mes hommes sont déjà sur le terrain à l'heure où nous parlons. Mais je vais avoir besoin de tous les détails...

Sans perdre de temps, Caleb présenta Coleman et Katherine.

— C'est la tante du petit garçon. Il était avec elle dans le champ de citrouilles des Reynold quand c'est arrivé.

Le shérif Coleman inclina la tête en direction de Katherine, les lèvres serrées, la mine grave.

— Vous allez me raconter comment ça s'est passé depuis le début. Mais, d'abord, auriez-vous une photo de votre neveu à nous confier ?

Elle secoua misérablement la tête, les lèvres tremblantes, mais elle ne pleura pas.

— Non. J'en avais mais je les ai perdues avec mon sac et tout ce que j'avais emporté. Il ne vivait avec moi que depuis une semaine. Nous n'avons même pas encore eu le temps d'aller chercher ses affaires dans l'appartement de sa mère. Il n'a que quelques jouets. Sa peluche favorite.

Elle parlait un peu à tort et à travers, remarqua Caleb, mais c'était compréhensible étant donné l'épreuve qu'elle était en train de vivre. Peu de femmes auraient montré autant de sang-froid dans de telles circonstances. La force qui irradiait d'elle fit naître une petite lueur dans les replis les plus sombres du cœur de Caleb. Des replis profondément enfouis qu'il préférait depuis longtemps ignorer.

— Pouvez-vous me décrire votre neveu ? reprit Coleman.

— Il a des cheveux noirs. De grands yeux marron. Il mesure un mètre cinq et doit peser dans les dix-huit kilos. C'est un joli petit garçon avec un visage rond, des joues rebondies. Des cheveux bouclés. Un visage d'ange.

— Et les kidnappeurs ?

— L'un des deux avait les yeux gris et une cicatrice en

zigzag qui partait du coin gauche de sa bouche. Il avait le teint basané.

— Grande, la cicatrice ?

— Pas plus de quatre ou cinq centimètres. Elle était en forme de croissant de lune, précisa Katherine.

Un sanglot étouffé lui échappa, mais elle se ressaisit aussitôt et redressa vaillamment les épaules.

Le shérif détourna les yeux pour lui laisser le temps de reprendre contenance. Caleb baissa les yeux lui aussi, plus respectueux encore de sa volonté de demeurer stoïque envers et contre tout.

— Il a cité un certain Kane. Il a dit : « Kane ne va pas être content. »

— Nous allons entrer ce nom dans la base de données.

Katherine soupira.

— Je suis désolée, ce n'est pas grand-chose. Mon neveu est malade, vous savez… S'il s'agite ou s'affole, cela peut déclencher une crise d'asthme. Et, sans inhalateur ni médicament, cela pourrait être fatal.

Un lourd silence s'abattit sur la pièce l'espace d'un moment.

Coleman s'éclaircit la gorge. Il semblait presque ému, observa Caleb. Dans leur petite ville, ils n'étaient pas habitués à ce genre de crimes.

— Nous allons tout faire pour vous le ramener sain et sauf, je vous le promets, assura le shérif.

— Merci.

— Quel est le nom de famille de Noah ?

— Foster.

— Vous avez dit que vous n'étiez pas encore allée à l'appartement de sa mère. Où se trouve-t-il ?

— A Austin.

— C'est de là que vous venez ?

— Non. Je vis à Dallas.

Cela, Caleb l'avait deviné. Tout, dans l'allure de Katherine, indiquait que c'était une citadine, à commencer par ses jolies sandales ornées de strass. A part des escarpins à talons, elle n'aurait pas pu choisir chaussures plus inconfortables pour aller crapahuter à la campagne.

— Quelle est la date de son anniversaire ?

— Au mois de mars. Le 17.

Caleb scruta Katherine. Sa tension extrême se lisait à la crispation de ses traits, mais elle paraissait toujours aussi déterminée à tenir bon. Comme si le fait de ne pas craquer lui était aussi indispensable que l'air qu'elle respirait. Caleb connaissait bien ce sentiment pour des raisons qu'il ne tenait pas à approfondir.

Il avait su que c'était une femme dès qu'elle l'avait menacé d'une arme improvisée. Bon sang, il comprenait désormais sa réaction. Sans doute avait-elle eu peur qu'il ne soit de mèche avec les ravisseurs et qu'il soit venu lui régler son compte. Elle s'était préparée à livrer bataille.

Katherine redressa sa silhouette tassée sur le sofa, et Caleb dut se faire violence pour ne pas combler la distance qui les séparait, prendre Katherine dans ses bras et la réconforter. Traverser seule une épreuve pareille n'était pas humain.

Mais il ne la forcerait pas. Il allait laisser Katherine Harper libre de se comporter comme elle l'entendait.

Le shérif reprit ses questions à Katherine.

— Est-ce que vous avez eu un différend avec quelqu'un récemment… Un petit ami ?

Caleb s'efforça de ne pas donner l'impression qu'il était suspendu aux lèvres de Katherine. Après tout, sa réponse ne le concernait en aucune manière.

Katherine baissa les yeux.

— Non. Je n'ai pas de petit ami.

— Des proches ?

— Non. Mes parents sont morts l'année de mon entrée à l'université.

Combien cela avait dû être difficile pour elle, songea Caleb.

Coleman interrogea encore Katherine à propos de sa famille, mais elle sembla en être mal à l'aise.

— Je vais demander à mes hommes de chercher les affaires que vous nous dites avoir perdues. Au fait, je ne vous ai pas demandé ce que vous étiez venue faire ici avec votre neveu ?

— Je voulais lui changer les idées. Le sortir un peu de la ville. Nous avons passé la journée d'hier à préparer notre excursion. Il n'avait jamais vu un champ de citrouilles… Quand nous sommes arrivés, il était si heureux de jouer en plein air que je l'ai laissé courir partout. Nous étions restés cloîtrés dans mon petit appartement toute la semaine, alors… A un moment donné, il a suivi un canard jusqu'à la lisière des arbres, au fond du champ. Je me suis approchée pour prendre des photos et c'est à ce moment-là que deux hommes ont surgi de nulle part et nous ont ceinturés. J'ai paniqué… Je n'arrivais pas à le croire. Je me suis débattue tout le temps qu'ils nous entraînaient dans les bois. C'est là que je me suis pris la jambe dans les barbelés et qu'ils se sont enfuis en emmenant Noah. Si seulement je n'avais pas tant lutté…

— Ce n'est pas votre faute, la rassura Coleman.

— Ils ont dit que, si j'appelais la police, ils le tueraient.

Le shérif hocha lentement la tête, mais Caleb surprit une étincelle dans le regard de Coleman. Il prit mentalement note de lui en parler lorsqu'ils seraient seuls.

— Vous ne les aviez jamais vus ? Vous n'avez pas reconnu leurs voix ? questionna encore Coleman sans lever le regard des notes qu'il griffonnait sur son carnet.

— Non. Ils voulaient que je leur donne un document, mais je n'ai pas la moindre idée de ce dont il s'agit. Je me suis même demandé s'ils ne m'avaient pas confondue avec quelqu'un d'autre.

Katherine secoua la tête puis répéta :

— Si seulement je n'avais pas perdu mon sac, ma veste, toutes mes affaires... Noah a besoin de ses médicaments.

— Nous allons passer au peigne fin toute la zone située entre ici et le ranch des Reynold.

Coleman jeta un coup d'œil à sa montre et ajouta :

— Il nous reste environ trois quarts d'heure de lumière.

— Ma voiture est restée là-bas, indiqua Katherine. Je ne peux pas la déplacer tant que je n'ai pas mes clés.

Elle esquissa un geste pour se lever.

Caleb réagit instantanément. En deux enjambées, il réduisit à rien l'espace qui les séparait.

— Vous êtes trop affaiblie. Matt récupérera votre voiture dès que nous aurons retrouvé votre sac. Pour l'instant, je vais appeler les Reynold pour m'assurer qu'ils ne l'ont pas fait remorquer.

Caleb contacta ses voisins. En vain.

— Ils n'ont rien remarqué de spécial, annonça-t-il à Katherine et Coleman une fois qu'il eut raccroché. Décidément, on n'a pas beaucoup d'indices.

Katherine se tourna vers Coleman.

— J'aimerais participer aux recherches, être utile...

— Croyez-moi, laissez faire les autorités. Je vais émettre une alerte enlèvement, précisa Coleman en lui serrant la main. Pour l'instant, restez ici pour le cas où j'aurais d'autres questions à vous poser. Et prévenez-moi si quelque chose de suspect se produisait ou si un détail vous revenait à l'esprit.

Caleb venait manifestement d'hériter d'une invitée. Il n'en était pas vraiment contrarié.

— Vous m'appelez dès que vous avez du nouveau, n'est-ce pas ? lança le shérif à Katherine.

— Ça va de soi, répondit-elle.

Caleb remercia le shérif et le raccompagna à l'extérieur.

Une fois dehors, Caleb croisa les bras.

— Alors ? Qu'est-ce que vous en pensez ?

Coleman parcourut ses notes, se balançant sur ses talons.

— Difficile à dire. Dans les affaires de kidnapping d'enfants, le coupable se trouve souvent au sein même de la famille. Mais les enlèvements ne sont pas monnaie courante par ici.

— Ça se présente mal, n'est-ce pas ?

Le shérif baissa les yeux un instant et secoua la tête.

— Quelles sont les chances de le retrouver vivant ? insista Caleb.

— Disons qu'elles seraient meilleures s'il avait été enlevé par un proche. Mais ça n'a pas l'air d'être le cas. Alors…

Coleman détourna les yeux.

— Ça change la donne du tout au tout.

Les paroles du shérif firent à Caleb l'effet d'un coup de poing à l'estomac.

— Evidemment, reprit Coleman. Il y a toujours la possibilité que le gamin ait réussi à leur fausser compagnie… Les premières vingt-quatre heures sont les plus critiques.

La pensée du petit garçon errant tout seul dans les bois obscurs serra le cœur de Caleb.

— A votre avis, pourquoi ont-ils menacé de tuer le gamin si Katherine appelait la police ?

— Pour éviter que l'affaire ne s'ébruite, vraisemblablement. Ou pour l'effrayer. Qui sait ? Ce n'est pas une célébrité ni une politicienne. Pourquoi la prendre pour cible, elle ? Il faut absolument que nous retrouvions son téléphone. Sans lui, nous ne savons pas si on a essayé de la joindre. D'ici là, tâchez d'obtenir d'elle qu'elle dresse une liste d'ennemis potentiels. Toutes les personnes qui auraient pu avoir un problème avec elle… ou avec sa sœur.

Coleman serra la main de Caleb, monta dans sa voiture de patrouille et s'éloigna.

Caleb demeura un long moment sur le porche à contempler le paysage qui, pendant des années, avait réussi à apaiser ses turbulences intérieures. Il était incapable de s'imaginer vivant ailleurs. C'était chez lui, ce ranch. Et pourtant, une étrange sensation de malaise était en train de s'insinuer en lui.

3

Le pick-up noir de Matt remonta l'allée dans un vrombissement de moteur. Caleb s'avança à la rencontre de son contremaître.

— Alors ? Tu as quelque chose ?

— Rien pour l'instant. Apparemment, les ravisseurs se sont dépêchés de mettre les voiles.

Tout le scénario semblait avoir été calculé, ce qui éliminait l'éventualité — improbable — d'une erreur d'identité, conclut Caleb.

— Tu es allé voir les McGrath ?

Matt hocha la tête.

— Ils n'ont rien vu ni entendu de toute la journée. Ils ont tout de suite accepté de nous laisser fouiller la propriété. J'ai envoyé Jimmy et Greg chez les Reynold. Pas la moindre trace. Personne n'a rien remarqué non plus. Bref, en gros, nous n'avons rien d'autre que la parole de cette femme.

Matt plongea son regard dans celui de Caleb, les traits tendus par la préoccupation.

— Tu crois qu'elle aurait tout inventé ?

Caleb serra les dents.

— Non, tout ça est bien réel. D'ailleurs, ses blessures l'attestent.

— Je sais bien que ma suggestion paraît mesquine,

mais il n'y a pas l'ombre d'une piste, insista Matt. Pas la moindre preuve qu'elle dise vrai.

— Si tu avais vu comme moi la terreur dans ses yeux... Le sang... C'est moi qui l'ai trouvée. Qui ai enlevé un à un les barbelés plantés dans sa jambe.

— D'accord, mais... Où sont les preuves qu'elle a réellement un neveu ? Qui nous dit qu'elle n'a pas une araignée au plafond ?

Un point pour Matt, songea Caleb. S'il n'avait pas été sur les lieux, sans doute aurait-il lui aussi envisagé cette possibilité. Seulement, c'était lui qui avait sauvé Katherine. Et il n'était pas près d'oublier cette expression hantée qu'il lui avait vue. Cette femme avait vécu l'enfer. Et il ne doutait pas d'elle. Pas une seconde.

— Je comprends tes inquiétudes. Mais tu es à côté de la plaque, Matt, je t'assure.

— Comment peux-tu en être aussi sûr ?

— Je le sais, c'est tout.

Matt arqua un sourcil.

— OK. Comment ?

— Appelle ça de l'instinct.

— OK. Je veux bien te croire sur parole. Je vais lui proposer de la raccompagner — là où elle voudra.

Ce disant, il esquissa un pas en direction de la maison.

— Le shérif a expressément demandé qu'elle ne bouge pas d'ici, indiqua Caleb.

Matt hésita. Le scepticisme était inscrit sur son visage. Mais il savait quand tenir sa langue. Il se tourna vers les dépendances.

— Sois prudent, Caleb. Tu as tendance à t'emballer un peu vite lorsqu'il s'agit de sauver des... créatures en détresse. Je retourne voir où en sont les garçons.

Caleb hocha la tête. A l'ouest, le soleil, disque orange

embrasant tout le ciel, s'abaissait vers l'horizon. La nuit allait tomber.

Caleb fit demi-tour et rentra dans la maison.

A peine eut-il posé le pied à l'intérieur que Katherine demanda :

— Alors ? Qu'a dit le shérif ?

Caleb stoppa net. Katherine était en train de caresser la petite chatte tigrée qui avait élu domicile sur ses genoux. Caleb n'en revenait pas.

— Ça alors ! Comment avez-vous fait ?

Katherine haussa les épaules.

— Rien de particulier. Elle a sauté sur le sofa et est venue se coucher sur moi, c'est tout. Pourquoi ? Elle a l'air gentille.

— Griffe est très craintive. Elle se méfie de tout le monde depuis que je l'ai recueillie.

— Comment a-t-elle perdu sa patte ?

— Je l'ai trouvée comme ça un jour que je travaillais sur des clôtures. Elle était en piteux état. Je l'ai conduite chez le vétérinaire qui l'a soignée et elle ne m'a plus quitté. Mais elle ne se laisse pas facilement approcher. Elle a labouré le bras de Matt la première fois qu'il a voulu la porter. En général, elle file se cacher dès que j'ai de la visite.

Katherine se mit à chatouiller Griffe sous le menton, et la chatte ronronna.

— Qui peut faire du mal à un gentil animal comme toi ? murmura Katherine.

Puis elle marqua une pause et releva les yeux.

— Vous étiez sur le point de me rapporter ce qu'avait dit le shérif.

Caleb acquiesça.

— Coleman a promis de m'appeler à la seconde où il aurait du nouveau et il voudrait que vous établissiez la liste de toutes les personnes qui seraient susceptibles de vous en vouloir — à vous ou à votre sœur. Dites-moi, vous vous souvenez de ce que vous faisiez avant l'agression ?

— On avait acheté un pot de miel local et choisi la citrouille que nous allions remporter à la maison.

Caleb ouvrit le tiroir d'un petit bureau, en sortit une feuille et un crayon à papier qu'il alla déposer devant Katherine.

— Vous voulez un café ? demanda-t-il en prenant le bol de soupe vide sur la table basse. Je vais en préparer.

— Volontiers, merci.

Il disparut en direction de la cuisine.

Lorsqu'il revint, le crayon courait en crissant sur le feuillet.

Il déposa la tasse devant Katherine.

— Je ne savais pas comment vous le buviez.

— Noir, sans sucre, ça ira très bien, merci.

Elle posa le crayon et soupira.

— Combien de temps le shérif s'imagine-t-il que je vais rester là, bras ballants, à ne rien faire ?

— C'est difficile, je sais, mais il faut prendre votre mal en patience. Croyez-moi, tout est mis en œuvre pour retrouver votre neveu. Tous les effectifs du bureau du shérif sont sur l'affaire. Et mes employés sont sur le pont, eux aussi. Le mieux est d'attendre l'appel du shérif. Et puis, il faut vous remettre de vos blessures. Comment va votre jambe ?

— Un peu mieux, merci.

Son bandage avait l'air de tenir.

— Quel est votre dernier souvenir avant que Noah ne soit…

Bon sang. Le simple fait de prononcer le mot « enlevé » lui faisait horreur. Il laissa sa phrase en suspens.

— Après les citrouilles, je nous avais inscrits pour une de ces promenades en charrette à foin, vous savez ?

Je me suis approchée de l'extrémité du champ où Noah jouait, près des bois. J'ai pris des photos de lui essayant de soulever une énorme citrouille. S'ils retrouvent mon téléphone, je pourrai en donner une au shérif.

— Y a-t-il une chance que l'un des ravisseurs figure sur l'un des clichés ?

— C'est possible.

— Il faut le signaler au shérif.

Sortant son téléphone, Caleb transmit aussitôt l'information à Coleman. Au moins Matt croirait-il Katherine si elle pouvait produire une photo de son neveu, se réjouit Caleb. Mais pourquoi diable chercher à convaincre Matt ?

— Est-ce que Noah a crié ?

— Ils lui ont plaqué la main sur la bouche en même temps qu'ils l'attrapaient par la taille. Une fois dans la forêt, ils n'ont même plus pris cette peine… sûrement parce qu'ils savaient que personne ne pouvait plus l'entendre.

La tristesse, le désespoir et la peur se lisaient sur les traits de Katherine.

— S'il vous plaît, dites-moi qu'on va le retrouver. Si je ne peux pas leur fournir ce document, j'ai peur qu'ils se vengent sur lui.

Caleb s'assit à côté de Katherine dans le sofa. Il passa un bras autour de ses épaules.

— Mais non, cela n'arrivera pas. Il faut garder espoir.

— Si seulement je n'avais pas paniqué… Si j'avais encore les photos, elles pourraient peut-être nous fournir une piste.

On toqua brièvement à la porte d'entrée — cinq petits coups secs, le code de Matt — et celle-ci s'ouvrit, livrant passage au contremaître. Il s'avança rapidement, un sac noir à la main.

Griffe fonça se réfugier sous le sofa.

Katherine essaya de se lever.

— Dieu soit loué, vous l'avez !

— Ce sont les garçons qui l'ont retrouvé.

Le regard de Matt alla de Caleb à Katherine. Son front se plissa.

— Et mon téléphone… Vous ne l'avez pas vu ?

— C'est tout ce qu'on a pu trouver tant qu'il faisait jour. Tous les hommes du comté se sont joints à nous. Certains veulent continuer. Les autres reprendront les recherches demain.

Matt tendit le sac à Katherine. Elle en vida aussitôt le contenu sur la table basse et prit un petit flacon de comprimés et un inhalateur.

— Tu as averti Coleman ? s'enquit Caleb.

Matt hocha la tête.

— Bien sûr. Et il y a autre chose : la pluie que nous avons eue l'autre jour nous a permis de relever les traces d'un 4x4 sur les terres des McGrath, de l'autre côté de la clôture, près de l'endroit où tu l'as retrouvée.

Caleb hocha la tête. Après cela, Matt ne pourrait plus mettre en doute les propos de Katherine.

Elle continuait à fourrager parmi les objets éparpillés sur la table. Elle mit de côté des sandwichs enveloppés dans du film plastique et des briquettes de jus de fruits.

— Tout est allé si vite. Je ne sais même plus ce que j'ai fait de mon téléphone. Je me revois juste en train de prendre des photos. Et l'instant suivant… on basculait dans le chaos.

Elle secoua la tête.

— Si on me racontait une histoire pareille, moi-même, je ne le croirais pas. Je ne peux pas m'empêcher d'avoir l'impression que c'est un cauchemar. Que je vais me réveiller et que tout sera revenu à la normale… Que Noah sera là, avec moi. Que ma sœur sera bien vivante.

Comme pour conjurer ces sombres pensées, elle se remit

à fouiller frénétiquement dans ses affaires. Le sang avait par endroits traversé la gaze de son pansement, nota Caleb.

— Si vous ne voulez pas que je vous conduise à l'hôpital, il va falloir m'écouter maintenant, assena-t-il. Votre jambe doit rester en l'air, surélevée.

Joignant le geste à la parole, il passa la main sous son mollet et, repoussant le contenu du sac, replaça doucement sa jambe sur la table en veillant à ne pas lui faire mal. Les yeux de Katherine s'assombrirent, sa bouche réprima une grimace. Manifestement, sa force d'âme remportait la bataille qu'elle livrait contre la douleur. Mais qu'en serait-il quelques heures plus tard, quand les effets conjugués du choc et de l'adrénaline se seraient dissipés ? Caleb n'aimait pas la savoir seule chez elle, à Dallas, lorsque cela se produirait.

— Vous avez raison. Je suis désolée, je n'ai pas les idées claires. Je n'arrive pas à réfléchir logiquement. Et puis cette attente… ça me rend folle.

Les grands yeux violets se levèrent vers Caleb.

— Mon téléphone n'est pas là. Je devais l'avoir encore à la main quand ils ont surgi. Ils ne peuvent pas me joindre. Si jamais ils ont déjà appelé…

— Bon, vous restez dormir ici ce soir, décréta Caleb.

Matt tiqua très discrètement.

Mais la proposition était venue spontanément aux lèvres de Caleb. Et puis, de toute façon, il avait l'aval du shérif, non ?

Après quelques tergiversations formulées sans grande conviction, Katherine se laissa persuader. C'était la meilleure solution.

Non seulement elle n'était pas en état de conduire mais, même si Noah n'avait passé qu'une semaine avec elle, rentrer seule dans son appartement vide la tentait à peu près autant que de dormir seule dans un cachot humide. Et puis, en restant au ranch, elle aurait le soutien et le réconfort de Caleb.

Il semblait être de ces hommes qui prenaient tout en charge — les choses comme les gens. Ce devait être le code d'honneur des cow-boys ou quelque chose comme ça. Mais elle ne voulait pas abuser de son hospitalité et de sa générosité.

— Vous avez déjà fait beaucoup, argua-t-elle mollement.

— Ne vous inquiétez pas de ça.

Matt racla l'une de ses bottes sur le sol, comme pour rappeler sa présence.

— Mais… s'ils appellent à son domicile ? souligna-t-il.

— Je n'ai pas de ligne fixe, objecta Katherine.

Caleb écarta les bras et se leva du sofa.

— Dans ce cas, c'est réglé. Rien ne s'oppose à ce que vous restiez.

— D'accord, mais uniquement ce soir.

Matt s'excusa brièvement et disparut dans le couloir.

Caleb lui emboîta le pas avec, sur les lèvres, un petit sourire satisfait qui n'échappa pas à Katherine.

Son cœur sauta un battement. Elle s'obligea à reporter son attention sur la liste qu'elle était en train de rédiger. Qui pouvait bien en vouloir à Leann ? Quel document pouvait avoir été en sa possession ? S'agissait-il d'un dossier physique ou d'un fichier informatique ?

Et pourquoi diable pensaient-ils que c'était elle, Katherine, qui l'avait ? S'ils connaissaient un tant soit peu Leann, ils auraient dû savoir qu'elle savait garder un secret. Et qu'elle ne se serait jamais confiée à sa sœur.

Katherine releva la tête. Peut-être devrait-elle aller faire un tour à Austin ? Elle pourrait commencer par consulter l'ordinateur de Leann.

Elle se massa les tempes pour apaiser le martèlement sourd, derrières ses orbites. A part jouer au milieu des citrouilles, qu'avait fait Noah ? Avait-il parlé à quelqu'un ? Et elle ?

Il devait y avoir au moins une douzaine de personnes dans le champ de citrouilles. L'une d'elles était-elle de mèche avec les ravisseurs ? Un frisson courut le long de l'échine de Katherine.

Caleb reparut alors, une béquille à la main.

— Tenez, ça vous aidera à vous déplacer. Mais je vais jeter un nouveau coup d'œil à votre cheville avant que vous vous leviez.

— Je viens de me rappeler quelque chose. Un homme m'a parlé pendant que j'étais dans la file d'attente pour acheter les billets de la promenade en charrette à foin.

Les yeux de velours brun s'arrêtèrent sur elle, et son cœur se mit à palpiter.

— Peut-être qu'il cherchait à détourner votre attention.

La panique s'empara de Katherine à l'idée de se remémorer ces moments d'angoisse. Elle se cacha le visage dans les mains.

— J'ai tellement peur. Que vont-ils lui faire ?

Caleb s'assit à côté d'elle, lui souleva le menton et plongea son regard dans le sien.

— Allons, allons. Ne pensez pas à ça.

— Mais Noah doit être terrifié. Il est tellement petit et il est tout seul. Je prie le ciel qu'ils ne lui aient rien fait. Il vient déjà de perdre sa mère. J'étais censée prendre soin de lui, le protéger…

— S'il a la moitié de la force et du courage de sa tante, ça ira.

A la ligne résolue de la mâchoire de Caleb, il pensait ce qu'il disait.

Katherine faillit rire tout haut. Si Caleb avait su à quel

point elle se sentait impuissante et malheureuse… et, pire encore, à quel point sa proximité la troublait ! Ce qui était tout à fait déplacé compte tenu des circonstances.

— J'ai fait le vœu, sur la tombe de ma sœur, de bien m'occuper de Noah… et regardez un peu le résultat.

A ces mots, un poids terrible lui comprima la poitrine. La panique la saisit de nouveau. Sa respiration se fit laborieuse.

Les yeux bruns, de la nuance chaude des feuilles d'automne, enchâssés dans ce visage presque trop séduisant, s'arrêtèrent sur elle, chargés de sympathie. Avant qu'elle ait eu le temps de protester, la main de Caleb guida son visage vers son épaule.

— Cessez de vous culpabiliser, murmura-t-il d'un ton apaisant. Ce n'est pas ça qui le ramènera.

Sa voix grave avait un effet lénifiant.

D'aussi près, elle pouvait humer son parfum. Un mélange de grand air et d'odeur masculine. Son souffle à la senteur de cannelle était comme une caresse sur sa peau.

Elle s'était sentie tellement seule, tellement coupable, et voilà que, tout à coup, ce beau cow-boy lui offrait son réconfort.

Caleb s'écarta — un peu trop tôt au goût de Katherine. Comment était-il possible que l'atmosphère d'une pièce puisse se charger d'une telle tension en moins d'une seconde ? Katherine se reprocha de s'y être laissé prendre.

Des bruits de bottes sur le carrelage leur parvinrent depuis la cuisine, rompant le silence.

— On dirait que nous avons de la compagnie, souligna Caleb en désignant du menton la pièce attenante.

Il se leva et tendit la main à Katherine. Puis il la conduisit à la cuisine.

Une demi-douzaine de cow-boys y étaient attablés.

Lorsqu'ils virent Katherine, la conversation s'interrompit et ils se levèrent.

— M'dame, formula Matt, laconique, en soulevant à demi son Stetson.

Elle sourit et inclina la tête en retour.

— Tenez, prenez ma place, proposa Caleb en tirant la chaise qui était en bout de table.

Matt se pencha en avant, calé sur ses avant-bras, lèvres pincées.

Katherine remercia Caleb et s'assit. La conversation reprit.

Caleb fit passer à Katherine un plat de côtelettes accompagnées de haricots. Elle le remercia d'un sourire. Il lui tendit ensuite un verre de thé glacé, puis remplit sa propre assiette et s'installa sur un tabouret haut devant le comptoir.

Katherine observa les employés autour de la table. « Les garçons », ainsi que Caleb et son contremaître les appelaient.

Oui, décidément, elle ne s'était pas trompée sur son compte : Caleb prenait soin de tout le monde autour de lui, elle y compris.

Le dîner terminé, Caleb s'excusa et sortit sur le porche arrière, éprouvant le besoin de s'isoler. Le parfum de Katherine — un mélange unique de fleurs des champs et de vanille — accaparait ses sens lorsqu'elle était à proximité, l'empêchant d'analyser lucidement la situation. Il avait besoin d'avoir les idées claires.

Katherine venait de vivre l'enfer. La mort brutale de sa sœur puis l'enlèvement de son neveu dans la même semaine.

Avant qu'il n'ait pu pousser plus loin son raisonnement, la porte grinça sur ses gonds derrière lui. La silhouette de Matt se détacha dans l'embrasure.

— Situation sacrément compliquée, proféra-t-il avec un signe de tête en direction de la maison.

— Tu la crois maintenant ?

— Difficile de nier l'évidence, répondit Matt, un cure-dents coincé à la commissure des lèvres.

— J'avoue que je me serais posé des questions, moi aussi, si je ne l'avais pas vue juste après que ça s'est produit.

— Je sais que tu veux bien faire — et tu as entièrement raison — mais… est-ce qu'il y a quelque chose entre vous ?

Caleb en resta sans voix pendant un instant.

— Non. Bien sûr que non. Je viens à peine de la rencontrer. Pourquoi tu me demandes ça ?

— Parce que je te connais et que tu ne résistes pas à la tentation de voler à la rescousse des demoiselles en détresse.

— Je ne refuse pas mon aide à quelqu'un qui en a besoin, rectifia Caleb.

— Exact.

Matt aurait pu s'épargner la peine de lui rappeler ce qu'il savait très bien lui-même. Il avait le chic pour attirer les femmes en difficulté. Eprouvait-il de l'attrait pour Katherine ? Oui. Etait-elle belle ? Oui. Mais avait-il pour autant l'intention de se lancer dans une nouvelle histoire calamiteuse ? Non. Il avait été suffisamment échaudé.

La dernière fois qu'il avait secouru une femme, elle l'avait remercié en lui brisant le cœur. Elle avait accepté son aide et puis elle l'avait quitté un beau jour, sans un regard en arrière. Il savait ce qu'il avait à faire : ne pas baisser sa garde, ne pas s'impliquer avec Katherine comme il l'avait fait avec d'autres par le passé. Point final.

Cela dit, il était incapable de tourner le dos à une femme qui avait des ennuis. Etait-ce lié à son enfance perturbée ? Freud aurait répondu par l'affirmative, il en était à peu près certain.

La tension crispait les traits de Matt.

— Méfie-toi quand même. Quand la dernière est partie, tu as vraiment eu du mal à t'en remettre.

— Ça ne se reproduira pas.

Matt haussa les sourcils.

— Peut-être mais... pour être tout à fait franc, ce qui m'inquiète aussi, c'est qu'il y a un enfant dans cette histoire.

Ah... Bien sûr. Caleb voyait bien où son ami voulait en venir.

— Mon ex et sa petite fille n'ont rien à voir avec tout ça.

— Tu en es sûr ?

— Je ne vois pas le rapport entre l'enlèvement du neveu de Katherine et mon passé, rétorqua Caleb d'une voix impatiente.

— Une femme et un enfant en situation de crise déboulent dans ta vie et tu ne vois pas le rapport ? On se connaît depuis longtemps, Caleb...

— Et alors ?

— Alors, tu sais que je ne te mettrais pas en garde sans avoir de bonnes raisons de le faire. Je pense que ton jugement est faussé.

Le regard sincère de Matt sonda le sien.

Caleb retint un soupir. Son ami avait été aux premières loges lorsque Cissy l'avait quitté. Il avait vu les dégâts qu'elle avait causés en partant avec Savannah. Matt avait les meilleures intentions du monde, mais là, il se trompait.

— Je ne suis pas d'accord.

Il ne pouvait nier l'attirance que lui inspirait Katherine. Cela allait au-delà du simple désir d'aider une personne lambda. Même s'il refusait de l'admettre à haute voix, il n'allait pas se mentir : l'attrait qu'elle représentait à ses yeux était certainement renforcé par le fait qu'un enfant était en jeu. Mais il venait à peine de la rencontrer. Il allait l'aider, oui. Et ensuite, elle repartirait. Et le fait qu'elle porte ou non des sous-vêtements de sa couleur préférée n'avait aucune espèce d'importance. Il ne saurait jamais si son soutien-gorge était coordonné et c'était très bien ainsi. Il était peut-être têtu, il n'était pas stupide.

— J'ai vu le shérif tout à l'heure, reprit Matt. J'ai appris, pour l'état de santé du petit. Je me demande bien qui peut avoir le cœur d'enlever un gamin dans ces conditions.

Matt n'avait pas prononcé le mot « monstre », mais c'était tout comme.

Caleb mâchonna son cure-dents.

— Comment les garçons prennent-ils la chose ?

— Ce n'est pas facile. Surtout pour Jimmy. Il n'a pas voulu interrompre les recherches.

— Je voulais lui demander comment allait sa petite mais, avec ce qui est arrivé…

Matt secoua la tête.

— Pas très bien.

Nom d'un chien.

— Renvoie-les tous chez eux. Leur place est auprès de leur famille.

— Je pense que la plupart d'entre eux veulent continuer. Jimmy a fabriqué des affichettes. Un groupe est allé les placarder un peu partout en ville. Tout le monde veut apporter sa contribution. Ils vont se relayer par équipes cette nuit pour pouvoir dormir à tour de rôle.

— Dis-leur que j'apprécie leurs efforts, que nous allons tout faire pour que ce gosse rentre sain et sauf chez lui.

Matt hocha lentement la tête, son expression se faisant plus solennelle lorsqu'il ajouta :

— N'oublie pas, fais aussi attention à toi.

— Ce n'est pas comme les autres fois, je te dis.

— Ça, tu n'en sais rien pour le moment, rétorqua Matt du tac au tac.

Caleb retint la réplique cinglante qui lui brûlait les lèvres. Le seul tort de Matt était de se faire du souci pour lui.

— Dis à Gus que je ne serai pas libre demain. Je sais que l'acquéreur devait passer mais…

— C'est la troisième fois qu'il fixe un rendez-vous, rappela Matt. Aucune des personnes qui se présentent ne trouve gré à tes yeux.

— Je ne vais pas confier ma jument au premier venu.

— Ni au deuxième ni au troisième, apparemment. Chaque fois que nous la faisons pouliner, c'est la même chose. Pas un seul poulain n'a survécu.

— C'est bien pour ça que je ne veux pas la vendre. Qu'arrivera-t-il quand le nouveau propriétaire se rendra compte que ce n'est pas une bonne reproductrice ? Sans compter qu'elle nous est utile ici.

— A quoi ? Les garçons utilisent des 4x4, donc ils n'en ont pas besoin. Et, toi et moi, nous avons nos chevaux.

— Dawn commence à prendre de l'âge. Je me servirai d'elles deux. Une cause n'est perdue que si on la déclare telle, Matt.

La soirée était bien avancée et Caleb plongé dans la paperasse lorsque Katherine apparut sur le seuil de son bureau, en appui sur sa béquille.

— Je vous dérange ?

Elle portait un immense T-shirt à manches longues assorti d'un bas de jogging qui flottait autour de ses hanches. Même dans ces vêtements beaucoup trop grands, elle était sexy. L'étoffe semblait dissimuler de douces courbes, et Caleb eut du mal à déglutir.

— Vous ne me dérangez pas du tout… D'où viennent ces vêtements ?

— C'est Margaret qui les a déposés sur mon lit, dans

la chambre d'amis, en précisant qu'ils étaient à sa fille et que je pouvais les garder aussi longtemps que j'en aurais besoin. Cette femme est un amour.

Sur ce, elle prit place dans le gros fauteuil club en cuir que Caleb affectionnait. Il était assez large pour deux.

— J'ai réussi à me laver sans mouiller ma jambe, ajouta Katherine. Et puis, j'ai dormi un peu. Je me sens mieux maintenant.

Griffe bondit sur ses genoux et se roula en boule contre elle. Katherine le caressa.

— Des nouvelles du shérif ?

— Pas encore, répondit Caleb. Je lui ai laissé un message. Il ne devrait pas tarder à rappeler. Si votre jambe va mieux demain matin, nous pourrions peut-être aller jusqu'à Austin.

— Mais je veux rester ici et participer aux recherches ! protesta Katherine. Il faut absolument que je récupère mon téléphone.

— Nous commencerons par le chercher et, ensuite, nous irons à Austin. Avez-vous un double des clés de votre sœur ?

— Non.

— OK. Ce n'est pas grave. Nous entrerons quand même.

Katherine inclina la tête sur le côté et fit la moue.

— Je préfère ne pas vous demander comment vous savez pénétrer par effraction chez quelqu'un.

Caleb lui décocha un bref sourire.

— J'ai eu une jeunesse mouvementée…

Il ponctua ces mots d'un petit rire, puis changea de sujet.

— Avez-vous une idée de l'identité du père de Noah ?

Katherine soupira tout en glissant ses doigts dans la fourrure de Griffe.

— Je devrais, mais ce n'est pas le cas. Ma sœur avait des relations compliquées… notamment avec moi.

— Ce n'est pas toujours facile de s'entendre au sein d'une famille, observa prudemment Caleb.

— Quand nos parents sont morts dans cet accident, j'ai mal vécu le fait de devoir quitter l'université et rentrer pour m'occuper d'elle.

Katherine baissa les yeux.

— J'ai probablement tout fait de travers.

— Se retrouver investie de responsabilités familiales quand on est adolescente… c'est lourd à porter.

Les lèvres de Katherine tremblèrent, mais pas une larme ne jaillit.

— Leann a toujours été un électron libre. Elle était insouciante, ne s'inquiétait jamais de rien. C'était moi qui voulais avoir de bonnes notes, restais à la maison le vendredi soir pour étudier et participer aux tâches ménagères. Mes parents avaient une petite entreprise et travaillaient beaucoup. J'avais l'habitude de me débrouiller seule. Leann, en revanche, passait son temps à sortir avec des amis. Nous n'aurions pas pu être plus différentes, toutes les deux. Parfois, je l'enviais d'être comme elle était. Bref, à partir du moment où nous avons été seules toutes les deux, je lui ai serré la vis. J'ai essayé de l'obliger à se comporter de façon plus responsable, comme moi.

— Il fallait bien que l'une de vous soit sérieuse pour deux, remarqua Caleb. La vie ne vous a pas laissé le choix : elle vous a forcée à grandir vite.

Katherine était comme une survivante qui faisait de son mieux pour affronter l'existence, songea Caleb.

— Et vous ? lui lança-t-elle. Vos parents ?

En un clin d'œil, elle venait de renverser la situation.

— Ma mère était une sainte, commença Caleb. Mais l'homme qui m'a engendré, lui… c'était un salaud. Mon père, si tant est qu'on puisse le qualifier ainsi, maltraitait ma mère… jusqu'au jour où il l'a abandonnée.

Caleb étouffa un juron.

— Je me suis révolté. J'en voulais à ma mère de permettre à ce butor de la malmener comme il le faisait. Je m'en voulais, à moi, de ne pas m'interposer. Maman travaillait comme une forcenée pour payer les factures. Elle n'avait pas souscrit d'assurance de santé. Son diabète n'a pas été suivi comme il aurait dû l'être... Elle est morte quand j'avais quinze ans.

La morsure familière de la colère et du regret était encore vive au fond de son cœur.

— Vous vous en êtes voulu ? demanda Katherine.

Caleb soupira.

— Je connais ce sentiment d'avoir laissé tomber quelqu'un. Mais ce genre de pensée négative ne sert qu'à se faire du mal. Il vaut mieux laisser le passé là où il est. Se concentrer sur le présent, voilà ce qui compte. C'est comme ça qu'on se construit un avenir.

— C'est une façon de me conseiller de ne plus culpabiliser ? releva Katherine.

Caleb ne répondit pas directement.

— J'ai fait bêtise sur bêtise lorsque j'étais jeune. J'étais ce qu'on appelle un enfant difficile. Mais me le répéter constamment n'y changera rien.

Katherine promena son regard autour d'elle.

— On dirait que vous avez redressé la barre depuis ?

La fierté submergea Caleb.

— Je n'ai jamais eu le sentiment d'être chez moi avant d'habiter ici.

Mais une fébrilité nouvelle s'était insinuée en lui ces derniers temps. Qu'avait dit Matt à ce propos ? Qu'il lui manquait des petites têtes blondes se chamaillant dans le jardin. La blessure qu'avait causée le départ de Cissy n'était pas refermée. Ce qui était une raison supplémentaire de maintenir une prudente distance avec la femme qui était confortablement installée sur son fauteuil favori comme si… comme si elle était à sa place dans ce ranch.

— J'aime vivre à TorJake. C'est un bel endroit.

— Merveilleux, confirma Katherine. C'est vous qui avez fait de ce ranch ce qu'il est aujourd'hui ?

— Oui. Ma première vente importante a été un cheval Paint — un animal splendide. L'homme qui me l'avait vendu alors qu'il n'était encore qu'un poulain m'avait vanté ses qualités, disant qu'il volait plutôt qu'il ne galopait. Et, en effet, il était d'un caractère si bouillant que j'ai dû le faire hongrer rapidement pour tempérer son ardeur. Je l'ai vendu à un célèbre producteur de Hollywood. Le bénéfice que j'en ai retiré m'a permis de racheter les fermes environnantes. Peu à peu, le ranch a continué à s'agrandir pour devenir ce qu'il est aujourd'hui.

— C'est ce que vous avez toujours voulu faire ? s'enquit Katherine. Posséder un ranch d'élevage de chevaux ?

— Je me voyais plutôt finir en prison… ou pire. Quand j'ai décroché mon premier emploi dans un ranch, j'ai eu le coup de foudre. Je me suis lié d'amitié avec un certain Hank, un vieux pro qui travaillait là depuis longtemps. Il m'a appris les ficelles du métier. Il sentait que j'avais ça en moi, paraît-il. Il n'avait jamais eu d'enfant. Il disait qu'il était parti à la guerre à l'âge où d'autres se marient. Il était devenu un excellent marine dans une unité de forces spéciales. Il m'a pris sous son aile. C'est lui qui m'a enseigné tout ce que je sais de l'élevage des chevaux. Il m'a empêché de tomber dans la délinquance.

— Où est-il aujourd'hui ?

— Il est mort l'an dernier.

— Oh. Je suis désolée.

Son récit avait distrait Katherine de ses soucis, mais, vu son expression, la parenthèse s'était refermée.

— Vous ne pensez pas qu'ils lui feront du mal, n'est-ce pas ?

Caleb serra les dents.

— J'espère que non. Je trouve cette affaire vraiment étrange à plus d'un titre. Il y a quelque chose qui cloche. Votre sœur meurt il y a une semaine. Et maintenant… ceci. Il ne vous est pas venu à l'esprit qu'il y avait peut-être un lien entre les deux ?

Katherine blêmit et se couvrit la bouche de la main.

— Je n'avais pas fait le rapprochement, non.

— Peut-être qu'elle s'est disputée avec le père de Noah… Qu'elle s'apprêtait à révéler son identité. C'est peut-être quelqu'un d'important. D'après le shérif, dans les affaires d'enlèvement d'enfants, ce sont le plus souvent des membres de la famille ou des proches…

— Mais ce document qu'ils veulent récupérer ?

— Justement. C'est peut-être un test de paternité.

Katherine parut réfléchir un instant.

— Si c'est son père qui l'a kidnappé, Noah est en sécurité, non ?

Elle passa les doigts dans ses cheveux pour les repousser en arrière.

— Là encore, je l'espère. Ne le prenez pas mal, mais… est-il possible que votre sœur ait fait chanter le père ?

— Elle ne percevait pas de pension alimentaire, je sais au moins ça. C'est moi qui payais les frais d'université de ma sœur. Elle s'était inscrite à un programme social pour faire garder Noah. Elle lui avait trouvé un jardin d'enfants fantastique. J'avais l'intention de déménager à Austin afin d'être plus près d'eux. Je travaille pour une multinationale d'informatique ; j'organise le planning des formateurs dans les différents sites de l'entreprise, donc l'endroit où je vis n'a pas d'importance. Je voulais me rapprocher pour pouvoir les aider.

Elle s'interrompit un instant.

— Vous pensez vraiment ce que vous dites ? Quel homme pourrait toucher à la mère de son enfant ?

— Ce n'est qu'une idée en l'air, vous savez. Commençons par essayer de découvrir de qui il s'agit. On avisera ensuite.

Katherine ferma brièvement les yeux.

— Leann était désinvolte et téméraire avant d'avoir Noah. Je pensais qu'elle avait remis sa vie sur de bons rails depuis que Noah avait été diagnostiqué asthmatique. Elle avait trouvé un travail à temps partiel dans un café et elle s'était inscrite à l'université. Elle avait repris contact avec moi.

La sonnerie du téléphone de Caleb interrompit la conversation.

— C'est Matt, annonça-t-il en portant l'appareil à son oreille.

— Jimmy a trouvé deux choses chez les Reynold, lui apprit Matt. Un lapin en peluche et un portable. Je lui ai dit de me rejoindre chez toi.

— Merci. On vous attend.

Caleb raccrocha et répéta la nouvelle à Katherine.

Son visage s'éclaira.

— J'espère que les photos vont nous permettre d'avancer… Ces truands portaient des lunettes de soleil, donc leurs traits seront probablement difficiles à distinguer. Mais peut-être que j'ai saisi quelqu'un d'autre sur un cliché. Comme l'homme qui a détourné mon attention dans la file d'attente.

— On sera bientôt fixés, déclara Caleb. Ne nourrissons pas trop d'espoirs à l'avance.

Et pourtant, se dit-il, c'était bien tout ce que Katherine avait… L'espoir.

Si seulement il avait pu être celui qui le ferait de nouveau briller au fond de ses yeux bleus !

On frappa à la porte. D'un même mouvement, Caleb se dressa sur ses pieds et lança un plaid à Katherine.

La porte s'ouvrit. Matt et Jimmy entrèrent dans le bureau.

Après de rapides présentations, Jimmy s'avança vers Katherine et lui tendit le téléphone.

— Je l'ai trouvé en bordure des arbres, chez les Reynold. C'est le vôtre ?

— Oui, merci beaucoup.

Elle leva des yeux dans lesquels, pour la première fois, une lueur d'optimisme s'allumait.

Caleb en fut ému.

— Sept appels manqués et un message vocal, annonça Katherine en lisant l'écran du portable.

On frappa de nouveau. Caleb alla ouvrir. C'était le shérif Coleman.

Caleb l'invita à se joindre à eux puis se posta près de Katherine. L'espoir qui luisait dans ses yeux était comme un rayon de lumière au milieu des ténèbres.

— Mettez le haut-parleur, lui conseilla-t-il.

Elle garda le regard rivé sur lui tandis qu'elle branchait le haut-parleur et élevait l'appareil vers l'assistance.

« Ce gamin a un problème de santé. C'est quoi, bon sang ? Vous avez vingt-quatre heures pour répondre et me trouver ce document. Je vous donnerai mes instructions la prochaine fois que je vous téléphonerai. On arrête de jouer maintenant, OK ? Réfléchissez bien. Les aiguilles tournent… Tic tac. »

Clic.

Caleb prit le téléphone et consulta l'historique.

— Numéro inconnu.

Il s'adressa à Coleman.

— Y a-t-il un moyen de déterminer l'origine de cet appel ?

— J'en doute. Ils utilisent sûrement un téléphone jetable, mais on va vérifier quand même.

Coleman griffonna quelque chose sur son carnet, puis se tourna vers Katherine.

— Vous avez déjà mentionné ce document. Est-ce que quelque chose vous est revenu à ce propos ?

Katherine haussa les épaules.

— Rien. Je ne sais pas du tout de quoi il s'agit. Instinctivement, j'aurais tendance à penser que ce doit être un fichier informatique, mais je n'ai aucune certitude.

Au-dehors, un crissement de pneus se fit entendre sur les graviers. D'un bond, Caleb fut à la fenêtre. Deux gros SUV noirs aux vitres teintées remontaient l'allée à vive allure.

— Shérif, vous avez dit à quelqu'un que vous veniez ici ?

Coleman fit non de la tête.

Les yeux de Katherine allèrent de l'un à l'autre, alarmés. Elle étreignit le lapin en peluche que Jimmy lui avait rapporté et referma plus étroitement le plaid autour d'elle.

— Quand ils se rendront compte que je ne peux pas leur fournir le document qu'ils veulent, ils nous tueront, Noah et moi. S'il vous plaît… Ne les laissez pas approcher.

— Bon sang ! pesta Caleb. Ils ont dû suivre l'un de vous jusqu'ici. Katherine… Vite, venez !

Caleb lui tendit la main, patienta le temps qu'elle glisse les pieds dans ses sandales et attrape son sac, puis l'entraîna vers la cuisine. Sur le pas de la porte, il se retourna vers ses hommes et le shérif :

— Vous pouvez me couvrir ?

4

Un frisson parcourut Katherine. Le bras de Caleb serré comme un étau autour de sa taille était la seule chose qui la maintenait debout.

La grange ne semblait pas loin, mais la moindre chute, le moindre bruit attireraient l'attention sur eux. Elle avait beau veiller à ne pas trop prendre appui sur sa jambe blessée, le sang pulsait douloureusement dans son mollet. Elle s'obligea à inspirer lentement par le nez puis à expirer l'air à fond par la bouche pour tenter de ralentir les battements de son cœur.

L'obscurité suffisait-elle à les dissimuler ? Le danger était à moins de cent mètres d'eux.

Katherine plissa les yeux.

La lampe extérieure éclairait l'espace de stationnement, devant la maison. Deux hommes. En costume sombre. Une impression de déjà-vu submergea Katherine en même temps que la terreur la gagnait.

Caleb et elle n'étaient pas assez proches pour distinguer les traits des malfrats. Seulement leurs silhouettes, massives comme celles de joueurs de football. L'homme au visage balafré était-il revenu pour la tuer ? s'alarma Katherine.

Son pouls se mit à cogner dans ses oreilles.

— Même si vous avez une voiture garée là, quelque

part, on n'y arrivera pas, marmonna-t-elle. Ils ne nous laisseront jamais passer.

— On ne va pas courir ce risque, murmura Caleb.

— A moins de foncer dans le tas ou de tenter de les contourner, je ne vois pas ce qu'on peut faire. Si vous avez un autre plan, je suis tout ouïe...

— Il y a vos clés dans votre sac ?

Elle hocha la tête.

— Alors, on va prendre votre voiture.

— Mais elle est trop loin, objecta Katherine en désignant sa jambe blessée. Je n'arriverai jamais à marcher jusque là-bas. Et vous n'allez pas me porter sur cette distance...

— Ce ne sera pas nécessaire. Vous allez voir...

Caleb l'aida à s'adosser contre un arbre, près de la porte d'entrée de la grange.

— Attendez-moi là.

Elle n'avait pas envie qu'il s'éloigne d'elle, mais elle s'exécuta.

Un instant plus tard, il reparut, poussant un quad, muni d'une arme à long canon. Une carabine ? Katherine ne connaissait rien aux armes.

— Voilà comment nous allons y aller ! lança Caleb en tapotant le siège.

Il aida Katherine à s'installer à l'arrière. Puis une cuisse musclée passa par-dessus le siège, devant elle. Caleb empoigna le guidon et se retourna à demi.

— Accrochez-vous. Je pense que la grange devrait empêcher le bruit du moteur de leur parvenir, mais on ne sait jamais.

Katherine s'agrippa à la taille de Caleb. Ses abdominaux étaient durs comme la pierre. Y avait-il un seul point faible chez cet homme ? L'idée même de sa force physique dénoua les tensions qui la contractaient. Au contact de la chaleur de Caleb, elle cessa de trembler.

— Pourquoi sont-ils venus me chercher ? Dans le message, ils disaient que j'avais vingt-quatre heures…

— Ils ont peut-être eu peur que vous préveniez les autorités ou que vous disparaissiez dans la nature. Et puis, ils ont compris que votre neveu avait un problème de santé.

— Mais… comment ont-ils su où j'étais ?

— Il n'y avait guère d'autres endroits où chercher.

— C'est vrai.

Elle détestait l'idée de mettre Caleb et ses employés en danger. Heureusement que le shérif était là. Il pourrait à tout le moins retarder ses poursuivants et veiller à la sécurité de l'équipe de Caleb.

Une petite voix rappela alors à Katherine l'avertissement des ravisseurs concernant l'intervention de la police.

Pourvu que la présence du shérif Coleman ne porte pas à conséquence pour Noah, pria-t-elle.

Le trajet fut bref et cahoteux mais laissa à ses yeux le temps de s'accoutumer à l'obscurité.

Caleb coupa le moteur bien avant d'avoir atteint la clairière où Katherine s'était garée. Il se retourna.

— Ils surveillent peut-être votre voiture, donc il va falloir jouer fin.

Dans le noir, ses beaux yeux bruns scintillaient, confiants. Ils étaient posés sur elle.

Un frémissement la parcourut, électrisant ses sens. C'était une réaction sensuelle à laquelle elle commençait à s'habituer à force d'être auprès de Caleb. Une bouffée de chaleur la gagna, en même temps qu'une attraction irrésistible — une attraction plus puissante encore que l'interaction liant entre eux les nucléons d'un noyau atomique.

Les bras robustes de Caleb s'enroulèrent autour d'elle, et elle n'eut plus qu'une envie : se fondre en lui, disparaître, tout oublier. Non. Pas là !

Elle bannit aussitôt cette pensée. Noah avait besoin d'elle. Rien ne la ferait abandonner la partie — ni le stress ni la peur. Elle n'aurait de cesse qu'elle n'ait retrouvé son neveu. Et c'était à la force de la volonté qu'elle y parviendrait.

— Attendez-moi là, souffla Caleb.

Il se déplaça d'arbre en arbre avec la souplesse d'un grand fauve. Silencieux. Tendu vers un seul but. Dangereux. L'assurance de ses mouvements indiquait, si besoin était encore, qu'il n'avait pas dû arriver souvent à cet homme de baisser les bras face à un problème.

Katherine balaya du regard la zone de stationnement plongée dans l'obscurité.

Personne, apparemment.

Elle tendit l'oreille, mais il n'y avait rien d'autre que les bruits de la forêt. Tout autour d'elle. Une angoissante symphonie de piaulements et de sons nocturnes.

En silence, elle attendit le feu vert de Caleb — ou le coup de feu qui trahirait une présence ennemie.

Peut-être, après tout, devrait-elle se rendre... Les supplier de la conduire à Noah pour lui donner ses médicaments.

Mais ils s'étaient montrés impitoyables jusque-là. Il n'y avait rien à attendre d'eux.

Tous ses espoirs reposaient donc sur ce valeureux cow-boy, ce héros tombé du ciel. Mais... si Caleb ne revenait pas ? S'il disparaissait dans la nuit ? Si les ravisseurs le blessaient et qu'il se vidait de son sang, quelque part, dans l'obscurité ?

Caleb était fort, plein de ressources, mais il ne savait pas à quel genre de personnes ils avaient affaire. Une balle ne faisait pas la différence entre les bons et les méchants.

Enfin, l'habitacle de la voiture s'alluma au loin et Katherine poussa un soupir de soulagement. Elle s'avança en boitillant pour rejoindre Caleb.

— Bravo, vous vous en êtes bien sortie, la félicita-t-il en démarrant.

Ses paroles lui firent l'effet d'un baume apaisant sur ses nerfs tendus à craquer.

— Merci. Vous croyez qu'on peut appeler le ranch ? Ce n'est pas trop risqué ?

Caleb hocha la tête.

Sans quitter le chemin du regard, il sortit son téléphone, appuya sur une touche et le porta à son oreille.

Katherine étudia sa physionomie tandis qu'il écoutait tout en dodelinant de la tête.

Après quelques instants, il raccrocha.

— Alors ? Qu'est-ce que ces types voulaient ? s'enquit Katherine.

— Ils ont brandi des badges, prétendant qu'ils étaient des agents du gouvernement et qu'ils enquêtaient sur une fraude d'entreprise.

Katherine éclata de rire.

— Une fraude d'entreprise ? Leann ? Elle n'avait même pas un emploi normal… Elle travaillait à temps partiel au Coffee Hut !

— Ils n'ont pas fait allusion à votre sœur, nuança Caleb. Ils cherchaient à savoir si une femme répondant à votre signalement avait été aperçue dans le secteur.

La peur étreignit Katherine.

— Moi ? Mais enfin, c'est insensé ! Je suis coordinatrice dans une société d'informatique. Ce n'est tout de même pas synonyme d'espionne !

— Coleman a relevé leur identité, indiqua Caleb. Il va se renseigner sur leur compte par les canaux appropriés. Peut-être qu'il en sortira quelque chose.

— Espérons-le. D'ici là, qu'est-ce qu'on fait ?

— On file chez votre sœur, annonça Caleb. Quelle est son adresse ?

Katherine chercha dans les contacts de son téléphone et indiqua à Caleb les coordonnées de Leann. Il les entra dans le GPS de la voiture.

— On va fouiller dans son ordinateur, essayer de rencontrer ses amis… Peut-être que nous trouverons des réponses.

— Ou de nouvelles questions, pesta Katherine. Je vous l'ai dit. Connaissant ma sœur, ça ne va pas être facile. Je ne sais rien de ses fréquentations, encore moins de ce qu'elle a bien pu faire pour déclencher… ceci.

— Le shérif découvrira peut-être quelque chose, avança Caleb. C'est une bonne chose qu'il ait été là quand ces types sont venus. Ils y réfléchiront peut-être à deux fois avant d'agir désormais.

— Peut-être…, soupira Katherine. A moins que…

Ils avaient été on ne peut plus clairs. Pas de police. Avait-elle franchi la ligne jaune et mis son neveu en danger ? Bon sang…

— Ils ne lui feront pas de mal, assura Caleb comme s'il avait lu dans ses pensées.

— Qu'est-ce que vous en savez ?

Les mains de Caleb affermirent leur prise sur le volant. Il serra les mâchoires, le regard rivé sur la route.

— Il ne faut pas nous décourager. Chaque chose en son temps. Pour commencer, nous allons à Austin. Ensuite, on verra. Envoyez à Coleman les photos que vous avez prises de Noah.

— Oh ! Seigneur… J'avais presque oublié.

Il lui donna le numéro du shérif et elle se pencha de nouveau sur son téléphone, faisant défiler les photos. Noah souriait à l'objectif et grimpait sur une énorme citrouille en proclamant : « Je suis le roi ! »

La culpabilité transperça le cœur de Katherine.

Elle examina le reste de l'image mais, elle eut beau

scruter l'écran, il n'y avait rien d'autre que de l'herbe jaunissante et des courges avec, en toile de fond, un rideau d'arbres.

— Je ne vois rien de particulier, maugréa-t-elle. Mais l'écran est petit…

— Coleman agrandira les images pour les passer à la loupe, ne vous inquiétez pas.

Un par un, elle envoya les clichés au shérif, le cœur battant.

Lorsqu'elle eut terminé, elle ferma les yeux.

Caleb lui prit la main et la pressa. La chaleur de sa paume se propagea à tout son être, réconfortante. A quand remontait la dernière fois qu'une telle chose lui était arrivée ?

Elle chercha dans sa mémoire, mais rien ne vint. Personne, jamais, ne lui avait fait cet effet-là.

— Vous devriez essayer de dormir un moment, conseilla Caleb.

Mais Katherine redoutait de fermer les yeux. Elle avait peur de revivre l'horreur du moment où Noah avait été arraché à ses bras, hurlant et se débattant.

— Je n'y arriverai pas.

— Inclinez un peu votre siège.

Elle obéit et se tourna vers la fenêtre. L'autoroute 35 semblait dérouler son ruban d'asphalte à l'infini. Ils passèrent Waco, puis plusieurs autres localités, plus petites.

Chaque minute écoulée, chaque kilomètre parcouru rappelait à Katherine la terrible réalité : Noah lui échappait.

La fatigue de la journée pesait affreusement sur Katherine. Dormir… Elle avait à peu près autant de chances d'y parvenir que Noël de tomber en juin, mais elle ferma quand même les yeux, priant le ciel pour un peu de sommeil. Elle en avait besoin pour régénérer son esprit et avoir les idées claires. Peut-être était-elle passée à côté d'un détail important qui aurait permis d'assembler les pièces du puzzle ?

Leann avait-elle dit quelque chose récemment ? Fait la moindre allusion pouvant laisser présager ce qui allait arriver ?

Katherine eut beau se creuser la cervelle, rien ne lui vint. Leann avait été tellement discrète sur sa vie privée…

La tristesse envahit Katherine, lui serrant le cœur, oppressante. Leann devait pourtant bien s'être doutée de quelque chose. Pourquoi n'en avait-elle pas parlé ? Si elle avait des ennuis, peut-être Katherine aurait-elle pu l'aider.

Katherine essaya de se remémorer les mots exacts de sa sœur lorsqu'elle avait demandé si Noah pouvait venir chez elle, à Dallas, pendant une semaine, mais elle put à peine se rappeler la tonalité générale de leur conversation. Si ce n'était pas triste, ça…

Sa sœur était morte et elle n'était même pas fichue de se rappeler les dernières paroles qu'elles avaient échangées ! La culpabilité et le regret l'assaillirent. Mais, soudain, surgi de nulle part, un souvenir se fit jour en son esprit. Il y avait eu une alerte de tornade, ce qui était rare en octobre. Lorsqu'elle avait plaisanté à propos du caractère imprévisible du temps, au Texas, Leann avait poussé un profond soupir.

Katherine se redressa brusquement sur son siège.

— Leann se doutait que quelque chose de grave allait se produire.

— Oui, c'est aussi ce que je me suis dit, confia Caleb. Et c'est pour ça qu'elle a envoyé Noah chez vous.

— Ce qui signifierait que tout ce qu'elle a fait était prémédité. Peut-être qu'elle s'est trouvée mêlée à une affaire louche dont elle ne savait plus comment se sortir ?

— Vous pensez à un trafic de drogue ? suggéra Caleb.

— Non. Elle était peut-être farfelue et malavisée, mais elle ne buvait même pas d'alcool.

— Je ne peux pas m'empêcher d'en revenir toujours au père.

— Vous avez peut-être raison, reconnut Katherine. Je ne vois pas qui d'autre pouvait avoir suffisamment à perdre pour en venir à… de telles extrémités. Mais, encore une fois, les relations entre ma sœur et moi étaient distendues depuis qu'elle était adulte. Je n'ai pas la moindre hypothèse. Je pense seulement qu'elle s'est rendu compte qu'il allait arriver quelque chose.

Se pouvait-il que Leann ait fait chanter quelqu'un ? Katherine avait du mal à le croire. Sa sœur était un peu irresponsable, mais ce n'était pas quelqu'un de malintentionné.

Simplement, elle n'était pas fiable. Katherine n'avait jamais pu compter sur elle. A ce sujet, un souvenir lui revint en tête.

Un jour qu'elle était partie en voyage scolaire, elle avait confié à Leann le soin de s'occuper de son chien, Hero, en stipulant expressément qu'elle ne devait pas le sortir. Leann n'avait rien trouvé de mieux à faire que de transgresser l'interdiction et de l'emmener au parc, sans laisse, pour le faire jouer avec un Frisbee. L'animal avait couru après le disque volant et s'était enfoncé dans les taillis… pour ne plus jamais en ressortir.

La perte de Hero avait porté un coup terrible à Katherine. A partir de cet instant, elle s'était juré de ne plus jamais laisser sa sœur approcher de ce qui lui était cher.

Elle soupira.

S'agissant de Leann, tout ou presque était possible. Katherine voulait — non, elle avait besoin — croire sa sœur innocente. Certes, Leann avait toujours eu ce côté libre-penseur. Certes, elle était un peu excentrique, bohème, mais ce n'était pas une criminelle calculatrice. Surtout pas du genre à vouloir du mal à quelqu'un par haine ou désir de vengeance.

Le désespoir envahit Katherine.

De nouveau, Caleb dut lire dans ses pensées.

— Je suis sûr que nous allons trouver quelque chose. Vous verrez : bientôt, cet épisode sera derrière vous.

Mais ces paroles n'apportèrent qu'un piètre réconfort à Katherine.

Caleb et elle approchaient de chez Leann. Allaient-ils mettre la main sur ce que réclamaient les truands ? Katherine essaya de s'en convaincre. Ainsi, elle le leur donnerait en échange de Noah. Puis elle pleurerait sa sœur. S'efforcerait d'oublier ce cauchemar.

Si seulement les choses pouvaient être aussi faciles…

Le ronronnement du moteur combiné au sentiment de sécurité que lui apportait Caleb lui permit de se détendre un peu.

Peut-être même allait-elle pouvoir s'assoupir si elle posait sa tête contre l'appuie-tête. L'adrénaline devait s'être dissipée car elle se sentait tout à coup complètement lessivée.

Ses paupières s'abaissèrent.

Elle avait dû dormir au moins une heure lorsque la voix synthétique du GPS la tira du sommeil.

« Vous êtes arrivé à destination. »

Le cœur de Katherine sauta un battement. Elle se redressa sur son siège. Qui sait ce qui les attendait dans l'appartement de sa sœur ? Un meurtrier tapi dans l'ombre ? Ou le document qui sauverait son neveu ? Oh ! Seigneur, il fallait qu'il soit là. Sinon, elle n'avait strictement rien.

Caleb tira son arme de dessous le siège tandis qu'il passait à vitesse réduite devant le petit bâtiment à un étage.

Le GPS rectifia ses instructions.

« Faites demi-tour. »

D'un geste vif, Caleb coupa le système de localisation.

— Mieux vaut ne pas courir le risque d'entrer par la porte principale. Qui sait si quelqu'un ne nous attend pas à l'intérieur.

Bien vu, songea Katherine.

— Il y a un escalier de service à l'arrière. Il donne sur la cuisine.

Même à minuit largement passé, et un jour de semaine, les trottoirs étaient loin d'être déserts. Des étudiants, par groupes de deux ou trois, bavardaient en riant, s'apostrophaient, traversant la chaussée. De la musique parvenait des cours situées à l'arrière des bâtiments. De nombreuses lumières étaient encore allumées sur les porches. Il ne leur serait pas difficile de passer inaperçus, se félicita Katherine.

Caleb gara la voiture une centaine de mètres plus loin.

— Nous ferons le reste du chemin à pied, dit-il en se tournant vers elle. Mais j'appelle d'abord Matt pour savoir s'il y a du nouveau là-bas.

Katherine se contenta d'incliner la tête. L'appréhension lui nouait l'estomac.

— Je suis tombé sur la messagerie vocale, indiqua Caleb. Je mets mon téléphone sur vibreur… Vous devriez peut-être en faire autant.

— Bonne idée, répondit-elle en sortant le sien.

Elle contempla l'appareil pendant quelques instants. En une seconde, sa vie pouvait basculer par le biais de ce simple rectangle de métal.

Pense à autre chose. N'importe quoi.

Caleb la prit par la main et l'entraîna vers la ruelle qui

longeait l'arrière des bâtiments. Elle le suivit dans l'obscurité, luttant contre la douleur qui fusait dans sa jambe.

Ils stoppèrent au bas de l'escalier.

— Attendez-moi ici ! lui intima Caleb.

— Non, protesta fermement Katherine, secouant la tête pour faire bonne mesure.

— Je veux juste m'assurer que la voie est libre. Ensuite, je vous ferai signe.

Mais Katherine répugnait à laisser *son cow-boy* disparaître hors de sa vue. Elle n'avait jamais eu aussi peur de sa vie. Si Caleb rompait le contact avec elle, toute son assurance allait la quitter, elle en était certaine.

— Pas question. Je viens avec vous.

Il sonda son expression d'un regard intense. Sombre. Implorant, presque.

— Je n'aime pas l'idée de vous faire courir un risque.

— C'est moi qui vous en fais courir un. Je viens, répéta-t-elle avec conviction.

La mâchoire de Caleb se contracta. L'air résigné, il demanda :

— Vous êtes toujours aussi obstinée ?

— Pas obstinée. Déterminée. Et je n'ai jamais eu autant de raisons de l'être qu'aujourd'hui.

L'air prêt à livrer bataille, il resserra sa main autour de la sienne. L'autre agrippait fermement son arme.

— Alors, allons-y.

Katherine s'efforça de ne pas se laisser distancer, ignorant la douleur lancinante de sa jambe.

Parvenu à la porte de l'appartement, Caleb se retourna à demi.

— Ce n'est pas allumé, souffla-t-il.

Il tourna la poignée, et la porte pivota sur ses gonds. *Bizarre*, songea Katherine. Elle aurait dû être verrouillée.

L'espoir de trouver ce qu'elle cherchait s'amenuisa.

Evidemment… Les ravisseurs avaient dû déjà visiter les lieux.

Ils entrèrent et Katherine se dirigea droit vers le petit bureau d'angle. Il était couvert de papiers. Une photo de Leann portant Noah, bébé, fit monter les larmes aux yeux de Katherine. Elle les refoula et glissa le cliché dans son sac. L'ordinateur portable qu'elle avait acheté à Leann pour ses cours n'était nulle part en vue.

Elle observa Caleb. Il émanait de ses mouvements sûrs et précis un calme auquel elle se raccrochait comme à une planche de salut.

Elle se mit à compulser la pile de papiers du bureau pendant que Caleb faisait le tour de la pièce, examinant papiers et objets.

La chance n'avait jamais souri à Katherine. Pourquoi le ciel lui avait-il envoyé ce cow-boy providentiel au moment le plus critique de sa vie ?

Désormais, elle avait besoin de lui. Ce sentiment lui était étranger. Elle n'avait toujours compté que sur elle-même et, pourtant… c'était bon de pouvoir s'appuyer sur quelqu'un. Caleb semblait avoir tout de l'homme idéal.

Cette idée la prit totalement de court.

Elle ne savait presque rien de lui et pourtant, en l'espace de quelques heures, il était devenu sa bouée de sauvetage, son roc dans la tempête. Elle n'osait même pas imaginer ce qu'elle aurait fait sans lui.

— Vous n'avez rien trouvé ? demanda-t-il depuis l'autre extrémité de la pièce.

— Pas pour l'instant. Vous croyez que ceux qui sont passés avant nous ont pris ce qui les intéressait ?

Caleb revint vers elle.

— Difficile à dire. Vous n'êtes pas venue ici depuis quand ?

— J'ai proposé de venir chercher Noah quand elle

m'a demandé de le garder mais… Maintenant que j'y pense, c'est elle qui a suggéré que nous nous retrouvions à mi-chemin, à Waco, dans un restaurant situé hors de l'autoroute. Je n'y ai pas prêté attention sur le moment. Je me suis simplement dit que c'était une lubie de Leann.

— Mais, aujourd'hui, avec le recul, son comportement vous a-t-il semblé étrange ? A-t-elle dit quelque chose qui a retenu votre attention ?

— Elle avait l'air stressée. J'ai pensé que la responsabilité d'être parent lui pesait peut-être un peu. Ne vous méprenez pas : elle adorait son petit garçon. Mais élever un enfant n'est pas de tout repos — surtout lorsqu'il est atteint d'un problème de santé. Mais, franchement, elle était meilleure mère que je ne l'aurais été.

Caleb passa un bras autour de ses épaules.

— Vous auriez été très bien dans ce rôle… Et vous le serez quand Noah vous aura été rendu.

Facile à dire, pensa Katherine. Caleb ne la connaissait pas. Mais ce n'était pas le moment de faire l'inventaire de ses propres défauts. Elle aurait tout le temps de s'y employer quand son neveu serait en sécurité.

— Bref, je me suis dit qu'elle avait besoin de souffler un peu. Et puis, ensuite… quand j'ai appris pour l'accident d'escalade, j'ai tout naturellement conclu qu'elle avait commis une imprudence.

Un sanglot lui échappa.

— Je vous laisse imaginer ce que ça dit de moi.

— Simplement que vous êtes humaine, nuança Caleb.

— Ou aveugle. Pas étonnant qu'elle ne se soit pas confiée à moi. Elle devait savoir que je n'avais aucune confiance en elle.

D'un doigt sous le menton, Caleb obligea Katherine à relever la tête et à le regarder en face.

— Ce n'était pas sans raison, il me semble. Vous la connaissiez.

— Mais… les gens peuvent changer.

— Ce n'est jamais bon de se raccrocher à des *mais*, des *si* et des *peut-être*. Il faut vous baser sur ce que vous *savez* de votre sœur.

— Oui… sans doute.

— Ecoutez, vous êtes forte. Courageuse. Déterminée. Vous avez fait de votre mieux vis-à-vis de votre sœur. Elle avait confiance en vous. Sinon, elle ne vous aurait pas confié la garde de Noah. Quant à ce rendez-vous dans un restaurant… peut-être craignait-elle d'être suivie. A mon avis, elle s'attendait à avoir des ennuis, mais n'imaginait pas que ça pourrait prendre une tournure aussi grave. Elle devait penser pouvoir y faire face, une fois Noah mis en sécurité chez vous.

Ses paroles réchauffèrent le cœur de Katherine comme un feu de camp par une nuit froide.

Elle se haussa sur la pointe des pieds et embrassa Caleb sur la joue.

La caresse légère des lèvres de Katherine imprima une trace brûlante sur la peau de Caleb. Il produisit un louable effort pour réprimer l'envie d'enfoncer ses doigts dans les cheveux châtains de Katherine mais, au même moment, elle se passa la langue sur les lèvres. Il n'en fallut pas davantage pour que le corps de Caleb se transforme en brasier. Son sang se mit à bouillir dans ses veines. Il déglutit avec peine. *Bon sang.*

Un coup d'œil à Katherine suffit à lui rappeler combien elle était seule, bouleversée. Pas question de profiter de la situation même si chacun de ses muscles, chacune des fibres de son être le poussait à s'étendre avec elle et à lui apporter tout le réconfort et tout le plaisir qu'elle voudrait bien recevoir de lui. Une autre fois. En d'autres circonstances. Dans une autre vie, peut-être bien.

Décidément, il n'était pas doué en matière de timing. Il ne l'avait jamais été. Il avait recueilli Becca alors qu'elle était en situation de grande fragilité. Une bouffée de colère monta encore en lui au souvenir de sa lèvre fendue et des ecchymoses qui marquaient son visage. Comment aurait-il pu fermer sa porte à une femme battue ? Il avait eu raison de l'accueillir sous son toit. Mais il n'aurait jamais dû commettre l'erreur de sortir avec elle.

Il lui avait ouvert sa maison et s'était pris d'affection pour elle.

Oui, et tu as vu le résultat ? lui souffla une petite voix dans sa tête.

Becca était partie au bout d'un an, arguant qu'elle avait besoin de temps pour « se retrouver, savoir où elle en était ».

Le cas de Katherine était différent. Au lieu de fuir et de se cacher, elle faisait front avec un courage qui forçait le respect.

— Continuons à chercher. On ne va pas s'avouer vaincus aussi facilement, déclara-t-il.

— Pendant que nous sommes ici, je vais en profiter pour prendre des vêtements et me changer.

Caleb s'éloigna d'elle, conscient qu'il ne pourrait pas se dominer encore longtemps. Il désirait follement Katherine. Un simple contact physique avec elle et il s'embrasait comme une torche. Une réaction d'une telle intensité ne pouvait conduire à rien de bon. Il pourrait bien finir totalement consumé par la passion. Les incendies ne ravageaient-ils pas tout sur leur passage, pour ne laisser dans leur sillage que ruine et tragédie ?

Le souvenir du moment où il était entré dans la cuisine du ranch et avait trouvé le mot de Becca, bien en vue sur le comptoir, tournait en boucle dans sa tête lorsque Katherine revint dans la pièce.

Caleb se ressaisit et se remit à chercher un élément significatif. Un dossier médical. Une enveloppe scellée. Quelques mots griffonnés sur un bout de papier. Du coin de l'œil, il observait Katherine. La façon dont elle tenait la bride à ses émotions ne laissait pas de l'étonner. Une fierté qu'il n'était nullement en droit d'éprouver combla un petit espace dans son cœur.

Au bout d'une heure de fouille infructueuse, l'expression de Katherine témoignait de son état d'esprit.

Ses yeux étaient assombris par l'épuisement. Ses lèvres, pincées de colère. Ses traits, crispés par la frustration.

Il s'avança derrière elle et appliqua ses paumes sur les muscles noués de sa nuque, ce qui eut pour effet immédiat d'accélérer les battements de son cœur.

Katherine soupira.

— Je sais que le portrait que j'ai brossé de ma sœur n'est pas très reluisant, mais je n'arrive vraiment pas à imaginer ce qu'elle a bien pu faire pour provoquer ça. Elle pouvait se montrer irresponsable, mais elle avait du cœur. Quoi qu'il se soit passé, si elle a trempé dans une affaire louche, ce ne peut être que par accident. Elle n'aurait jamais causé sciemment de tels dégâts. Elle était douce. Inoffensive.

— Que s'est-il passé entre vous ? demanda Caleb, promenant toujours ses mains sur la nuque de Katherine.

Elle s'assit et pencha la tête en avant pour lui permettre d'accentuer la pression sur sa nuque et d'étendre le massage à ses épaules.

— Leann avait quinze ans. Elle était en pleine rébellion. Et puis, il y a eu ce jour où je lui ai clairement dit de ne pas quitter la maison car un artisan devait venir effectuer une réparation. Elle n'a pas écouté et est sortie quand même.

Nous avons dû passer vingt-quatre heures sans électricité. Vous imaginez… En plein été, à Dallas. Moi, je passais mes journées en cours avant d'aller travailler comme réceptionniste en soirée. Quand je suis rentrée ce soir-là, il faisait une chaleur intenable dans la maison. J'étais épuisée, j'avais chaud. J'ai décidé d'attendre son retour. Quand elle est revenue, j'ai littéralement explosé. Je lui ai reproché de n'être qu'une sale gamine gâtée et égoïste.

— Avec raison. Vous lui aviez demandé un coup de main. Ce n'était pas la mer à boire.

— Je n'avais rien demandé du tout. J'avais exigé qu'elle reste à la maison. J'estimais que c'était à moi de lui dire ce qu'elle devait faire, puisque nos parents étaient morts. Mais elle n'en faisait qu'à sa tête et n'était jamais là quand j'avais besoin d'elle. Je lui en voulais. J'ai vite compris que je ne pouvais pas compter sur elle et que je devais apprendre à tout faire par moi-même.

— Vous avez tout lieu d'être fière de vous.

— J'aurais pu être plus compréhensive… Quoi qu'il en soit, ce jour-là, Leann a réagi en faisant ce qu'elle savait le mieux faire : disparaître. Quand elle est rentrée, j'ai tout de suite vu qu'elle avait bu. Je lui suis tombée dessus à bras raccourcis.

Caleb en connaissait un rayon, lui aussi, en matière de remords et de culpabilité. Ne s'était-il pas accablé de reproches quand sa dernière petite amie était partie ? La blessure n'avait-elle pas laissé un vide abyssal ?

Il intensifia la pression de sa main pour dénouer un point de tension sur l'épaule de Katherine. Elle poussa un soupir d'aise, et sa peau satinée se détendit sous les doigts de Caleb. Il en fut touché.

— Vous êtes toujours aussi dure envers vous-même ?

Katherine remonta les genoux contre sa poitrine.

— Une semaine plus tard, ma sœur est partie pour de

bon. Après ça, je n'ai plus eu de ses nouvelles pendant des années.

Combien il devait être difficile à Katherine de prononcer ces mots, songea Caleb. Elle ne devait pas avoir plus de vingt-six ou vingt-sept ans et elle semblait avoir pleinement conscience des erreurs qu'elle avait commises. Elle était plus jeune que lui et c'était comme si elle portait le poids du monde sur ses épaules. Les muscles sur lesquels il venait de travailler se contractèrent de nouveau.

— Votre sœur était en âge de comprendre. Vous vous efforciez de faire au mieux. Je suis sûr qu'elle devait s'en rendre compte, au fond.

— Non. J'ai dû me couper d'elle pour me protéger tellement c'était devenu douloureux d'être continuellement déçue par son comportement. Nous ne nous parlions plus. Ce n'est que cette année qu'elle a repris contact avec moi. Noah venait d'avoir quatre ans. Je ne savais même pas que j'avais un neveu.

Caleb vint se placer face à elle. Posant un genou à terre, il prit sa main dans la sienne. Sa peau était plus fine que la soie, son corps, menu et délicat. Un courant de chaleur se propagea en lui.

— La vie ne vous a pas épargnée, vous non plus. Remplacer ses deux parents auprès d'une sœur cadette quand on n'a soi-même que dix-neuf ans… Mais ce n'est pas parce que vous n'avez pas été parfaite que vous avez échoué. Vous êtes une femme remarquable.

Il plongea son regard dans le sien, tandis que Katherine s'empourprait. Ses yeux bleus étincelaient dans la faible lumière, mais ce n'était rien en comparaison du feu qu'elle avait allumé en lui.

Il étudia le doux arrondi de sa bouche pulpeuse, puis son regard s'abaissa jusqu'au renflement de ses seins. La chaleur et le désir l'envahissaient. Ses yeux descendirent encore, s'arrêtèrent sur l'étroite bande de peau, entre le bas de son T-shirt et la ceinture de son jean, calé bas sur ses hanches minces. Il dut faire appel à toute sa volonté pour ne pas s'emparer des lèvres de Katherine… et de son corps tout entier dans la foulée.

Il était plus que temps de corriger le tir s'il ne voulait pas se laisser emporter par ses hormones. Il repoussa résolument de son esprit toute pensée à connotation sexuelle.

— Puisqu'il n'y a manifestement rien ici, je pense que nous ferions mieux de ne pas nous attarder davantage. J'ai presque été surpris de ne pas trouver de comité d'accueil à notre arrivée ici.

Le regard de Katherine balaya la pièce.

— Où va-t-on aller ? Nous ne pouvons pas retourner au ranch, n'est-ce pas ?

— Non. Je ne veux pas faire courir plus de risques à mes employés. Pourquoi pas chez vous ? D'ailleurs… Leann pourrait avoir glissé le document parmi les affaires de Noah.

A cette suggestion, la lueur d'espoir se ralluma dans les yeux scintillants de Katherine.

— Je n'avais pas pensé à ça. Ce n'est pas impossible.

Caleb jeta un coup d'œil à sa montre, s'efforçant de faire taire le désir qui, sans répit, continuait à l'aiguillonner.

— Si nous partons tout de suite, nous pouvons être à Dallas avant l'aube.

Et puis, mieux valait se déplacer à la faveur de la nuit.

— Alors, allons-y ! décréta Katherine. Je vais juste prendre quelques affaires dans la chambre de Noah et…

Son téléphone se mit à vibrer dans sa poche. Elle se figea et regarda Caleb.

— Respirez à fond et répondez, conseilla-t-il.

Katherine prit une profonde inspiration, puis décrocha.

— Comment va-t-il ? s'enquit-elle avant de marquer

une pause. Bien… Il est asthmatique. Il lui faut son inhalateur et ses médicaments. C'est moi qui les ai. Je peux vous les…

Son interlocuteur dut lui couper la parole car Katherine se tint coite et se borna à écouter.

— A quelle heure ?

Son expression oscillait entre colère et panique.

— Où ça ?

Elle fit signe à Caleb de lui donner de quoi écrire.

Elle nota devant lui :

Sculpture, devant NorthPark.

Puis elle mit fin à la communication et releva la tête.

Deux lasers violets se braquèrent sur Caleb.

— Ils m'ont donné rendez-vous demain, à 15 heures.

— Bien. Ils ont parlé du document ?

— Ils ont juste dit de l'apporter devant le centre commercial de NorthPark. A la sculpture.

— Un rendez-vous en extérieur… Tant mieux. OK… Ça nous laisse largement le temps de nous rendre sur les lieux, en repérage.

— Ils ont bien spécifié que je devais venir seule, assena Katherine en pivotant sur ses talons et en se dirigeant vers la porte.

Au ton de sa voix, elle entendait suivre à la lettre leurs instructions.

Caleb ne discuta pas mais lui emboîta le pas, prêt à la rattraper au cas où elle perdrait l'équilibre. Elle voulait prouver qu'elle pouvait marcher seule ? C'était tout à son honneur. Et il y voyait d'autant moins d'inconvénient qu'elle était plus sexy encore quand elle arborait cet air farouche. Ce n'était pas le moment d'aborder le sujet litigieux, à savoir qu'il ne la laisserait pas y aller seule.

— Une dernière chose, avant de partir : êtes-vous certaine qu'il n'y a pas un endroit que nous aurions pu oublier ? Une cachette ?

Katherine secoua la tête.

— Pas à ma connaissance.

Mais, comme elle passait derrière le sofa, elle stoppa net.

— Attendez ! J'ai peut-être une idée. Je n'y avais pas pensé mais ça paraîtrait logique... Ça vaut la peine de vérifier.

Vivement, Katherine remonta en boitillant le petit corridor qui conduisait à la chambre de sa sœur. Se postant au centre de la pièce, elle leva la tête et regarda le ventilateur de plafond.

— Elle tenait un journal quand nous étions adolescentes. Pour le cacher, elle le scotchait sur la face supérieure d'une pale du ventilateur. Je l'ai trouvé un jour que j'aidais mes parents à faire le grand nettoyage de printemps.

La tristesse voila son expression.

— C'est en y jetant un coup d'œil que j'ai compris à quel point elle en avait par-dessus la tête de moi.

Caleb redressa une chaise qui avait été renversée par ceux qui les avaient précédés et la plaça au-dessous du ventilateur.

— Eh bien, nous allons être fixés tout de suite.

Grimpant sur la chaise, il passa la main le long de la première des six pales, délogeant des moutons de poussière qui voletèrent jusqu'au sol. Il répéta l'opération sur la deuxième. Sur la troisième, ses doigts butèrent contre un objet rectangulaire.

— Je sens quelque chose.

— Quoi ? le pressa Katherine, la voix pleine d'espoir.

— Je ne sais pas mais c'est solidement accroché. Je ne veux pas l'abîmer en arrachant trop vite le Scotch.

Du bout de l'ongle, il décolla le ruban adhésif et tâta l'objet.

— Bon sang. C'est un portable.

— Dieu merci, ils ne l'ont pas trouvé ! lâcha Katherine.

— Je ne vois pas la marque, observa Caleb en manipulant l'appareil.

— Vous croyez qu'il fonctionne ?

Il appuya sur le bouton de mise en marche.

— Plus de batterie. Si on arrive à trouver un magasin qui vend ce modèle, on pourra acheter un chargeur. Nous chercherons le fabricant dans la voiture.

— D'accord, acquiesça Katherine en pivotant sur ses talons. Je vais juste prendre ce qu'il me manque dans la chambre de Noah…

Caleb lui emboîta le pas et la détailla depuis le seuil de la pièce.

— Je suis sûre qu'il est là, quelque part, murmura-t-elle en fourrageant parmi les jouets et les vêtements. Ah, le voilà ! s'exclama-t-elle en brandissant triomphalement un renne en peluche. C'est Fringant, l'une des peluches préférées de Noah. Apparemment, elle ne le quittait jamais avant. Maintenant, il a jeté son dévolu sur le lapin. Mais je veux qu'il ait ses jouets favoris à disposition pour qu'il ne se sente pas trop dépaysé chez moi.

Tout en parlant, elle prenait ici et là d'autres jouets.

— Fringant ? releva Caleb. Intéressant… Je sais bien que le Père Noël a huit rennes, mais pourquoi votre neveu n'a pas choisi Rudolph, le plus célèbre ?

— Noah trouve très injuste que Rudolph fasse de l'ombre à ses camarades, expliqua Katherine, l'air mélancolique.

Caleb ne put s'empêcher de sourire.

— Quelle sensibilité pour un petit garçon de son âge.

Il s'avança et prit l'animal des mains de Katherine.

— Très bien. Nous allons garder Fringant bien à l'abri en attendant qu'il retrouve son propriétaire.

Relevant la tête vers Katherine, il perdit sa belle humeur. Une palette d'émotions variées se jouait sur les traits délicats de Katherine. La peur. Le regret. L'anxiété.

Sans réfléchir, il fit un pas en avant et lui saisit la main.

— Nous allons le retrouver. Je vous le promets.

Avant d'avoir pu se raviser, il s'inclina vers elle et pressa ses lèvres sur les siennes. Le doux baiser s'intensifia rapidement lorsque à son tour elle entrouvrit ses lèvres.

Caleb posa les deux mains sur ses joues, renversa sa tête en arrière, sa langue entamant un ardent ballet avec la sienne.

Katherine se recula pour le regarder au fond des yeux.

— Si c'est une promesse, alors… je vous crois, souffla-t-elle d'une voix douce comme la soie qui apaisa la tension intérieure de Caleb.

Il tenait toujours ses engagements.

Pourvu que cette fois-ci ne fasse pas exception à la règle, se dit-il.

5

Moulue de fatigue, Katherine s'arma de courage pour suivre Caleb et refaire le trajet inverse jusqu'à la voiture. Tous leurs espoirs reposaient désormais sur un téléphone éteint.

Et s'il s'avère qu'il ne contient rien ? lui soufflait insidieusement une petite voix.

Les larmes lui brouillèrent la vue. Elle se répéta son mantra : relever le menton, faire face, aller de l'avant. Cela avait toujours fonctionné, non ? Elle avait survécu à tous les coups durs que lui avait fait subir la vie en se répétant ces quelques mots. N'était-ce pas cela qui l'avait aidée à se forger un mental d'acier ?

Alors, comment expliquer cette sensation de flottement, de vide intérieur ? Ou cette crainte lancinante de vivre le restant de ses jours seule ? Tout le monde finissait toujours par la laisser tomber. Sur qui pouvait-elle compter dans les moments difficiles ? Avec qui pouvait-elle célébrer ses réussites ?

Avant de rencontrer ce cow-boy, elle n'avait jamais pris véritablement conscience de la totale solitude qui était la sienne.

Elle se secoua mentalement en ouvrant la portière et en s'asseyant sur le siège passager.

Caleb attrapa le pull torsadé qu'elle avait négligemment

jeté sur la banquette arrière et attendit qu'elle ait bouclé sa ceinture pour le lui donner.

Elle enroula frileusement le tricot autour de ses épaules et ferma les yeux. Allait-elle voir surgir les visages menaçants des agresseurs ? Non… Ce fut Caleb qui lui apparut et elle sombra dans un profond sommeil, apaisée.

Ce fut également la voix de Caleb qui la réveilla. L'espace d'une seconde, elle s'imagina blottie contre lui, dans son grand lit. Elle avait déjà fait connaissance — intimement — avec son torse large et ses longues cuisses musclées. Lorsqu'il l'avait plaquée au sol, il n'avait laissé planer aucun doute quant à sa force physique et sa virilité. Et, quand elle avait tenté de l'atteindre à l'abdomen, elle avait rencontré un mur de béton. Une douce chaleur la gagna, s'étendant à ses membres, à ses cuisses.

Dans un terrible effort de volonté, elle renoua avec la réalité. Ils étaient en voiture, toujours à la recherche de son neveu.

Elle se frotta les yeux.

— Où sommes-nous ?

— A Dallas. Si l'adresse inscrite sur votre permis de conduire est exacte, nous sommes à deux pas de chez vous. J'ai pris la liberté de m'arrêter pour acheter des cafés.

Katherine se redressa sur son siège. Ils étaient devant le guichet d'une chaîne de restauration rapide.

Du café !

Exactement ce qu'il lui fallait.

Caleb lui tendit sa tasse et trempa les lèvres dans le sien avant de sortir du parking de la cafétéria.

Katherine but une gorgée, elle aussi, et le café chaud acheva de la réveiller. Une lueur diffuse, à l'est, annonçait l'aube.

— Vous avez conduit toute la nuit. Vous devez être éreinté.

— Ça va. Je m'inquiète plus pour votre jambe. Il faudrait y jeter un coup d'œil. Mais vous dormiez si profondément que je n'ai pas eu le cœur de vous déranger.

Elle considéra ses bandages. A part deux ou trois endroits où le sang avait traversé la gaze, les pansements étaient intacts.

— Vous avez fait du bon travail. Et ma cheville me fait déjà moins mal, elle aussi.

Elle porta la main à un pansement, puis à un deuxième.

— Je pense qu'ils peuvent tenir encore. Et, apparemment, les plaies ne saignent plus.

— C'est la meilleure nouvelle que j'ai entendue aujourd'hui.

Il lui décocha un petit sourire sexy et cligna de l'œil.

— On va se garer ici et finir le chemin à pied.

— Vous pensez qu'ils surveillent mon appartement ?

— Simple mesure de précaution.

Mais sa mâchoire contractée démentait ses paroles rassurantes.

— Je me demande pourquoi ils ne nous ont pas interceptés hier soir, souligna Katherine. Ils auraient pu nous attendre chez Leann pour nous tuer. Ils se doutaient bien que nous nous rendrions à un moment ou à un autre à son appartement.

— J'ai eu tout le temps d'y réfléchir en roulant, confia Caleb. Je pense qu'ils veulent que vous trouviez ce fameux document — et que vous le trouviez vite.

Katherine poussa un soupir.

— J'étais tellement centrée sur Noah lorsqu'ils m'ont appelée chez Leann que je n'en ai même pas parlé. Ils doivent bien se rendre compte que je ne l'ai pas.

Machinalement, elle jeta un regard à son sac, où était rangé le téléphone.

— Les magasins n'ouvrent qu'à 10 heures. Il va nous falloir patienter jusque-là pour acheter un chargeur.

Caleb porta son verre en plastique à ses lèvres.

— L'asthme de Noah a dû les forcer à vous fixer un rendez-vous plus tôt qu'ils ne l'avaient prévu. A mon avis, ils avaient l'intention de vous laisser chercher leur précieux document, puis, une fois certains que vous l'aviez, ils vous auraient enlevée.

Tandis qu'ils avançaient le long de la rue, Caleb jetait de fréquents coups d'œil par-dessus son épaule, remarqua Katherine.

Lorsqu'ils furent parvenus à une centaine de mètres de sa porte d'entrée, Caleb posa la main sur son avant-bras.

— Je vais aller en éclaireur. Vous, vous m'attendez là-bas, intima-t-il en désignant la haie de lilas des Indes.

Il n'avait pas encore fait suffisamment froid pour que les fleurs des arbustes ne tombent. L'automne, à Dallas, n'arrivait bien souvent qu'après la mi-novembre.

— D'accord.

Quelques minutes plus tard, il fut de retour.

— La voie a l'air d'être libre. Mais restez tout de même près de moi.

Telle était bien son intention, de toute façon. Ils parvinrent sans encombre devant sa porte. Elle la déverrouilla rapidement et suivit Caleb à l'intérieur.

— J'aimerais bien savoir quel genre de document nous cherchons.

Comme elle avait provisoirement déménagé son bureau dans le salon afin de libérer une pièce pour Noah, la différence lui sauta aux yeux : son ordinateur n'était plus là.

— D'abord, l'ordinateur de Leann et, maintenant, le mien, souligna-t-elle. J'en conclus que nous cherchons bien un fichier informatique. Peut-être une clé USB ou un disque externe.

— S'il n'était pas chez votre sœur et s'il n'est pas ici, où pourrait-il se trouver ? demanda Caleb.

— Je travaille depuis mon domicile, donc il n'y a pas d'autre bureau. Tout est ici. Et le matériel dont je me sers pour organiser les plannings de mes formateurs se résume à un ordinateur et un téléphone. Je vais aller regarder dans la pièce où j'ai installé Noah. Peut-être que vous avez vu juste et que Leann l'a mis dans ses affaires…

Katherine se dirigea vers le bureau qu'avait investi Noah. Enjambant les jouets qui jonchaient le sol, elle fouilla un peu partout, sans succès.

Cette approche ne donnait rien. Si elle voulait avoir une chance de réussir, il fallait qu'elle essaie de se mettre à la place de Leann, de penser comme elle. Voyons… Où aurait-elle rangé un objet de très grande valeur ? Peut-être dans la valise de Noah ? Elle aurait pu retirer la doublure et glisser quelque chose au-dessous.

Katherine trouva la petite valise Spiderman dans le placard. Elle revit Noah, le bagage posé à ses pieds et son lapin bien-aimé sous le bras. C'étaient les seules affaires qu'il avait apportées.

La valise comportait diverses poches à fermeture Eclair. Katherine les examina en premier. Vides. Elle eut un peu de mal à défaire la doublure, mais finit par y parvenir sans avoir besoin d'aide.

Désolée, Noah.

Abîmer sa jolie petite valise la contrariait, mais c'était un cas de force majeure.

Il n'y avait rien. En désespoir de cause, Katherine finit par arracher les coutures.

Rien non plus.

Et les minutes s'égrenaient, s'égrenaient, la rapprochant

inexorablement de l'heure du rendez-vous. Elle n'avait toujours rien à donner aux malfrats. Pire, elle ne savait même pas ce qu'elle cherchait ! Nom d'un chien.

Lorsqu'elle revint dans le séjour, Caleb l'attendait, montant la garde.

— Je n'ai rien trouvé. Peut-être qu'elle me l'a envoyé par mail.

Katherine boitilla jusqu'au placard où elle rangeait ses manteaux et plongea la main derrière les vêtements. Elle en sortit son ancien ordinateur qu'elle brandit à bout de bras.

— Avec un peu de chance, peut-être qu'il marche encore.

Caleb fit un pas vers elle.

— Vous savez... Je me disais... Votre sœur vous a confié Noah, la personne à qui elle tenait le plus. Peut-être qu'elle vous a sciemment laissée en dehors de tout ça pour vous mettre tous les deux à l'abri ?

Katherine n'avait pas envisagé cette possibilité : que Leann ait voulu la protéger. C'était une petite consolation.

Un léger coup à la porte la fit sursauter.

Caleb regarda par le judas. Il se retourna, les sourcils arqués.

— C'est une femme. Soixante-cinq ans, les cheveux gris, avec une espèce d'énorme pompon blanc dans les bras.

— Elle a l'air furibond ?

— Disons plutôt aigri.

— C'est Annabelle Ranker, ma propriétaire, et son chien, Max. Il aboie beaucoup, mais il ne mord pas — ça vaut d'ailleurs pour les deux.

Caleb entrouvrit le battant. Mlle Ranker haussa les sourcils et le toisa des pieds à la tête. L'ombre d'un sourire approbateur passa sur ses lèvres mais, comme Caleb ne l'invitait pas à entrer, le masque revêche retomba aussitôt.

A l'évidence, les bandages et le sang ne passeraient pas inaperçus, songea Katherine. Pas plus que l'ordinateur qu'elle tenait agrippé comme s'il s'agissait d'un précieux bibelot en cristal.

— Ça n'a pas l'air d'aller, dites-moi ? demanda Mlle Ranker à Katherine en regardant sa jambe.

— Ce n'est rien. Je me suis fait mal en forêt. La campagne, ce n'est pas mon élément... Caleb est propriétaire d'un ranch non loin d'ici dans lequel nous sommes allés visiter un carré de citrouilles, hier.

— Ah oui. Vous m'avez dit que vous emmeniez Noah en promenade.

— Nous nous sommes perdus dans les bois. Caleb nous a trouvés et m'a aidée à rentrer à la maison.

Katherine préférait coller le plus possible à la vérité pour éviter de rougir jusqu'à la racine des cheveux, mais une chaleur diffuse lui montait déjà dans le cou. Décidément, on ne pourrait jamais l'accuser d'être une bonne menteuse.

Mlle Ranker parut cependant se satisfaire de sa réponse.

— Je venais voir si, vous et le petit, vous n'aviez besoin de rien. Où est Noah ?

Katherine retint un sanglot. Elle ne pouvait laisser transparaître son émotion si elle voulait éviter des questions gênantes.

— Je suis désolée. Il n'a pas pu s'endormir hier soir... les cauchemars. Nous avons joué aux petits soldats pendant la moitié de la nuit. Je m'efforce de l'occuper depuis que sa mère...

Katherine détourna les yeux.

— Bien sûr, bien sûr. Quel malheur ! murmura Mlle Ranker en secouant la tête d'un air affligé, visiblement touchée par la disparition de Leann. Je peux l'amener chez moi pour m'occuper de lui si vous voulez vous reposer un peu.

— C'est gentil, mais il dort. Notre aventure d'hier l'a

épuisé, s'empressa de répondre Katherine — peut-être un peu trop vite.

Mais son explication sembla apaiser les interrogations de sa propriétaire. Mlle Ranker hocha la tête d'un air compréhensif.

— Oh ! j'allais oublier. Un livreur a déposé un paquet en votre absence. Je l'ai réceptionné et j'ai signé pour vous comme vous n'étiez pas là.

Katherine n'avait pas prêté attention à l'enveloppe que Mlle Ranker tenait à la main. De son autre bras, elle serrait contre son opulente poitrine son bien-aimé bichon havanais.

— Vraiment ? souffla Katherine, l'œil rivé sur l'enveloppe de papier kraft.

Pour faire bonne figure, elle caressa la tête de Max.

— Salut, toi.

Mlle Ranker attendait manifestement que Katherine l'invite à entrer, mais l'heure n'était pas à la conversation. Katherine ne voulait évoquer sa situation avec quiconque — Caleb excepté, bien entendu. Elle lui avait parlé de ses relations avec sa sœur, chose dont elle ne s'était jamais ouverte à personne. Sans doute était-ce le caractère exceptionnel des circonstances qui l'avaient poussée à s'épancher aussi librement. Comme si elle avait souhaité qu'une personne, au moins, sache véritablement qui elle était. L'omniprésence du danger et la possibilité bien réelle qu'elle ne soit plus en vie le lendemain jouaient au yoyo avec ses émotions.

— Je me demande ce que c'est, ajouta Katherine, espérant inciter Mlle Ranker à lui donner l'enveloppe.

Mais sa propriétaire était probablement intriguée par la présence de ce beau cow-boy. Sans compter que ce n'était pas dans les habitudes de Katherine de ne pas inviter Mlle Ranker à entrer ou de faire tant de mystères.

Finalement, ne voyant pas d'autre solution, Katherine tendit la main pour prendre l'enveloppe avec un petit sourire un peu gêné. A contrecœur, sa propriétaire finit par lâcher le pli.

Katherine baissa les yeux pour lire le nom de l'expéditeur, puis se tourna vers Caleb. La lettre venait de Leann. Katherine la glissa entre elle et l'ordinateur qu'elle tenait toujours contre sa poitrine.

Un mouvement attira alors son regard vers le portillon, de l'autre côté de la cour. Un cylindre de métal noir était pointé dans leur direction. Non, ce ne pouvait pas…

Katherine ouvrit la bouche pour mettre en garde Caleb et Mlle Ranker. Trop tard. Une pluie de balles s'abattit sur eux. Un projectile heurta son ordinateur. L'impact contre sa poitrine la fit tressaillir.

Les yeux de Mlle Ranker s'écarquillèrent puis elle s'écroula sur le sol, à leurs pieds.

En un éclair, Caleb plaqua Katherine au sol et s'allongea au-dessus d'elle pour la protéger de son corps.

— Vous n'avez rien ? souffla-t-il.

— Je ne crois pas… mais je ne peux pas en dire autant de mon ordinateur.

Il lui avait échappé des mains au moment où la balle l'avait percuté pour rester logée à l'intérieur. Son vieux portable venait de lui sauver la vie.

D'un signe de tête, Caleb lui indiqua la cuisine.

— Allez-y. Je vais attendre qu'ils approchent pour tirer.

Il arma son fusil, épaula…

— Courez ! ordonna-t-il à Katherine.

Sans demander son reste, elle se réfugia aussi vite que possible à l'intérieur de l'appartement, le cœur battant la chamade en même temps qu'une série de coups de feu retentissait derrière elle.

Ne pas se retourner. Ne pas réfléchir.

Si Caleb pensait qu'elle pouvait sortir par la fenêtre de la cuisine, elle allait le faire. Elle claudiqua rapidement sur la moquette taupe, atteignit le carrelage froid de la cuisine.

Une seconde plus tard, Caleb la rejoignit. Il la souleva dans ses bras pour l'aider à enjamber la fenêtre. Elle se mit à courir.

Son cœur cognait douloureusement contre sa cage thoracique.

Pourquoi tiraient-ils ? Ils avaient dû les observer depuis le début. Pensaient-ils qu'elle détenait ce qu'ils cherchaient ?

Oh ! mon Dieu. Noah.

Qu'allait-il lui arriver ?

Ses jambes avançaient toutes seules. Katherine n'en revenait pas. Mais il fallait courir. Leur échapper.

Caleb la guida jusqu'à la voiture.

— Montez et cachez-vous. Gardez la tête baissée !

Katherine se roula en boule sous le tableau de bord. Mais, s'ils savaient où elle habitait, sans doute connaissaient-ils aussi son véhicule…

Et Mlle Ranker ? Katherine n'avait même pas eu le temps de se pencher sur elle.

— Est-ce que ma propriétaire…

Caleb secoua la tête.

— Je suis désolé.

— Et Max ?

— Je crois qu'il a pu s'échapper.

Katherine lutta de toutes ses forces contre l'envie de pleurer. Si les vannes s'ouvraient, elle ne pourrait plus endiguer le flot de ses larmes. Elle éleva l'enveloppe qui avait coûté la vie à Mlle Ranker.

Le regard de Caleb quitta le rétroviseur une fraction de seconde.

— Oui… C'est sûrement ça. Ouvrez-la.

Katherine déchira le rabat et retourna l'enveloppe au-dessus du siège.

Un CD tomba.

— Bingo ! proféra Caleb, les dents serrées. Restez cachée. Ne bougez pas.

Avant qu'elle ait eu le temps de réagir, il avait disparu.

Katherine se recroquevilla de son mieux, priant le ciel. *Faites que Caleb revienne vite ! Où donc est-il parti ?*

Elle déglutit avec difficulté. Comment aurait-elle fait tout ça sans Caleb ? Et pourtant, au bout du compte, tout le monde finissait toujours par lui faire faux bond.

Même ses parents.

Elle se revit seule, sur scène, à la fin de sa dernière année de lycée. Elle s'était inscrite à un concours académique de culture générale et se faisait une joie de voir les visages souriants de ses parents dans la foule. Elle n'avait pas ménagé ses efforts pour se préparer pendant toute l'année et avait obtenu les meilleurs scores que l'établissement ait jamais eus. Elle avait sacrifié petits amis et sorties pour travailler d'arrache-pied, quiz après quiz. Lorsqu'elle était montée sur scène ce soir-là, son cœur battait à tout-va et la sueur perlait à son front. Elle se souvenait s'être dit que tout irait bien lorsqu'elle verrait des visages familiers dans l'assistance.

Le rideau s'était ouvert et elle avait balayé la foule du regard.

Personne.

La déception et le trac l'avaient assaillie. La panique l'avait gagnée, l'empêchant de respirer.

A la troisième série de questions, sur le point d'étouffer, elle avait donné la mauvaise réponse.

Lorsqu'elle était rentrée à la maison, ses parents s'étaient confondus en excuses. Ils étaient rentrés du travail, avaient ouvert une bouteille de vin pour se détendre, allumé la télévision et… oublié. Une fois de plus.

Katherine avait fait son possible pour reléguer ce souvenir aux oubliettes. Mais elle avait appris une nouvelle leçon ce jour-là. Si elle voulait arriver dans la vie, elle ne devrait compter que sur elle-même.

Des pas rapides résonnèrent dans sa direction, et son cœur se serra. Tétanisée, elle retint son souffle jusqu'à ce que le visage de Caleb apparaisse à la portière.

Il se glissa derrière le volant et lui tendit Max, son pelage blanc parsemé de gouttes rouges. Le chien gémissait et tremblait comme une feuille.

— Il est blessé ? s'enquit Katherine.

— Non, dit Caleb en mettant le moteur en route. Seulement effrayé.

Mais ces gouttes… était-ce le sang de sa propriétaire ?

Katherine leva les yeux et suivit du regard la main de Caleb comme elle revenait se poser sur le volant. Elle était maculée de rouge.

— Vous êtes touché ?

— Ce n'est rien. Juste une blessure superficielle. La balle m'a effleuré le haut du bras. Ça ira.

Caleb n'en était pas si sûr, en fait. Il perdait beaucoup de sang mais, cela, mieux valait ne pas le dire à Katherine. Caleb ne voulait pas qu'elle panique.

Elle sortit de sa cachette en grimaçant de douleur.

— Attendez, Katherine… Je vais m'arrêter dans un instant pour examiner nos blessures.

Caleb jeta un coup d'œil dans le rétroviseur. Derrière eux, sur le tronçon à péage de North Dallas, ne roulait que l'habituel lot d'utilitaires, de Ford F-150 et de berlines de luxe.

Son portable se mit à vibrer dans sa poche. Il demanda à Katherine :

— Est-ce que vous pouvez le sortir ? Et le mettre sur haut-parleur ?

C'était Matt.

— J'ai essayé de te joindre hier soir, mais je n'y suis pas arrivé, annonça son contremaître. La couverture réseau n'est pas bonne.

— Est-ce que tout le monde va bien au ranch ? s'enquit Caleb.

— Nous, oui. Mais je m'inquiète pour toi.

Caleb ne quittait pas la route des yeux.

— Jusqu'ici, ça va.

— Katherine a-t-elle fait allusion à une histoire d'espionnage industriel à laquelle elle serait mêlée ?

— Bien sûr que non. Elle ne sait pas ce que veulent ces types.

— J'imagine qu'elle s'est bien gardée de te le dire si c'est le cas. Surtout si elle est mouillée jusqu'au cou depuis le début.

Caleb garda le silence.

— Pose-lui donc la question, poursuivit Matt. Ces types qui sont venus hier se sont présentés comme étant des agents du gouvernement. Ils nous ont interrogés à propos d'une jeune femme aux cheveux châtains qui avait été vue dans le secteur. D'après eux, elle tremperait dans une affaire de vol de secrets industriels. Une sorte de petite entreprise familiale. Ils la recherchaient depuis plusieurs jours déjà… quand tu l'as aidée à prendre la fuite — très opportunément.

— Inutile de lui poser la question, riposta Caleb. Elle t'entend. Le téléphone est sur haut-parleur.

Il y eut un silence.

— Tout ce que je dis…

— J'ai bien compris ce que tu as dit.

— Tu ne peux pas écarter la possibilité qu'elle…

— Ce n'est pas le cas.

— Qu'en sais-tu ?

— Je le sais, c'est tout.

Matt poussa une exclamation exaspérée suivie d'un chapelet de jurons.

— Mais enfin, tu ne la connais que depuis hier, tu ne peux pas te porter garant pour elle ! Que sais-tu d'elle ? Tu ne connais personne de son entourage. Si ça se trouve, elle a été blessée alors qu'elle cherchait à échapper à ces agents.

— Je t'ai dit ce qu'il en était, je ne vais pas me répéter, Matt. Qu'est-ce qu'ils ont dit d'autre ?

— Une chose est certaine : elle débarque et, comme par hasard, le ranch est subitement investi par des hommes à l'allure très officielle. Nous n'avons que sa parole. Elle prétend qu'il y a eu kidnapping, mais est-ce que tu as vu ce gamin ?

Non, Caleb ne l'avait pas vu. Ce qui ne voulait pas dire qu'il n'existait pas. Il y avait les photos. Les jouets d'enfant chez la sœur de Katherine, chez elle. Sans compter, se rappela Caleb, qu'il était arrivé sur les lieux juste après que Noah eut été enlevé et qu'il avait vu la terreur dans les yeux de Katherine.

Cette conversation avec Matt ne menait nulle part. Katherine n'avait rien inventé, Caleb en était sûr, et il était mortifié qu'elle soit obligée d'écouter les accusations de son ami.

— Ce gamin a un nom. Noah. Qu'en pense Coleman ?

— Le shérif ne sait pas que croire. Il a dit qu'il allait essayer de se renseigner sur ces hommes par les canaux officiels, mais il n'a pas franchement les accréditations pour ça. En plus, ces types m'ont paru sacrément sérieux. Ils nous ont montré leurs badges.

— Ça ne signifie rien, objecta Caleb.

— C'est ce que dit Coleman.

— Peut-il savoir si un dénommé « Kane » est en charge d'une enquête fédérale ?

— C'est ce qu'il essaie de découvrir. Mais, d'après lui, ça ne donnera rien.

— Autre chose ? lança Caleb.

Il luttait contre la douleur dans le haut de son bras.

— Conduis-la à l'agence fédérale la plus proche et livre-la-leur, Caleb. Avant que les choses ne tournent vraiment mal…

— Tu sais que je ne le ferai pas.

— Alors, il vaut mieux que tu ne reviennes pas au ranch pour l'instant, déclara calmement Matt.

— Je n'ai pas l'intention de faire courir plus de risques à mes employés. Je rentrerai quand cette affaire sera réglée.

Il y eut un long silence.

— Alors, pour l'amour de Dieu, sois prudent ! l'enjoignit Matt. Je m'occupe de tout jusqu'à ton retour, ne t'inquiète pas.

— Je savais que je pouvais compter sur toi.

Au moins cela lui enlevait-il un poids. Le ranch continuerait à fonctionner normalement en son absence.

— Comment va la petite fille de Jimmy ?

— Elle n'est pas bien, répondit Matt. Mais elle va bientôt être opérée à Dallas.

— Ils ont trouvé un donneur ?

— Faut croire.

— Tant mieux, c'est une bonne nouvelle.

La fille de Jimmy aurait la chance qu'elle méritait, songea Caleb. Quant à lui, il allait veiller à ce qu'il en aille de même pour Katherine.

— Tu peux raccrocher, lui intima-t-il.

Elle obéit puis le regarda.

— Pourquoi vous ne m'avez pas dit que Matt pensait que je mentais ?

— Il ne sait pas que croire. Il est ennuyé pour moi.

Caleb jeta un coup d'œil en biais à Katherine. Elle avait l'air tellement désemparée, tellement frêle. L'instinct protecteur de Caleb se réveilla brusquement. Il voulait préserver Katherine des accusations de Matt, la défendre contre les hommes qui la pourchassaient. Bien sûr, ces lèvres roses pulpeuses et ces cheveux châtains l'attiraient plus que de raison. Mais il naviguerait à vue, avec prudence et discernement.

— Quel est le problème avec la fille de Jimmy ? demanda Katherine.

— Elle est née avec une malformation cardiaque. Mais ils ont enfin un donneur. Elle va pouvoir être opérée.

Caleb espérait être rentré d'ici là.

Katherine fronça les sourcils.

— Les enfants ne devraient pas avoir à grandir prématurément. Jamais. C'est tellement injuste lorsque leur enfance leur est volée par la maladie ou par la mort.

— Vous avez entièrement raison.

Katherine se raidit, puis prit une profonde inspiration.

— Bien. Que faisons-nous maintenant ?

— Il faut qu'on se procure un ordinateur pour voir ce qu'il y a sur ce disque. Si jamais les types qui ont déboulé au ranch sont vraiment des fédéraux, il pourrait contenir n'importe quoi.

— Parce que vous ne me croyez plus, vous non plus ? lança Katherine.

— Je n'ai pas dit ça.

— Vous ne l'avez pas dit, mais vous le pensez.

— Vous vous trompez, assura Caleb.

Katherine posa le CD sur le siège, à côté de Max. La

colère et l'amertume durcissaient ses traits, habituellement doux.

— Et si c'étaient effectivement des fédéraux, mais qu'ils avaient été achetés par quelqu'un ? suggéra Katherine.

— Un fédéral véreux, je veux bien. Mais pas tout un groupe. En plus, Coleman n'a pas l'air de penser que ce sont d'authentiques agents.

— En tout cas, c'est à cause de ce qui se trouve sur ce CD que mon neveu a été enlevé, s'emporta Katherine. Je veux identifier le salaud qui a fait ça et le faire payer ! Sa place est en prison.

— Absolument, confirma Caleb.

Il se rangea sur le bas-côté et sortit son téléphone. D'une part, il lui fallait chercher un cybercafé. D'autre part, il devait examiner leurs blessures.

Et trouver le moyen de stopper le saignement de son bras.

6

Katherine fourragea dans son sac, à la recherche de son téléphone qui vibrait pour la deuxième fois. Enfin, elle mit la main dessus et consulta l'écran.

Numéro inconnu.

Elle décrocha tandis que Caleb entrait dans le parking d'un cybercafé.

La voix au bout du fil fit frémir Katherine.

— Avez-vous trouvé ce que vous cherchiez ?

L'homme s'exprimait d'un ton neutre et détaché, avec un léger accent.

Katherine ne parvint pas à garder son calme.

— Comment je pourrais le trouver si vous envoyez des tueurs à mes trousses ? Qui sont ces types ? Par votre faute, une innocente est morte pour rien. Votre fichu document, je vous le remettrai quand je l'aurai !

Pouvait-elle évoquer les prétendus fédéraux qui s'étaient présentés au ranch sans compromettre Caleb ?

L'homme reprit, d'une voix toujours posée.

— Est-ce à dire que le document n'est pas en votre possession ?

— Vous n'avez pas répondu à ma question ! tempêta Katherine. Qui sont ces hommes ?

— Disons simplement que j'ai des employés extrêmement loyaux, répliqua l'inconnu sans s'énerver.

Il avait beau jeu de rester de glace quand son monde à elle s'écroulait ! Ses doigts serrèrent le CD de sa sœur. Si elle reconnaissait l'avoir et que le disque ne contenait pas le fichier qu'ils voulaient, elle signait l'arrêt de mort de Noah. Il fallait gagner du temps.

— Dites-moi ce que je dois chercher. Je suis prête à vous aider. Tout ce que je veux, c'est que ce cauchemar se termine et que vous me rendiez Noah.

— Qu'y avait-il dans l'enveloppe ?

Katherine se passa la langue sur les lèvres.

— Donnez-moi au moins une indication, insista-t-elle comme si elle n'avait pas entendu la question. Il y a tant de possibilités… Il faut que je sache ce que je cherche.

— N'essayez pas de jouer au plus fin avec moi, répliqua vivement l'homme.

Pour la première fois, il semblait en colère.

— Votre sœur savait très bien de quoi il s'agissait. Et je parie que vous le savez aussi.

— C'est pour ça que vous avez voulu me supprimer ? rétorqua Katherine, se retenant de justesse de hausser le ton.

Elle avait envie d'envoyer ce type au diable avec son fichier.

— Ecoutez, enchaîna-t-elle, radoucie. Je crains de partir avec un handicap. Ma sœur et moi, nous n'étions pas proches. Elle ne me faisait aucune confidence. Je lui servais surtout de baby-sitter gratuite.

Feindre l'obligeance avec cette ordure alors qu'elle aurait voulu lui tordre le cou lui coûtait terriblement, mais il y allait de la vie de Noah et c'était tout ce qui comptait.

— Comment va mon neveu ?

— Il n'ira pas bien si vous ne me donnez pas ce que je veux.

Le cœur de Katherine se mit à marteler sa cage thoracique.

— Est-ce qu'il respire normalement ?

— Rien ne lui arrivera. Sauf si vous refusez de coopérer.

— Passez-le-moi. Je ne ferai rien tant que je ne serai pas certaine qu'il va bien.

Silence au bout de la ligne.

Bonté divine. Cesse de le provoquer. Sinon, c'est Noah qui en paiera le prix.

Katherine retint les pleurs qui menaçaient. Qu'une larme, une seule, déborde de sa paupière, et ce serait le déluge assuré.

— Tatie ?

La voix de Noah était frêle et ténue, bien différente de sa façon de s'exprimer, habituellement expansive et joyeuse.

— Noah, mon chéri !

Katherine étouffa à grand-peine un sanglot.

— Bébé, écoute-moi. Tout va bien se passer. Je vais te faire parvenir tes médicaments.

— Je n'aime pas être ici.

Ses reniflements transpercèrent le cœur de Katherine.

— Ils ne t'ont pas fait de mal, n'est-ce pas ? demanda-t-elle le plus posément possible.

— Non. Ils sont gentils.

— Alors, je veux que tu sois courageux, d'accord ?

— Ou… oui.

— Sois sage, Noah. Ecoute ce qu'ils te disent. Je te promets de venir te chercher très bientôt.

Avant que Noah n'ait pu répondre, il y eut un bruit au bout de la ligne.

— Apportez-moi le fichier au rendez-vous fixé si vous voulez le revoir en vie.

Clic.

De nouveau, Katherine retint ses larmes et se tourna

vers la fenêtre. Max se tortillait pour tenter de sauter sur ses genoux.

— Votre neveu va bien, souligna Caleb. C'est ce qui compte. On va le retrouver.

Il lui prit le téléphone des mains et le posa sur le tableau de bord.

Katherine lâcha un lourd soupir.

— Entendre sa voix, savoir à quel point il a peur et essaie de se montrer courageux...

Elle secoua la tête.

— Et moi qui suis assise là, à ne rien faire, acheva-t-elle d'une voix sans timbre.

— Je comprends. Noah fait preuve de beaucoup de cran, c'est vrai. Il tient ça de sa tante.

Ses paroles aidèrent le cœur las de Katherine à retrouver un rythme presque normal, exempt d'à-coups douloureux.

Katherine avait tellement envie de pleurer. De libérer toute la frustration, la colère, l'anxiété qu'elle avait gardée en elle depuis le début de cette épreuve. Et toute sa vie durant, songea-t-elle. Elle n'avait pas versé une seule véritable larme depuis des années. Elle s'était entraînée, après la mort de ses parents, à mettre ses émotions de côté. Elle n'avait pas eu le choix. C'était elle l'aînée. Elle se devait d'être forte.

Oh ! au début, elle avait bien essayé de trouver de l'aide. Anthony, son premier amour, avait promis de lui rendre visite tous les mois lorsqu'elle lui avait annoncé qu'elle était obligée de rentrer à la maison pour s'occuper de sa sœur. Ses appels quotidiens avaient été son rayon de soleil. Elle joignait tout juste les deux bouts malgré les deux emplois qu'elle avait pris. Et maintenir le niveau de ses notes en ne dormant que quelques heures par nuit avait été vraiment difficile. Mais elle avait tenu bon. Elle avait réussi à garder la tête hors de l'eau.

La voix d'Anthony était devenue son point d'ancrage, son port dans la tempête. Sans lui, se disait-elle alors, tout ce qui faisait sa personnalité, sa substance, aurait été englouti, emporté par l'ouragan — annihilé. Elle n'aurait plus jamais été la même.

Chaque fois qu'il la rassurait, elle reprenait confiance. Elle y arriverait. Elle réussirait à s'occuper de sa sœur et à avoir encore un semblant de vie.

Et puis, les appels s'étaient espacés. Etait venu le temps des excuses bidons — problèmes d'horaires, de surcharge de travail… et, finalement, le téléphone avait cessé de sonner.

Elle avait appris par le bouche-à-oreille qu'il avait rencontré quelqu'un d'autre à l'université.

Elle en avait été anéantie.

Juste au moment où elle avait le plus besoin de lui, il l'avait désertée. Cela l'avait confortée dans son idée qu'elle devait se débrouiller seule et ne dépendre de personne — jamais ; que les autres étaient source de déception. Qu'il fallait ériger une muraille protectrice autour de soi et tracer son chemin. Mais avait-elle élevé une muraille si haute que plus personne ne pouvait la franchir ?

Les hommes avec qui elle était sortie depuis avaient passé plus de temps à assister à des événements sportifs qu'avec elle, et ça ne l'avait pas gênée.

Elle repoussa ces tristes souvenirs.

Dehors, la pluie commençait à tomber. De grosses gouttes s'écrasaient sur le pare-brise.

Katherine se tourna vers Caleb, et un puits de désir sans fond s'ouvrit en elle.

Il passa la main dans sa nuque et l'attira à lui. Il était tellement fort. Tellement… capable.

Ses yeux obscurcis par la passion se fermèrent à l'instant où il posa ses lèvres sur les siennes. Elle s'abandonna à son baiser. Totalement. Sans retenue. Avec une ardeur telle que cela l'effraya. Comment était-il possible de désirer un homme aussi instantanément ? Aussi absolument ? Les pointes de ses seins se contractèrent. Elle voulait davantage. Elle voulait Caleb tout entier, ce qui était une raison supplémentaire de ne pas aller plus loin.

Elle se redressa.

— Votre blessure… Nous devrions y jeter un œil.

— Simple égratignure, éluda-t-il, sa voix grave faisant courir un nouveau frisson en elle.

Une expression douloureuse passa alors sur le visage de Caleb, mais elle n'était pas seulement due à son bras, comprit Katherine. Dans les yeux de Caleb brillait une lueur… dangereuse. Sexy.

Partirait-il, comme les autres, une fois que tout ceci serait terminé ?

Katherine refusait de s'investir dans une nouvelle relation. Ça ne fonctionnait jamais. Elle en ressortirait meurtrie et elle n'avait plus la force de passer de nouveau par ces affres-là.

— Tout de même…, reprit-elle. Je me sentirai plus tranquille quand je serai sûre que ce n'est pas grave.

Caleb roula sa manche, révélant une profonde entaille dans le muscle. Katherine étouffa difficilement un cri d'effroi.

— Ce n'est pas aussi méchant que ça en a l'air, voulut la rassurer Caleb.

— Non, protesta Katherine. Il faut aller à l'hôpital.

— Je n'irai nulle part tant que nous n'en aurons pas terminé. Oubliez cette idée.

Il referma avec force ses doigts autour du volant.

— Nous devons trouver un endroit où nous laver. On ne peut pas aller au café dans cet état. Tout le monde nous regarderait.

Katherine pensait à autre chose.

— Ces types en costume… Je me demande si une organisation n'est pas derrière tout ça. Leur appel m'a donné cette impression.

Caleb remit le moteur en marche.

— Première chose, se débarbouiller un peu, décréta-t-il en pianotant de nouveau sur son téléphone. Ensuite, examiner ce CD. Nous avons peut-être déjà entre les mains la réponse à nos questions.

Il s'inséra dans la circulation.

— Une chose est claire : ces hommes ne nous veulent pas du bien, quelle que soit leur identité. Ils ont kidnappé votre neveu et tenté de vous enlever. Ils viennent même de passer à la vitesse supérieure en nous tirant dessus en plein jour. Ils savaient où nous étions. Donc soit ils nous ont suivis, soit ils avaient posté une sentinelle qui surveillait votre appartement… Pour que les choses en arrivent là, il faut que ce secret soit fichtrement lourd.

— Ou qu'un personnage fichtrement puissant soit derrière tout ça, suggéra Katherine.

— Oui, votre sœur s'est fait un ennemi de quelqu'un d'important. Question : qui a autant d'influence ? Ce fameux Kane ?

— Je n'en sais rien, reconnut Katherine. Quelqu'un qui a le pouvoir de provoquer continuellement des incidents, manifestement. Et de faire éliminer des gens d'un claquement de doigts.

Caleb hocha la tête.

— Tout se retrouve sur Internet aujourd'hui. Si nous avions pu récupérer son ordinateur, nous aurions peut-être trouvé un indice dans sa messagerie.

— J'ai peur.

Son aveu était sorti tout seul, au moment où elle s'y attendait le moins.

— Je suis là, lui assura Caleb. Je ne laisserai personne vous faire du mal.

Katherine ne répondit pas. Qu'aurait-elle pu dire ? Même si la sincérité de Caleb ne faisait aucun doute, il ne pouvait rien garantir.

— Le principal atout de ce Kane, reprit Caleb, c'est que nous ne savons pas qui il est. Si seulement nous avions le moyen de le démasquer…

— J'espère que ce CD va nous renseigner, soupira Katherine.

Il *fallait* que les informations dont elle avait besoin soient sur ce CD — ou sur le téléphone de Leann. Toute autre hypothèse était inenvisageable.

Caleb se gara devant un hôtel et se rendit seul au bureau d'accueil. Il revint quelques minutes plus tard, une clé à la main.

— Roulez Max dans votre pull.

Katherine sortit de la voiture. Son estomac gargouillait, lui rappelant qu'il était vide. Depuis quand n'avait-elle rien mangé de solide ? Tant pis. De toute façon, elle était tellement sur les nerfs qu'elle n'aurait rien pu avaler.

La chambre était simple, décorée avec goût d'un mobilier moderne, aux lignes pures. Des photos artistiquement cadrées étaient suspendues au-dessus du lit double. Il y avait un petit bureau, un mini-réfrigérateur et un micro-ondes.

La carte d'accueil posée au milieu du lit vantait les mérites d'un couchage *divinement confortable*. Pas besoin de notice pour imaginer quel plaisir elle aurait eu à s'enrouler dans cette moelleuse couverture blanche, songea Katherine. Avec comme touche finale les bras de Caleb, elle aurait sans aucun doute dormi des jours d'affilée !

Après une brève incursion dans la salle de bains, il ressortit et lui tendit une serviette pliée.

— A vous l'honneur.

— OK.

Elle posa Max par terre. Caleb remplit une tasse d'eau et la plaça devant le petit chien tandis que Katherine refermait la porte de la salle de bains.

— Faites attention à vos plaies, recommanda-t-il à travers la porte fermée. Je vais nettoyer Max et je sors nous acheter des vêtements. Avec un peu de chance, je trouverai peut-être aussi un chargeur pour le téléphone.

Sa voix était si proche qu'il devait se tenir juste derrière le battant, se dit Katherine.

Elle commença à se déshabiller. Si son apparence reflétait ce qu'elle ressentait, mieux valait ne pas se regarder dans le miroir. L'idée de faire une pause pour se rafraîchir était vraiment excellente.

Une demi-heure plus tard, Caleb revint, plusieurs sacs à la main.

— J'ai trouvé une grande surface tout près d'ici. J'ai acheté à manger, une pommade et des lingettes antiseptiques, de la gaze et du sparadrap. J'ai même le chargeur. Et j'ai profité de ce que j'étais dans le magasin pour glisser le CD dans l'un de leurs ordinateurs portables. Mais je n'ai vu que des photos de Noah.

Katherine écarquilla les yeux.

— C'est tout ? Ce n'est pas possible.

— On l'examinera plus attentivement en bas, au centre d'affaires de l'hôtel.

Katherine acquiesça.

— Quant au téléphone, poursuivit Caleb, je l'ai branché sur place, dans le magasin, et j'ai découvert un contact intéressant. Leann vous a-t-elle déjà parlé de Bolden Holdings ?

— Non.

— Eh bien, je vous le donne en mille : le P-DG de cette société s'appelle Sebastian *Kane*. Je me demande pourquoi je n'ai pas fait le rapprochement plus tôt. Je l'avais vu en couverture du magazine *Forbes*. Cet accent que vous avez remarqué… pourrait-il être canadien ?

Katherine hocha de nouveau la tête.

— Oui, c'est bien possible. Mais quel rapport peut-il y avoir entre ma sœur et cet homme ? Je ne vois pas quelles informations elle pourrait détenir sur sa société.

— Une personnalité comme Kane se soucie forcément de son image et de sa réputation. D'une façon ou d'une autre, Leann a dû avoir affaire avec lui. Peut-être qu'elle est sortie avec… Nous verrons si le CD nous apprend quelque chose. Peut-être qu'il contient une photo d'eux deux ensemble. J'ai envoyé un SMS à Coleman. Il remonte la piste de son côté.

— Avant de descendre, je vais regarder votre épaule, décida Katherine.

— Seulement quand vous m'aurez montré votre cheville. Mais, d'abord… J'ai réfléchi à quelque chose. Se pourrait-il que votre sœur ait eu un emploi dont vous ne saviez rien ? Est-ce qu'elle parlait de son travail ?

— Elle était serveuse à temps partiel dans un café. Elle disait que cela lui permettait de rentrer tôt le matin, avant que Noah ne soit réveillé. C'était sa voisine qui le gardait. Ensuite, elle suivait ses cours en fin de matinée et elle était de nouveau avec Noah après le déjeuner.

Katherine s'interrompit. Tout cela ne ressemblait pas au portrait d'une personne qui aurait essayé d'extorquer de l'argent à quelqu'un. Et encore moins à une personne qui aurait eu l'aplomb de faire chanter une grosse légume comme ce Kane. Mais, d'un autre côté, son budget était plus que serré. Aurait-elle décidé de jouer son va-tout pour passer plus de temps avec son fils ?

— Je sais qu'elle ne vous a jamais parlé du père de Noah, reprit Caleb. Mais avec quel genre de personne elle sortait ?

Katherine laissa échapper un petit rire de gorge.

— Avant Noah ? Toutes sortes de personnes. Des intellectuels. Des athlètes. Des hipsters aux cheveux longs, qui ne mangeaient que végétarien. Il ne me semble pas qu'elle ait eu quelqu'un dans sa vie récemment. Depuis qu'elle avait Noah, elle s'était calmée. Elle disait qu'elle ne se souvenait même pas de la dernière fois qu'elle avait couché avec quelqu'un.

A cette évocation, Katherine s'empourpra.

Le pouls de Caleb s'accéléra. Katherine était si sexy quand elle rougissait.

Il la fit asseoir sur le lit, puis tira la chaise du bureau pour se positionner face à elle.

— Vous pensez que votre sœur a pu avoir une liaison avec Kane ? Elle a peut-être vu ou entendu quelque chose alors qu'elle était chez lui ?

— Tout est possible, soupira Katherine. Mais j'ai du mal à l'imaginer entretenant une relation avec le P-DG d'une grosse entreprise. Cela dit, elle était vraiment belle.

— Peut-être qu'elle l'a rencontré dans le café où elle travaillait un jour qu'il s'y était arrêté ? suggéra Caleb. Nous pourrions nous renseigner auprès de ses collègues.

En fait, Caleb avait du mal à réfléchir. Katherine sentait bon le savon et, roulée dans sa serviette de bain, elle était plus désirable encore. Une image d'elle sous la douche s'imposa à Caleb et une bouffée de chaleur l'envahit. S'il était une chose qu'il devait éviter, c'était bien de penser à Katherine en ces termes… Et pourtant, il ne put s'empêcher d'admirer ses longues jambes fuselées, les courbes de sa taille fine et de ses hanches que laissait deviner la serviette-éponge. Lorsque son regard glissa le long de ses mollets jusqu'à ses chevilles et ses pieds nus, sa bouche s'assécha.

Il s'obligea à relever les yeux.

Katherine choisit ce moment pour se passer la langue sur les lèvres.

Le regard de Caleb descendit jusqu'à son cou. Sa poitrine se soulevait et s'abaissait rapidement.

Une irrépressible envie de la protéger et de l'embrasser submergea Caleb. S'il ne se reprenait pas très vite, Katherine n'allait pas tarder à savoir très exactement à quel point il aurait aimé lui faire l'amour.

Heureusement, un jappement de Max l'arracha à sa dangereuse rêverie.

Il se força à penser de façon rationnelle. Katherine avait des ennuis. Il était là pour l'aider. Fin de l'histoire.

Il allait devoir se montrer plus vigilant s'il voulait contenir son attirance grandissante pour elle.

— Alors, voyons un peu cette jambe.

Avec les lingettes désinfectantes, il nettoya les blessures qui s'étaient remises à saigner, puis il appliqua de nouveaux pansements. Il faudrait penser à conduire Katherine dans un centre médical pour qu'on lui administre une injection antitétanique.

— Et maintenant, votre blessure au bras, lança-t-elle, les sourcils froncés.

— Ne vous inquiétez pas de ça. Je survivrai. C'est un réflexe, chez vous, de toujours faire passer les autres en premier ?

Caleb n'était pas accoutumé à cela. N'était-ce pas lui qui, habituellement, sauvait la mise aux autres ? Sans se soucier de sa propre personne ?

— Et s'il vous arrive quelque chose ? s'enquit Katherine. Y a-t-il quelqu'un à prévenir ? Une petite amie ?

— Non, pas actuellement. J'en ai eu quelques-unes, mais c'est du passé.

Elle le gratifia de son premier vrai sourire de la journée.

— Je me suis dit que je n'avais pas de temps à consacrer aux filles quand j'ai été engagé au ranch Dust Bowl, près de San Antonio, adolescent. Mon unique obsession, c'était de travailler et de rentrer dans le droit chemin.

— Mais je suis sûre qu'*elles* ont trouvé le temps de s'intéresser à vous.

Il haussa les épaules.

— J'ai eu quelques liaisons. Mais je n'ai pas rencontré la bonne personne.

Il avait préféré édifier son petit empire plutôt que de passer des soirées à écouter discourir des femmes dont il trouvait la conversation soporifique. La femme idéale se faisant attendre, il s'était autorisé quelques aventures. Il avait renoncé quand Cissy avait fait irruption dans sa vie.

— J'ai tout de même failli me marier une fois.

— Et que s'est-il passé ? demanda Katherine.

— Ça n'a pas marché. Elle est partie. Elle trouvait la vie au ranch ennuyeuse.

Caleb préféra ne pas évoquer la petite fille que Cissy avait emmenée. Savannah avait été une adorable gamine, souriante, le visage parsemé de taches de rousseur, très affectueuse. Cissy en prenait-elle bien soin ? Caleb s'inquiétait pour la petite.

— C'était il y a longtemps ? reprit Katherine.

Caleb replaça le couvercle sur la boîte de gaze.

— Deux mois environ… Bon, cette jambe a l'air d'aller mieux, même si notre fuite précipitée vous a forcée à la malmener. Je pensais que votre cheville aurait encore enflé, mais non.

Il tendit à Katherine deux comprimés d'ibuprofène et une petite bouteille d'eau.

— Tenez, avalez ça.

Elle lui décocha un sourire.

— Il va me falloir un temps d'adaptation pour m'habituer à avoir moins mal !

Caleb aimait qu'elle se détende à son contact. Il n'aurait pas eu besoin de temps d'adaptation, lui, si elle avait dû rester pour toujours.

Il s'admonesta mentalement.

Pas de ça. Pas question !

Il s'était juré de ne pas refaire la même erreur... Même si, dans le cas de Katherine, la situation était différente.

Il se pencha, attrapa l'un des sacs et le lança sur le lit.

— Vous devriez trouver de quoi vous changer là-dedans. Je ne sais pas si j'ai pris la bonne taille... Et je ne garantis pas non plus que ce soit à la pointe de la mode.

Katherine sortit un short en coton et un T-shirt rose basique, puis elle plongea de nouveau la main au fond du sachet et en retira un ensemble de lingerie coordonnée.

— Ça ira très bien, dit-elle, le rouge lui montant aux joues.

Caleb donna à manger à Max, puis se dirigea vers le lavabo, dans la salle de bains. Il déboutonna sa chemise et la retira.

Dans le reflet du miroir apparut Katherine, habillée de ses nouveaux vêtements. Elle s'arrêta net en voyant Caleb. Son regard parcourut la surface de son dos dénudé.

En un éclair, tout le sang de Caleb se mua en lave brûlante et afflua droit à son entrejambe.

Jamais aucune femme n'avait suscité un désir aussi instantané — ni aussi intense. Ce qui s'en rapprochait le plus était peut-être la relation qu'il avait eue avec Michelle. Et encore... elle ne soutenait pas la comparaison. Elle avait débarqué sur le pas de sa porte, sans le sou, demandant s'il y avait du travail pour elle au ranch. Elle n'avait ni argent ni logement.

Il l'avait accueillie et l'avait aidée dans sa recherche d'emploi. Elle n'avait pas mis longtemps à trouver le chemin de sa chambre.

Au lit, leurs ébats avaient été enfiévrés. Mais l'alchimie ne s'était pas prolongée hors de la chambre…

Elle avait tout de même apporté ses affaires, l'air bien décidé à s'installer.

Caleb avait peu à peu allongé ses journées de travail, tous les prétextes devenant bons pour être le moins possible à la maison. Elle avait fini par s'en aller. Sans un mot.

Cela avait servi de leçon à Caleb. Il n'avait plus jamais eu de relation basée exclusivement sur le sexe.

Mais faire l'amour avec Katherine serait fantastique. Non… renversant. A coup sûr, entre eux, l'alchimie opérerait instantanément sous les draps.

Mais, dans leur relation de tous les jours, il en irait de même qu'avec les autres femmes. En un sens, tant mieux, se dit Caleb. Qu'il puisse y avoir quelque chose de plus profond ou de plus réel lui faisait terriblement peur.

Katherine s'éclaircit la gorge.

— Attendez… Laissez-moi vous aider.

Elle vint se placer à côté de lui sans le regarder, prit une serviette propre sur le plan de toilette, la passa sous le robinet et l'essora. Elle tamponna précautionneusement la plaie. Le simple contact de ses doigts sur sa peau enflamma la libido de Caleb. Il brûlait d'envie d'être en elle. Là, tout de suite.

— Attention, ça va piquer, le prévint-elle avec un sourire hésitant, en se penchant au-dessus de son bras.

— Ça ira.

Mais était-ce réellement le cas ? Peut-être avait-il la

tête solidement vissée sur les épaules, mais son corps, lui, semblait animé d'une volonté propre.

Katherine appliqua l'antiseptique sur la plaie.

Caleb n'avait pas l'habitude que des mains comme les siennes prennent soin de lui. Des mains douces, tendres.

Une trouée s'ouvrit dans son esprit, comme une petite lumière au bout d'un tunnel sombre. La carapace menaça de se fissurer.

Pourquoi avait-il parlé à Katherine de Cissy ? La blessure était encore fraîche, non ? Elle aurait dû lui faire bien plus mal que celle causée par la balle sur son bras.

N'aurait-il pas dû se sentir coupable d'être seul avec cette femme, dans une chambre d'hôtel, alors que la rupture avec Cissy était toute récente ?

Mais non. Il n'éprouvait rien de tel.

Plutôt la chaleur et le soulagement de se laisser soigner par quelqu'un en qui il avait confiance.

Concept qui lui était totalement étranger. Aussi loin que remontent ses souvenirs, il avait toujours pris soin de lui et de ceux qui l'entouraient.

Mais les mains attentives de Katherine, qui voletaient sur lui, paraissaient tout à coup plus dangereuses que les hommes armés qui les poursuivaient. Tout ce que ces derniers pouvaient accomplir, c'était supprimer une vie humaine. Une femme comme Katherine pouvait donner le sentiment que la vie ne valait pas la peine d'être vécue sans elle.

Caleb éradiqua cette idée.

Katherine était en butte à de gros problèmes. Il était là pour l'aider à résoudre cette crise. Lorsque ce serait fait, elle reprendrait le cours ordinaire de sa vie et lui, le sien.

Il s'écarta d'elle et enfila le T-shirt neuf qu'il avait acheté.

— Voyons ce que ce CD peut nous apprendre.

7

Katherine installa Max dans son sac et suivit Caleb au rez-de-chaussée. Le centre d'affaires consistait en une petite salle équipée de bureaux et de deux ordinateurs, séparée du hall d'entrée par une simple paroi vitrée. Il y avait mieux en matière de discrétion, songea Katherine, mais ils devraient s'en contenter.

Elle sortit le CD de son sac et le tendit à Caleb.

Le chien se mit à gigoter et à gémir.

— Pauvre Max. Ta maîtresse te manque, n'est-ce pas ?

Une vague de mélancolie assaillit Katherine tandis qu'elle caressait l'animal.

— Il n'a plus de maison maintenant.

— Il pourra venir au ranch, proposa Caleb. A moins que vous ne vouliez l'adopter.

— Ce serait trop triste pour lui de venir chez moi. Encore que… Quand tout ceci sera terminé, je pense que je déménagerai. Je ne me vois pas continuer à vivre là-bas après…

— Eh bien, dans un cas comme dans l'autre, il aura un nouveau foyer.

— Le pauvre… Il doit avoir envie de sortir maintenant qu'il a mangé et bu toute cette eau.

— J'ai vu un espace vert sur le côté du bâtiment,

indiqua Caleb. Quand nous aurons terminé, nous irons le promener.

Le disque contenait un fichier, intitulé « Katherine ».

Le regard de Caleb alla de l'ordinateur à elle.

— Vous voyez ? Mais peut-être qu'un examen plus approfondi va nous livrer les informations que votre sœur voulait vous transmettre…

Le pouls de Katherine s'accéléra. Elle attendit, tendue.

Caleb cliqua sur son nom. Katherine jeta un coup d'œil par-dessus son épaule.

— Je ne vois pas l'intérêt de m'avoir adressé ces clichés par recommandé avec accusé de réception alors qu'elle devait me rencontrer pour me confier Noah.

— Elle a dû se rendre compte qu'elle était suivie et aura voulu s'assurer qu'ils ne seraient pas interceptés. Allons-y, fit Caleb en se penchant pour lancer le diaporama.

Les photos de Noah défilèrent à l'écran. Noah à Barton Creek, Noah au zoo… Katherine en resta perplexe. Cela ressemblait à un montage des activités estivales de Noah.

— Il faut consulter votre messagerie, suggéra Caleb. Votre sœur a peut-être glissé un indice dans un mail. Un mot employé à mauvais escient dans une phrase… Un endroit qu'elle cite à plusieurs reprises.

Katherine ouvrit une session et étudia les deux derniers messages que Leann lui avait envoyés. Rien. Pas de mail mystérieusement apparu de manière posthume non plus.

Depuis le hall d'entrée, le son de la télévision monta soudain d'un cran.

« — *Une femme de soixante-sept ans a été abattue par balle devant chez sa voisine dans un quartier habituellement tranquille de North Dallas. Les habitants sont sous le choc. Le nom de la personne décédée n'a pas encore été communiqué mais la police recherche deux individus soupçonnés de détenir des informations concernant le meurtre, Katherine Harper et un homme dont on ne connaît pas l'identité. Un témoin les a vus quitter les lieux du crime avec une arme. La police demande à toute personne qui les apercevrait de ne pas tenter d'intervenir mais d'appeler immédiatement le 911. »*

Katherine crut défaillir. Elle jeta un furtif regard à la ronde. Derrière son comptoir, le réceptionniste soulevait discrètement le combiné du téléphone en regardant de leur côté. Prévenait-il la police ?

Caleb jura.

— Comment nous a-t-on reliés au meurtre de Mlle Ranker ?

Le sentiment d'être prise au piège fit grimper en flèche le rythme cardiaque de Katherine. Tout le monde allait les reconnaître dorénavant.

Caleb se hâta d'éjecter le CD du lecteur.

— Nous nous occuperons de ça plus tard. Pour l'instant, il faut filer d'ici en vitesse.

Katherine lança des coups d'œil affolés autour d'elle tandis qu'ils sortaient de la salle et passaient rapidement devant la réception.

Une fois dans la cage d'escalier, ils grimpèrent les marches en courant. Heureusement, pensa Katherine, l'effet du puissant anti-inflammatoire atténuait la douleur qui, sinon, lui aurait labouré la jambe.

Caleb marqua une pause devant la porte de la chambre.

— J'entre récupérer ce que je peux. Vous, vous surveillez le couloir.

Katherine acquiesça et Caleb disparut à l'intérieur.

Moins d'une minute plus tard, la sonnerie de l'ascenseur se mit à tinter.

Katherine passa une tête par la porte de la chambre.

— Quelqu'un vient !

— Déjà ? s'étonna Caleb. Bon sang !

Il jeta sur son épaule le sac contenant leurs affaires, prit la main de Katherine et l'entraîna en courant vers le fond du couloir, en direction de l'autre escalier.

— Stop ! Arrêtez-vous !

Katherine coula un coup d'œil par-dessus son épaule. Un homme en costume sombre portant des lunettes de soleil s'élançait à leur poursuite. Comment lui échapper ? Et pour aller où ?

Caleb et elle se ruèrent dans l'escalier.

Ils atteignaient le palier inférieur lorsque des pas résonnèrent au-dessous d'eux. Au-dessus, la porte de l'escalier cogna contre le mur.

Seigneur..., songea Katherine avec effroi.

— Par ici, souffla Caleb en poussant la porte ouvrant sur le deuxième étage. Vite !

— Mais...

— Faites-moi confiance.

Ses yeux luisaient de témérité, nota Katherine.

— Comment faites-vous pour toujours trouver un moyen de fuir ?

— Je vous l'ai dit, j'ai eu une jeunesse turbulente. J'ai appris beaucoup de choses qu'il vaut mieux oublier si on veut mener une vie normale.

Avisant un chariot de ménage devant une chambre, il s'engouffra dans la pièce et jeta dehors la femme de chambre, interloquée, juste au moment où les portes s'ouvraient à chaque extrémité du couloir.

Il poussa le verrou.

Deux secondes plus tard, des coups de feu éclataient, assourdissants, projetant des éclats de bois autour d'eux. En un éclair, Caleb plaqua Katherine au sol.

Oh ! mon Dieu. Je vais mourir ici.

Elle songea à sa famille. Des souvenirs fugaces défilèrent dans sa tête, certains teintés de mélancolie, d'autres plus joyeux.

Mais Caleb ? A qui pouvait-il penser, lui ? Sa mère exceptée, n'avait-il pas été seul toute sa vie ? Peut-être était-ce l'origine de sa disposition à s'occuper de tout le monde ?

Le cœur de Katherine se comprima tandis que les projectiles ricochaient contre les murs, au-dessus de leurs têtes.

A cause d'elle, Caleb allait soit finir en prison, soit se faire abattre comme un chien.

Katherine déglutit avec difficulté. Caleb dégageait une telle impression de puissance. Grand, avec des yeux de velours dans lesquels elle aurait pu se perdre à l'infini. Large d'épaules, le buste taillé en un V parfait, des muscles en béton armé, il était la force physique personnifiée. Mais, intérieurement, à quoi pouvait-il se raccrocher, lui, quand il en éprouvait le besoin ?

Brusquement, Katherine fut soulevée de terre. Elle serra Max contre elle tandis que Caleb la remettait debout.

— Qu'est-ce qu'on fait ?

Caleb l'entraîna vers la fenêtre, qu'il ouvrit en un éclair.

— On leur fausse compagnie.

Une balle s'enfonça dans le mur, tout près d'eux.

Caleb cloua Katherine au sol, se couchant de nouveau sur elle.

Les tirs cessèrent. Mais un coup violent ébranla la porte.

— A partir de maintenant, il va vraiment falloir faire profil bas, murmura Caleb à Katherine.

Son visage ciselé dans le roc ne laissait transparaître aucune émotion.

— Vous sortez la première. Je vous descends à bout de bras le plus bas possible et vous sautez, dit-il en posant

Max sur le sol. Ensuite, je vous fais passer le chien et vous vous mettez à courir. Ne m'attendez pas. Je vous suis, d'accord ?

— Mais…

— Pas le temps de discuter. Allez, c'est le moment…

Sans perdre une seconde, il l'aida à enjamber la fenêtre puis à se retourner face au mur, suspendue à ses bras robustes.

— Prête ?

Elle hocha la tête, se préparant au choc.

De son mieux, elle amortit la chute avec sa jambe valide et roula sur le sol. Puis elle se redressa. Ce n'était pas très haut en fait. Plus de peur que de mal.

Levant la tête, elle tendit les bras pour attraper Max.

Caleb sauta presque aussitôt après. Mais elle n'eut pas le temps de s'en féliciter. Déjà, il courait devant. Elle le suivit.

— On est près de la gare de Mockingbird, non ? s'enquit-il.

— Oui, mais la voiture est par là-bas, souligna Katherine en pointant le doigt vers l'ouest.

— Non… Mieux vaut nous fondre dans la foule en sautant dans un train.

Et après ?

Elle ne put poser la question à Caleb. Une flopée d'hommes en costume sombre sortait en courant de l'hôtel.

Aiguillonnée par la peur, Katherine réussit sans trop savoir comment à accélérer l'allure. La quantité d'adrénaline qui courait dans ses veines devait probablement l'aider. Elle ne ressentait même plus la douleur.

Caleb la poussa à l'abri, sous les arbres qui bordaient le parking.

Le grondement d'un train se fit entendre, tout proche.

— Si on parvient à traverser les voies…

Il la souleva avec la même déconcertante facilité que les autres fois et se mit à courir en direction de la gare.

Le train approchait. Jamais ils n'arriveraient à temps.

— Posez-moi, je vous retarde… Je vais courir.

— Pas question, proféra Caleb en s'élançant sur la voie, la portant toujours.

Ils atteignirent le quai juste au moment où le train entrait en gare.

Les portes s'ouvrirent. Caleb sauta à l'intérieur et déposa Katherine sur le premier siège disponible. Ils n'avaient même pas de billets, songea-t-elle.

Le cœur battant la chamade, elle replaça Max dans le sac et jeta un coup d'œil anxieux par la fenêtre.

— Vous croyez qu'ils nous ont vus ?

— Il y a des chances, marmonna Caleb. On sort au prochain arrêt. On tâchera de s'évanouir dans la nature le long de Katy Trail.

Lorsque le train s'arrêta, ils descendirent.

Katherine refusait que Caleb la porte de nouveau. Il devait être exténué. En plus, sa blessure s'était rouverte. Il n'avait même pas dormi ! se rappela Katherine.

— Je peux marcher.

— Vous êtes sûre ?

Katherine hocha la tête. Ils coururent pendant quelques minutes avant que sa jambe ne l'oblige à renoncer.

— Désolée. Il faut que je fasse une pause.

Caleb trouva une petite clairière, abritée par un rideau d'arbustes, et ils s'arrêtèrent, reprenant leur souffle.

— Faufilez-vous derrière ces taillis, intima Caleb. On va se cacher là un moment.

Katherine étouffa un juron. Retrouverait-elle un jour une quelconque sécurité ?

Caleb prit Max et le déposa sur le sol.

Sans demander son reste, le petit chien trottina jusqu'à un buisson et se soulagea.

— Allez, Max, au pied ! l'appela Caleb en tapant du plat de la main sur sa cuisse.

Caleb semblait à peine fatigué, remarqua Katherine. Etait-il surhumain ?

Des bruits de pas précipités rompirent soudain le silence.

— Non, ce n'est pas vrai ! maugréa Katherine.

Elle approcha son visage du feuillage et scruta le chemin. Bon sang ! Les *men in black*. Ils étaient là, regroupés autour de l'un d'eux, regardant quelque chose qu'il tenait à la main.

Caleb recula dans l'ombre des taillis. Prenant Max dans ses bras, il tira Katherine par la main et ils se remirent à courir.

Quoi qu'ils fassent, où qu'ils aillent, ces types étaient toujours sur leurs talons.

— Mais bien sûr ! s'exclama soudain Caleb. Pourquoi n'y ai-je pas pensé plus tôt ?

Katherine fronça les sourcils.

— De quoi parlez-vous ?

— Donnez-moi votre téléphone, dit-il, la main tendue.

Elle le tira de son sac et le déposa sur sa paume.

— Tenez, prenez Max, ajouta-t-il, en lui tendant le chien.

Il sortit la batterie de l'appareil et l'écrasa d'un coup de talon. Il répéta la manœuvre avec son propre téléphone. Puis il ramassa les morceaux et les jeta au loin.

Un étau de glace enserra le cœur de Katherine. L'air se bloqua dans ses poumons.

— Mais… vous êtes fou ! Qu'est-ce que vous avez fait ?

— Ils ne pourront plus nous retrouver maintenant, expliqua Caleb en la prenant par la main. Ils nous suivaient grâce au GPS du téléphone. C'est pour ça qu'ils étaient toujours à deux pas derrière nous.

Il poussa un soupir.

— Mais on devrait être débarrassés d'eux désormais.

Katherine claudiqua jusqu'à un gros rocher, caressant Max et contenant tant bien que mal le flot de larmes que la panique et l'épuisement avaient fait s'accumuler en elle.

— Vous savez où nous sommes maintenant ? demanda-t-elle d'une voix mal assurée.

Caleb secoua la tête. Il s'assit à côté d'elle et entremêla ses doigts aux siens.

— Vous avez le droit de pleurer, vous savez. Vous n'êtes pas obligée de faire bonne figure tout le temps.

Si, elle y était obligée. Caleb ne comprenait pas. Elle devait être forte pour Noah. Elle avait dû se montrer forte toute sa vie.

— J'ai des responsabilités. S'il y a bien une chose que je ne peux pas me permettre, c'est de craquer, déclara-t-elle en ravalant une larme.

— Mais vous n'êtes pas seule. Je suis là, avec vous.

Le cœur de Katherine se mit à palpiter. Elle tressaillit et leva les yeux vers Caleb tandis qu'une sensation de chaleur s'insinuait en elle.

Caleb n'avait même pas le souffle court alors qu'elle-même était haletante. Et ce n'était pas seulement parce qu'elle avait été coursée par ces tueurs tandis que les balles sifflaient au-dessus de sa tête. Si son pouls était aussi rapide, c'était aussi pour une autre raison. Caleb était si proche d'elle qu'elle pouvait humer son parfum. Une odeur masculine à laquelle se mêlait cette senteur unique de nature et de grand air. Un frisson sensuel traversa Katherine. Ses bras se couvrirent de chair de poule.

Stop. Elle devait se ressaisir. D'autant qu'elle se souvenait très bien du moment où les lèvres de Caleb s'étaient refermées sur les siennes. De la douceur avec laquelle elles s'étaient promenées sur sa bouche.

Son pouls se mit à battre follement à la base de son cou.

Le vent agitait les mèches blondes de Caleb, observa-t-elle. Il la contemplait, une flamme dansant au fond de ses prunelles mordorées. En cet instant, elle aurait aimé explorer les muscles durs qui se cachaient sous son T-shirt, suivre du doigt le dessin ferme de sa mâchoire jusqu'à cette fossette qui lui creusait le menton.

La culpabilité la gagna. Comment pouvait-elle s'abandonner à de telles pensées quand son neveu était retenu par ces monstres ? Seul comptait Noah. Rien ne se passerait entre elle et Caleb. Rien ne *pouvait* se passer. Ni là ni jamais. Elle devait se focaliser sur sa famille et sur le rendez-vous qui lui avait été fixé.

Elle s'obligea à relancer la conversation.

— Je n'arrive pas à croire que ma sœur ait pu se compromettre avec quelqu'un comme Kane.

— J'ai lu quelque part qu'il avait la mainmise sur tout ce qui franchit les frontières du Canada jusqu'au Mexique, indiqua Caleb.

— Raison de plus ! rétorqua Katherine. Comment ma sœur aurait-elle rencontré un homme comme lui ? Elle n'avait pas d'argent. Elle était serveuse dans un café, bon sang ! Elle ne fréquentait pas ce genre de milieu.

Katherine ramassa un bâton par terre et le tritura.

— Si seulement nous avions pu fouiller un peu plus dans ce CD. Il contient peut-être un fichier caché… Il y avait forcément autre chose que des photos de Noah.

— D'autant que votre sœur vous l'a expédié avec accusé de réception, renchérit Caleb.

Katherine changea brusquement de sujet.

— Vous m'avez dit que vous vous étiez attiré des ennuis étant jeune. Quoi, exactement ?

Caleb sortit la trousse de soins qu'il avait jetée à la hâte dans le sac avant de quitter l'hôtel et se mit en devoir de changer le pansement sur une de ses plaies.

— Je vous l'ai dit. J'ai eu quelques démêlés avec la justice. J'ai donné beaucoup de fil à retordre à ma mère. Quand je me suis rendu compte du mal que je lui faisais, j'ai tout arrêté.

— Votre comportement…, tenta Katherine, c'était à cause de votre père ?

Le pansement posé, Caleb rangea la trousse dans le sac et chatouilla Max derrière les oreilles. L'animal avait cessé de trembler. Il s'assit aux pieds de Caleb.

— Il va bientôt falloir lui donner à manger.

En une phrase, il venait de couper court à la discussion, comprit Katherine.

Tout ce qu'elle savait du beau cow-boy, c'était qu'il sauvait le monde — les chats, les chiens, les femmes en détresse. Mais elle aurait bien voulu qu'il se dévoile un peu plus.

Caleb devait absolument trouver un abri sûr pour Katherine. Jusque-là, rien que de très normal, estima-t-il. Mais d'où lui venait cet impérieux besoin de la protéger contre tout et tous ? Lui apporter son aide, c'était une chose. Mais cette nécessité absolue de bannir ses tourments ? Il saisissait son angoisse aussi clairement que si elle avait été sienne.

Le tonnerre gronda au loin, signe annonciateur d'une tempête.

Ils étaient recherchés désormais. Ils n'avaient plus de moyen de transport. Au moindre faux pas, ils risquaient d'être abattus ou capturés.

Se rendre à la police en leur expliquant la situation était exclu. Jamais on ne croirait une histoire aussi rocambolesque.

Ils allaient devoir modifier leur apparence et trouver un endroit pour la nuit. Mais où ?

Caleb avait bien en tête une ou deux cachettes, sauf que c'était au ranch.

Surtout, une idée ne cessait de le tracasser. Que pouvait bien avoir à gagner Kane à les faire arrêter ?

Bon sang. Y avait-il un flic marron au sein du commissariat ? Un homme du calibre de Kane devait pouvoir acheter beaucoup de bonnes volontés.

Ils pourraient sans peine rejoindre Plano en sautant dans un train. Mais le reste du trajet serait périlleux. Si quelqu'un les repérait, ils seraient cuits. Combien de temps encore pourraient-ils échapper aux griffes d'un type qui avait le bras aussi long que Kane ?

Comment allaient-ils s'en tirer vivants ? Il le fallait, au moins pour Noah. Ce gamin méritait de vivre. D'être choyé au sein d'une famille aimante. Il méritait Katherine, pensa Caleb.

Elle serait une bien meilleure mère qu'elle ne l'imaginait. Elle n'avait pas hésité à risquer sa vie pour cet enfant. Une attitude comme celle-ci et un amour aussi inconditionnel assureraient à Noah une enfance fantastique.

Ce petit garçon avait déjà perdu la personne qui lui était le plus proche.

Une pointe de regret déchira le cœur de Caleb. Il savait ce que c'était que de perdre sa mère, jeune. D'être submergé de douleur à l'idée qu'on était à tout jamais seul au monde.

Le besoin de protéger Noah le gagna, si fort qu'il en fut pris au dépourvu.

Il se recentra sur Katherine. Elle faisait face avec tant de cran qu'il avait de plus en plus de mal à ne pas la toucher. Il luttait en permanence contre l'envie de la prendre dans ses bras et de la réconforter.

Cela étant, une question le taraudait sans relâche : le désirait-elle autant qu'il la désirait ?

Quand il posait la main sur elle, elle ne semblait pas indifférente. Mais, chaque fois, elle finissait par s'écarter.

Nom d'un chien !

En d'autres circonstances, il aurait pris le temps d'apprendre à la connaître. Il l'aurait emmenée dîner dans un bon restaurant. Il lui aurait demandé où elle avait fait ses études, il aurait posé des questions sur la société d'informatique pour laquelle elle travaillait. Comme les gens normaux.

Caleb faillit rire tout haut.

Sa vie avait été tout sauf *normale* ! Et cette situation impossible qui empirait d'heure en heure…

Sans compter que plus il passait de temps auprès de Katherine, plus la sonnette d'alarme tintait fort dans sa tête. Il était déjà attaché à elle, mais cela ne lui suffisait pas. Il en voulait davantage.

Sa plus grande crainte était de ne pas réussir à la protéger le moment venu et de la perdre à jamais. Ils l'avaient déjà échappé belle à plusieurs reprises au cours des dernières heures.

Certes, il pouvait tenir sans dormir encore quelques jours et il n'avait écopé que d'une seule blessure. Quelques points de suture, et ce serait réglé. Ce n'était pas ce qui le préoccupait le plus. Le vrai problème était qu'il manquait d'idées pour se cacher.

Il allait emmener Katherine au seul endroit où il s'était jamais vraiment senti à l'abri du danger : son ranch. Mais il fallait avertir Matt d'une façon ou d'une autre.

8

— Il faut que je rentre à TorJake, annonça Caleb à Katherine.

Elle tourna si vivement la tête que sa queue-de-cheval vint lui fouetter l'épaule.

— Quoi ? Mais… ils doivent être là-bas ! protesta-t-elle, ses yeux violets agrandis par l'appréhension. N'est-ce pas le dernier endroit où aller ?

— Ils surveillent certainement la propriété. Mais nous n'avons guère le choix.

Caleb jeta un coup d'œil autour de lui, son regard s'arrêtant sur un SDF assis en tailleur devant un buisson.

— Et, de toute façon, ici, le danger est partout.

— Mais… avec tout ce qui est arrivé, ils doivent être sur le pied de guerre. Sans compter que nous avons aussi la police à nos trousses maintenant.

— Le ranch est très vaste, indiqua Caleb. Je connais un endroit où nous serons en sécurité pendant quelque temps — à condition d'avoir du ravitaillement.

— Vous pensez qu'ils ont la police dans leur poche ?

Caleb gratta Max derrière les oreilles.

— Il peut y avoir *un* policier à la botte de Kane, pas la police dans son entier. Les gens riches et puissants ne lésinent pas sur les moyens pour obtenir ce qu'ils veulent.

Mais peu importe. Kane a sa petite armée de sbires à ses ordres. Moi, j'ai un lieu où je pourrai surveiller nos arrières.

— Et si le shérif est là et qu'il nous arrête ?

— Il pense que vous avez été piégée, déclara Caleb.

Katherine écarquilla les yeux.

— Vraiment ?

— Oui.

— Comment pouvez-vous être sûr qu'il dit vrai ? Il pourrait très bien avoir menti pour que nous nous sentions en sécurité et qu'il n'ait plus qu'à nous cueillir à notre arrivée. Ou Kane pourrait l'avoir soudoyé.

Caleb secoua la tête.

— Le shérif est un homme honnête. Je le connais depuis suffisamment longtemps pour répondre de lui.

Caleb ne mentait pas. Toutefois, à partir du moment où il était recherché dans une enquête pour meurtre, le soutien du shérif pourrait se faire moins appuyé…

— Si Kane est aussi puissant que vous le dites, insista d'ailleurs Katherine, qui peut véritablement nous protéger ? Où pouvons-nous aller ? Même si, par miracle, nous arrivons à rejoindre le ranch, comment survivrons-nous ? On ne pourra pas s'y cacher éternellement.

— Cela nous laissera le temps d'échafauder un plan. Je peux compter sur Matt et les garçons. Ils pourront nous aider.

— Et, pendant ce temps-là, les truands tueront Noah ! tonna Katherine. Au téléphone, j'ai entendu que sa respiration était un peu sifflante. Ces hommes sont impitoyables. Ils ne l'emmèneront pas à l'hôpital. Ils le laisseront mourir.

— Ecoutez, on va trouver le moyen de déposer les médicaments au rendez-vous, d'accord ? Ensuite, on se cachera. Je n'ai pas de solution miracle. Ce CD ne nous a fourni aucune information susceptible de nous aider.

Katherine croisa nerveusement les bras.

— Souvenez-vous qu'ils ne peuvent plus me joindre maintenant que vous avez détruit mon téléphone. Si je ne me présente pas au rendez-vous qu'ils m'ont fixé, ils tueront Noah.

— Mais ils ont essayé de vous tuer ! rappela Caleb. Si vous vous montrez au rendez-vous, il y a de grandes chances qu'ils vous abattent sans autre forme de procès, vous aussi.

Katherine parut accuser le choc. Au bout de quelques secondes, elle demanda :

— Ils essayaient d'entrer en contact avec nous et maintenant ils cherchent à nous tuer. Pourquoi, à votre avis ?

— Je ne vois qu'une seule explication : ils doivent penser que vous avez vu les preuves que détenait votre sœur.

— Mais alors, Noah…

— Je pense qu'ils le garderont en vie jusqu'à ce que…

— Jusqu'à ce qu'ils nous aient éliminés, acheva Katherine d'un ton lugubre. Ensuite, ce sera son tour.

La détresse dans les yeux de Katherine faillit mettre Caleb à genoux.

Il pencha la tête et posa son front contre le sien.

La main de Katherine vint se poser sous son menton et guida sa bouche vers la sienne.

Au contact de ces lèvres douces et lisses, toute rationalité abandonna Caleb. Une pression nouvelle tendit l'étoffe de son jean. L'image de Katherine nue au-dessous de lui surgit dans son esprit, déferlant telle une vague scélérate, oblitérant toute autre pensée, aiguisant encore son désir. Il n'avait plus qu'une idée en tête : s'étendre avec Katherine et lui offrir tout le réconfort qu'elle voudrait bien accepter.

Etait-ce une mauvaise idée ?

Cela semblait aller tellement de soi… Katherine était belle. Irrésistible. Que se passait-il dans sa tête ? Se laissait-elle emporter à son corps défendant par des émotions que sa volonté ne suffisait pas à dompter ? Avait-elle peur ? Etait-ce seulement l'instinct animal qui parlait ?

Elle avait besoin de se sentir en vie, supposa Caleb. Pouvait-il espérer davantage ? Que, peut-être, elle éprouve pour lui le même désir dévorant que celui qui le consumait ?

Katherine plongea sa langue dans sa bouche et, subitement, Caleb perdit le contrôle. Le sang afflua à ses oreilles. Son corps entra en résonance avec celui de Katherine, à l'affût du moindre de ses mouvements. De la moindre vibration. Du moindre souffle. Du plus infime gémissement de plaisir. Seul le mince tissu du T-shirt de Katherine le séparait encore de sa peau nue. Sa main se glissa au-dessous, remonta jusqu'à son soutien-gorge, s'insinua sous la dentelle. La pointe de son sein s'érigea sous ses doigts.

Mon Dieu, comme il la désirait ! Il pressa son corps contre le sien. Elle l'enserra dans ses bras.

Il était si près du paradis qu'il faillit écourter le moment et s'emparer d'elle, là, tout de suite.

De ses mains plaquées contre son dos, elle le souda plus étroitement à elle.

Encore un peu et il allait lui arracher ses vêtements.

Mais était-ce cela dont elle avait besoin ? interrogea une petite voix depuis le tréfonds de son cerveau. Ce n'était pas en se comportant comme un adolescent en proie à une poussée hormonale qu'il allait l'aider. Elle avait un fardeau bien assez lourd à porter. Il n'aurait plus manqué qu'il ajoute à son sentiment de culpabilité…

Parcouru d'un tressaillement, il relâcha Katherine.

— Je suis désolé.

— Moi aussi.

— Je ne crois pas que ce soit une bonne idée.

— Oh…

L'embarras colora ses joues.

— Ne vous méprenez pas, j'ai très envie de vous, mais…

— Non, vous avez raison. Je n'aurais jamais dû faire ça.

Il plongea ses yeux dans les siens.

— Je ne voulais pas vous froisser. Mon seul souhait, c'est de vous aider.

Elle alla s'adosser à un arbre, visiblement désireuse de s'éloigner de lui.

Son beau visage, la moue de ses lèvres provoquèrent de nouveau une réaction inappropriée. Bon sang, ne se rendait-elle pas compte combien il lui en coûtait d'interrompre leur étreinte ?

Si ça n'avait tenu qu'à lui, il lui aurait fait l'amour jusqu'à ce qu'elle crie son nom encore et encore. Il dut se faire violence pour ne pas penser au slip en coton rose moulant son postérieur. Et encore… Heureusement qu'il n'avait pas choisi du satin bleu pâle !

Nom d'un chien, son besoin de la protéger était si fort qu'il avait bien failli se laisser déborder par ses pulsions. Lui qui faisait tant d'efforts pour être une personne meilleure, pour se discipliner… S'il avait profité de la vulnérabilité de Katherine, elle aurait pu regretter le moment qu'ils avaient passé ensemble et, cela, il ne le voulait pas.

Lorsqu'ils feraient l'amour — ou plutôt s'ils faisaient l'amour un jour —, ce serait la meilleure chose qui leur soit jamais arrivée, à l'un comme à l'autre. Une expérience tellement unique que Katherine ne sortirait plus jamais de sa vie. Ce ne serait pas une liaison passagère.

D'où te vient cette idée ? se demanda-t-il, ébranlé.

Qu'avait-il en tête, exactement ?

C'était pourtant clair : il ne voulait pas d'une relation superficielle avec Katherine.

Mais qu'arriverait-il, une fois tout ceci terminé ? Katherine était habituée à la vie trépidante de la ville. A TorJake, il vivait simplement. Beaucoup de travail. De longues journées. Et, une fois terminées, eh bien… elles ne l'étaient pas tout à fait. Restait encore à s'occuper de la paperasse.

Caleb sortait peu. Il ne fréquentait pas les bars. Pas plus qu'il n'éprouvait le besoin d'aller dîner dans des restaurants huppés.

Ce qu'il aimait, lui, c'était travailler dur. Prendre une douche chaude. Manger un bon repas fait maison. Et pouvoir refermer ses bras autour de la femme qu'il aimait. Il n'en fallait pas davantage pour être heureux.

En résumé, leurs univers étaient à des années-lumière l'un de l'autre. Quand elle retournerait à sa vie normale — et il ferait tout pour ce soit le plus tôt possible —, ne lui tournerait-elle pas le dos, comme les autres ? Comme Cissy ? Un regard à Katherine, et son cœur se remit à palpiter — sans parler des autres parties de son corps.

Il réprima un grognement.

Son cœur ne s'en remettrait peut-être pas, cette fois. Ce qu'il en était venu à éprouver pour cette femme en l'espace de seulement quelques heures dépassait tout ce qu'il avait pu connaître avant.

Et il y avait de quoi avoir fichtrement peur.

Katherine se frictionna les bras pour faire disparaître la chair de poule qui les couvrait. Son attirance pour Caleb était une source de déconcentration permanente. Sa mâchoire carrée… Ses yeux pailletés d'or de la couleur des feuilles mortes qui lui rappelaient pourquoi elle adorait l'automne… Caleb était si sexy. Lorsqu'il se tenait près d'elle, chacune des fibres de son être se mettait à vibrer.

Au-dessus d'eux, le ciel se faisait de plus en plus menaçant et le vent s'était levé avec, par moments, des rafales d'air franchement frais. A l'image de ce qui s'était passé pour Caleb et elle, médita-t-elle. Entre eux aussi, la température avait brusquement fraîchi. Quant à savoir pourquoi…

Elle consulta sa montre.

— Si on veut arriver à temps au rendez-vous, on ferait mieux de se mettre en route.

Mais Caleb secoua la tête.

— Je vous ai dit ce que j'en pensais.

— Mais enfin, je n'ai pas le choix. Noah a *besoin* de ses médicaments. Il faut que je les lui fasse parvenir.

— Oui, mais ce n'est pas en allant vous faire bêtement tuer que vous l'aiderez. Ce rendez-vous est un traquenard !

Elle se cabra.

— Il *faut* que j'y aille. Et puis, c'est dans un centre commercial. Il y aura du monde.

— Ça ne les arrêtera pas, prédit Caleb. Non, c'est hors de question ! Ils ne toucheront pas à un cheveu de Noah tant que vous serez en vie. C'est leur unique moyen de pression sur vous. Que Noah meure et ils peuvent dire adieu à leur fichu fichier, ils le savent.

Peut-être Caleb avait-il raison, songea Katherine. Peut-être ces salauds lui avaient-ils tendu un piège. Mais, d'une façon ou d'une autre, il fallait qu'elle dépose ces médicaments à la statue, au centre commercial de NorthPark.

— Je vais chercher un téléphone, annonça Caleb. Il faut que j'appelle Matt, histoire de prendre le pouls de la situation, là-bas.

— Utilisez celui de Leann, suggéra Katherine.

Caleb fit la grimace.

— J'ai perdu le câble quand on s'est enfuis de l'hôtel.

Katherine se leva et avança de quelques pas chancelants.

— J'ai mal à la cheville.

Elle se rassit sur le rocher le plus proche.

— Mais continuez, vous. Il faut juste que je la repose un peu pendant quelques minutes.

L'expression de Caleb se fit soucieuse.

— Bon, je pense que vous ne risquez rien si je vous laisse ici un moment le temps d'explorer les environs. Je laisse les affaires pour le cas où vous auriez besoin de quelque chose.

Son regard s'arrêta sur Max.

— Viens là, mon vieux, appela-t-il.

Le chien accourut sans se faire prier.

— Je l'emmène pour le cas où il aboierait et attirerait l'attention sur vous. Je n'en ai pas pour longtemps. Ne bougez pas d'ici. Ils ne peuvent plus vous localiser.

D'un signe de tête, il lui indiqua un gros buisson.

— Cachez-vous là derrière. Vous serez en sécurité.

La sécurité… Ce mot pouvait être rayé de son vocabulaire, pensa Katherine.

Sans Caleb, elle craignait fort de ne plus jamais se sentir en sécurité.

Tandis qu'il s'éloignait, elle songea à la respiration sifflante de Noah lorsqu'elle l'avait eu au téléphone. Le temps leur était compté désormais.

9

Caleb enfonça sur son front la casquette de base-ball qu'il avait achetée et chaussa des lunettes de soleil pour masquer ses yeux. Son cœur s'était serré à la minute où il s'était éloigné de Katherine. Au souvenir du baiser qu'ils avaient échangé, ses lèvres le brûlaient encore.

Mais il était trop tôt pour éprouver des sentiments profonds à l'égard de Katherine… Non ? Avoir envie de la protéger était d'autant plus naturel que les choses s'étaient sérieusement corsées depuis leur passage à son appartement. Mais de vrais sentiments ?

Non. Pas en un laps de temps aussi court.

Katherine s'était trouvée au bon endroit au bon moment, voilà tout. La blessure liée au départ de Cissy — et de Savannah — était encore fraîche. En rencontrant Katherine, il s'était laissé aller, imaginant ce que ce serait d'avoir des enfants à TorJake…

A ceci près que Cissy ne lui avait jamais manqué comme Katherine lui manquait sitôt qu'il était séparé d'elle.

Mais l'expérience vécue avec Cissy avait dû le préparer à l'idée de fonder une famille un jour avec une femme telle que Katherine. Il ne pouvait nier ce qu'il avait ressenti lorsqu'elle avait promené les mains sur son dos.

Stop !

A quoi bon se bercer d'illusions ? Katherine ne voulait pas d'une relation avec lui. Elle avait été claire sur ce point.

Peut-être était-ce simplement que Cissy lui manquait, estima Caleb. Ce devait être sa façon à lui — un peu tordue — de regretter son ex.

Il émergea des arbres et avisa une cabine téléphonique à un pâté de maisons.

Il s'avança sur le trottoir, croisant une jeune blonde vêtue d'un jean effrangé et d'une blouse fluide, un sac à dos accroché à l'épaule. Une étudiante ? Il devait se trouver dans le West Village, près du campus de Southern Methodist University. Tout près du lieu de rendez-vous, donc. Kane pouvait avoir des hommes postés n'importe où. Et ce pouvait être n'importe qui. Y compris cette étudiante qui… s'était arrêtée pour caresser Max. Caleb la considéra avec circonspection.

— Oh ! quel amour de petit chien, s'exclama-t-elle.

Ne voulant surtout pas attirer l'attention sur lui, Caleb opina du chef en s'appliquant à garder la tête baissée.

— Comment s'appelle-t-il ?

— Max, répondit Caleb, tendu.

La jeune fille avait-elle une arme dissimulée quelque part ? Encore que… Kane ne s'était pas embarrassé de tant de subtilités jusqu'alors.

— Il est adorable, dit-elle encore, en cajolant l'animal. Hein que tu es mignon ?

Caleb jeta un regard à la ronde, guettant le moindre mouvement suspect. Il y avait du monde dans la rue. Les terrasses des cafés étaient pleines. C'était un secteur très animé. Rien de plus facile que de se fondre dans le décor.

La jeune fille releva la tête, arrêtant son regard sur lui.

— C'est curieux, votre visage me dit quelque chose. Est-ce que nous nous connaissons ?

— Je ne crois pas, non.

Il marqua une pause et lui adressa un petit sourire contrit.

— Il faut que je ramène Max à sa maîtresse.

Une image de Katherine l'attendant, lascivement étendue sur son lit, au ranch, lui vint à l'esprit.

Franchement, mon vieux, ce n'est ni le moment ni l'endroit.

La jeune fille lui sourit en retour et passa son chemin.

Ouf.

Caleb se hâta d'entrer dans la cabine et appela Matt.

Son ami répondit à la première sonnerie.

— Je n'ai pas beaucoup de temps, donc je vais être bref, annonça d'emblée Caleb.

Matt s'étrangla à l'autre bout de la ligne.

— Caleb ? Bon sang, mais qu'est-ce qui se passe ? Où es-tu ? Non… Laisse tomber. Ne réponds pas à cette question. On a sûrement de la compagnie… si tu vois ce que je veux dire.

Caleb n'avait pas pensé à ça, mais il était fort possible que la ligne ait été mise sur écoute. On devait chercher par tous les moyens à les localiser. La sœur cadette de Katherine avait non seulement ouvert la boîte de Pandore, mais elle avait signé l'arrêt de mort des personnes qui lui étaient le plus chères et de ceux qui tentaient de les aider.

— Comment vont les choses, au ranch ?

— Les soi-disant fédéraux sont revenus deux fois. Je ne sais pas ce qu'elle a bien pu faire, mais ça devient délirant.

— Tu as écouté les informations ?

— Oui. Les témoins peuvent raconter ce qu'ils veulent, je sais que tu n'as rien à voir avec ce meurtre, déclara Matt, solennel.

— Merci. Ça s'est passé juste sous mes yeux. Nous étions en train de parler sur le pas de la porte et, l'instant suivant, les balles sifflaient de tous côtés. Les enquêteurs parviendront sûrement à déterminer de quelle direction provenaient les projectiles.

— Nous ferons tout ce qu'il faut pour que tu sois innocenté, assura Matt.

Puis il poussa un soupir.

— Il y a autre chose que je dois te dire, Caleb…

— Oui ?

— Un homme est venu au ranch. Un marshal. Il voulait proposer à Katherine d'entrer dans le programme de protection des témoins. Il prétend qu'il l'avait déjà proposé à sa sœur.

— Il a dit autre chose ? s'enquit Caleb.

— Qu'il peut s'arranger pour t'y faire entrer, toi aussi.

— Tu sais bien que je ne quitterai pas mon ranch, riposta fermement Caleb.

— Tu pourrais y être obligé. Cette histoire prend de telles proportions…

— Est-ce que Coleman l'a rencontré ?

— Oui. Et il a vérifié… C'est un vrai marshal.

Bon. Le shérif avait l'honnêteté chevillée au corps. S'il jugeait l'homme digne de confiance, Caleb pourrait lui accorder quelque crédit lui aussi. Personne, pas même quelqu'un d'aussi influent que Kane, n'aurait pu convaincre Coleman de retourner sa veste.

— Le shérif pense que tu devrais parler à ce marshal, reprit Matt. Et, tu sais, Caleb, je suis d'accord avec lui.

Mais ce n'était pas parce que ce type travaillait bien pour le Bureau des marshals que Caleb était prêt à lui donner le bon Dieu sans confession. Peut-être pourrait-il se faire une idée plus précise s'il parlait directement à Coleman ?

— Dis au shérif que je vais l'appeler.

— Je ne crois pas que ce soit une bonne idée, objecta Matt. L'un des prétendus fédéraux ne lâche pas le shérif d'une semelle. Et puis, je te rappelle que tu es recherché,

Caleb. Coleman m'a dit de t'avertir que, s'il te voyait, il serait forcé de te placer en détention.

Caleb aurait dû le voir venir.

— Ecoute, je vais devoir raccrocher… Au ranch, pas de problème particulier ?

— Ne t'inquiète pas de ça. Tu as d'autres chats à fouetter. Comment vas-tu, *toi* ?

— Ça va. Je peux compter sur toi pour t'occuper de mon cheval en mon absence ?

— Evidemment.

— Sors-le un peu. Et pense à faire le tour du ranch de temps en temps. Des jeunes ont salement endommagé la clôture nord. Et, côté est, il faut s'assurer que les coyotes n'ont pas réussi à entrer.

— Jimmy s'en est chargé.

— Oh… Il n'a pas encore pris de congé pour l'opération de sa fille ?

— Dans quelques jours.

Caleb réfléchissait à toute vitesse. Il devait indiquer à Matt où il avait l'intention d'aller, mais comment ? Ils étaient certainement sur écoute.

— Il vaut mieux que tu remplaces Jimmy dès maintenant. Et charge un des garçons de faire faire un peu d'exercice à Dawn, OK ? Je ne voudrais pas qu'elle redevienne nerveuse, comme après le départ de Cissy. Elle la prenait toujours pour aller se promener sur ce chemin que personne n'emprunte… Va savoir, peut-être que ça lui manque ? Et, comme je ne suis peut-être pas près de rentrer…

Matt avait-il saisi l'allusion ? Caleb retint son souffle.

— Allons, ne dis pas ça, Caleb. Tout va rentrer dans l'ordre. Tu verras, tu seras bientôt là.

Non. Matt n'avait pas compris.

Peut-être Caleb pouvait-il le charger d'une mission ?

— Tu peux me rendre un service ?

— Il suffit de demander.

— Procure-toi une photo de Sebastian Kane.

— L'homme d'affaires ?

— Oui. Appelle le directeur du café Coffee Hut, à Austin, et envoie-lui le cliché. Je veux savoir si Kane est déjà allé dans cet établissement et s'il connaissait une employée du nom de Leann Foster.

— Coffee Hut, Austin, OK. C'est comme si c'était fait.

— Je te rappellerai.

— Fais attention à toi, mon vieux.

Caleb raccrocha, soucieux. Sa conversation avec Matt avait duré longtemps. Peut-être avait-on réussi à le localiser. Surtout, il ne se sentait pas l'esprit tranquille, loin de Katherine. Avec sa cheville foulée, elle ne pouvait pas courir et, s'il lui arrivait quelque chose, Caleb ne se le pardonnerait jamais.

Tête toujours baissée comme s'il parlait à son chien, il fit demi-tour pour rejoindre la cachette où il avait laissé Katherine.

Elle l'attendait, assise, se massant le pied.

— Ah, vous voilà. Quelle heure est-il ?

Caleb jeta un coup d'œil à sa montre et étouffa un juron.

— Presque l'heure du rendez-vous.

Katherine se leva.

— Allons-y ! assena-t-elle avec force.

— Mieux vaut que vous restiez ici, répliqua Caleb. Je vais y aller seul. Votre pied…

— Non !

Elle lui prit la main.

— Je *veux* venir. Ne vous inquiétez pas de mon pied. Je me débrouillerai.

Il croisa son regard, déterminé. Bon sang, il n'aurait pas le cœur de l'en empêcher. Et puis, finalement, ce serait plus sûr de la garder auprès de lui tant qu'il ne l'aurait pas ramenée à TorJake.

Il reprit donc le chemin de West Village en veillant à ne pas marcher trop vite pour que Katherine puisse le suivre.

NorthPark Center n'était pas loin. Heureusement… Ou pas, car Caleb devait en vitesse établir un plan d'action. Il n'allait pas jeter Katherine dans la gueule du loup, ainsi que Kane s'y attendait. Ils n'avaient pas le fichier. Devait-il faire demi-tour pendant qu'il en était encore temps et organiser une rencontre avec ce marshal ?

Quel pouvait donc être le lien entre Leann et un homme comme Kane ? Caleb tourna et retourna la question dans sa tête jusqu'à ce qu'il arrive avec Katherine non loin du rendez-vous.

Il s'arrêta sous le couvert des arbres et se tourna vers Katherine.

— Vous restez ici. Je vais tâter le terrain, OK ? Donnez-moi les médicaments.

Elle parut hésiter, mais finalement eut le bon sens de ne pas discuter.

La laissant à la périphérie de l'espace découvert, Caleb s'avança sur la pelouse et se mêla à la foule des gens venus déjeuner sur l'herbe.

Balayant, l'air de rien, l'esplanade du regard, il repéra au moins cinq tireurs embusqués.

Il ne s'était pas trompé. Kane avait prévu son coup.

Que Katherine fasse dix pas sur cette pelouse, et elle était morte.

Avisant un adolescent qui passait à proximité, Caleb lui tapota l'épaule.

— Excuse-moi, fiston.

Le jeune garçon retira les écouteurs de ses oreilles et tourna la tête, l'air vaguement ennuyé. En voyant Caleb, il redressa les épaules.

— Désolé de te déranger, fit Caleb. Je me demandais si ça t'intéresserait d'empocher vingt dollars rapidement.

Le garçon le détailla d'un air soupçonneux.

— Il faut que je pose ça au pied de la statue de bronze, expliqua Caleb en lui tendant le sachet contenant les médicaments.

L'adolescent haussa les sourcils et fit la moue.

— Monsieur, ce n'est pas pour dire, mais… elle est à peine à quarante mètres.

Caleb sourit et cligna de l'œil.

— Je sais. Ça fait un dollar les deux mètres. Ça t'intéresse ou pas ?

— Bien sûr.

Le jeune prit le sachet.

— Et, si en plus tu te montres discret, je double la somme.

Un large sourire éclaira le visage juvénile.

— Alors, là, vous pouvez être sûr qu'on ne me verra même pas le déposer.

Le jeune remit ses écouteurs sur les oreilles et se mit à hocher la tête d'avant en arrière, au rythme de la musique, tout en s'avançant en direction de la sculpture. La tête penchée sur le lecteur MP3 qu'il tenait à la main, il s'assit sur le socle de pierre de la statue.

Caleb recula derrière des arbustes pour être à l'abri des regards.

Quand il posa de nouveau les yeux sur la sculpture, le jeune avait disparu, mais le paquet était posé là où il fallait.

Incroyable.

Caleb n'en revenait pas.

L'adolescent le rejoignit de façon aussi discrète et Caleb lui tendit les deux billets de vingt dollars promis.

— Joli travail ! le félicita Caleb.

— Ça a été un plaisir de faire affaire avec vous, répliqua le jeune, tout sourires, avant de s'éloigner.

A son tour, Caleb quitta le buisson pour rejoindre Katherine.

Les questions tournaient toujours dans sa tête. Que se passerait-il quand Kane se rendrait compte que le fichier n'était pas dans le paquet ? S'en prendrait-il à Katherine ? A Noah ?

Caleb retrouva Katherine et, lui posant une main sur l'épaule, il la guida jusqu'à un groupe de touristes.

— Filons d'ici avant qu'il n'y ait du grabuge.

— Je… Non. Je ne peux pas. Pas tant que je ne serai pas sûre qu'ils ont pris les…

Caleb pointa le doigt vers une mère et son nouveau-né.

— Vous voyez ce bébé et sa mère, là-bas ? Ils pourraient mourir tous les deux par notre faute… Fichons le camp.

Des émotions contradictoires passèrent sur le visage de Katherine. L'anxiété. La culpabilité. La peur. Et la détermination, toujours.

— OK. Vous avez raison.

A peine les mots avaient-ils franchi ses lèvres qu'un soudain bruit de cavalcade les fit se retourner. Sur l'esplanade, les gens fuyaient en courant dans toutes les directions, s'écartant plus vite que la mer Rouge devant les Hébreux. Au milieu, un homme en costume s'avançait, l'air sinistre, une arme à la main. Des lunettes de soleil masquaient ses yeux, mais ses intentions ne faisaient aucun doute. Il avait le regard braqué droit sur Katherine.

Caleb attrapa celle-ci par le bras et la poussa devant lui, se plaçant entre l'homme et elle. S'il parvenait à la faire entrer dans ce grand magasin, là-bas, peut-être parviendraient-ils à semer leur poursuivant dans les rayons de vêtements.

Mais, comme ils approchaient des portes grandes

ouvertes, deux hommes habillés de façon similaire se profilèrent à l'entrée.

Nom d'un chien, pesta Caleb. Katherine et lui étaient coincés. L'homme gagnait rapidement du terrain derrière eux.

Caleb lança un œil à droite, puis à gauche, cherchant une issue. D'un côté, un mur de briques.

Le son d'une radio de police rompit le silence, venant de la gauche.

Aïe. Ils étaient cuits cette fois.

A moins que…

Oui, ça pouvait marcher.

Caleb, entraînant Katherine à sa suite, s'élança en direction du policier en agitant frénétiquement le bras.

— Je veux me rendre ! Je veux me rendre !

— Vous êtes fou. A quoi jouez-vous ? souffla Katherine, consternée.

— Faites-moi confiance.

Le regard qu'elle lui jeta en disait long sur le fond de sa pensée. Elle croyait qu'il avait disjoncté. Et elle avait peur que Kane ne tue Noah à cause de son coup de folie. Cette éventualité l'avait aussi effleuré, mais, s'il ne tentait pas sa chance, ils mourraient tous. Et Kane n'avait probablement pas intérêt à précipiter les choses. S'il tuait Noah trop tôt, il perdait son avantage.

Comme Caleb et Katherine s'arrêtaient devant l'officier, celui-ci fronça les sourcils.

— Katherine Harper ?

— Oui, monsieur, répondit Caleb à sa place.

Katherine, interdite, semblait avoir perdu l'usage de la parole.

— Je crois que nous sommes recherchés, ajouta Caleb en jetant un coup d'œil alentour.

Ouf ! Les hommes avaient disparu.

Katherine autorisa Caleb à la guider hors du poste de police. Leur garde à vue de vingt-quatre heures avait encore ajouté à sa fatigue.

— Vous n'avez pas parlé de Noah, n'est-ce pas ? s'enquit-elle, anxieuse.

— Non. Mais j'avoue que j'ai hésité.

— Moi aussi. Je m'attendais à être écrouée.

— C'est peut-être ce qui nous pend au nez. Que leur avez-vous dit, au juste ?

— Que nous n'avons strictement rien fait. J'ai décrit très exactement ce qui s'est passé à mon appartement. Expliqué que ce devait être une erreur. Ou un acte de violence gratuite.

— Moi aussi. De toute façon, l'examen de la scène de crime par la police scientifique devrait confirmer notre version.

— Jamais ils ne libéreront Noah si je mêle la police à l'affaire ! s'emporta Katherine. Kane doit déjà être furieux que je lui aie échappé.

— Oui. Mais c'était le meilleur moyen de vous garder en vie. Et Noah aussi.

— C'est vrai. Et je ne vous ai même pas remercié… Sans vous, nous serions probablement déjà morts, lui et moi.

Caleb imprima une pression rassurante à sa main, mais ne répondit pas. Son regard allait d'un visage à l'autre, comme s'il cherchait à localiser une menace éventuelle sur le parking du poste de police.

Katherine poussa un profond soupir.

Caleb passa le bras autour de ses épaules et la serra avec effusion contre lui avant de l'embrasser sur le front.

— Nous avons eu tort de venir à ce rendez-vous. J'ai bien cru que j'allais vous perdre.

La peur de Caleb était presque palpable. Elle lui dilatait les pupilles. Ses yeux assombris par l'émotion plongèrent dans les siens, la transperçant, mettant à nu sa douleur. Sa solitude. Il avait fallu Caleb pour que Katherine se rende compte à quel point elle était seule.

— Je suis là, Katherine. Je ne vous quitterai pas. Sauf si vous me le demandez.

— Non, je veux que vous restiez là — avec moi.

Sa présence imposante la tranquillisait. Elle promena une main en un mouvement circulaire sur son torse puissant pour le rassurer. Puis sa joue vint se poser contre le coton du T-shirt et elle déposa un bref baiser sur sa poitrine.

— Alors, je suis là, répéta-t-il.

Il sourit et passa tendrement la main dans ses cheveux. Caressa son visage.

Puis sa main descendit jusqu'au creux de ses reins et la familière trépidation intérieure la gagna. La tête de Caleb s'abaissa vers elle, et il l'embrassa. Ses lèvres effleurèrent les siennes, déclenchant instantanément une onde de plaisir qui se diffusa jusqu'à la moindre de ses terminaisons nerveuses. En un éclair, son corps s'anima et se mit à pulser de désir. Tout au fond de son cœur, elle se répéta les propos de Caleb.

Je suis là.

Si seulement cela pouvait être pour toujours.

Un coup de klaxon les tira de leur bulle.

Caleb se détacha d'elle et balaya le parking du regard.

— J'ai parlé à Matt, dit-il en prenant Max dans ses bras.

Il fallut quelques secondes à Katherine pour reprendre ses esprits.

— Alors… qu'est-ce qu'il a dit ?

— Apparemment, votre sœur était en négociation avec les fédéraux. Ce marshal qui s'est présenté au ranch semble réglo. Il veut vous proposer d'entrer dans le programme de protection des témoins.

— Et vous ?

— Je n'en ai pas besoin.
— Vous ne quitteriez jamais TorJake, n'est-ce pas ?
— C'est le seul endroit où je me sente chez moi.
Se sentir chez soi... Il y avait bien longtemps que cela ne lui était pas arrivé, songea Katherine. A ceci près que, depuis peu, elle avait tendance à se sentir chez elle là où se trouvait Caleb. Mais c'était absurde. Ils venaient juste de se rencontrer. Il fallait du temps pour qu'un lien indéfectible s'instaure entre deux êtres. Etre constamment en fuite, traquée par des tueurs devait lui jouer des tours, déformer sa perception de la réalité. Elle avait des sentiments pour Caleb, c'était indéniable. Mais le genre de sentiment qui durait une vie entière ? L'amour ? Ne la lâcherait-il pas, comme les autres ?
— Et vous croyez qu'on peut avoir confiance en ce marshal ?
Une expression lasse passa sur le visage de Caleb.
— Apparemment. Je ne suis sûr de rien, mais c'est peut-être la meilleure chance que nous ayons.
— Et Noah ? Que feraient-ils pour lui ?
— Bonne question. Ce type affirme qu'il essayait d'aider votre sœur avant son accident. S'ils vous mettent en sécurité, il aura les coudées franches pour récupérer Noah, j'imagine.
— Que devrais-je faire, selon vous ?
Les pupilles de Caleb se dilatèrent une seconde, et sa mâchoire se contracta. C'était le signe qu'il se retenait de dire ce qu'il avait véritablement en tête. Katherine le savait désormais.
— Vous devez tout faire pour rester en vie, assena finalement Caleb, les dents serrées.
— Donc, vous pensez que je devrais accepter et laisser les fédéraux prendre les choses en main ?
Comment pouvait-il la conseiller en ce sens ? Alors

qu'il venait d'assurer qu'il resterait auprès d'elle ? Pourquoi son regard semblait-il subitement plus distant ?

— Je n'ai pas dit ça. C'est à vous que revient la décision. Pour ce qui est de Matt, j'ai essayé de lui faire comprendre où nous serions. Nous ne pourrons pas tenir sans approvisionnement. Mais je ne crois pas qu'il ait saisi.

— Vous voulez toujours aller au ranch ?

— Oui. Il y a un endroit où personne ne va jamais, à l'extrémité de la propriété.

— Très bien. Alors, je veux aller avec vous.

— Ça signifie que vous n'avez pas l'intention de vous placer sous protection fédérale ?

Elle croisa les bras.

— Non. Et il n'est pas question d'en discuter maintenant.

— J'ai demandé à Matt de vérifier auprès du patron de Leann si Kane était déjà venu au café.

— Bonne idée.

Comme elle se détournait pour s'éloigner, Caleb lui emboîta le pas. Elle fut tentée de se laisser aller contre lui pour qu'il l'enveloppe de ses bras, mais elle n'en fit rien.

Leann n'avait pu se retrouver mêlée à cette affaire que par accident. Elle ne pouvait pas avoir connu ce Kane, se répéta Katherine pour la millième fois. Sa sœur ne fréquentait pas de criminels ou de personnages de cette envergure.

— Leann a dû assister à quelque chose de vraiment grave, reprit-elle, songeuse.

— Oui, c'est aussi mon avis, renchérit Caleb. Pour qu'on lui propose le programme de protection des témoins, c'est certainement qu'elle a assisté à un crime. A ma connaissance, c'est le seul motif qui justifie un placement sous protection. Il faut que nous parvenions à entrer en contact avec ce marshal pour lui demander des éclaircissements à ce sujet.

Katherine poussa un soupir.

— Je n'arrive pas à comprendre pourquoi Leann n'a pas accepté d'entrée de jeu l'offre du marshal…

Elle marqua une pause, puis ajouta :

— A cause de Noah, j'imagine. Sans doute qu'elle ne voulait pas lui imposer cette vie-là. Kane ne devait pas être au courant de l'existence de mon neveu à ce moment-là.

— Ou peut-être *pensait-elle* qu'il n'était pas au courant, nuança Caleb.

La lumière se fit tout à coup dans l'esprit de Katherine.

— Leann avait prévu de me confier la garde de Noah avant de disparaître. Elle s'était arrangée pour qu'il soit en sécurité. Je parie qu'elle s'apprêtait à intégrer le programme.

— Mais ils pouvaient faire le lien entre elle et vous…, objecta Caleb.

— Non. Nous ne portions pas le même nom. Leann a changé de patronyme lorsqu'elle a quitté la maison. C'était sa façon de couper les ponts.

Caleb tiqua.

— Avant de nous mettre en route, il faut modifier votre apparence.

Il désigna sa casquette.

— Ce n'est pas grand-chose, mais un petit changement peut faire toute la différence

— C'est vrai. J'ai failli ne pas vous reconnaître tout à l'heure.

Il fourragea dans le sac et en sortit un foulard, qu'il lui tendit.

Elle le noua à l'arrière de sa tête, dissimulant la majeure partie de ses cheveux, et jeta à Caleb un regard interrogateur.

— Comme ça ?

Il glissa une mèche sous le tissu.

— Parfait. Vous êtes toujours aussi belle, mais ça vous change. C'est ce que nous voulons.

Le contact de ses doigts sur son visage rappela à Katherine leur torride étreinte. L'urgence de son désir. La passion dévorante qui s'était emparée d'elle. Ces grandes mains seraient sans doute capables de lui dispenser des plaisirs qu'elle n'avait jamais connus.

Mais le découragement pointait en elle. Comment pourraient-ils jamais se sortir de ce pétrin ?

— Vous croyez que nous serons en sécurité au ranch ?

Caleb hocha la tête.

— Oui. Au moins pour quelque temps.

Katherine ne répondit pas, mais elle en était certaine : ils finiraient par se faire attraper. Pour peu que Kane mette le paquet, il parviendrait à ses fins et réussirait à leur mettre le meurtre de Mlle Ranker sur le dos. Alors, tout le monde se retournerait contre eux. La police. Les journalistes. L'opinion publique. Absolument tout le monde.

Katherine poussa un lourd soupir. Sa vie avait volé en éclats. Rien ne serait plus jamais comme avant.

Dans ces conditions, une nouvelle identité semblait être la solution. De toute façon, elle allait certainement perdre son travail. Ses amis et son patron croiraient-ils qu'elle n'avait rien à voir avec la mort de sa propriétaire ?

Ses amis… Quelle blague ! Katherine restait beaucoup chez elle, à travailler ou à lire. La plupart du temps, elle tenait les autres à distance.

La seule exception était son cow-boy.

Comment Caleb pouvait-il l'inciter à intégrer le programme ? Car alors ils ne se verraient plus…

Sa lèvre inférieure tremblota, mais elle déclara néanmoins avec force :

— J'en ai assez de me laisser intimider. De toute façon, ils semblent toujours avoir une longueur d'avance sur moi.

Une lueur pétilla dans les yeux de Caleb, accentuant leurs reflets mordorés.

— Est-ce que vous voulez dire que…

— Oui, coupa-t-elle. Je suis décidée à me battre.

L'expression de Caleb s'illumina.

— C'est risqué.

Comme si elle ne le savait pas ! Mais vivre perpétuellement dans la crainte de la prochaine attaque, en laissant l'avantage à l'adversaire, n'était plus tenable. Kane et ses hommes avaient mené la danse jusque-là. Il était temps de prendre la main.

— Je sais. Je n'ai pas le début d'une idée de plan, mais je ne veux plus les laisser me mener par le bout du nez.

— Eh bien, ils vont voir ce qu'ils vont voir ! tonna Caleb.

Ses yeux étincelèrent d'une lueur dangereuse, plus sexy que jamais. Seigneur, comment cet homme avait-il pu devenir si cher à son cœur en un laps de temps si court ? se demanda Katherine.

Elle n'aurait rien pu faire de tout ceci sans Caleb. Son ange gardien. Son ami… Son *amant* ?

10

Caleb réfléchissait à toute vitesse. Katherine et lui devaient trouver un moyen de transport pour quitter la ville au plus vite avant que la nouvelle de leur libération ne parvienne aux oreilles de Kane.

Rien qu'en marchant dans la rue, ils pouvaient à tout moment être reconnus par quelqu'un. Et si un des hommes de Kane se trouvait dans les parages…

Caleb décida donc de se poster près du restaurant le plus chic du quartier et demeura un moment à observer le voiturier pour repérer l'endroit où il rangeait les véhicules des clients.

Lorsque le voiturier monta dans un SUV aux vitres teintées, Caleb le suivit du regard, attendant qu'il soit revenu à son poste.

Le propriétaire du véhicule ne quitterait pas l'établissement avant une bonne heure, ce qui leur laisserait largement le temps de sortir de la ville. Personne ne se rendrait compte de la disparition du véhicule avant un moment, calcula Caleb. Il abandonnerait le SUV dans un champ ou dans une ruelle aux abords d'Allen. De là, il serait suffisamment près du ranch pour pouvoir le rejoindre à pied. A ceci près que, malgré la prise d'antalgiques, Katherine avait mal après tous les efforts qu'elle avait fait subir à sa cheville blessée.

De nouveau, Caleb fit fonctionner ses méninges. OK, il ne devrait pas avoir trop de difficulté à trouver un quad dans les environs du ranch.

Une fois dans le parking, il prit une paire de gants en latex dans la trousse de secours et les enfila. S'accroupissant à côté du SUV, il tâta le dessus du pneu arrière gauche. Bingo ! Les clés étaient là. C'était une astuce qu'il avait apprise autrefois, avant de rentrer dans le droit chemin.

Il démarra, et alla chercher Katherine et Max à la sortie du parking.

Elle se glissa sur le siège passager, à côté de lui.

— Inutile que je vous demande comment vous vous êtes procuré ce véhicule, ni si c'est encore un reste de votre jeunesse dissolue, n'est-ce pas ?

— Inutile.

Elle sourit. Mais ses yeux bleu cobalt ne pouvaient plus masquer la fatigue... et la peur, remarqua Caleb avec émoi.

Il s'obligea à se concentrer sur la route.

Le SUV s'inséra dans la circulation et, quelques minutes plus tard, ils s'engagèrent sur la route 75.

— Pourquoi ne pas incliner le siège et vous reposer un peu ? suggéra-t-il à Katherine.

Elle lui jeta un coup d'œil incertain.

— Comment avez-vous fait pour trouver cette voiture aussi vite ?

A quoi bon lui mentir ?

— J'ai un casier. Ça remonte à ma période *dissolue*, comme vous dites. Donc, je sais où aller et quoi faire pour voler une voiture rapidement.

Il lui lança un regard en coulisse. Son aveu la perturbait-il ?

— Tout ça, c'est du passé, bien sûr. Je ne me sers plus de ces compétences aujourd'hui. Hank m'a aidé à redresser la barre.

Katherine ne cilla pas.

— On dirait qu'il vous a aussi appris deux ou trois choses utiles concernant la survie en milieu hostile, souligna-t-elle.

— N'importe quel homme digne de ce nom porterait assistance à une femme en danger.

— *Une* femme ? Parce que je suis n'importe quelle femme ?

Il voulait tellement la comparer à Cissy et aux autres pour juguler le bouillonnement d'émotions qu'elle suscitait en lui…

— Je n'ai pas dit ça, argua-t-il mollement.

— Peu importe. Vous avez été mon sauveur, ce qui entre dans la catégorie *n'importe quel homme digne de ce nom*, répliqua-t-elle avec un bref sourire que ne reflétait nullement son regard.

Caleb aspirait à être bien plus que cela à ses yeux, mais il ne pouvait ignorer la réalité. Katherine était une femme en proie à de graves difficultés. Cissy, elle aussi, avait été dans une situation critique lorsqu'elle était venue frapper à sa porte. Elle avait pleuré, l'avait supplié de l'aider. Oh ! elle n'avait pas eu à se mettre à genoux : il aurait été prêt à faire n'importe quoi pour sauver sa fille Savannah. Mais Cissy avait tout de même demandé à rester au ranch, soulignant que Savannah adorait y vivre. Lorsque Caleb avait organisé toutes les consultations chez le médecin et pris en charge tous ses soins médicaux, Cissy lui avait montré une affection plus grande encore.

Elle avait bien joué sa partie. Déclenché les grandes eaux sitôt qu'il lui était apparu que ses sentiments pour lui n'étaient pas immédiatement partagés.

Caleb avait cru à la sincérité de son attachement. Même s'il s'était d'abord dit qu'entamer une relation avec elle n'était pas une bonne idée, elle l'avait en quelque sorte eu à l'usure. Une chose était certaine, si c'était à refaire, il le referait — pour Savannah.

Quel irrépressible besoin le poussait à porter secours à la gent féminine ?

Un psychiatre s'en serait donné à cœur joie avec lui. Il aurait probablement conclu qu'il volait à la rescousse des femmes parce qu'il n'avait pas pu sauver sa mère. Et il aurait eu raison.

Caleb n'avait pas pu empêcher ce salaud qui l'avait engendré de brutaliser sa mère. Si Caleb avait été plus âgé… il lui aurait arraché les yeux.

Mais il était trop jeune, trop faible. Son père était grand. Fort.

Et dire qu'il était le portrait craché de cette ordure ! Qu'il le recroise seulement et il verrait… Bon sang, pourquoi avait-il fallu qu'il lui ressemble autant ?

Mais il ne pouvait pas plus revenir en arrière que s'empêcher de faire ce qu'il estimait juste.

La main délicate de Katherine sur son bras le rappela dans un sursaut à la réalité.

Une onde de chaleur remonta jusqu'à son épaule. Katherine faisait resurgir en lui des émotions auxquelles il s'était juré de ne plus céder. Mais c'était plus fort que lui…

— Où étiez-vous parti ? Vous aviez l'air absent.

— Mais non, quelle idée… J'étais là et bien là.

— Vous croyez que vous allez vous en tirer comme ça ? Vous savez tout de ma situation. A votre tour, maintenant. Je vous écoute.

— Vous ne gagnerez rien à savoir à quoi je pensais.

— Ah bon ? Pourquoi ? Ça me concerne ?

Il soupira. Katherine était courageuse, attentive aux autres. Même lorsqu'elle était terrifiée — et elle avait toutes les raisons de l'être —, elle faisait front. Et elle ne lui avait pas demandé son aide. En fait, elle s'était même montrée plus que réticente lorsqu'il la lui avait spontanément offerte. Depuis le début de cette effroyable épreuve, elle n'avait jamais cessé de songer en priorité aux autres. Lorsqu'ils avaient été tous deux blessés, elle avait voulu le soigner en premier. La culpabilité qu'elle portait était un lourd fardeau. Mais elle n'avait pas recours aux larmes pour se faire plaindre ou obtenir gain de cause. Au contraire, elle refusait de pleurer. Elle gardait tout pour elle, se livrait très peu. A bien y regarder, la comparaison avec Cissy ne tenait pas.

Katherine ne lui ressemblait en rien.

— Vous devriez me laisser prendre le volant pendant un moment, proposa-t-elle. Vous devez être aussi fatigué que moi. Sans doute même davantage puisque vous n'avez pas fermé l'œil cette nuit. Vous avez les yeux cernés.

— Ça va, mais merci de l'avoir proposé. J'apprécie.

Et il était sincère. Elle n'imaginait même pas à quel point il pensait ce qu'il disait.

Du dos de la main, elle caressa sa mâchoire hérissée d'une barbe naissante. Une pulsation sourde naquit en lui, tendant ses muscles, ne demandant qu'à être satisfaite.

Hors de question d'y céder dans l'habitacle d'une voiture.

Mais qui sait ? Bientôt, peut-être…

— De toute façon, on va devoir abandonner ce SUV, argua-t-il.

Katherine se tortilla sur son siège pour passer sur la banquette arrière. Caleb ne put s'empêcher de remarquer son postérieur rond, ce qui ne contribua nullement à apaiser ses ardeurs.

— Voilà ! fit-elle, satisfaite. Comme ça, je vais pouvoir vous masser les épaules.

Elle se mit en devoir de malaxer ses muscles contractés. Mais, si elle était animée des meilleures intentions, elle n'obtint pas le résultat espéré. Bien au contraire. Au lieu de se détendre, le corps de Caleb se rigidifia davantage encore.

Il jeta un coup d'œil dans le rétroviseur : Katherine fronçait les sourcils.

— Vous êtes terriblement tendu. Essayez de vous relaxer.

Un sourire effleura les lèvres de Caleb. Katherine ne se rendait pas compte de l'effet que produisait son massage sur lui.

— Si vous continuez comme ça, je vous préviens..., confia-t-il. Je ne pourrai pas être tenu pour responsable de mes actes.

Les yeux de Katherine s'agrandirent démesurément tandis que ses mains s'immobilisaient.

— Oh... désolée, je ne voulais pas vous causer de problème, répliqua Katherine, s'efforçant de réprimer le petit sourire satisfait qui essayait de se frayer un chemin jusqu'à la surface.

Mais elle n'était pas mécontente qu'un homme aussi fort que Caleb réagisse avec cette intensité-là au petit massage qu'elle lui dispensait.

— Eh bien, c'est raté, riposta-t-il avec un sourire dévastateur.

Bon sang, qu'il était sexy !

Katherine s'obligea à détourner les yeux du rétroviseur et revint s'asseoir à l'avant.

L'atmosphère, dans la voiture, s'était brusquement alourdie, chargée d'une tension érotique qui enfiévra les sens de Katherine. Avait-elle jamais éprouvé cela pour un homme ?

La réponse était non. Jamais.

Et connaîtrait-elle de nouveau cela un jour ? Ce n'était

pas sûr. Elle doutait même de vivre assez longtemps pour voir à quoi cela la conduirait.

Noah... chéri. Faites qu'il ait ses médicaments désormais.

— On va laisser le SUV ici, annonça Caleb en s'arrêtant en bordure d'un champ de blé.

— Et ensuite ?

— Ensuite, on marche. A moins que je ne déniche un quad.

— Quelles sont les chances que vous en trouviez un ?

— A vrai dire, plutôt bonnes... si l'on sait où chercher.

Il ponctua sa déclaration d'un sourire sibyllin, séduisant en diable.

Le cœur de Katherine se mit à battre plus fort. L'envie du corps dur de Caleb contre le sien...

Elle soupira. Encore des pensées totalement déplacées. Il devenait difficile de les refréner. De sa seule présence, Caleb électrisait ses sens, attisait le désir en elle. Mais elle n'était pas dupe. C'était la chair qui parlait, qui la poussait à s'unir avec ce corps tellement puissant, tellement mâle.

Heureusement, son cerveau était de taille à combattre ces pulsions féminines primitives.

Elle esquissa un geste pour ouvrir la portière, mais Caleb l'avait devancée. Il avait laissé Max sortir lui aussi du véhicule.

— On a une minute. Laissez-moi jeter un coup d'œil à votre pied.

Tandis que les doigts de Caleb se refermaient autour de sa cheville, elle concentra délibérément son attention sur Max qui courait se soulager contre un épi de blé.

Mais elle ne réussit qu'à humer le parfum de Caleb... Cette odeur de grand air et de phénoménale virilité.

Mauvaise idée.

Katherine serra les anses de son sac.

— Vous avez mal ? s'enquit Caleb.

— Un peu.

Katherine s'efforça de ne pas penser à la douleur bien plus grande qui l'étreignait. Cet abîme qui s'était ouvert en elle depuis que Noah lui avait été arraché et qui ne serait pas comblé tant qu'elle ne l'aurait pas retrouvé… et tant qu'elle ne pourrait pas être avec Caleb. Au regard de cette souffrance-là, celle de sa cheville n'était rien.

— Elle est de nouveau très enflée, commenta Caleb. Je ne voudrais pas que cela empire.

— Nous n'avons guère le choix, nota Katherine avec un petit sourire. On ne peut pas rester caché éternellement dans un champ de blé.

Et puis, focaliser son attention sur la marche, éviter de se tordre le pied l'aiderait à canaliser son attention — et à se sentir vivante, active.

— Bon, je vais d'abord aller voir si je peux trouver un moyen de transport, décida Caleb. Ça ne vous ennuie pas de rester seule un moment ici ?

— Pas du tout, ça ira très bien, répondit-elle en sortant une petite bouteille d'eau pour se désaltérer.

Aussi Caleb s'éloigna-t-il, Max sur les talons. La petite boule de poils, aussi, songea Katherine, semblait avoir placé toute sa confiance dans le valeureux cow-boy.

Sous l'aile protectrice de Caleb, elle avait esquivé les balles et échappé à des tueurs fous. Il avait réussi à les garder tous les deux en vie. Si elle avait eu de l'argent à investir sur un pur-sang, elle l'aurait nommé Caleb Snow.

De nouveau, elle plongea la main dans son sac et en sortit la photo de Leann tenant Noah, bébé, dans ses bras. Une boule se forma dans sa gorge. Elle aurait voulu pleurer. Libérer ce flot de larmes retenues. Evacuer toutes les émotions refoulées en elle, se laisser aller… Mais rien ne vint.

Elle était l'équivalent humain d'un désert aride.

Au bout de dix minutes, Caleb localisa son quad, toujours sagement rangé au bord du chemin, le long du champ. Il enfourcha l'engin, installa Max entre ses jambes et démarra, savourant d'avance le sourire de Katherine quand elle le verrait revenir.

Lorsqu'ils arrivèrent en vue de l'endroit où elle les attendait, Max se dressa, les pattes avant en appui sur la colonne de direction. Il se mit à remuer la queue.

Preuve que cet animal avait bon goût, se dit Caleb.

Il aida Katherine à grimper derrière lui et ils se mirent en route.

Après un quart d'heure de trajet à travers champs, le moteur cala.

— Plus de carburant, maugréa Caleb.

Mais ce n'était pas grave. Ils n'étaient plus très loin de leur destination. Et, si jamais les *men in black* trouvaient leurs traces, eh bien, cela leur donnerait du fil à retordre.

— Moi non plus ! renchérit Katherine avec un sourire éclatant.

C'était comme si la totalité des étoiles du firmament se reflétait dans ses yeux. *Attention !* se mit en garde Caleb. *Ce n'est pas ton genre de poétiser...*

Avec une branche solide, il fabriqua une béquille pour Katherine.

— Prenez appui sur moi, lui proposa-t-il.

Ils poursuivirent le chemin à pied, Max trottinant derrière eux.

— Vous ne m'avez toujours pas dit où nous allons..., lança soudain Katherine.

— Il y a une vieille bâtisse tout au fond de la propriété, répondit Caleb. A l'origine, c'était la maison d'habitation. Ce n'est pas grand. Et elle est à l'abandon depuis des années. Personne n'y va jamais. D'ailleurs, elle est située dans un coin de la propriété tellement reculé que la plupart des gens ne la connaissent même pas. Ça me convient très bien. De temps en temps, j'y stocke de quoi y passer une nuit — des couvertures, ce genre de chose. Pour le cas où j'ai passé une longue journée à travailler dans le secteur et que je n'ai pas envie de rentrer.

— Et, je ne sais pas pourquoi, mais quelque chose me dit que cela doit arriver régulièrement ? souligna Katherine. Caleb, pourquoi ? Vous avez un ranch magnifique. Vous avez une vie de rêve !

Pas tout à fait, puisqu'il n'y a pas quelqu'un comme vous pour m'attendre quand je rentre le soir, corrigea-t-il mentalement.

L'adrénaline s'était dissipée et il commençait à être fatigué, lui aussi. D'autant que ses pensées ne cessaient de revenir obstinément sur Katherine.

Le reste du trajet s'effectua dans le silence.

Lorsque la bicoque se dressa devant eux, le soulagement envahit Caleb. Plus que quelques pas et Katherine pourrait enfin reposer sa jambe blessée.

Caleb ouvrit la porte et étendit une couette épaisse sur la plate-forme de bois qui lui servait de lit lorsqu'il dormait là — ce qui était arrivé fréquemment depuis le départ de Cissy.

Elle était partie si vite qu'elle n'avait pas pris le temps d'emporter toutes ses affaires. Des jouets de Savannah traînaient encore un peu partout, si bien que la maison était devenue pour lui comme un champ de mines, chacun d'eux lui rappelant douloureusement sa vie avec elles. Ainsi, l'hippopotame en peluche violette dont Savannah ne se séparait jamais. Qu'elle tenait serré contre elle lorsqu'elle regardait la télévision. Qui lui servait d'oreiller lorsqu'elle s'endormait.

— Caleb, comment se fait-il que vous ayez tant de choses ici ? insista Katherine en plantant son regard dans le sien.

— Mon ex avait une petite fille, avoua-t-il. J'ai eu le cœur brisé quand elles sont parties toutes les deux.

Katherine posa une main à plat sur sa poitrine.

— Je suis désolée. Elle n'était pas à vous ?

Caleb secoua la tête, refoulant le sentiment de regret au plus profond de lui.

— Après leur départ, je ne supportais plus d'être dans la maison. J'avais l'impression d'étouffer tellement elle me semblait vide.

— Vous deviez beaucoup l'aimer.

Il hocha la tête.

— Alors, souvent, après le repas, je prenais mon cheval, Dawn, et je partais me promener. Parfois, je n'avais même pas le cœur de rentrer et je venais me réfugier ici. Tout le monde devait se faire du souci, je suppose. Alors, un soir, Matt m'a suivi — probablement à la demande de Margaret. C'est comme ça qu'il a découvert l'existence de cet endroit.

— Personne d'autre ne le connaît ?

— Non, excepté vous, maintenant.

Il la fit allonger sur la couette et changea les pansements de sa jambe. Pour sa cheville, il n'avait pas de glace. La bicoque était sans électricité. Heureusement, il avait acheté une chevillère élastique de contention.

Il ôta à Katherine sa sandale, enfila la chevillère sur son pied puis déroula le tissu épais sur sa peau de soie.

— Voilà, ça devrait vous soulager.

Cela semblait si… naturel de la toucher. Il ne retira pas tout de suite sa main.

Max tourna en rond pendant quelques secondes avant de se coucher sur le sol, à côté de Katherine.

— Le pauvre… Il a perdu tout ce qui lui était cher aujourd'hui, souligna Katherine. Il est à bout de forces.

— Vous aussi, répondit Caleb en caressant la tête de l'animal.

— C'est vrai que je pense continuellement à Noah. Je voudrais dormir, mais j'ai peur des images qui vont surgir sitôt que j'aurai les yeux fermés.

A ces mots, un souvenir envahit l'esprit de Caleb : lorsque Katherine lui était apparue dans les bois pour la première fois, crinière auburn échevelée, lèvres roses, terrorisée et seule.

Le malheur qui la frappait le frappait aussi. Il eut envie d'effacer son chagrin d'un baiser. Mais il se ravisa, car il serait incapable de s'en tenir là.

Il se dirigea plutôt vers le petit poêle à pétrole pour mettre de l'eau à chauffer. Margaret avait glissé quelques sachets de tisane parmi les provisions qu'il conservait dans son repaire. Sa fameuse tisane calmante. Caleb, pour sa part, était plutôt amateur de café, mais peut-être que la tisane aiderait Katherine à se relaxer ?

Il lui tendit le breuvage brûlant dans une timbale en fer-blanc.

— Qu'est-ce que c'est ? s'enquit-elle.

— D'après Margaret, une tisane qui a des vertus apaisantes.

— Vous avez perdu le sommeil après le départ de votre amie, n'est-ce pas ?

Pris de court, Caleb secoua la tête.

— Disons que, pendant quelque temps, je n'ai pas été au mieux de ma forme.

Mais il avait rebondi, plus vite même qu'il ne l'aurait cru, grâce à l'amour et au soutien de sa seconde famille : Margaret et Matt. Ils avaient été présents à chaque instant tandis qu'il remontait tant bien que mal la pente.

Curieusement, il se rappelait peu de détails concernant Cissy. Il aurait été incapable d'évoquer son odeur, par exemple, alors que le parfum fleuri et printanier de Katherine, nuancé d'une pointe de vanille, était — et resterait à jamais — gravé dans sa mémoire.

Un bruit de branches cassées interrompit subitement le cours de ses pensées.

Il jeta un coup d'œil à la ronde.

Bon sang, il n'avait même pas d'arme ! Il avait abandonné le fusil chez Katherine après avoir utilisé toutes ses munitions.

En deux enjambées, il vint s'étendre au-dessus d'elle, faisant de son corps une barrière. Il rabattit un tas de couvertures poussiéreuses au-dessus d'eux.

Peut-être n'était-ce qu'un animal…

La poitrine de Katherine s'abaissait et se soulevait, se pressant contre lui. Dans un flash, il revit les circonstances — à peu près similaires — dans lesquelles ils s'étaient rencontrés. Son corps accolé au sien, son visage, si proche qu'il lui aurait suffi de relever un peu le menton pour l'embrasser.

Mais là, il voulait beaucoup plus qu'un baiser. Il la voulait tout entière, corps et âme.

Seulement, avant de lui ouvrir son cœur, il avait besoin d'être certain d'une chose : qu'elle ne le piétinerait pas.

Le problème, c'était qu'il allait pour cela devoir prendre un risque et lui accorder ce qu'il redoutait tant de donner — sa confiance. Entre son père, Cissy et ses autres expériences malheureuses, il avait été si durement échaudé que croire de nouveau en quelqu'un relevait de la gageure.

Si seulement il avait fait part de ses sentiments à Katherine plus tôt…

A supposer qu'il parvienne à surmonter ses démons, pouvait-il véritablement envisager un futur avec elle ?

Ou l'abandonnerait-elle, comme les autres ?

11

La porte s'ouvrit lentement dans un grincement.

— Caleb ? Tu es là ?

Il reconnut instantanément la voix de Matt et repoussa les couvertures.

— Entre et ferme la porte.

Des lignes soucieuses marquaient les traits de son ami.

— Bonté divine ! Je me suis fait un sang d'encre.

Caleb se détendit.

— Je croyais que tu n'avais pas saisi l'allusion, au téléphone.

Caleb aida Katherine à se rasseoir, veillant à surélever sa jambe, et se tourna vers Matt.

— Que se passe-t-il ?

— A toi de me le dire. A la maison, c'est un défilé permanent de gens qui sont à ta recherche. Margaret est folle d'inquiétude.

— Ils s'attendaient sans doute à ce que je rentre chez moi. Qui est venu ?

— Le marshal, d'une part… Il passe voir s'il y a du nouveau plusieurs fois par jour. Je ne lui ai pas dit que je t'avais parlé, mais j'ai l'impression qu'il est au courant.

— La ligne doit être sur écoute.

— Je m'en doutais, je te l'avais dit.

— A ce propos, tu n'as pas apporté ton téléphone, au moins ?

— Non, dit Matt. J'ai jugé plus prudent de le laisser à l'écurie. Je me suis faufilé à l'extérieur par la porte de derrière.

— Bien joué, commenta Caleb. C'est par le biais de nos téléphones que les hommes de Kane nous pistaient. J'ai dû les détruire… Bon, et qui d'autre est venu au ranch ?

— Les hommes en costume, évidemment, répondit Matt. Ils sont revenus plusieurs fois. Ils sont descendus à l'auberge Dovetail.

— Tu as parlé d'eux au marshal ?

— Oui. Il m'a recommandé de ne surtout rien leur dire et de les ignorer.

Son regard alla de Caleb à Katherine avant de revenir sur son ami.

— Quoi qu'il en soit, je peux le joindre si vous voulez entrer dans ce programme de protection.

Matt arrêta un nouveau regard désabusé sur Katherine.

Elle releva fièrement la tête, mais ne souffla mot.

Elle avait vraiment du cran, songea Caleb. Encore un trait de caractère qui la différenciait de Cissy. Bon sang, cette femme était belle, sexy, volontaire, tenace. Elle avait tout pour elle. Si Caleb s'était écouté, il aurait chassé Matt séance tenante et se serait employé à rappeler à Katherine quelle femme merveilleuse elle était. Une femme à part entière. Pas juste une fugitive forcée d'errer de cachette en cachette pour déjouer les plans de criminels sans foi ni loi.

— Je n'ai pas l'intention de quitter de nouveau mon ranch, assena Caleb. Je refuse de continuer à fuir.

Le dénouement approchait. Mais, à la seconde où cette pensée lui vint, il songea aussitôt au revers de la médaille : ce serait la fin de la parenthèse avec Katherine. En silence, il se jura de lui prouver combien elle était attirante avant que cela ne se produise.

— Tu crois que c'est une bonne idée de rester ici ? interrogea Matt, rembruni.

Caleb haussa les épaules.

— Personne ne me délogera de chez moi.

— Mais je peux partir, moi ! intervint Katherine, l'air résigné à son destin. Ils se désintéresseront de vous.

Caleb fut touché, mais pas surpris que Katherine soit prête à se mettre plus en danger encore pour lui. Il l'avait vue à l'œuvre, elle aurait sans hésiter donné sa vie pour sauver son neveu. Encore une différence notable entre elle et Cissy. Cissy n'avait toujours pensé qu'à elle.

— Sans vouloir être irrespectueux, elle n'a pas tort, releva Matt. Peut-être que si elle s'en allait…

— Je n'en resterais pas moins suspect dans une affaire de meurtre, rappela Caleb.

— Ça, je le sais, malheureusement, souligna Matt d'un ton maussade en lançant une nouvelle œillade courroucée à Katherine.

— Ça suffit ! aboya Caleb, les nerfs à vif. Est-ce que tu as pu appeler le café où travaillait Leann ?

— Oui, répondit Matt, les traits rigides. J'ai parlé au patron et je lui ai envoyé par mail une photo de Kane que j'ai dénichée dans un magazine. Il l'a tout de suite reconnu. Il m'a dit qu'il passait à longueur de temps quand Leann y travaillait. Il ne l'a pas revu depuis l'accident.

— Mais qu'est-ce qu'un homme comme lui pouvait bien vouloir à ma sœur ? tempêta Katherine.

— J'ai la réponse à cette question, continua Matt. Le patron du café m'a passé une de ses collègues. Une serveuse. Elle s'est montrée très bavarde. Leann et elle pratiquaient parfois l'escalade ensemble. Elle était présente le jour de l'accident à Enchanted Rock. Ils l'ont tous vue lâcher prise et dévisser sans rien pouvoir faire…

Matt baissa les yeux un instant avant de continuer :

— Elle a précisé que Leann a pratiquement disparu de la circulation à partir du moment où son ancien petit ami a refait surface, il y a quelques mois.

— Quoi ? s'exclama Katherine. Ils sortaient ensemble ?

La main de Caleb vint se poser sur la sienne. Elle le remercia d'un sourire mal assuré.

— Il paraît qu'ils étaient de vrais tourtereaux. Il venait la voir au café, lui apportait constamment des cadeaux, des fleurs.

Le regard de Matt alla de Katherine à Caleb, puis s'arrêta de nouveau sur elle.

— D'après la serveuse, c'était le père de Noah.

Katherine se raidit nettement.

— Non. Ce n'est pas possible !

Caleb se voulut rassurant.

— Si c'est vrai, si c'est Kane le père, alors au moins Noah n'a rien à craindre.

— Mais c'est un monstre ! tonna Katherine. Qui sait de quoi il est capable ?

— Il a placé beaucoup de ses proches à des postes importants de sa société, souligna Caleb. Noah est son seul enfant. Il veut l'avoir près de lui, mais il ne fera pas de mal à son fils.

— Non… Il se borne à se servir de lui pour faire pression sur moi, ironisa Katherine amèrement.

Un sanglot s'étrangla dans sa gorge, mais elle se ressaisit aussitôt.

— Ça change la donne, déclara Caleb. Et ça explique qu'ils n'aient pas tué Noah quand ils se sont rendu compte que nous n'avions pas déposé le fichier. Mais, si la collègue affirme qu'elle était là quand Leann est tombée, au moins nous avons la certitude que c'était réellement un accident.

Il se tourna vers Matt.

— Tu peux m'attendre dehors ?

— OK.

Caleb installa Katherine plus confortablement sur le lit de fortune, l'embrassa sur le front, sur les paupières, sur les cheveux.

— Je vais jeter un coup d'œil aux environs, histoire de m'assurer que Matt n'a pas été suivi.

La respiration saccadée, Katherine hocha la tête.

— J'ai envie de donner le CD à Matt, confia Caleb. Voir s'il arrive à trouver quelque chose. Qu'en pensez-vous ?

Les yeux violets se levèrent vers lui, tourmentés.

— Si vous lui faites confiance, je suis d'accord.

— Bien. Essayez de vous reposer. J'en ai pour une minute.

Elle chercha son regard, visiblement confuse, accablée.

— Ce ne peut pas être Kane le père. Je ne reverrai jamais Noah…

— N'y pensez pas pour le moment. Quand vous fermerez les yeux, je veux que vous me visualisiez, moi. Je suis là… Je vous protégerai.

Si elle avait pu savoir à quel point il était sincère…

Il alla retrouver Matt sur le porche et tira la porte derrière lui.

— On doit élaborer un plan. Mais, d'abord, il faut qu'on se repose. On vient de passer deux journées exténuantes…

— Il fera bientôt nuit, indiqua Matt. Vous devriez être tranquilles pour ce soir. Mais il ne faut pas se leurrer : ils finiront par vous localiser. Et alors, ils débarqueront avec l'artillerie lourde.

— Je sais bien, soupira Caleb.

— Alors, quel est ton plan ? Comment comptes-tu te sortir vivant de ce guêpier ?

— On va se préparer. Demain matin, je veux que tu demandes aux garçons et à Margaret de ne pas venir pendant quelques jours. Cela devrait nous laisser assez de temps. Et je veux rencontrer le marshal — demain, à l'aube.

Sur ce, Caleb tendit le CD à Matt.

— Et occupe-toi de ça, aussi. Essaie de voir s'il n'y a pas un fichier caché ou quelque chose de suspect.

Matt prit le disque et contempla la jaquette pendant un moment.

— Tu te rends compte du pétrin dans lequel t'a fourré cette femme ?

Ami ou pas, Matt allait trop loin.

— Elle n'y est pour rien, répliqua sèchement Caleb. Quand j'ai décidé de l'aider, je l'ai fait en connaissance de cause. Et j'ai bien l'intention d'aller jusqu'au bout.

Matt ne répondit pas, mais il secoua la tête, la mine consternée.

— Ne change rien aux habitudes ce soir, lui intima Caleb. Il s'agit de ne pas leur mettre la puce à l'oreille. Pour le rendez-vous, organise-le dans la sellerie.

Matt acquiesça et s'enfonça dans les bois.

Après avoir vérifié qu'il n'y avait personne alentour, Caleb rentra à l'intérieur. Katherine était toujours éveillée, les yeux grands ouverts.

— Que vouliez-vous dire quand vous avez déclaré que vous ne repartiriez pas du ranch ?

La lumière du jour baissait. Caleb alluma la lampe tempête pour chasser les ombres qui envahissaient la pièce.

— Vous avez faim ? Voulez-vous que j'ouvre une boîte de soupe ? demanda-t-il, éludant délibérément la question.

— Non, merci. Et inutile de changer de sujet… Caleb, je ne veux pas que vous risquiez encore votre vie pour moi.

— Ne recommencez pas.

Les propos de Matt avaient dû la blesser.

— Ne prenez pas en mauvaise part ce qu'a dit Matt. Il…

— Il a raison, l'interrompit Katherine. Ils vous laisseront tranquille si je m'en vais. Je pourrai même dire que c'est moi qui ai tué Mlle Ranker s'il le faut.

Le désespoir rigidifiait ses traits tandis qu'elle se tenait immobile devant lui, une rougeur diffuse lui montant aux joues.

Il sourit.

— Personne ne vous croira. Vous n'êtes pas bonne menteuse. Et, de toute façon, l'analyse de la scène de crime apportera la preuve de notre innocence.

Elle s'avança vers lui, une lueur de défi brillant dans le regard.

— Ce n'est pas à vous d'en décider.

Elle se planta devant lui, le regard brûlant, vibrant d'intensité.

— Assez de chamailleries pour aujourd'hui. Caleb… C'est autre chose que j'attends de vous maintenant. Quelque chose de beaucoup plus agréable…

Il plongea ses yeux dans les siens.

— Vous croyez que c'est une bonne idée ?

— Je n'en sais rien, reconnut-elle. Mais c'est quand même ce que je veux. J'ai envie de vous. Jamais je n'ai autant désiré un homme. Est-ce que, vous aussi, vous me désirez ?

Elle se haussa sur la pointe des pieds et lui passa les bras autour du cou. Son regard s'était obscurci. Elle était tellement sexy… Une larme solitaire roula sur sa joue.

Caleb la sécha d'un baiser.

— Désolée. Je ne pleure jamais. La dernière fois que

ça m'est arrivé… Cela remonte à si longtemps que je ne m'en souviens même pas.

— Ne soyez pas désolée. Il n'y a pas de honte à pleurer.

Caleb ne savait que trop bien ce que c'était que de garder ses émotions enfouies en soi. La façon dont cela vous rongeait de l'intérieur… lentement mais sûrement.

Katherine soupira.

— Comment peut-on désirer quelqu'un qui se lamente sur son sort ?

Comblant les quelques centimètres qui les séparaient encore, Caleb passa la main autour de sa taille et l'attira à lui. Une onde de chaleur le parcourut.

— Est-ce que… cela répond à votre question ? murmura-t-il d'une voix rauque en se pressant contre elle.

Le visage de Katherine s'éclaira, l'impatience luisant dans son regard, et il s'en fallut de peu que Caleb ne perde son sang-froid.

— J'ai besoin de tout oublier, juste pendant un moment, confessa-t-elle en se blottissant contre lui, ses bras venant s'enrouler autour de ses hanches. Le danger, l'enlèvement de Noah… Tout.

La sensualité qui émanait d'elle montait à la tête de Caleb plus vite qu'un verre d'alcool fort.

— Attendez…

— Quoi ? Vous ne voulez pas ?

— Ce n'est pas ça. Ça ne m'est pas arrivé depuis un certain temps et… je ne veux pas précipiter les choses.

Katherine recula d'un pas, le temps de retirer son T-shirt, sans quitter Caleb des yeux.

Elle portait un soutien-gorge de dentelle.

Caleb n'arrivait presque plus à respirer, tandis qu'elle se tenait immobile devant lui, les bras le long du corps.

— Vous êtes belle, Katherine. Mais pourquoi êtes-vous

si pressée ? On dirait que vous voulez en finir avant que nous n'ayons commencé.

— Faux, contra-t-elle en dégrafant son soutien-gorge et en le laissant tomber à ses pieds. Je veux que nous prenions tout notre temps, au contraire.

En une demi-seconde, Caleb combla l'espace qui les séparait. N'y tenant plus, il prit l'un de ses seins en coupe dans sa paume et, du pouce, en effleura la pointe qui, aussitôt, s'érigea sous sa caresse. Mon Dieu, comme il avait envie d'être en elle, d'onduler en cadence avec elle jusqu'à ce que tous deux explosent et qu'elle se pelotonne, pantelante, dans ses bras. Il la désirait comme il n'avait jamais désiré aucune autre femme.

Du menton, elle désigna son T-shirt et son jean.

— Vous avez besoin d'aide ? s'enquit-elle avec un petit sourire en coin qui fit battre son cœur.

Le T-shirt alla sans délai rejoindre les vêtements de Katherine sur le plancher. Elle n'attendit pas qu'il ait ouvert la fermeture à glissière de son jean. D'un geste prompt, elle se chargea elle-même de l'en débarrasser. Le caleçon suivit.

Son regard s'arrêta sur son sexe.

Luttant pour ne pas céder à la tentation de s'emparer d'elle sur-le-champ, Caleb la souleva dans ses bras et la déposa sur le lit avant de prendre un préservatif dans son portefeuille.

Ses muscles étaient tellement tendus que ses mains tremblèrent lorsqu'il voulut déchirer l'étui.

— Laissez-moi faire.

— Vous êtes si belle…

Elle se renversa contre l'oreiller pour le contempler.

— Alors, qu'attendez-vous pour me faire l'amour ?

Incapable de retarder davantage l'échéance, Caleb se positionna au-dessus de Katherine et plongea en elle d'un seul mouvement fluide. Il crut mourir de plaisir. C'était meilleur encore que tout ce qu'il avait pu imaginer. Leurs deux corps s'ajustaient à merveille — comme s'ils avaient été faits l'un pour l'autre.

— Encore, murmura-t-elle, le souffle court, s'agrippant à ses épaules.

Il voulait qu'elle crie son nom un millier de fois tandis qu'il la propulsait vers les cimes du plaisir.

Mais il se fit violence pour maîtriser son impatience — ce qui n'était pas dans ses habitudes.

— Non, pas tout de suite… Vous vouliez que nous prenions notre temps.

Il s'obligea à cesser d'aller et venir en elle tandis que les mains de Katherine se promenaient fébrilement sur son dos, sur ses bras. Puis elles revinrent s'arrimer à ses épaules et il inclina la tête pour prendre possession de sa bouche. Les lèvres soyeuses s'entrouvrirent et sa langue s'insinua entre elles, explorant longuement la cavité chaude et humide au goût de miel.

Les doigts de Katherine couraient le long de son échine, traçant un chemin de feu sur sa peau.

Le corps de Caleb s'embrasait d'une passion que seule Katherine avait le pouvoir d'assouvir.

Il l'embrassa avec voracité, sa langue se mêlant à la sienne en un ballet endiablé, puis il tempéra son ardeur pour la laisser prendre les commandes.

En cet instant, songea-t-il, il lui appartenait totalement. Et il en irait ainsi aussi longtemps qu'elle le voudrait.

Et, lui, que voulait-il ?

Chacune des caresses que lui dispensaient ses doigts délicats… Chaque assaut possessif de sa langue… Chaque onde de chaleur qu'elle déclenchait en lui…

Il voulait tout. Absolument tout.

Elle était celle qui détenait le pouvoir de libérer les émotions cadenassées en lui.

La langue de Katherine repartit de plus belle à l'assaut de la sienne tandis que ses ongles s'enfonçaient dans la peau de ses reins. Un long frisson le secoua.

— Caleb…, murmura-t-elle.

Pressant sa bouche sur la douce courbe d'un sein, il en happa la pointe entre ses lèvres. Le gémissement que poussa Katherine attisa le brasier qui, déjà, faisait rage en lui.

Gagné par la fièvre, il accéléra le rythme de ses va-et-vient.

Non… Pas tout de suite… Pas encore.

Il agaça son téton entre le pouce et l'index jusqu'à ce qu'elle s'arque contre lui, ses cheveux auburn étalés en corolle sur l'oreiller. Son corps se mit à osciller en cadence contre lui, calquant son rythme sur le sien, avec toujours plus d'ardeur. Elle était au bord du vertige, il le sentait.

Bandant ses muscles, il continua à aller et venir, plus vite, plus fort, jusqu'à ce qu'elle se pâme dans ses bras. Alors seulement, il s'autorisa à s'abandonner à son tour à l'ivresse des sens, emprisonné dans le doux fourreau de sa féminité.

Il la serra convulsivement contre lui, le corps secoué de tremblements.

En cet instant, il n'y avait plus ni Caleb ni Katherine. Soudés comme ils l'étaient, ils ne faisaient plus qu'un… Un seul être. Un seul corps.

Elle était tellement *à sa place* dans ses bras. Mais resterait-elle ?

Jusqu'à demain, lui souffla cette insidieuse petite voix intérieure.

La douleur le terrassa. Il ne pouvait plus contenir ses sentiments grandissants pour Katherine. Tout serait bientôt terminé. Elle partirait. Et il ne la reverrait probablement jamais.

12

Seule la rumeur désormais familière de la forêt — gazouillements d'oiseaux, stridulations de criquets, bourdonnements d'insectes — rompait le silence qui régnait dans la pièce. Le corps encore vibrant, Katherine reposait dans les bras de Caleb, la tête blottie au creux de son épaule. Son souffle chaud la caressait.

Progressivement, le rythme rapide de sa respiration s'apaisa jusqu'à retrouver une cadence lente, régulière. Son cœur battait à l'unisson de celui de Caleb. Tout semblait aller de soi entre eux, tout était *évident*. La symbiose parfaite, à tous points de vue. Ils étaient comme deux maillons d'une chaîne — indéfectiblement unis.

Mais, subitement, une idée vint rompre le cours de sa rêverie. Quels que soient les sentiments qu'ils éprouvaient l'un pour l'autre, ceux-ci ne devaient pas entrer en ligne de compte, décida Katherine. Elle devait songer à Noah.

Kane lui avait-il donné ses médicaments ?

Et, s'ils survivaient à ce cauchemar, reverrait-elle jamais son neveu ? Logiquement, s'agissant de la garde d'un enfant, un père passait avant une tante. Et, riche et influent comme il l'était, nul doute que Kane obtiendrait gain de cause.

Katherine se souvint du maelström d'émotions qui l'avaient envahie lorsqu'elle avait découvert qu'elle allait être responsable de sa jeune sœur. La colère. La jalousie. Le ressentiment. Mais ce n'était pas ce qu'elle avait éprouvé en s'occupant de Noah. Elle était mûre. Prête à l'accueillir.

Même si Caleb refusait de l'admettre, il lui en voudrait un jour de l'avoir pris au piège d'une famille qu'il n'avait pas fondée — qui n'était pas la sienne. Non… Si elle survivait, il lui faudrait consacrer toute son énergie à arracher Noah aux griffes de Kane.

— Tu as des regrets ? souffla la voix de Caleb à son oreille.

— D'avoir fait l'amour ? Non. Il fallait qu'on dépasse cette attirance pour pouvoir nous concentrer sur ce qui reste à accomplir. On va avoir besoin de toute notre tête demain. Pour toi comme pour moi, c'était difficile d'avoir les idées claires avant.

— Et maintenant ? s'enquit-il en lui jetant un regard soupçonneux.

— Maintenant, tout est limpide.

Arquant les sourcils, Caleb se redressa sur un coude. Son corps musclé scintillait dans la faible lueur de la lanterne.

Katherine avala sa salive. En un clin d'œil, elle fut comme aspirée par un vortex de désir si puissant qu'elle dut s'accorder quelques secondes pour reprendre son souffle, le temps que son pouls redevienne normal.

— Et qu'est-ce que ça signifie, exactement ? insista Caleb en la scrutant avec intensité.

— Il est hautement improbable qu'on s'en sorte vivants tous les trois. Au moins Noah aura-t-il une chance, si Kane est réellement son père…

Mais, si Caleb et elle s'en tiraient, pourraient-ils former une famille ? Caleb avait parlé en termes tellement affectueux de Savannah… Pourrait-il apprendre à aimer Noah ? Non. Caleb avait aimé Savannah parce qu'il était amoureux de sa mère. Il ne lui portait pas ces sentiments-là, à elle.

A moins que…

Non. Son imagination lui jouait des tours. Caleb ne pouvait être tombé amoureux d'elle en si peu de temps… Heureusement que son esprit pratique était là pour la rappeler à la raison ! Ils avaient dû fuir pour sauver leur peau, esquivé les balles, frôlé la mort. Et jamais, pendant cette cavale insensée, il ne lui avait fait faux bond. Alors, bien sûr qu'elle éprouvait des sentiments envers cet homme. *Son cow-boy.* Mais il ne fallait pas confondre gratitude et véritable attachement.

— Eh bien, si j'ai mon mot à dire, moi, je prétends qu'on s'en sortira, assena-t-il avec force.

Mais tout le monde avait un point faible, même un superhéros. Quel était le défaut dans la cuirasse de Caleb ? se demanda Katherine.

Les femmes en difficulté.

Elle avait eu *besoin* de lui. Comme Cissy avant elle.

Katherine coupa court à ces pensées. Elle refusait de comparer ce que Caleb et elle avaient vécu à la relation de Caleb avec son ancienne amie. Se le représenter avec quelqu'un d'autre était insupportable.

— Alors, quel est le plan pour la suite ? questionna-t-elle pour recentrer son esprit sur le sujet de fond.

— D'abord, entrer en contact avec le marshal.

— Et ensuite ? Le shérif ?

Caleb grimaça.

— Non. Il me mettrait aussitôt sous les verrous, ne serait-ce que pour me protéger.

— Ils ne nous lâcheront jamais, n'est-ce pas ?

— Non. Ils nous pourchasseront jusqu'à ce qu'ils aient réussi à nous éliminer.

— Alors, ne vaudrait-il pas mieux partir ? proposa Katherine. Se cacher ? Je viendrais avec toi.

Il haussa les sourcils.

— C'est vrai ?

— Oui, si cela pouvait faire que tu sois en sûreté.

Caleb tiqua.

— Dès que j'aurais le dos tourné, tu me filerais entre les doigts pour aller chercher Noah. Tu te soucies toujours des autres, mais qui prend soin de toi ?

— Je n'ai besoin de personne, prétendit Katherine.

— Bien sûr que si ! gronda Caleb. Plus que quiconque.

Comme Cissy, souffla la petite voix dans la tête de Katherine. Pourquoi cela lui faisait-il si mal ?

Elle commençait à voir clair dans les raisons pour lesquelles Caleb l'avait aidée.

— C'est le code d'honneur des cow-boys qui t'oblige à voler au secours des demoiselles en détresse ? interrogea-t-elle d'un ton plus dur qu'elle ne l'aurait voulu.

La mâchoire de Caleb se crispa.

— Ce n'est pas par obligation que je suis resté avec toi.

— Alors, pourquoi ?

Elle détestait se sentir aussi vulnérable. Peut-être était-ce pour cela qu'elle avait pris l'habitude de se tenir tellement sur son quant-à-soi…

Caleb ne répondit pas tout de suite.

— Je me débrouillais très bien toute seule avant de te rencontrer, mentit-elle.

Il déposa un petit baiser sur son front.

— Je sais. Mais pas moi. Et je me demande ce que je ferais sans toi, ici.

La fine carapace de glace qui protégeait le cœur de Katherine fondit.

— On ne saura peut-être jamais pourquoi ce type nous a dans son collimateur.

Elle se tut. L'angoisse qui lui étreignait le cœur se fit plus oppressante encore… comme si ses poumons se vidaient de leur air tandis qu'elle se noyait, entraînée vers le fond de l'océan par le secret de Leann, attaché à son cou comme un terrible lest.

— Peut-être que Matt trouvera quelque chose sur le CD, suggéra Caleb. On n'a pas vraiment eu le temps de l'explorer à fond.

Katherine soupira.

— J'ai beau me creuser la cervelle, je n'arrive pas à entrevoir de solution. Même le fait de parler avec ce marshal n'est pas sans risque... Qui nous dit qu'il n'est pas à la solde de Kane ? Mais, tu as raison, nous avons besoin d'une aide extérieure.

— Demain, je vais me lever avant l'aube pour rejoindre Matt, annonça Caleb. Je pense que le mieux serait de dormir, maintenant... à moins que tu n'aies une meilleure idée, bien sûr.

Il lui décocha un regard lourd de sous-entendus en même temps qu'un sourire diabolique incurvait ses lèvres.

Seigneur. Un regard de lui, et elle était déjà en transe.

— Ce n'est pas impossible, reconnut Katherine. Et, soit dit en passant, je trouve que nous faisons merveilleusement bien l'amour.

— Raison de plus pour ne pas nous en priver, souligna Caleb en lui lançant une nouvelle œillade dévastatrice.

Cette fois, ils firent l'amour sans hâte, tendrement, conscients, peut-être, songea Katherine, qu'il leur fallait chérir et savourer ce moment comme un cadeau du ciel.

Ce ne fut pas de gaieté de cœur que Caleb quitta la douce tiédeur du corps de Katherine pour se lever et mettre de l'eau à chauffer pour le café. La moindre parcelle de son être le poussait à retourner se lover contre elle, dans le lit. Grâce à sa présence, il avait réussi à dormir quelques heures.

Il s'était pourtant attendu à ce que son retour au ranch déclenche une tornade de mauvais souvenirs. Mais non.

Katherine avait chassé ses démons, songea-t-il tandis qu'il entrouvrait sans bruit la porte pour faire sortir Max. Pendant que le café infusait, il remplit un petit bol de pâtée pour chien. La pauvre bête avait été trop stressée pour manger la veille. Elle s'était roulée en boule dans un coin et n'avait plus bougé jusqu'à ce qu'elle entende Caleb remuer.

Tendu, il consulta sa montre pour la troisième fois en cinq minutes. Le temps semblait s'être ralenti. Les minutes s'égrenaient avec une lenteur exaspérante.

Si seulement ils avaient su quelle information Kane recherchait… Mais non. Ils étaient dans le noir le plus complet.

Quant à sa situation personnelle… Jamais il n'aurait cru se laisser entraîner dans une relation aussi rapidement. Bon sang, après Cissy, il en était arrivé à douter de trouver l'amour un jour. Ce qu'il avait partagé avec elle, il s'en rendait soudain compte, n'entrait pas dans cette catégorie. L'amour, le vrai, c'était quand on faisait passer l'autre avant soi.

Toute sa vie, il avait cru ne pas trouver la femme qu'il lui fallait parce qu'il était trop occupé à assurer sa réussite professionnelle.

Mais était-ce le cas ?

Il était passé presque maître dans l'art d'éviter les relations.

Et si tout ceci était la conséquence directe de ton enfance perturbée ?

Dans sa hantise de ressembler à son père, qui sait s'il ne s'était pas inconsciemment fermé toutes les portes ?

Il s'était persuadé qu'il n'avait pas de temps à consacrer aux femmes, qu'il devait se concentrer sur son travail pour avoir une vie meilleure. L'argent ne faisait pas le bonheur, mais la pauvreté, non plus. Il en avait fait la triste expérience durant toute son enfance.

Si sa mère avait pu se payer une assurance, elle aurait été correctement soignée.

Si son père ne les avait pas abandonnés, elle n'aurait pas été seule à subvenir à ses besoins.

S'ils avaient eu plus d'argent, elle n'aurait pas eu à travailler aussi dur.

Si, si, si...

Etait-il à blâmer pour le fiasco auquel avaient abouti ses deux tentatives de vie de couple ? Pour Cissy ? Il pouvait se répéter éternellement qu'elle s'était servie de lui, mais lui avait-il réellement donné autant qu'il le croyait, lui ?

Désormais, il en doutait.

Car tout son chagrin, tous ses souvenirs tenaient plus à l'idée d'avoir perdu une famille que Cissy elle-même. Oui, c'était une famille qui lui avait manqué, pas sa petite amie. Ni Becca. Ni la demi-douzaine d'autres femmes avec qui il avait entretenu de brèves liaisons.

Peut-être parce qu'elles n'étaient pas Katherine Harper ? suggéra une petite voix, tout au fond de lui.

De toute façon, il ne serait plus jamais le même si quelque chose arrivait à Katherine.

13

Katherine n'avait pas dormi aussi profondément depuis bien longtemps. Etant donné les circonstances, c'était dangereux. Le parfum de Caleb imprégnait encore ses cheveux et les draps. Elle roula voluptueusement sur le côté, s'autorisant encore quelques instants de douce rêverie sensuelle.

Puis elle se leva et boitilla jusqu'au coin cuisine, essayant de ne pas trop penser à l'absence de Caleb.

Et s'il ne revenait pas ? s'avisa-t-elle soudain. Ils n'avaient pas envisagé cette éventualité, pas prévu de plan B.

Katherine rejeta résolument cette idée. Caleb allait revenir. Ils allaient trouver un arrangement. D'une façon ou d'une autre, ils s'en sortiraient. Oui, bientôt, ils verraient le bout du tunnel.

Elle songea à Leann. S'était-elle dit la même chose lorsqu'elle avait décidé d'affronter ces hommes seule ?

Quel fichier compromettant sa sœur avait-elle bien pu détenir pour que Kane se retourne aussi violemment non seulement contre elle, mais contre sa famille ?

Le délai de vingt-quatre heures que lui avait accordé Kane pour fournir le fichier était depuis longtemps écoulé. Ses hommes étaient quelque part, là, dehors, embusqués, prêts à frapper. Fichier ou pas, ils ne renonceraient pas avant de l'avoir mise définitivement hors jeu, Katherine en était certaine.

Caleb aussi était dehors, quelque part, en train de risquer une nouvelle fois sa vie pour elle. Il avait promis d'être de retour avant le lever du soleil… Pourquoi n'était-il pas encore là ? L'astre flamboyant embrasait déjà tout le ciel à l'est.

Katherine marqua une pause dans l'embrasure de la porte et se tourna vers le lit. Ils y avaient fait l'amour jusqu'à ce que leurs corps soient rompus de fatigue et qu'ils sombrent dans un lourd sommeil.

Leurs ébats avaient été passionnés, intenses, exaltés mais aussi doux, tendres… Les qualificatifs lui manquaient pour décrire la façon dont leurs corps entremêlés avaient succombé à l'extase jusqu'à ne faire plus qu'un.

A la seule idée de perdre Caleb, la douleur était pire qu'un coup de poignard en plein cœur.

Katherine s'assit sur le plancher et se mit à caresser distraitement Max. Le café fort la revigora un peu.

Elle changea les pansements de sa jambe. Les plaies cicatrisaient plutôt bien, compte tenu des circonstances. Même sa cheville était moins enflée. Quelques jours de repos et il n'y paraîtrait plus.

Ses blessures externes guériraient. Quant aux autres… tout dépendrait de l'évolution de la situation.

Elle poussa un profond soupir. Où était Caleb ?

Laisser Katherine seule toute la matinée ennuyait Caleb. Mais Matt avait été retardé et cela avait décalé leur rendez-vous.

Les instincts de Caleb restèrent en alerte rouge pendant toute la durée de l'entretien avec le marshal. Mais était-ce à cause de ce dernier ou parce que Katherine était seule, sans personne pour la défendre en cas d'attaque surprise ?

Caleb rongea son frein jusqu'à l'issue de l'entrevue. Si le marshal était du côté de Kane, cette rencontre pouvait n'être qu'un subterfuge visant à isoler Katherine.

Matt n'avait rien trouvé non plus sur le CD, mais ce n'était pas un as de l'informatique. Caleb avait l'intention de demander à Katherine s'il pouvait le confier au marshal. Le Bureau des marshals aurait les ressources nécessaires pour détecter ce qu'un œil profane avait manqué. Problème : il fallait d'abord être sûr de pouvoir faire confiance aux fédéraux. S'il y avait une fuite au sein du département, leur remettre des preuves pouvait constituer une erreur magistrale. Fatale.

L'idée ne cessait de tarabuster Caleb. Mais il y avait trop de variables dans l'équation pour qu'il puisse prendre une décision.

Il tenait à en parler d'abord à Katherine.

Enfin, il arriva en vue de la vieille maison. L'estomac noué, il gravit les marches du porche. Avait-il eu tort de ne pas avoir emmené Katherine avec lui pour la cacher quelque part, plus près de lui ?

Non, évidemment. Il avait bien fait. Elle était plus en sécurité dans la bicoque. Au diable cette fichue situation qui le poussait à remettre en question la moindre de ses décisions !

Peut-être aussi était-ce à cause des nouvelles qu'il rapportait. Ou de cette petite voix qui ne cessait de le mettre en garde : Katherine allait partir. Forcément.

Il entra. Katherine était assise par terre, jouant avec Max. Un immense soulagement envahit Caleb. Manifestement, Katherine aussi.

— Dieu merci, tu vas bien ! s'exclama-t-elle.

Il s'accroupit à côté d'elle et l'embrassa sur la tempe.

— Matt est arrivé très en retard. Il a eu l'impression qu'on le suivait. Je suis désolé que tu te sois inquiétée.

— Alors ? Comment ça s'est passé ?

— Matt n'a rien vu sur le CD. J'aimerais le faire passer au marshal, mais je voulais d'abord avoir ton accord.

Katherine alla jusqu'au comptoir, servit un café et revint le lui donner.

— Je ne sais pas. Tu en penses quoi ?

— Les experts en informatique des agences gouvernementales sont capables de craquer n'importe quoi. A nous de décider si nous leur faisons confiance ou pas. Mais… il y a autre chose que je dois te dire.

Les yeux violets s'agrandirent démesurément.

— Tu me fais peur.

— D'après le marshal, Kane pourrait avoir quitté le pays.

Elle le contempla, interdite.

— Comment est-ce possible ?

— Les fédéraux pensent qu'il a une propriété au Mexique, de l'autre côté de la frontière. Le marshal a plusieurs pistes, il se renseigne.

Katherine secoua la tête, visiblement découragée.

— A quoi bon nous acharner sur ce fichu CD ? Et puis, d'ailleurs, pourquoi tient-il tellement à le récupérer s'il peut franchir la frontière avec Noah et se cacher à l'étranger ?

Katherine arrêta son regard sur la porte.

— Et je suppose que nous sommes censés attendre bien sagement pendant que ces messieurs du gouvernement essaient de localiser Kane ? Mais ce salaud va en profiter pour nous faire tuer !

— Ils ont proposé de te placer sous protection, rappela Caleb.

Katherine laissa échapper un ricanement.

— C'est ça. Et je ne reverrai plus jamais Noah.

Caleb… ce marshal, il sait ce que Kane cherche tellement à récupérer ?

— Il a dit que Leann détenait des preuves matérielles le reliant à un crime.

Katherine soupira lourdement.

— Je sais que je n'ai pas dépeint ma sœur sous son meilleur jour, mais c'était quelqu'un de gentil. Je n'arrive pas à comprendre comment elle a pu s'acoquiner avec un type comme lui.

— D'après le marshal, elle n'était pas au courant, précisa Caleb. Elle était jeune lorsqu'ils se sont rencontrés. Il l'a éblouie, couverte de cadeaux. C'était un homme d'affaires prospère. Tout semblait parfaitement légal. Quand elle a découvert qu'il avait une facette beaucoup plus sombre, elle était enceinte. Elle a disparu et elle a eu son bébé à son insu. Elle ne voulait pas lui dire qu'il était le père. Elle a conservé les preuves de son crime pour le cas où il referait surface. Et c'est ce qui s'est passé. Un beau jour, il a fait irruption dans le café. Elle était là. Elle a joué la comédie, feignant d'être contente de le revoir. Et, en sous-main, elle a pris contact avec les fédéraux. Elle se proposait de témoigner à charge contre lui afin de l'empêcher à tout jamais d'approcher Noah.

— Ça explique pourquoi elle se déplaçait tout le temps, fit remarquer Katherine. Ensuite, quand Noah est arrivé à l'âge d'entrer à l'école, elle a dû vouloir s'installer plus durablement. Savent-ils quel genre de preuves elle avait ?

— Elle leur a déclaré qu'elle pouvait produire des photos à l'appui de son témoignage.

Caleb ne put retenir un bref grognement.

— Je crois que tu devrais accepter leur proposition.

— Quoi ? Et laisser Noah aux mains de ce monstre ? se récria Katherine, manifestement outrée.

— C'est son fils. Kane ne lui fera pas de mal. Et, au moins, tu resterais en vie le temps qu'ils le coincent.

— S'ils y arrivent ! Et ensuite ? Quel serait mon avenir ? Vivre perpétuellement dans la peur ? Je ne sais pas où est cette photo qui prouve son implication dans un crime. Sans elle, je ne peux pas le faire tomber. Ce type est impitoyable ; tant que je serai vivante, il ne renoncera pas.

Elle avait malheureusement raison, songea Caleb.

— Et toi ? enchaîna-t-elle. Que comptes-tu faire ?

— Je te l'ai déjà dit. Je ne quitterai pas mon ranch.

Une expression incrédule se peignit sur le visage de Katherine.

— Mais enfin, ils te tueront. Ils n'auront même pas besoin de chercher !

— Mais non, tout ira bien. Tu es à bout de nerfs, tu n'as pas les idées claires.

— Dis tout de suite que je suis folle ! Ose me regarder en face et affirmer que j'ai tort.

Il baissa les yeux.

— Tu n'as pas tort. Mais j'ai l'intention de rester et de lutter. Kane peut m'envoyer autant de ses sbires qu'il veut, je saurai les accueillir, quitte à ce qu'ils repartent les pieds devant !

Katherine se mit à faire les cent pas.

— Je ne devrais pas avoir à me terrer comme une criminelle. Je n'ai rien fait de mal. Je ne peux probablement pas changer la donne, mais je peux au moins décider de la façon dont jouer mes cartes.

Pourquoi diable était-elle tellement obstinée ? Et tellement sexy…, pensa Caleb.

— Je te comprends, Katherine, mais, s'il t'arrive quelque chose, c'est terminé. *Game over*. Pour les jouer, ces cartes, il faut absolument que tu restes en vie. Que nous continuions à instiller le doute dans l'esprit de Kane à propos de ce fichier. Qu'il soit forcé de se cacher.

Ne voyait-elle pas qu'il essayait désespérément de la sauver ? Pourquoi fallait-il qu'elle soit tellement butée ?

Tu réagirais exactement comme elle, à sa place.

Elle le dévisageait, le menton relevé en manière de défi.

— Je croyais que ce qui s'était passé entre nous hier comptait. Pourquoi veux-tu que je disparaisse de ta vie à tout jamais ?

Ce n'était *pas* ce qu'il voulait. Loin de là. Mais il était prêt à dire n'importe quoi — pour sa sécurité.

— Ecoute, nous nous sommes laissé emporter par le feu de l'action. Mais je pense vraiment que tu devrais partir.

Mon Dieu, prononcer ces mots-là le mettait à la torture.

La douleur qui brilla dans les yeux de Katherine manqua l'achever. Il faillit retirer ce qu'il venait de dire, mais il se refréna. Il ne permettrait pas qu'elle reste pour lui. Il voulait qu'elle soit à l'abri, quelque part, là où personne ne pourrait l'atteindre.

— Alors, dans ce cas…, bafouilla Katherine. Je vais partir.

Sa lèvre inférieure trembla, mais elle ne pleura pas.

Combien de fois s'était-elle retenue devant lui ? songea Caleb. Son courage produisait toujours le même effet sur lui.

Elle attrapa son sac et se dirigea vers la sortie.

D'un bond, Caleb la dépassa et lui bloqua le passage.

— Où vas-tu ?

— Je n'en sais rien. Et, même si je le savais, je ne te le dirais pas !

Katherine avait du mal à respirer. C'était comme si on venait de lui arracher le cœur. Bien sûr, elle s'était doutée que leur histoire ne pourrait pas s'inscrire dans la durée, mais ce que Caleb venait de faire…

— Ecarte-toi de mon chemin.

— Katherine, écoute-moi. Je suis désolé… désolé. J'ai dit ça uniquement pour te convaincre d'entrer dans le programme de protection. Je n'en pensais pas un mot. Je suis tellement inquiet pour toi…

Evidemment, elle était tentée de le croire. De toute son âme. Personne, pas même le plus cynique des hommes, n'aurait pu feindre ce qu'ils avaient partagé de façon aussi convaincante. Sur le plan sexuel, à tout le moins. Jamais elle ne s'était sentie aussi désirée, aussi sexy… Aussi adulée. Comme si Caleb ne pouvait se rassasier d'elle. Le souvenir précis de chaque instant de leur nuit d'amour, de chaque geste était encore gravé dans sa mémoire. Son corps d'Apollon, baigné par le clair de lune et la lueur tremblotante de la lanterne, le goût de cannelle de ses lèvres…

Lorsqu'il était entré en elle, elle s'était sentie transportée, comme s'il la propulsait loin, très loin au-dessus de la terre. Elle s'était sentie plus vivante à ce moment-là qu'elle ne l'avait jamais été de toute sa vie.

Mais peut-être tout cela avait-il été purement physique pour lui ?

Ne disait-on pas des hommes qu'ils appréhendaient la sexualité différemment des femmes ?

Peut-être n'avait-il fait qu'assouvir son appétit sexuel ? Sans compter qu'il devait avoir l'habitude d'avoir toutes les femmes à ses pieds… Avec sa haute taille et sa large carrure, sa peau dorée et ses yeux de velours brun pailletés d'or, aucun doute : il devait faire des ravages parmi la gent féminine.

L'expérience avait probablement été plus extraordinaire pour elle que pour lui. Ou peut-être refusait-elle de croire à la possibilité qu'il lui porte des sentiments sincères et puisse un jour accepter son neveu comme si c'était le sien ? Car elle retrouverait Noah.

Les larmes lui brouillèrent la vue, mais elle les refoula.

— Je t'ai demandé de t'écarter de mon chemin, répéta-t-elle.

Il ne broncha pas, se contentant de la regarder.

— Je ne bougerai pas tant que tu ne me croiras pas.

Comment osait-il… alors qu'il venait de lui déclarer qu'elle ne représentait rien à ses yeux ?

— Alors, on est partis pour rester là toute la journée, tonna-t-elle.

La lueur malicieuse qu'elle commençait à bien connaître scintilla dans les yeux de Caleb.

— J'ai une idée de la façon dont nous pourrions passer le temps.

Elle croisa les bras. S'il croyait pouvoir la manipuler en…

— Qu'y a-t-il ? ironisa Caleb. Tu es à bout d'arguments ? Tu as peur de ne plus trouver de prétextes pour t'éloigner de moi ?

Il carra les épaules et la gratifia de l'un de ses sourires ravageurs.

Bon sang. Il savait s'y prendre pour l'amadouer. Mais s'il croyait qu'elle allait se laisser faire…

Elle éleva les bras pour le repousser mais, avant qu'elle ait eu le temps de comprendre ce qui lui arrivait, elle se retrouva contre lui, enveloppée par ses bras robustes.

L'air se chargea instantanément d'une tension nouvelle tandis qu'il sondait son regard — la dévorait des yeux. Il se pencha vers elle et l'embrassa si tendrement qu'elle en perdit le souffle.

— Je regrette de t'avoir dit ces choses que je ne pensais pas. J'ai été stupide.

— Ça, je te le confirme, dit-elle, radoucie, en se laissant aller contre lui.

— Tu me pardonnes ?

Il y avait bien peu de choses qu'elle n'aurait pas pardonné à cet homme.

Mais quelle importance, au fond ? Puisqu'elle serait prochainement là où Kane voulait qu'elle soit ?

14

— Je vais prendre contact avec le marshal Jones pour faire examiner ce CD, annonça Caleb. Peut-être qu'il en tirera quelque chose.

— Comment ? s'étonna Katherine. Nous n'avons plus de téléphone.

— Jones m'a donné ça, répondit Caleb en sortant un portable de sa poche. Il est sécurisé.

— Ce doit être vrai… Sinon, on aurait déjà reçu la visite des *men in black*, nota Katherine.

Caleb ouvrit les contacts du téléphone, effleura le nom « Marshal Jones » et porta le combiné à son oreille.

— Katherine est d'accord, pour le CD, indiqua-t-il, un peu anxieux à l'idée qu'ils allaient se défaire de leur seul et unique atout. Mais il me faut des garanties.

— Je vais le confier à quelqu'un d'extérieur aux services. Personne d'autre ne le verra, assura Jones.

— Je préfère ça. Vous avez quelqu'un en tête ?

— Oui. Un type au côté de qui j'ai combattu en Irak. Il a été exclu de l'armée pour conduite déshonorante parce qu'il avait refusé d'obéir à un ordre stupide. Disons qu'entre le gouvernement et lui ce n'est pas l'amour fou.

Exactement ce que Caleb avait envie d'entendre.

— OK. Alors, il m'a l'air d'être l'homme de la situation.

— Parfait, renchérit Jones. S'il y a quelque chose sur

ce CD, il le trouvera. Et, quand on coincera Kane — parce qu'on finira par le coincer —, on aura les preuves pour l'envoyer définitivement derrière les barreaux.

A ces mots, Caleb jeta un œil à Katherine : elle nouait et dénouait ses doigts. Aussi, Caleb souleva Max d'une main et fit signe à Katherine de s'asseoir. S'occuper de l'animal l'aiderait peut-être à apaiser sa nervosité. Cela lui laisserait aussi le temps de prendre un peu de recul et de se rendre compte de l'amour authentique qu'il éprouvait pour elle.

Il reprit la conversation avec Jones.

— Et d'ici là ?

— On continue à rechercher Kane assidûment. Il commettra forcément une erreur. Mais il peut envoyer à tout moment ses sbires pour faire le sale travail. C'est pour ça que je ne peux pas garantir la sécurité de qui que ce soit si vous n'entrez pas dans le programme.

Caleb sortit sur le porche.

— Le kidnapping du petit était un leurre. Kane n'a jamais eu l'intention de faire du mal à son fils. C'est après nous qu'il en a. Depuis le début, ce qu'il veut, c'est récupérer ces preuves et réduire Katherine au silence.

— Vous avez peut-être raison, reconnut Jones. Ne courez pas de risque. Je peux faire renforcer la sécurité.

— Matt insistera aussi pour apporter sa contribution.

— Je préférerais que la vie de civils ne soit pas mise en danger, mais je sais que je ne vous arrêterai pas. Je vais parler au shérif Coleman et voir s'il peut nous épauler, lui aussi. Nous allons faire le maximum pour parer à toutes les éventualités, assura Jones d'un ton lourd de signification.

— Merci, fit Caleb. Je me sentirai plus tranquille, d'autant que je compte retourner prendre mes quartiers dans la maison. Ce sera mieux qu'ici, où tout peut arriver.

J'emmènerai Katherine dès que la nuit sera tombée. Autant éviter de se déplacer de jour.

— Bien. Je vous tiens au courant dès que j'ai du nouveau concernant le CD, promit Jones. Si nous trouvons ce fichier, nous serons en mesure d'épingler Kane sitôt qu'il pointera son nez.

— Et le neveu de Katherine ? s'enquit Caleb.

— Il retournera auprès de sa tante, bien sûr.

— A part vos hommes, personne d'autre ne doit savoir que nous sommes au ranch, insista Caleb.

— Nous sommes d'accord. Inutile de chercher les problèmes. Nous avons bien assez à faire comme ça. Aucune autre agence fédérale ne sera au courant. Seulement moi, mes hommes et Coleman. L'endroit est relativement facile à sécuriser du fait qu'il n'y a qu'une seule voie d'accès. Je posterai une sentinelle près de la maison et une autre à l'entrée du ranch.

— Je remettrai le CD à l'agent qui sera de garde à la maison, ajouta Caleb avant de raccrocher.

Il pivota sur lui-même et rentra rejoindre Katherine.

Elle n'avait pas l'air très en forme. Repliée sur elle-même, la tête rentrée dans les épaules, elle caressait distraitement Max couché sur ses genoux. Tout, dans son attitude, indiquait qu'elle aurait voulu… disparaître. S'extraire de la réalité et de cet invraisemblable engrenage dans lequel elle s'était du jour au lendemain trouvée entraînée.

— C'est bien, tu vas pouvoir enfin dormir de nouveau dans ton lit, observa Katherine, s'efforçant d'orienter la conversation vers un sujet qui ne soit pas stressant.

Au fond, elle le savait : Caleb n'avait pas voulu la peiner. Mais, après la succession de chocs des derniers jours, elle avait besoin d'encore une minute. Et puis, le marshal avait beau dire, elle craignait que Kane ne débarque. Il n'était pas le genre d'homme à laisser inachevé ce qu'il avait commencé.

— J'avoue que je ne suis pas mécontent de retrouver mon lit, reconnut Caleb. A ceci près que c'est toi qui dormiras dedans. Moi, je monterai la garde, ajouta-t-il en ouvrant une boîte de haricots.

Lorsque ceux-ci furent chauds, il les lui tendit.

— Non, merci. J'ai grignoté une barre protéinée que j'ai trouvée dans les provisions ici.

Le tic-tac de l'horloge rappelait à Katherine le peu de temps qu'il lui restait — le peu de temps qu'il *leur* restait.

— Le marshal Jones a parlé de Noah ?

Caleb secoua la tête.

Katherine avait de plus en plus de mal à supporter cette pression. Elle laissa échapper un petit ricanement désespéré.

— Alors, je vais continuer à espérer qu'il va bien.

Caleb s'avança vers elle et l'embrassa. Avec chaleur. Elle n'opposa pas de résistance. Il sentait le café.

— Veux-tu que je te prépare une autre infusion calmante ? demanda-t-il avec un clin d'œil.

Elle redressa les épaules.

— Seigneur, non. Moi qui ne jure que par le café !

Un large sourire illumina le visage de Caleb.

— Tu es vraiment décidée à tenir bon, n'est-ce pas ?

— C'est l'impression que je donne. Mais, intérieurement, je suis une loque.

— Ça ne se voit pas.

Il l'embrassa de nouveau, la fit asseoir sur ses genoux et la serra contre lui comme s'il ne devait plus jamais la revoir — ou comme si l'un d'eux ne serait plus là le lendemain. Ou peut-être bien les deux…

La gravité de la situation apparut à Katherine dans

toute son horreur. Une irrépressible vague de mélancolie la submergea.

— Caleb… promets-moi que, s'il m'arrive quelque chose, tu retrouveras Noah et tu l'arracheras aux griffes de ce monstre.

Il resserra son étreinte et enfouit son visage dans son cou.

— Je n'aurai pas à le faire. Tu seras là pour t'occuper de lui.

Elle tourna la tête juste assez pour plonger les yeux dans son regard brun.

— Promets-le-moi quand même.

Il la regarda d'un air où la tristesse et le regret se mêlaient à une détermination sans faille.

— Il ne t'arrivera rien. Ça, je peux te le promettre.

A l'intensité de son expression, il serait prêt à recevoir une balle à sa place si c'était le seul moyen de la protéger.

— Tiens, bois, dit-il en lui tendant sa tasse. La nuit approche. Bientôt, nous pourrons prendre une douche et manger un vrai repas à la maison.

— Ça semble trop beau pour être vrai. Encore que je n'aie pas exactement vécu un calvaire ici… comparativement à ce que nous avons traversé.

Ou aux affres par lesquelles elle passait à l'idée de ne plus jamais revoir Noah.

Caleb lui sourit, de son sourire de play-boy. Puis il se leva pour faire sortir Max et attendit Katherine, debout, près de la porte.

S'avançant derrière lui, elle remonta la main dans son dos, jusqu'à son cou. S'ils s'en sortaient vivants, auraient-ils un avenir commun, tous les trois ? Caleb ne lui garderait-il pas rancune, même inconsciemment, d'avoir bridé ses aspirations, brisé son rêve de fonder une famille en lui imposant un enfant qui n'était pas le sien ?

Ou parviendrait-il à aimer Noah comme il avait aimé Savannah ?

Caleb n'y voyait rien. Il connaissait ce sentier comme le fond de sa poche, mais il n'avait pas pris le temps de laisser ses yeux s'accoutumer à l'obscurité.

A tâtons, il chercha la main de Katherine puis s'enfonça dans la nuit noire.

Sans bruit, ils avancèrent au travers des bois qu'il aimait tant. Chaque arbre, chaque ruisseau faisait partie intégrante de lui. Il avait mentalement cartographié chaque centimètre carré de sa propriété.

Ils atteignirent sans encombre la maison, et Caleb tira le verrou derrière eux — mesure de sécurité dérisoire au regard de la puissance de feu que Kane était capable de mettre en œuvre mais qui aurait au moins le mérite de tranquilliser un peu Katherine.

— Qu'est-ce qui te paraît le plus tentant dans l'immédiat, pendant que je vais donner le CD à la sentinelle de Jones ? Une douche chaude ou un bon repas ? s'enquit Caleb.

Katherine soupira.

— L'un ou l'autre. Les deux. Mais laisse-moi jeter un dernier coup d'œil à ce CD avant de le leur confier.

— Tu sais où est le bureau. Le mot de passe est TorJake, dit-il en lui tendant deux comprimés d'ibuprofène et une petite bouteille d'eau. Ensuite, tu pourras faire un brin de toilette pendant que je regarde ce qu'il y a dans le réfrigérateur.

Hochant la tête, elle avala les antalgiques avec une gorgée d'eau puis disparut dans le hall, le disque à la main.

Caleb se doucha rapidement dans la chambre d'amis avant de revenir dans la cuisine. Katherine avait posé le

CD sur le comptoir, près de la cafetière. L'eau coulait dans la salle de bains principale.

Caleb sortit et se dirigea vers celui des gardes qui était posté près de la maison, dans un 4x4. A l'approche de Caleb, le vigile descendit du véhicule.

— Le marshal Jones attend ceci, dit Caleb en tendant le CD. Il m'a dit que vous seriez au courant.

— Oui, monsieur, répondit le garde.

Il ne mesurait pas plus d'un mètre soixante-quinze mais il était râblé, tout en muscles.

— Je vais le lui faire passer. Il y a un autre agent au bout de l'allée, près de l'entrée. Il prendra la relève pendant mon absence.

Caleb le remercia et retourna à l'intérieur.

Margaret avait empilé plusieurs boîtes Tupperware avec un mot posé dessus :

« Pour tenir le siège et vous empêcher de n'avoir que la peau sur les os quand je reviendrai, dans quelques jours. »

Caleb ne put retenir un sourire. Margaret avait préparé plusieurs de ses plats favoris. Un roast-beef et des pommes de terre confites au romarin, un grand plat de cannellonis à la viande et ce qui semblait être de la poitrine de bœuf fumée. Dans un autre récipient, il y avait de la purée et des légumes verts.

Caleb sortit le rôti de bœuf, dressa deux assiettes et les mit à chauffer au micro-ondes.

Katherine fit irruption dans la cuisine un instant plus tard, vêtue d'un T-shirt et d'un short à lui. En la découvrant ainsi habillée de ses propres vêtements, dans sa maison, Caleb eut un coup au cœur. Dieu qu'il la désirait !

Poser les yeux sur elle lui faisait le même effet que contempler l'immensité du ciel par une belle journée sans nuages.

Si seulement le temps avait pu se figer ; ce moment, ne jamais finir… Il ne voulait pas que leur histoire s'arrête.

Mais ce répit ne serait certainement que de courte durée. Il en avait le terrible pressentiment.

15

Après avoir mangé, ils avaient fait l'amour, si tendrement, si longuement que Katherine s'était endormie dans le cercle des bras de Caleb.

Longtemps après, elle ouvrit un œil. Le corps chaud de Caleb était couché en chien de fusil contre elle. Elle avait mal au pied. Sa gorge était sèche. Inutile d'espérer se rendormir. Le sommeil ne reviendrait pas.

Pouvait-elle bouger sans réveiller Caleb ?

Tout doucement, centimètre par centimètre, elle s'écarta de lui et se leva.

Dieu merci, Max n'aboya pas. Il faisait trop noir pour le voir, mais il devait être installé au pied du lit.

Sur la pointe des pieds, Katherine sortit de la chambre. Elle avait espéré ressentir un certain soulagement, une fois dans la maison, mais ce n'était pas le cas. Ses cheveux se dressaient sur sa nuque au moindre bruit.

Quelque chose lui frôla la jambe. Un petit cri de frayeur lui échappa.

Max ?

Plissant les yeux, Katherine devina la silhouette de l'animal qui s'éloignait.

Il faisait moins sombre dans la cuisine ; un rai de lumière filtrait par les persiennes.

Katherine consulta la pendule. Sa dernière prise d'ibuprofène remontait à plus de quatre heures.

Elle fit glisser deux comprimés dans sa main.

Comme elle tournait le robinet, elle jeta un coup d'œil dans la cour. D'où venait cette lumière ?

Le 4x4 était là, portières ouvertes. Phares allumés.

Où était le vigile ?

Un filet de sueur froide coula dans le dos de Katherine.

Elle se ressaisit.

Ne sois pas stupide, s'admonesta-t-elle. *Il y a un garde au bout de l'allée et un ici. Tu n'as rien à craindre.*

Peut-être était-il parti faire sa tournée d'inspection ?

S'avançant jusqu'à la porte, Katherine l'entrouvrit sans bruit et balaya la cour du regard. Rien d'anormal, en apparence.

La radio se mit à grésiller dans la voiture.

Katherine sortit sur le porche. Dehors, le moindre son paraissait tout à coup amplifié. Et, en dépit de la chevillère, la douleur se réveilla dans le pied de Katherine.

Elle claudiqua jusqu'aux marches, passant rapidement en revue les diverses possibilités. L'autre agent était-il à son poste ?

Peut-être s'étaient-ils retrouvés quelque part, à mi-chemin ?

Tous les sens de Katherine étaient en alerte maximum.

— Il y a quelqu'un ? chuchota-t-elle.

Rien. Pas un bruit. Tout semblait calme. Elle récita mentalement une brève prière. Son cœur battait à tout rompre. Elle avait la bouche tellement sèche qu'elle ne parvenait même pas à déglutir.

Elle s'avança jusqu'à l'angle de la maison.

C'était sans doute une fausse alerte, mais on n'était jamais trop prudent.

Rien.

Personne.

Katherine pivota sur elle-même pour rejoindre la porte de derrière. Avant qu'elle ait pu faire un pas, une main lui broya l'épaule, la tirant brutalement en arrière. Les doigts glacés lui rentraient dans les chairs, puissants comme un étau. Elle voulut crier, mais une autre main s'abattit sur sa bouche.

— Tttt. Mauvaise idée, ma jolie, souffla une voix masculine.

Elle la reconnut immédiatement. *Scarface.*

Rassemblant toutes ses forces, Katherine se débattit et lui envoya les coudes dans les côtes pour se libérer.

Elle reçut alors un coup très violent à l'arrière du crâne. Puis ce fut le noir complet.

Lorsque Caleb se réveilla, Katherine n'était plus là. Aussitôt inquiet, il bondit hors du lit. Puis il fit le tour de la maison — en vain. Katherine n'était nulle part. Le désespoir commença à gagner Caleb. Katherine ne pouvait tout de même pas l'avoir quitté ?

Il alla dehors.

Le vigile n'était pas là non plus.

Du remue-ménage dans l'écurie attira son attention. Son étalon hennissait et tapait du pied.

Qu'est-ce qui avait effarouché Samson ?

Tout ça ne lui disait rien de bon qui vaille.

Promptement, il sortit son portable et envoya un SMS au marshal. Qu'était-il arrivé à ses hommes ?

Caleb s'avança vers l'écurie. Katherine était en danger, cela ne faisait aucun doute. Il le sentait au plus profond de lui. La sonnette d'alarme tintait à pleine puissance dans sa tête quand il ouvrit la porte et approcha de Samson.

— Du calme, mon vieux, souffla-t-il pour calmer l'animal.

Kane.

Prenant de nouveau son téléphone, Caleb composa le numéro de Matt. Celui-ci répondit à la première sonnerie.

— Katherine a disparu. Je pense que Kane est ici.

— Bon sang !

— Où es-tu ?

— A Dallas, à l'hôpital, avec Jimmy.

Caleb pesta intérieurement. Au même instant, une haute silhouette émergea des bois, du côté nord.

— Il faut que je raccroche, Matt... Quelqu'un approche.

Bon, l'homme était grand, mais, s'il le fallait, il pourrait en venir à bout. Comme l'individu sortait de l'ombre, Caleb le reconnut. Le marshal Jones.

— Où sont vos hommes ?

— J'ai envoyé l'un d'eux donner le CD à mon contact. Et l'autre ne répond pas. J'étais garé sur la route, de l'autre côté des bois. Je suis venu dès que j'ai reçu votre message.

— Kane est ici. C'est la seule explication, déclara Caleb en jetant un coup d'œil à sa montre. Je ne sais pas quand il a réussi à enlever Katherine.

— Mon agent était à son poste il y a un quart d'heure, indiqua Jones. Ils ne peuvent pas être loin. Je vais encore essayer de le joindre par radio. Vous êtes sûr qu'il n'y a qu'une voie d'accès, n'est-ce pas ?

— Oui. Il y a quantité de chemins pour atteindre la maison à travers bois, mais aucun n'est carrossable. Vous pensez qu'ils tiennent aussi votre homme ?

— Oui, répondit Jones. Sinon, il m'aurait répondu.

— Les fumiers ! s'emporta Caleb.

Le faisceau de sa torche projetait un rond de lumière sur le sol, devant eux, tandis qu'ils approchaient de la lisière des arbres.

— Ils sont malins, observa Caleb. Ils se sont servis de quads. Ils ont étudié le terrain.

Il braqua soudain le rayon de sa lampe sur un point, par terre.

— Regardez ! C'est une empreinte de pas féminine.

— Les traces s'arrêtent ici, souligna Jones en se penchant.

Caleb promena le faisceau de la lampe vers l'est.

— Là… vous voyez ?

— Une empreinte masculine.

— Ce qui signifie que quelqu'un l'a portée, déduisit Caleb. Ils sont partis par là.

— Ils doivent avoir un véhicule caché quelque part, déclara le marshal. Bon, je fonce jusqu'à la route.

— OK, fit Caleb. Si votre homme était encore là il y a quinze minutes, on a une chance de les coincer. Je prends mon cheval pour leur couper la route.

Katherine ouvrit les yeux. Sa vision était brouillée et elle avait terriblement mal à la tête. L'esprit confus, elle essaya de rassembler ses idées. Que lui était-il arrivé ?

Peu à peu, elle se rappela avoir été dehors, dans l'obscurité. Puis elle avait reçu un coup sur la tête et… à partir de là, c'était le trou noir. Elle ne se souvenait plus de rien.

Où était-elle ? Où était Caleb ?

La terreur s'empara d'elle.

Elle tendit le bras et rencontra un obstacle devant elle. Ecartant le bras d'un côté puis de l'autre, elle répéta l'opération. Elle était enfermée dans une sorte de compartiment exigu. Mais le compartiment était en mouvement. Elle était ballottée d'un côté, puis de l'autre, se cognait la tête.

Une gangue de glace lui emprisonna le cœur.

Une voiture. Elle était dans le coffre d'une voiture.

Oh ! mon Dieu ! Comment allait-elle sortir de là ? N'y avait-il pas une poignée de secours quelque part ?

Au moins ne l'avait-on pas ligotée… Elle pouvait

bouger les bras et les jambes. Elle chercha à tâtons quelque chose — n'importe quoi — pour faire levier et ouvrir le coffre. Un outil ? Un cric, peut-être.

Peu à peu, ses idées se faisaient plus claires. D'autres détails lui revinrent.

La voix de Scarface…

Brusquement, dans un rugissement de moteur, la voiture fit un bond en avant comme si on avait brutalement accéléré. Le véhicule se mit à zigzaguer furieusement puis s'immobilisa dans un grand crissement de freins.

Il y eut un choc sourd. Une détonation retentit dans la nuit.

Une boule obstrua alors la gorge de Katherine. La peur l'assaillit.

Péniblement, elle se tortilla pour placer ses pieds face au coffre afin de pouvoir détendre ses jambes d'un coup lorsqu'il s'ouvrirait.

Le battement effréné de son cœur lui martelait la poitrine. Elle retint son souffle, luttant contre la panique.

Du calme, du calme… Patience.

Lorsqu'il y eut le déclic, elle était prête. Elle projeta les deux pieds en avant pour repousser la silhouette qui s'inclinait vers elle mais, à l'instant où elle l'atteignait, elle le reconnut.

— Caleb ?

Il referma ses bras autour d'elle, la sortit de son réduit et l'enlaça. Katherine ne comprenait plus ce qui se passait.

Pendant plusieurs secondes, Caleb ne parla pas, se contentant de la serrer contre lui, de l'embrasser. Puis il la souleva et la porta jusqu'à son cheval. A son tour, il sauta en selle derrière elle. La jambe de son jean était couverte de sang à hauteur de la cuisse, remarqua Katherine. Son cœur en sauta un battement. Caleb ne pouvait être gravement touché, non ? Puisqu'il était là... Puisqu'il l'avait sauvée ? Ses bras la ceignirent de nouveau, il prenait les rênes.

Scarface ne s'en était pas si bien sorti, lui, nota Katherine. Il était immobile, la tête sur le volant.

— Il est mort ? demanda-t-elle.

— Non, répondit Caleb en lançant son cheval alors qu'un véhicule arrivait, toutes sirènes hurlantes, derrière eux. Mais il va regretter de ne pas l'être quand le marshal l'embarquera.

La chaleur de Caleb dans son dos faisait le plus grand bien à Katherine, ramenant un semblant de normalité au chaos qu'était devenue sa vie.

Samson galopa sans discontinuer jusqu'à l'écurie.

Caleb s'occupa de sa monture puis, tenant Katherine étroitement serrée contre lui, il l'entraîna vers la maison.

— Je suis sortie pour voir où était passé le vigile, expliqua Katherine. Et, au moment où je m'apprêtais à rentrer, j'ai entendu *sa* voix. *Il* m'a saisie par-derrière et m'a assommée. Je suis désolée.

— Peu importe, la rassura Caleb. Ce qui compte, c'est que je t'aie retrouvée.

Il déposa un chapelet de baisers enfiévrés sur son front, ses cheveux, ses joues.

— Je ne veux pas te perdre, tu comprends ?

Il s'empara avec ferveur de ses lèvres.

Katherine frissonna. Elle aimait Caleb, ça ne faisait plus aucun doute. Mais que lui offrait-il ? Un engagement sincère ? Il avait déjà prouvé maintes et maintes fois qu'il serait toujours là pour elle. Il était la seule personne au monde à qui elle faisait aveuglément confiance.

— J'ai entendu un coup de feu, reprit-elle. Que s'est-il passé pendant que j'étais dans le coffre ?

— Scarface m'a tiré dessus. Mais, heureusement, il conduisait et la route est tortueuse. Sinon...

— Oh ! mon Dieu. Il a quand même réussi à te toucher, souligna-t-elle en baissant les yeux sur le jean de Caleb.

— Ce n'est rien. Une blessure superficielle. Je vais bien. Je lui suis tombé dessus avant qu'il ne puisse viser une seconde fois.

Katherine ne put retenir le sanglot qui montait du tréfonds de son être. Si quelque chose était arrivé à Caleb…

— Je vais bien, assura-t-il.

Elle enfouit son visage dans son cou, tremblante. Les bras de Caleb se refermèrent autour d'elle.

— Tu ne crois pas que nous devrions suivre Scarface ? L'interroger ? suggéra Katherine. Il sait peut-être où se trouve Noah ?

— J'en doute. De toute façon, Jones a dû le placer en garde à vue. A moins qu'il n'ait préféré le laisser partir pour le prendre en filature. Te mettre de nouveau en danger n'aidera pas ton neveu.

— Il ne s'agit plus de lui, désormais, n'est-ce pas ? C'est moi, et uniquement moi, maintenant, qui suis dans le viseur de Kane.

Caleb alla jeter un coup d'œil à la fenêtre.

— Raison de plus pour rester à l'abri, à l'intérieur.

Lorsque Caleb eut nettoyé ses blessures et pansé la plaie de sa cuisse, il passa un jean propre et vint rejoindre Katherine dans la chambre. Il jeta un coup d'œil par la fenêtre.

— Ils sont peut-être là, dehors, à nous guetter, s'alarma Katherine, assise sur le lit. C'est ce que tu étais en train de te dire, n'est-ce pas ?

— Oui… Je vais reprendre contact avec le marshal et, ensuite, je m'occuperai de débusquer ce salopard. En attendant, on ne bouge pas d'ici. Il est hors de question que je laisse cette ordure faire du mal à la femme que j'aime.

— Que tu aimes ? souligna-t-elle en le gratifiant d'un sourire. Moi aussi, je t'aime, Caleb.

Quand Matt entra par la porte de derrière, Katherine ne put s'empêcher de sursauter violemment.

— Oh ! c'est vous. Je croyais que vous étiez à Dallas.

— Je suis venu vous aider.

— Vraiment ?

— Quand Caleb m'a dit qu'il vous avait retrouvée, j'ai décidé de rentrer pour vous prêter main-forte.

Puis il fit demi-tour vers la porte.

— Je dois m'entretenir avec Caleb…

Intriguée par l'attitude de Matt, Katherine se mit à préparer du café dans la pénombre. Ses yeux avaient eu le temps de s'habituer à l'obscurité. Elle jeta un coup d'œil à l'extérieur. Etaient-ils là, à l'affût ? Qui Kane lui enverrait-il la prochaine fois ?

Ils pouvaient être n'importe où. Peut-être juste là, tout près, à l'observer, à savourer le plaisir de jouer avec ses nerfs. Un frisson la parcourut. Elle devait convaincre Caleb de la laisser aller chercher Kane avec lui.

Un bruit, dans son dos, acheva de lui étriller les nerfs. Elle fit volte-face et se retrouva nez à nez avec Matt. Elle porta une main à sa poitrine.

— Désolé, c'est la deuxième fois en dix minutes que je vous fais peur.

Elle secoua la tête.

— Non, ce n'est rien. J'ai les nerfs à fleur de peau, avec tout ce qui s'est passé. Vous voulez un café ?

— Je peux me le servir. Asseyez-vous. Caleb m'a dit que vous deviez faire attention à votre cheville.

— Oui, mais elle va mieux. C'était pire hier.

Elle scruta Matt, perplexe. Il avait l'air de vouloir dire quelque chose.

— Tenez, déclara-t-elle en lui tendant sa tasse. Si ça ne vous ennuie pas, je vous laisse prendre le sucre ou le lait.

— Merci, mais je le bois noir.

Un point pour lui, songea-t-elle. Mais ils n'étaient pas exactement amis et ce n'était certainement pas pour évoquer ses préférences en matière de café qu'il était venu la rejoindre.

— Moi aussi, répondit-elle quand même.

Un pesant silence s'installa, que Matt rompit finalement.

— Ecoutez, je ne suis pas très doué pour ce genre de choses, mais…

Il marqua une pause.

Katherine avala une gorgée de café et attendit la suite.

Quelques secondes s'égrenèrent encore.

Quoi que Matt ait à lui dire, ce ne devait pas être un compliment. Elle se cuirassa, prête à subir les pires reproches. Après tout, elle avait affronté des menaces autrement plus redoutables.

Comme rien ne venait, elle finit par prendre son courage à deux mains et se lança :

— Je sais que vous ne m'appréciez pas, Matt. Mais, si vous me donniez une petite chance, je pense que nous pourrions être amis.

Voilà. C'était dit. La balle était dans son camp.

Elle croisa les bras et se prépara à la riposte.

— Vous n'y êtes pas du tout, confia Matt. En fait, j'étais venu vous présenter mes excuses.

— Non, je vous en prie. A votre place, j'aurais sûrement réagi de la même façon, vous savez. Caleb découvre une étrangère en mauvaise posture dans son ranch et il se met aussitôt en quatre pour lui venir en aide, au péril de sa vie. Si j'étais son ami, ça ne m'aurait pas plu, à moi non plus.

Matt eut un petit rictus.

— Il y a de ça, reconnut-il.

— Vous devez lui être très attaché.

— Il est un peu le frère que je n'ai jamais eu.

— Moi aussi, je l'aime, vous savez.

Katherine n'en crut pas ses oreilles. Venait-elle réellement d'avouer à Matt ses sentiments pour Caleb ? Pourtant, les mots étaient sortis tout naturellement. Dire à Caleb ce qu'elle ressentait pour lui était une chose. Mais le faire savoir au monde entier… c'était porter leur relation un degré plus loin. Etait-elle prête à franchir ce cap-là ?

Elle s'efforça de se calmer. Sa confession allait sûrement déclencher une levée de boucliers. Pourquoi ne pas laisser tomber ? Pourquoi tenait-elle à ce que Matt comprenne la nature de ses sentiments pour Caleb ?

Parce que Matt était comme un membre de la famille, pour Caleb. Parce qu'il occupait une place importante dans sa vie.

Au fond, elle espérait obtenir son aval.

— Je sais, répondit Matt. Et c'est réciproque. Je l'ai su dès que j'ai vu la façon dont il vous regardait.

Katherine en bafouilla.

— Oh… je ne savais pas.

— C'est bien pour ça que je me faisais tellement de souci.

— Vous le connaissez depuis bien plus longtemps que moi. Vous aviez déjà dû lui voir ce regard…

— Non. Jamais je ne l'avais vu comme ça… *justement.*

Le cœur de Katherine se mit à battre la chamade. Peut-être, alors, Caleb l'aimait-il vraiment ? Ce n'était pas son besoin d'aider les autres. Peut-être leur relation était-elle réellement différente de ce qu'il avait vécu avec les autres femmes…

Caleb entra dans la pièce avant que Katherine n'ait eu le temps de remercier Matt.

— Justement, quoi ?

16

Katherine tendit à Caleb une tasse de café.

— Tiens, je viens juste de le faire.

Il haussa les sourcils. Les coins de sa bouche s'étirèrent et il cligna de l'œil.

S'approchant de Katherine, il la prit par la taille.

— Si tu crois t'en sortir par une pirouette, tu te trompes. De quoi parliez-vous, tous les deux ?

Matt s'éclaircit la gorge et se tourna vers la porte.

— Je dois jeter un coup d'œil dehors.

— Je viens de penser à une chose, s'empressa d'enchaîner Katherine. J'avais complètement oublié le téléphone de Leann. Je peux entrer en contact avec Kane si nous trouvons un chargeur compatible.

— C'est vrai, mais je ne veux pas que tu touches ce téléphone. Tu vas rester à l'intérieur de cette maison, quoi qu'il arrive. Tu me le promets ?

Katherine croisa les bras.

— Je n'en peux plus de tourner en rond ! Au moins, quand nous étions en cavale, nous avions des distractions. Attendre ici sans rien faire, ça me rend folle.

Une vibration retentit. Caleb plongea la main dans sa poche et en sortit le portable sécurisé de Jones.

Katherine le contempla, suspendue à ses lèvres.

Caleb écouta attentivement pendant quelques instants puis raccrocha et se tourna vers Katherine, les yeux brillants.

— Ça y est. Ils ont trouvé le fichier. Leann avait des photos prouvant l'implication directe de Kane dans un meurtre.

— Génial ! Mais ça ne nous avance à rien tant que Kane court toujours. Il peut passer le restant de ses jours au Mexique avec Noah. Comment je vais récupérer mon neveu ? Je ne me résoudrai jamais à le laisser grandir sous l'influence de ce sale type.

Soudain, c'était comme si un poids énorme lui comprimait le cœur.

— Et Scarface ? ajouta-t-elle. Est-ce qu'il a parlé ?

— Oui, répondit Caleb. Il a avoué que Kane se cachait dans un entrepôt, non loin d'ici. Jones est déjà en route. Coleman arrive avec des renforts.

Un flot d'émotions submergea Katherine. La peur qu'ils n'arrivent pas à temps. L'infime espoir, aussi, que Noah soit libéré. Avec un peu de chance, tout serait terminé en quelques heures.

Une soudaine agitation à l'extérieur attira leur attention.

— Attends-moi ici ! lança Caleb à Katherine en courant vers le bureau.

Il revint, un pistolet à la main, et marcha droit sur elle.

— Je vais voir ce qui se passe. Mais plus question que je te laisse seule ici, sans défense. Tiens, c'est un calibre 38.

— Non, je…

Sans la laisser terminer sa phrase, Caleb lui plaça d'autorité le calibre 38 dans la main.

— Il faut d'abord l'armer, comme ça, dit-il en positionnant son pouce sur le chien. Ensuite, tu vises et tu appuies sur la gâchette. Ne bouge pas d'ici. Si quelqu'un que tu ne connais pas fait irruption dans la maison, n'hésite pas, tire.

Caleb embrassa rapidement Katherine sur le front.

— Il faut que j'aille voir si Matt va bien. Sois prudente.

Tournant les talons, il courut jusqu'à la porte et disparut.

Katherine baissa les yeux et déglutit avec peine.

Ils l'avaient localisée. La fin était proche. Elle tremblait de tous ses membres. La sueur perlait à son front et coulait sur ses tempes.

Elle ne pouvait pas laisser Caleb se jeter seul dans la gueule du loup. Il fallait qu'elle l'aide.

Ses yeux étant déjà accoutumés à l'obscurité, elle n'eut pas de mal à s'orienter dehors. Parvenue à l'angle, elle se courba en deux et se déplaça derrière la haie de buis qui ornait l'avant de la maison. La silhouette de Caleb se dessinait sur le porche, le bras droit tendu à l'horizontale, pistolet à la main.

Matt était à genoux devant la maison, pieds et poings liés. Un homme à la carrure d'un défenseur de football américain était debout derrière lui.

Oh ! mon Dieu. Non, songea Katherine.

— Il n'a rien à voir avec tout ceci. Laissez-le partir, tonna Caleb d'une voix étonnamment calme.

Comment faisait-il pour résister aussi bien à la pression ? Ses nerfs à elle étaient tendus comme des cordes de violon.

Le ronflement d'un moteur lui fit tourner la tête. Un gros SUV noir arrivait à toute allure.

— Votre ami n'a pas l'air de vouloir se lever, dit le défenseur en donnant un coup de pied à Matt.

Pourvu que Caleb ne réagisse pas à cette provocation, se dit Katherine.

Mille idées lui traversaient l'esprit. Que devait-elle faire ? Rentrer dans la maison et appeler le 911 ? Coleman n'était-il pas déjà en route ?

Deux hommes sortirent du SUV et Katherine se recroquevilla un peu plus sur elle-même. L'un des deux individus était l'autre kidnappeur, le comparse de Scarface.

Katherine ne connaissait pas le second. Il était plus petit que les autres, mais vêtu avec élégance. Ses cheveux noirs et bouclés étaient soigneusement ramenés en arrière. Kane ?

— Posez votre arme sur le porche et nous vous laisserons peut-être la vie sauve, lança celui des deux que Katherine avait déjà vu.

Caleb ne broncha pas.

— Très bien. Vous ne nous laissez pas le choix, reprit le joueur de football en abaissant le canon de son arme vers la tête de Matt.

Caleb éleva les deux mains en signe de capitulation.

— C'est bon. Vous n'avez pas besoin de faire ça.

Lentement, il se pencha et déposa son arme.

— Où est-elle ? demanda l'homme aux cheveux lissés.

Katherine reconnut l'accent qu'elle avait décelé au téléphone. C'était bien Kane.

— Je crains qu'il n'y ait que nous, messieurs, mentit Caleb.

— Je vous en prie. Ne me prenez pas pour un imbécile. Je sais que vous étiez avec elle. Elle est ici, quelque part.

Kane regarda autour de lui.

— Allons, allons, sortez de votre cachette !

Kane s'approcha de Caleb, le toisant de haut en bas. Il se tourna vers ses hommes et désigna Matt.

— Montrez-leur que nous ne plaisantons pas.

Une détonation déchira l'air.

Katherine manqua s'évanouir. Elle se retint de justesse de hurler. *C'est toi qu'il veut. Fais le moindre bruit et Kane aura gagné. Fin de l'histoire.*

Katherine se força à relever la tête pour jeter un regard à travers les buis, s'attendant à découvrir Matt étendu dans une mare de sang.

Mais l'homme avait dû tirer par terre. Personne n'était blessé.

Un mauvais sourire déforma les traits séduisants de Kane. Il émanait de lui une aura d'autorité et de pouvoir. Mais, sous ses dehors distingués, cet homme était le diable incarné, se rappela Katherine. Les larmes lui brûlèrent les yeux. Pourquoi Leann ne s'était-elle pas confiée à elle quand il en était encore temps ?

Parce qu'elle ne voulait pas qu'il te prenne pour cible, toi aussi.

Oh ! petite sœur.

Kane tournait lentement sur lui-même, la cherchant du regard.

— Alors ? Toujours pas décidée à venir vous joindre à nous ? Voyons un peu si je peux vous faire changer d'avis…

Revenant sur ses pas, il ouvrit la portière du SUV et en sortit une petite silhouette, qu'il prit dans ses bras.

Noah !

Le cœur de Katherine se serra atrocement. Que comptait faire Kane ? S'il avait demandé les médicaments de Noah, ce n'était pas pour le tuer ensuite.

Mais il pouvait abattre Matt. Et Caleb.

Elle devait intervenir.

Sans réfléchir, elle rangea le pistolet dans la ceinture de son short et se redressa, enjambant les buis. Elle n'était pas familiarisée avec les armes à feu, et ses mains tremblaient tant qu'elle n'avait aucune chance d'atteindre Kane. Mais si elle pouvait se rapprocher un peu… une seule balle suffirait pour débarrasser le monde de cet ignoble personnage. Ses hommes riposteraient probablement mais au moins Kane ne pourrait plus nuire à personne.

— Je suis là, espèce de salaud ! Inutile de vous en prendre à d'autres innocents.

Caleb fit mine de s'élancer vers elle, mais Kane l'arrêta en braquant son arme sur la tempe de Noah.

— Je vous conseille de ne pas jouer les héros, cow-boy,

proféra Kane d'un ton toujours aussi posé. J'attends ce jour depuis longtemps. Vous ne voudriez pas me le gâcher, n'est-ce pas ? Personne ne sabotera mes plans. Personne ne m'enverra en prison.

Il se tourna vers Katherine.

— Ni votre idiote de sœur, ni vous ! Elle disait m'aimer. Et, pendant ce temps-là, elle traitait dans mon dos avec les fédéraux pour me faire tomber. Ce n'est pas ainsi qu'on se comporte avec les gens qu'on aime, n'est-ce pas ? Et vous ? Allez-vous le trahir, lui ? Voyons à quel point vous tenez à votre vertueux cow-boy.

Il fit un signe de tête à son acolyte, qui gravit les marches du porche et se plaça derrière Caleb. Il lui plaqua le canon de son arme dans le dos.

Katherine était épouvantée.

— Qu'est-ce que vous croyez ? rétorqua-t-elle, prenant sur elle pour ne rien laisser transparaître. Faites de lui ce que vous voulez, ça ne me fait ni chaud ni froid.

Seigneur, comment avait-elle réussi à prononcer ces mots-là alors qu'elle était morte de peur ?

Mais convaincre Kane qu'elle se moquait éperdument de Caleb était peut-être sa seule chance de le garder en vie.

Si elle parvenait à distraire Kane suffisamment longtemps pour dégainer son pistolet et tirer…

Il n'était plus qu'à trois mètres d'elle. Mais pas seul. Ses deux cerbères ne quittaient pas Katherine du regard.

Et puis, impossible de tirer tant qu'il tenait Noah. Dieu merci, celui-ci dormait. Il fallait absolument que Katherine éloigne Kane de son neveu et qu'elle l'incite à se concentrer sur elle.

— En plus, il ne sait rien. Mais moi, si ! Je sais quelle ordure vous êtes et j'en témoignerai au tribunal. Vous pourrirez en prison le restant de vos jours avec les crapules de votre espèce qui se croient au-dessus des lois.

— Les crapules ? répéta Kane, sa voix s'envolant dans les aigus. C'est ce que votre sœur vous a dit de moi ?

De la douleur se peignit sur ses traits, comme s'il aimait encore Leann.

— Ne la croyez pas, intervint Caleb. Je sais très bien ce que vous avez fait. Et j'irai à la barre, moi aussi !

Bon sang, mais ne comprenait-il pas sa manœuvre ? pesta Katherine. Il allait se faire tuer.

— C'est faux, reprit Katherine. C'est entre vous et moi, Kane. Posez Noah. Matt s'occupera de lui. Je ferai ce que vous voudrez.

— Mon fils ? Que je laisse *mon fils* à un étranger ? Votre sœur a essayé de me l'enlever. Je ne laisserai personne recommencer.

Sa voix frisait l'hystérie. Ses sonorités aiguës résonnaient dans la nuit.

— Mets-le K-O, ordonna-t-il au joueur de football.

D'un revers du bras, celui-ci abattit la crosse de son arme sur la tête de Matt, qui tomba en avant et ne bougea plus.

Etait-il inconscient ? se demanda Katherine avec effroi. Mon Dieu, il ne pouvait pas être mort ?

Un éclair zébra le ciel, suivi d'un roulement de tonnerre.

Si elle voulait stopper Kane, elle allait devoir agir vite.

Tout à coup, vif comme une panthère, Caleb fit volte-face et désarma le type qui était derrière lui. Tous deux roulèrent sur le sol.

Katherine en profita pour glisser la main dans sa ceinture et empoigner son arme. Elle pointa le pistolet sur le joueur de foot, tira. L'homme s'affaissa à côté de Matt. Avant qu'elle n'ait eu le temps de retourner l'arme contre Kane, il était sur elle. Il referma ses mains autour de son cou et serra…

Un coup de feu partit.

17

Toussant et hoquetant, Katherine risqua un regard du côté de Caleb. Lui et l'homme de main gisaient par terre. Il y avait du sang partout.

Caleb ! S'il te plaît… relève-toi. Relève-toi !

Il ne bougea pas.

Le désespoir envahit Katherine. S'il était mort… *Oh ! mon Dieu, non.*

Les larmes jaillirent de ses yeux. Elle se plia en deux. Le monde s'écroulait autour d'elle. Son monde. Elle avait enfin osé briser sa tour d'ivoire, tomber amoureuse. Et voilà qu'il était mort. Comme ses parents.

Comme sa sœur.

Leann.

Noah était malade. Mourrait-il, lui aussi ?

Une main agrippa l'épaule de Katherine, l'obligeant à se redresser.

— C'est vous qui l'avez tué. C'est votre faute ! Et, à cause de vous, j'ai dû lâcher mon fils. Je ne vous le pardonnerai pas.

Accablée, Katherine chercha Noah du regard. Il était dans le SUV. La portière était restée ouverte.

Katherine se tourna alors vers Matt.

— Il est vivant, souffla Kane à son oreille. Faites un geste, un seul, et je l'envoie rejoindre son ami *ad patres* !

Vous allez payer pour ce que m'a fait cette garce de Leann. Je l'aimais. Je la traitais comme une reine. Et regardez un peu ce qu'elle m'a fait…

D'un large mouvement de la main qui tenait l'arme, il engloba la scène autour d'eux, puis appliqua le canon métallique contre la tempe de Katherine.

— Je n'aurais jamais rien su si elle n'était pas allée se tuer dans cet accident. C'est en fouillant dans ses affaires que j'ai découvert le pot aux roses. Personne ne me trahit sans en payer le prix. Personne, vous m'entendez ?

Katherine ferma les yeux.

— Allez, en avant ! gronda Kane en lui enfonçant le canon de l'arme dans le dos. Je vous réserve une petite surprise du côté des dépendances…

Il ponctua sa phrase d'un rire dément.

Seigneur. Ce type était un psychopathe, comprit Katherine. Il n'avait pas seulement l'intention de la tuer. Il avait besoin de la faire souffrir pour savourer sa vengeance.

— Vous allez rejoindre votre sœur chérie. Mais, avant, vous allez regarder votre cher ami… partir en fumée !

Katherine crut imploser. L'air, subitement, se raréfia. Elle chercha son souffle. Caleb ne pouvait être mort ! Les choses ne pouvaient se terminer ainsi. Noah n'allait pas être élevé par ce fou furieux, si ?

D'une bourrade, il la poussa dans un box de l'écurie. Elle atterrit sur une balle de foin mais se redressa aussitôt.

— Les flics seront là d'une minute à l'autre. Me tuer ne fera qu'aggraver votre cas. En revanche, si vous partez tout de suite, vous êtes libre… Ils ne vous retrouveront pas si vous quittez le pays.

— La ferme ! cria-t-il en lui tirant sans ménagement les bras en arrière.

Il lui attacha les poignets et ricana.

— Je vais t'apprendre quelque chose… Ta sœur te

portait aux nues. Ça ne lui a pas porté chance. Elle était si belle…

Il secoua la tête.

— Elle aurait pu avoir tout ce qu'elle voulait avec moi. J'aurais décroché la lune pour elle.

Ses lèvres se pincèrent jusqu'à ne plus former qu'une mince ligne.

— Maintenant, vous allez tous mourir. Quel gâchis !

Katherine remuait, s'efforçant de dénouer les liens qui lui entravaient les poignets. La corde lui entamait les chairs, mais elle n'en avait cure.

— Attends, ma belle. Je reviens, lança Kane en s'éloignant.

Katherine redoubla d'efforts. Il fallait absolument qu'elle se libère avant qu'il ne réapparaisse. Mais les cordes étroitement serrées ne bougeaient pas.

Après une éternité, Kane fut de retour, traînant un corps inerte, ensanglanté.

Caleb.

— Voilà ! souffla-t-il, haletant. Plus qu'un… et je serai débarrassé de vous tous.

Bon sang, mais où était le shérif ?

Katherine contempla Caleb, guettant contre tout espoir un signe de vie.

Elle s'apprêtait à détourner les yeux lorsque la poitrine de Caleb parut se soulever et s'abaisser.

Se pouvait-il qu'il soit seulement inconscient ?

Ou voyait-elle ce qu'elle avait envie de voir ?

Pourtant, Caleb semblait ouvrir un œil et promener son regard alentour.

Non, elle ne rêvait pas !

Le cœur de Katherine se dilata d'espoir. Caleb était vivant !

Kane vint alors placer Matt à côté de lui. Katherine tira de plus belle sur les cordes.

Mais Kane sortit une boîte d'allumettes et revint lentement vers elle.

Attention ! se morigéna Katherine. Un faux mouvement et tout serait fini. Il fallait gagner du temps. Capter l'attention de Kane.

Depuis la botte de foin sur laquelle elle était assise, elle leva les yeux sur lui.

— Leann n'aurait pas voulu ça. Elle n'a jamais voulu vous faire du mal. Les fédéraux lui ont forcé la main. Elle vous aimait… Je le sais, elle me l'a dit.

Kane partit d'un rire dédaigneux. Il laissa courir un doigt le long de la mâchoire de Katherine.

Le plus discrètement possible, elle jeta un œil à Caleb. Il refermait les poings.

— Vous savez que vous êtes presque aussi belle qu'elle…, proféra Kane d'un ton odieusement doucereux. Evidemment, il vous manque sa liberté d'esprit. Vous êtes un peu coincée. Mais je suis sûr que je saurais vous faire gémir de plaisir… Peut-être qu'avant le feu d'artifice final…

Du dos de la main, il lui caressa la joue.

— Dommage que vous m'ayez obligé à de telles extrémités…

Son regard luisant était braqué sur elle.

D'un revers de main, il craqua l'allumette et la laissa négligemment tomber à côté de Caleb. Des brins de foin commencèrent à s'enflammer.

A l'instant où Katherine bougea, Caleb se rua sur Kane. En un tournemain, il le maîtrisa de quelques coups précis assenés sur la tête. Kane s'écroula sur Katherine, sans connaissance, la clouant au sol.

— J'ai cru que tu étais mort, souffla-t-elle, haletante.

— J'ai repris conscience pendant qu'il me traînait

jusqu'ici. Oh ! chérie… J'ai eu tellement peur quand j'ai vu ce fumier s'approcher de toi avec une allumette.

Caleb la libéra, puis ils s'occupèrent de Matt et l'aidèrent à se relever. Mais Matt était désorienté et ne tenait pas sur ses jambes.

— Vite, aide-le à sortir, intima Caleb à Katherine en lui tendant le téléphone de Jones. Et appelle le 911. Il faut que j'éteigne ces flammes avant que le feu ne s'étende.

Katherine s'exécuta tout en soutenant Matt tant bien que mal et en l'aidant à s'asseoir sur l'herbe.

Quelques instants plus tard, Caleb la rejoignait, un extincteur à la main.

— C'est bon. J'ai réussi à contenir l'incendie.

— La police est en route, annonça Katherine avant de se tourner vers Matt. Il est encore vaseux, mais…

Elle s'interrompit : Max aboyait furieusement depuis le seuil de la sellerie.

Caleb regarda Katherine et posa l'extincteur par terre.

— Attends-moi là.

— Non ! Je viens aussi, insista-t-elle en jetant un coup d'œil hésitant à Matt.

De la main, celui-ci lui fit signe d'y aller.

Elle emboîta le pas à Caleb qui, déjà, entrait dans la salle, pistolet au poing. Kane était en train de tenter de filer par la porte du fond. Il fit volte-face.

D'un bond, Caleb se plaça devant Katherine, dégainant son arme. Kane leur fonça dessus. Ils n'eurent que le temps de s'accroupir. Une rafale de coups de feu balaya le mur au-dessus de leurs têtes.

Lorsque Katherine risqua un coup d'œil, Kane était à terre. Un filet de sang coulait de sa bouche. Il essaya de remuer les lèvres, puis son expression se figea.

Il était mort.

— Tu n'es pas blessé ? demanda-t-elle d'une voix blanche à Caleb.

— Non.

Max trottinait jusqu'à eux. Katherine le prit dans ses bras.

— C'est fini, Max.

Caleb l'aida à se relever.

— Allons chercher Noah.

Sa main se referma autour de la sienne tandis qu'il l'entraînait à l'extérieur.

Un nouvel éclair illumina le ciel et de grosses gouttes se mirent à tomber.

Katherine contempla, hébétée, la scène. Un véhicule avait disparu. Seul restait l'homme de main qui avait reçu une balle, étendu, sans vie, sur le sol.

Quand, enfin, elle souleva Noah dans ses bras, il était extrêmement pâle. Ses yeux marron étaient grands ouverts, remplis de larmes.

Caleb s'inclina vers lui.

— Ça va aller maintenant, bonhomme. On va t'emmener à l'hôpital.

Noah hocha faiblement la tête. Sa lèvre inférieure se mit à trembler tandis que les larmes s'amoncelaient dans ses yeux. Il était trop épuisé pour pleurer, comprit Katherine. Mauvais signe.

— Est-ce que les hommes ont apporté tes médicaments, mon chéri ?

Noah secoua la tête.

Sa respiration était rapide, superficielle. Il n'avait plus d'énergie, ce qui signifiait qu'il avait un besoin urgent de médicaments.

— C'est fini, tu es avec moi, maintenant... Tu ne crains plus rien, lui répéta Katherine encore et encore pour le rassurer.

Mais, de toute évidence, ses forces l'abandonnaient de minute en minute.

— Caleb, tu peux regarder dans la voiture pour voir si ses médicaments y sont ?

Caleb vida la boîte à gants et les compartiments du tableau de bord, fouilla le véhicule de fond en comble. En vain.

La pluie commençait à tomber dru et Katherine tenait toujours Noah contre elle, le berçant doucement, lui murmurant des paroles réconfortantes à l'oreille.

— On va bien te soigner. Ça ira mieux, lui assura-t-elle.

Il *fallait* qu'il aille mieux. Toute autre issue était inenvisageable.

Jetant un coup d'œil à Caleb, elle se raidit devant son expression soucieuse. Les yeux de Noah étaient en train de se révulser ; il perdait conscience.

— L'ambulance est en route ; Coleman, aussi, indiqua Caleb.

Les pleurs de Katherine se mêlaient à la pluie, traçant des rigoles sur son visage. Eperdue d'angoisse, elle couvrit le visage de Noah de baisers.

— Tiens bon, mon chéri… Reste avec moi… Noah ? Noah !

Ses épaules étaient secouées de sanglots, les torrents de larmes qu'elle avait contenus toute sa vie se déversant librement sur ses joues.

— Où est cette fichue ambulance ?

Elle embrassa Noah sur le front. Son visage était livide, sa peau, froide et moite au toucher.

— Caleb. Seigneur… Il ne peut pas lui arriver quelque chose maintenant !

— Les clés sont sur le contact, dit-il d'un ton bref. Monte.

Il sauta sur le siège conducteur et démarra avant même qu'elle n'ait refermé la portière

— Matt, lança-t-il par la fenêtre. Ça ira ? Tu attends le shérif ?

— Ça va, ne vous inquiétez pas pour moi… Filez !

Caleb appuya sur l'accélérateur et remonta l'allée sur les chapeaux de roues. Ils étaient presque au bout lorsque le son strident d'une sirène et les flashs d'un gyrophare leur redonnèrent espoir.

Caleb fit des appels de phares, stoppa et, sautant à bas du véhicule, se posta en travers de la route, les deux bras croisés au-dessus de la tête pour signaler qu'ils avaient besoin d'aide.

L'ambulance s'arrêta devant le SUV dans un crissement de freins. Deux secouristes en émergèrent tandis que Katherine s'avançait en courant vers eux, Noah inanimé dans les bras.

— S'il vous plaît, vite… Il n'arrive plus à respirer. Il est asthmatique et il n'a probablement pas pris son traitement depuis plusieurs jours.

L'un des secouristes emporta Noah et courut vers l'arrière de l'ambulance, Katherine sur ses talons. L'homme s'affairait rapidement, efficacement.

— Je vais lui administrer une dose d'épinéphrine, expliqua-t-il en jetant un coup d'œil compatissant à Katherine.

Le bras de Caleb vint lui envelopper les épaules. Elle se laissa aller contre lui.

Une autre ambulance les dépassa à vive allure. *Matt.*

Elle se tourna vers Caleb.

— Vas-y. Va aux côtés de ton ami. Je suis là, avec Noah. Je sais que tu es inquiet pour lui.

Mais Caleb secoua la tête.

— Pas question que je te laisse ici toute seule.

Son code de cow-boy, encore et toujours.

— Ecoute, c'est ton meilleur ami. Et, moi aussi, je veux être rassurée sur son état. Je veux que tu y ailles, pour nous deux.

Dans les yeux de Caleb se lisaient les arguments qu'il se préparait à lui retourner.

— Je t'assure, insista Katherine. Vas-y. Je n'ai plus rien à craindre et Noah est pris en charge.

Le secouriste lui avait déjà placé un masque à oxygène et était en train de lui poser une perfusion.

— Nous le conduisons à l'hôpital. Vous pouvez monter avec nous, proposa-t-il à Katherine avant de se tourner vers Caleb. Vous pourrez nous rejoindre avec votre voiture.

— Je vais avec Noah ! lança Katherine à Caleb. Reste avec Matt. On se retrouve à l'hôpital, tout à l'heure.

— Je connais cet air buté, maugréa Caleb. Je préférerais venir avec toi, mais je m'incline.

Caleb fit demi-tour et reprit le chemin du ranch à toute allure.

Lorsqu'il arriva près de Matt, on l'avait déjà mis sous oxygène. La blessure de sa tête avait été nettoyée et la plaie n'était pas aussi sérieuse qu'il l'avait d'abord cru.

Son ami le regarda approcher, surpris.

— Qu'est-ce que tu fais ici ? Ce n'est pas moi qui ai besoin de toi.

— Essaie donc d'en convaincre Katherine.

La voiture de patrouille du shérif arriva et Coleman courut jusqu'à eux.

— Désolé d'arriver après la bataille. J'ai été appelé pour une urgence hors du comté. Quand je me suis présenté là-bas, ils sont tombés des nues et m'ont dit qu'ils ne m'avaient jamais téléphoné, expliqua-t-il en secouant la tête.

Il repoussa son chapeau en arrière.

— Le petit s'en est sorti ? Et Katherine ?

— Il s'en est fallu d'un cheveu, répondit Caleb. Je sais que vous allez avoir besoin de nos dépositions, mais il faut d'abord que j'aille les retrouver à l'hôpital.

Coleman lui assena une tape sur l'épaule et lui serra chaleureusement la main.

— Ça attendra jusqu'à demain. Et vous n'aurez pas à vous déplacer… Je passerai vous voir. A ce que je peux en juger, la nuit n'a pas été de tout repos pour vous, ici…

Il secoua la tête en regardant Matt.

— Oh ! et j'ai appelé la police de Dallas pour clarifier les choses. Vous n'êtes plus considéré comme suspect potentiel dans leur enquête de meurtre. Totalement blanchi. Et, ne vous en faites pas, je m'occupe de faire nettoyer tout ce bazar, ajouta Coleman en ouvrant le bras. Tout sera revenu à la normale quand vous rentrerez chez vous.

— Merci beaucoup, shérif.

Coleman lui donna une nouvelle tape sur l'épaule.

— Vous voulez que je vous conduise à l'hôpital ?

— Non merci. Ça ira.

Sur ce, Caleb monta dans son pick-up.

Il arriva à l'hôpital en un temps record. Katherine était au chevet de Noah.

Elle leva les yeux vers lui.

— Noah est tiré d'affaire. Il a déjà repris des couleurs.

Soulagé, Caleb avança une chaise et s'assit à côté de Katherine.

— Combien de temps comptent-ils le garder ?

— Ils ont dit qu'il pourrait peut-être sortir dès demain.

— C'est la meilleure nouvelle de la journée.

— Oui. J'ai eu tellement peur… Et Matt ?

— Ça va. Ils vont l'amener à l'hôpital, lui aussi. Il n'était pas d'accord, mais…

On frappa. Le marshal Jones passa la tête par l'entrebâillement de la porte.

— Katherine Harper ?

— Oui, c'est moi.

— Marshal, le salua Caleb.

Jones inclina la tête.

— Puis-je vous parler un instant dans le couloir, mademoiselle Harper ? s'enquit-il à voix basse.

— Oui, s'il peut venir avec moi.

— Aucun problème.

Un peu tremblante, elle se leva et sortit, Caleb sur ses talons.

— Que se passe-t-il ?

— Rien de grave, rassurez-vous. Je tenais simplement à vous faire savoir ce que nous avions trouvé sur le CD.

Elle porta une main à sa poitrine.

— Oui ?

— En fait, votre sœur avait filmé Kane en train de tuer un associé. Nous l'avions à l'œil depuis des années pour d'autres méfaits dont nous le soupçonnions d'être l'auteur, mais nous n'avons jamais réussi à le coincer. Il nous glissait toujours entre les doigts. Chaque fois que nous touchions au but, les témoins disparaissaient.

Katherine baissa la tête.

— Mais votre sœur a été plus maligne que lui. Elle s'est cachée pour protéger son fils. Lorsque j'ai pris contact avec elle, elle m'a dit que, s'il lui arrivait quelque chose, elle voulait que la garde de Noah vous soit confiée. Elle a ajouté qu'elle ne pouvait imaginer de meilleure mère que vous.

Les larmes se mirent à ruisseler sur les joues de Katherine.

— Je tenais à vous présenter mes condoléances ; je

suis vraiment désolé qu'elle soit morte. Elle a montré un courage exemplaire. Si elle n'avait pas eu cet accident, elle aurait traduit Kane en justice.

Katherine se redressa, relevant le menton bien haut.

— Je vous remercie. Ce que vous dites là signifie beaucoup pour moi.

Jones inclina brièvement la tête.

— Vous n'avez plus rien à craindre désormais. Nous avons appréhendé ses acolytes alors qu'ils tentaient de fuir. Je pense qu'ils ne sont pas près de sortir de prison.

— Merci encore.

Lorsque Jones eut pris congé, Katherine et Caleb rentrèrent sans bruit dans la chambre.

Après s'être assurée que Noah allait bien, Katherine revint s'asseoir à côté de Caleb. Ses yeux étaient rougis par les larmes.

— Je n'ai pas eu le temps de te demander des nouvelles de Matt.

— Il était furieux que je ne sois pas resté auprès de toi.

Le front de Katherine se plissa.

— Je ne voulais pas que tu aies à choisir entre lui et nous. C'est ton meilleur ami.

— Et il le sera toujours. Tu croyais me rendre service en me repoussant comme tu l'as fait ?

— Oui. Noah était pris en charge et je voulais savoir, moi aussi, comment allait Matt.

— C'est vrai ?

Elle sourit.

— Evidemment que c'est vrai. Et puis, tu ne sais pas ce que c'est de se voir tout à coup imposer une famille quand on n'y a pas été préparé.

— Eh bien… à vrai dire, si, répliqua-t-il en lui décochant un large sourire. Et tu sais quoi ? Ça ne m'effraie pas le moins du monde. Quand on a pris une décision, on s'organise pour s'adapter à la situation, c'est tout. Je suis un grand garçon, tu sais.

Il l'attira à lui et elle s'abandonna sans résistance.

— Ma décision, c'est de ne plus jamais me séparer de toi, Katherine. Je t'aime…

Elle se mit à pleurer, chaque larme formant, au fur et à mesure qu'elle tombait, une petite tache sombre sur son T-shirt.

— Moi aussi, je t'aime.

— Tu ne m'as pas laissé finir… Je veux que vous veniez tous les deux vivre avec moi. Ma vie était… comme une coquille vide jusqu'à ce que je te rencontre. Si tu n'aimes pas la vie au ranch, ce n'est pas un problème. Nous achèterons une autre maison.

Katherine bafouilla.

— J'adore le ranch, mais… tu parles sérieusement ?

— Absolument. Et ce n'est pas tout. Je veux qu'on forme une vraie famille. J'entends par là que ce serait bien d'officialiser les choses… afin que la situation soit claire pour Noah.

Elle le contempla, apparemment abasourdie.

— Tu ne veux pas dire que…

— Si, c'est exactement ce que je veux dire.

Solennellement, il posa un genou à terre devant elle.

— Même si je devais vivre encore cent ans, je sais avec la plus absolue certitude que je ne rencontrerai jamais quelqu'un comme toi. Tu es tout ce que j'ai toujours désiré. Je veux me réveiller chaque matin à ton côté. Chasser tes craintes quand tu en auras, voir chacun de tes sourires illuminer ton visage. Enfin, en bref, je te demande d'être ma femme.

Elle le regarda, des larmes plein les yeux, pendant quelques instants, puis elle jeta ses bras autour de son cou et l'embrassa avec ferveur. Passionnément.

Il s'écarta d'elle une demi-seconde, le temps de murmurer :

— Continue comme ça et je te montrerai quel usage nous pouvons faire de ce lit vide, de l'autre côté du rideau, pendant que ce petit bonhomme se remet de ses émotions.

Il cligna de l'œil et sourit.

— Tu n'as pas répondu à ma question, rappela-t-il.

— C'est oui, Caleb. Oui, je veux t'épouser. Cent fois oui.

— Tant mieux, parce que j'ai l'intention de mettre en route un nouveau projet… si tu es d'accord, bien sûr.

Elle le dévisagea, perplexe.

— Un nouveau projet ?

Il la pressa contre lui et écrasa de nouveau ses lèvres sur les siennes.

— Oui. Je veux que Noah ait bientôt un petit frère ou une petite sœur.

Un sourire radieux éclaira le visage de Katherine.

— Moi aussi, ça me plairait beaucoup.

— Et je veux passer le restant de mes jours à t'aimer.

MALLORY KANE

Séduction risquée

Traduction française de
DOMINIQUE TRUFFANDIER

BLACK ROSE

HARLEQUIN

Titre original :
BABY BOOTCAMP

Ce roman a déjà été publié en 2017.

© 2011, Harlequin Books S.A.
© 2017, 2022, HarperCollins France pour la traduction française.

1

Matt Soarez suivait Faith Scott des yeux. D'un pas gracieux, elle se déplaçait sur le lino éraflé du café, un plateau chargé d'assiettes sales dans les mains et un sourire aux lèvres. Avec habileté, elle glissait son ventre arrondi entre les tables et les chaises, notant au passage à quels clients il fallait resservir une tasse de café.

En poussant du coude la porte battante qui menait aux cuisines, elle jeta un bref regard vers Matt. Les paroles d'une chanson de Neil Young, intitulée *Unknown Legend*, résonnèrent aussitôt dans son esprit. Maintenant, il comprenait ce que ressentait Neil quand il avait écrit cette chanson. Il serait volontiers resté assis sur ce tabouret de bar et aurait commandé quarante cafés par jour si le regard d'un bleu limpide de Faith avait dû croiser le sien quarante fois.

Mais Faith n'était responsable en rien de sa présence à Freedom, Texas. Si Bart Bellows l'avait envoyé ici, c'était pour qu'il glane des renseignements sur les habitants de la ville. D'après Bellows, le Talk of the Town Café était l'endroit où l'on pouvait le mieux se tenir au courant de tous les potins locaux.

Les clients du petit déjeuner étaient les plus bavards, et de loin ; ils échangeaient leurs opinions sur les informations de la veille, commentaient les gros titres des journaux et faisaient circuler les rumeurs. Pour qui voulait sonder le climat politique à Freedom, ils étaient une véritable mine d'or.

A l'heure du dîner, les conversations étaient très différentes ; on y parlait beaucoup moins de politique. Les premiers arrivés étaient là parce qu'ils n'avaient pas envie de faire la cuisine. Matt avait rapidement compris que leurs conversations tournaient essentiellement autour de leur travail, de leur famille et de leurs programmes télé préférés. Ainsi, passé les deux premiers jours, il avait commencé à venir plus tard, après 20 heures, et à s'asseoir au comptoir.

Il avait désormais identifié trois types de dîneurs tardifs : les collègues mécontents qui se retrouvaient pour se plaindre de leur travail, les gens seuls qui redoutaient de rentrer chez eux et les couples d'amoureux. Il savait maintenant qui étaient les bons et les mauvais employeurs de Freedom, et connaissait beaucoup de détails intimes — et parfaitement inutiles — sur certains des tourtereaux.

Pourtant, le soir était le moment de la journée qu'il préférait. Il pouvait savourer la cuisine succulente du Talk of the Town Café et, s'il commandait une seconde part de la tarte de Faith, s'attarder jusqu'à l'heure de la fermeture, à 21 heures. Parfois, quand elle n'était pas trop occupée, elle bavardait avec lui.

Un éclat de rire interrompit ses pensées. Il leva les yeux vers les panneaux de miroirs qui recouvraient le mur pour observer ce qui se passait derrière lui, dans la salle.

Le shérif Bernard Hale était assis à sa place habituelle, à côté de la fenêtre qui donnait sur la rue principale ; il engloutissait ses œufs au bacon. Son compagnon de petit déjeuner, le maire Arkwright, ne s'était pas encore montré. Matt consulta sa montre. 7 h 30. Le shérif Hale s'était levé de bonne heure, ce matin.

D'autres rires montèrent de la table qui se trouvait juste derrière Matt et qu'occupaient deux habitués, Stan Lorry et Fred March.

— Alors, Davidson a dit : « Lila Lockhart ferait bien de se montrer prudente quand elle sort les jours de grand vent. Si une bourrasque s'engouffre sous sa jupe, ses électeurs pourraient être surpris de découvrir que… »

Lorry riait trop pour pouvoir terminer sa phrase. Il s'effondra sur la table et Fred March lui assena une tape sur le genou.

— Je ne sais pas comment il fait pour ne pas s'attirer d'ennuis avec tout ce qu'il raconte, remarqua March. Je suppose que c'est parce que son émission passe la nuit.

Il se tourna vers le shérif Hale.

— Hé, shérif ! Tu peux arrêter Allan Davidson pour excès d'humour ? Il est vraiment trop marrant.

La mâchoire de Matt se crispa. Depuis une semaine, toutes les conversations de March et Lorry tournaient autour de la dernière diatribe en date de Davidson, animateur radio maître de la provocation, contre le gouverneur du Texas, Lila Lockhart.

— Même si je le pouvais, marmonna Hale, la bouche pleine d'œufs brouillés, ce clown à la noix n'aurait à s'inquiéter de rien.

Stan Lorry souriait toujours, mais le regard dur qu'il décocha au shérif n'échappa pas à Matt.

— Tu te trompes, Bernie. Beaucoup de gens pensent que Davidson sait de quoi il parle. Notre chère élue du cru se retourne contre les gens qui l'ont aidée à arriver là où elle est maintenant. Davidson pense qu'elle veut se présenter aux élections présidentielles. Il dit que ça pourrait être dangereux.

Matt se mordit la lèvre pour se retenir d'intervenir. Il était à Freedom depuis une semaine ; les habitants ne faisaient que l'accepter, un peu comme ils auraient toléré la présence d'un chien errant aussi longtemps qu'il restait en dehors de leur chemin et ne se bagarrait pas avec les chiens de la ville.

Pour eux, il n'était qu'un ouvrier du bâtiment itinérant, qui ne resterait en ville que le temps de terminer un chantier sur la propriété de Bart Bellows.

Il ne pouvait pas risquer de griller sa couverture.

Dans le miroir, il chercha à croiser le regard du shérif Hale. Quand celui-ci le remarqua, il esquissa un mouvement presque imperceptible de la tête tout en portant sa tasse à ses lèvres. Matt saisit le message.

Laissez filer. Faites seulement le boulot que Bellows vous a demandé de faire. Je me charge de ces types.

Le carillon de la porte tinta, et un homme entra dans le bar. C'était la première fois que Matt le voyait. Si son jean n'avait pas été neuf et sa chemise repassée, il aurait tout eu de la caricature du vieux cow-boy.

L'homme adressa un signe de la tête à Hale.

— Shérif, dit-il.

— Henry, répondit le shérif sans le regarder.

— Henry ! appela Stan Lorry. Où t'étais passé ?

— J'ai été cloué au lit pendant quelques jours, Stan. Tu écris un bouquin sur ma vie ? le railla Henry.

— Peut-être un jour, répliqua l'intéressé. Tu as écouté Allan Davidson, cette nuit ?

— J'ai pas le temps pour ces bêtises.

Le vieil homme détailla alors Matt de la tête aux pieds, avant de venir s'asseoir au comptoir, juste à côté de lui.

— Henry Kemp.

— Matt Soarez, répondit Matt en serrant la main, qu'il lui tendait.

— Soarez ? demanda Henry en relâchant sa main. Quel genre de…

Faith, qui se tenait derrière le comptoir, l'interrompit.

— Bonjour, Henry, dit-elle. Café ?

— Pour sûr, mon cœur. Et mon petit déjeuner habituel.

Quand Faith eut fini de remplir la tasse qu'elle avait posée devant lui, il reporta son attention sur Matt.

— Vous êtes nouveau dans le coin.

La remarque sonnait comme une accusation.

— Oui, monsieur. Je travaille sur un chantier.

— Ah ouais ? Et depuis combien de temps ? Ça peut pas faire plus d'une semaine, parce que j'étais ici mardi dernier.

— Non, monsieur. En fait, je suis arrivé mardi soir.

— Mouais. Où avez-vous dit que vous travailliez ?

— En dehors de la ville…

— Vous bossez à Twin Hearts, pas vrai ?

Faith posa une assiette remplie d'œufs, de bacon et de pain grillé devant Kemp. Il n'y accorda qu'un bref regard avant de demander, d'une voix plus forte :

— Savez-vous à qui appartient cet endroit ?

— Et c'est reparti, marmonna Fred March.

— Pour tout dire, monsieur Kemp, dit Matt, je ne suis pas…

— Il appartient à la famille de Mme notre gouverneur. Ouaip. Et c'est un ramassis de voleurs et de trouillards, y compris elle. Qu'est-ce que vous construisez pour eux ? Une autre piscine ? Un garage plus grand ? Des écuries supplémentaires ?

Kemp se leva et enfonça son doigt dans le bras de Matt, qui se garda bien de bouger et s'efforça de desserrer les dents. Son boulot était de rassembler des informations, pas de se retrouver mêlé à des bagarres. S'il parvenait à contrôler sa colère malgré la tirade de Henry Kemp, peut-être pourrait-il découvrir ce que cet homme avait au juste contre Lila Lockhart — parce qu'il avait une dent contre elle, c'était évident. Alors, il enserra sa tasse de ses deux mains et ne répondit pas.

— Je sais que pour vous ça n'a pas la moindre importance. Vous vous fichez sans doute de savoir de quelles poches sort votre salaire. Mais tout ce que ces froussards possèdent, c'est à moi qu'ils l'ont pris.

Kemp serra le poing et se martela le torse du pouce.

— A *moi* ! répéta-t-il. Ils me l'ont volé, aussi vrai que je suis debout devant vous.

Henry plissa les yeux et regarda Matt, qui lui rendit son regard sans mot dire.

— Ah, bon sang ! Personne ne m'a écouté à l'époque, et personne ne m'écoute aujourd'hui.

Il prit son assiette et sa tasse puis se dirigea vers une table libre. Avant de s'asseoir, il se retourna et lança :

— Et vous, Soarez, vous feriez mieux de surveiller vos arrières. Un de ces jours, les Lockhart vont récolter ce qu'ils méritent et croyez-moi : mieux vaut que vous ne soyez pas trop près d'eux quand ça arrivera.

Le shérif Hale se leva, sa tasse à la main.

— Henry, dit-il sur le ton de la mise en garde.

Kemp le fusilla du regard.

— Est-ce que ce n'est pas bientôt l'anniversaire des jumelles ? poursuivit Hale en allant s'asseoir à la table qu'avait choisie le vieil homme.

A ces mots, l'expression rageuse de Henry laissa place à un sourire.

— Samedi, dit-il. Je les amènerai ici pour leur offrir leur dessert favori : des banana split.

— Quel âge vont-elles avoir ?

— Quatre ans. On dirait deux poupées. Tu te rends compte ? Je me souviens de l'époque où Lindsay elle-même était encore un bébé.

Il leva les yeux vers Hale et poursuivit :

— C'était à peu près à l'époque où les Lockhart m'ont chassé de mes terres. Bon sang, on dirait que c'était hier.

Kemp secoua la tête et s'attaqua à ses œufs.

Matt se détendit et vit, dans le miroir, que le dos du shérif perdait de sa raideur. Hale avait désamorcé la confrontation et mis Kemp de bonne humeur avec un aplomb qui ne pouvait être que le résultat d'une longue pratique. Empêcher le vieil homme de piquer des crises de colère devait être pour lui un travail à plein-temps.

— Je vous ressers un café ?

La voix mélodieuse de Faith le caressa, aussi réconfortante qu'une averse par une journée torride. La jeune femme se tenait à côté de lui, la cafetière à la main. En levant les yeux vers elle, Matt ne put s'empêcher de sourire. Il lui suffisait de la voir pour se sentir apaisé, et le léger parfum de fraise qui l'enveloppait acheva de dissiper la tension qui l'habitait encore.

Mais, ce matin, le ton de Faith était dénué de toute chaleur — alors que, la veille au soir, elle s'était assise avec lui tout en faisant la caisse et lui avait parlé de sa grand-mère.

— Je ne préfère pas, dit-il. Quand on travaille sur un chantier, trop de café rend la journée difficile.

Il prit son verre d'eau et le vida d'un trait avant de poser plusieurs billets sur le comptoir.

— Désolée pour cette agitation, dit-elle. M. Kemp est incapable de laisser le passé derrière lui.

Matt hocha la tête.

— Je comprends. Il en veut aux Lockhart parce qu'ils sont riches et qu'ils ont réussi.

Il leva sa tasse vers elle en guise de salut et ajouta :

— A ce soir.

Faith fronça légèrement les sourcils en hochant la tête, et sa main glissa sur son ventre dans un geste distrait, protecteur. Quand Matt se leva, elle tendit la main vers sa tasse vide et fit tomber les billets qu'il avait posés sur le comptoir.

— Je vais les ramasser, dit Matt.

Mais Faith s'était déjà accroupie. Quand elle eut ramassé l'argent, elle voulut se relever mais interrompit son geste et laissa échapper un petit grognement exaspéré. Matt lui tendit la main.

— Laissez-moi vous aider.

Lorry et March étaient déjà debout, et le shérif Hale se levait.

— Ça va aller, répondit Faith.

Elle accepta quand même l'aide de Matt et saisit la main qu'il lui tendait. Quand elle fut debout, elle la garda dans la sienne pendant encore un instant, en le regardant droit dans les yeux. Ensuite, elle se dégagea, un sourire contrit aux lèvres. Ses joues avaient rosi.

— Je vais devoir renoncer à ce genre d'acrobaties jusqu'à ce que le bébé décide de pointer le bout de son nez.

Les clients rirent et retournèrent à leur petit déjeuner.

— Désolé, dit Matt.

Une mèche de cheveux blonds s'était échappée de la tresse de Faith et avait glissé sur son épaule. Il la regardait, comme hypnotisé.

— Je n'avais pas l'intention de…

— C'est ma faute, le coupa-t-elle.

Faith fourra les billets dans sa poche et retourna derrière le comptoir. Son visage était toujours empourpré.

En sortant du café, Matt vissa sa casquette des Texas Rangers sur son crâne. Après la longue discussion qu'ils avaient eue la veille au soir, il était surpris que Faith se montre aussi distante ce matin. Regrettait-elle de s'être autant confiée à lui ? Pourtant, elle ne lui avait pas dit grand-chose : seulement qu'elle avait été élevée par sa grand-mère, qui était morte deux ans plus tôt en lui léguant le café et le petit appartement situé à l'étage.

Elle lui en voulait peut-être qu'il ne lui ait pas raconté plus de choses sur son propre passé… mais il évitait autant que possible de parler de lui. Elle aurait pu, par mégarde, répéter quelque détail qui aurait suffi pour qu'une personne disposant d'assez d'argent — ou des relations adéquates — le démasque. S'il voulait désamorcer la menace qui pesait sur Lila Lockhart, son passé devait demeurer un mystère.

Il actionnait la télécommande pour déverrouiller les portières de son pick-up quand son portable sonna. Il grimaça et regarda autour de lui. Personne à proximité. Il monta dans l'habitacle et démarra avant de répondre.

— Soarez, dit-il à mi-voix.

— C'est Bellows.

Instinctivement, Matt carra les épaules et releva le menton.

— Oui, monsieur, répondit-il vivement.

Six ans passés à l'armée lui avaient inculqué le respect et la déférence dus à un officier supérieur.

Un mouvement dans le rétroviseur attira son attention. Stan Lorry sortait du café, en frappant sa cuisse maigre de son chapeau de cow-boy usé. L'homme se tourna vers le camion de Matt, les yeux plissés. Aussitôt, Matt mit le haut-parleur et posa le téléphone sur la console, entre les sièges avant. Dans son rôle d'ouvrier de chantier, il n'avait que peu l'usage d'un téléphone portable.

Il avait bâti avec soin sa couverture : il n'était qu'un homme sans histoires qui faisait son boulot. Pas de cinéma, pas de smartphone autre gadget hors de prix, pas d'intérêt exagéré pour la ville, sinon pour sa capacité à lui fournir de bons repas et un endroit où dormir.

Il fit l'effort de détendre ses épaules.

— Vous pouvez parler ? demanda Bellows.

— Oui, monsieur. J'ai mis le haut-parleur, mais je suis seul dans mon pick-up.

— Bien. Nous devons nous voir.

Matt avait beau n'être à Freedom que depuis huit jours, il n'en connaissait pas moins les noms de la plupart des habitués du café de Faith ; cependant, sa rencontre de ce matin avec Henry Kemp lui rappelait qu'il ne connaissait pas encore tous les habitants.

— Est-ce qu'il y a un problème, monsieur ? demanda-t-il.

L'autre hésita, juste assez pour le mettre en alerte.

— Monsieur ?

— Je vais envoyer mon assistant vous chercher dans la matinée. Vous pourrez vous plaindre auprès des autres ouvriers d'être interrompu dans votre travail, et leur dire en revenant que je vous demande un changement impossible, quel qu'il soit.

— Bien, monsieur.

Matt raccrocha en se demandant ce que Bellows avait de si important à lui annoncer, et pourquoi il ne pouvait pas le lui dire par téléphone. Il passa à la vieille écurie rénovée, juste en dehors de la ville, où il avait loué un appartement meublé, y récupéra ses outils et prit le chemin de la propriété de Bellows.

Il ne savait pas ce que son patron voulait lui dire, mais il était certain d'une chose : cette convocation avait un rapport direct avec les menaces de mort que recevaient Lila Lockhart et sa famille depuis que la rumeur s'était répandue qu'elle pourrait envisager de prendre part à la course à la Maison Blanche.

Matt passa la matinée à travailler à l'élargissement de l'allée devant le manoir de Bellows. Quand midi arriva, le col et le dos de son T-shirt, ainsi que le bandana qu'il portait en guise de bandeau, étaient depuis longtemps imprégnés de transpiration. Il s'était arrêté pour éponger la sueur qui lui coulait dans les yeux quand quelqu'un lui tapa sur l'épaule.

Il se retourna.

Un homme, grand et vêtu d'un costume d'été, pointa le pouce vers la maison.

— On demande à vous voir, grommela-t-il.

Deux ouvriers s'arrêtèrent de travailler pour poser sur lui un regard empreint de curiosité.

Matt finit de s'éponger le visage, haussa les épaules et posa sa pelle.

— Je vais aller me nettoyer…

Mais l'homme l'interrompit.

— Tout de suite.

Avec un regard et un haussement d'épaules à l'adresse de ses collègues qui signifiaient « les patrons, tous les mêmes », Matt emboîta le pas de l'inconnu. Ils contournèrent la maison jusqu'à une porte qu'il n'avait pas encore remarquée.

L'homme l'ouvrit, s'effaça pour laisser entrer Matt, et referma derrière lui. En contraste avec l'extérieur, où brillait un soleil radieux, la pièce lui sembla plongée dans un noir d'encre. Au bout de quelques secondes, quand ses yeux se furent adaptés à la pénombre, Matt distingua un fauteuil roulant, sur lequel se reflétait la lueur d'une lampe de bureau. Il avança de quelques pas.

Bellows avait autrefois été un homme grand et imposant. Aujourd'hui encore, sa masse de cheveux blancs peignés en arrière lui conférait une apparence pleine de sagesse et de dignité, encore renforcée par sa posture parfaite, sa barbe grise et ses yeux bleus perçants. Il était vêtu d'un costume, d'une cravate et de bottes de cow-boy en cuir sur mesure. Un Stetson blanc était posé sur ses genoux.

— Monsieur, dit Matt, je vous prie de m'excuser pour…

Il tendit ses paumes, gêné de se présenter en T-shirt et en bottes de travail poussiéreuses.

— Bah. Les apparences…, répliqua Bellows en agitant une main élégante. Asseyez-vous, fils. Asseyez-vous.

Matt prit place avec précaution au bord d'une chaise à dos droit.

— Comment ça se passe ? demanda Bellows. Est-ce que les gens de Freedom vous acceptent ?

— Beaucoup d'entre eux sont encore assez nerveux depuis les deux morts du défilé du 4-Juillet. En fait, ils blâment Lila Lockhart, parce que sa fille était impliquée dans l'affaire. Mais j'ai réussi à ne pas me faire repérer. Je ne suis qu'un ouvrier itinérant qui prend tous ses repas au Talk of the Town Café.

— C'est justement au sujet du gouverneur Lockhart que je devais vous voir. Nous avons un problème.

— Lequel, monsieur ?

— Elle a décidé qu'elle voulait tenir une réunion publique à Freedom.

Matt fronça les sourcils.

— Une réunion publique ? Quand ça ?

— Samedi, dans trois jours.

— Trois jours ? Mais je croyais que nous avions encore du temps avant qu'elle annonce sa décision de se présenter aux élections présidentielles ?

Bellows soupira.

— Elle affirme qu'elle n'a pas l'intention d'annoncer quoi que ce soit. Elle veut seulement — pour reprendre ses termes — « sentir la ville ». Sa famille vit ici depuis des générations. C'est dans le café d'Eliza Scott qu'elle a annoncé qu'elle se présentait au poste de gouverneur, il y a des années. Elle a beaucoup de tendresse pour Freedom.

La résignation qui transparaissait dans la voix de

Bellows n'échappa pas à Matt. Il se pencha en avant, posa les coudes sur ses genoux et dévisagea le vieil homme.

— Mais vous pensez qu'elle va annoncer officiellement sa candidature à l'occasion de cette réunion.

— Il est difficile de prédire ce que va faire Lila. Elle est aussi têtue qu'une mule. Si je pensais qu'elle voulait seulement annoncer sa candidature à la présidence, je serais ravi. Mais j'ai bien peur que sa véritable intention soit de faire un pied de nez à la personne qui lui envoie ces lettres. Elles sont de plus en plus menaçantes.

— Au moins, le danger que courait sa fille n'avait rien à voir avec tout ça, commenta Matt. Bailey est en sécurité, maintenant.

— Oui, pour le moment. Mais deux personnes y ont laissé leur vie, et les habitants de Freedom ont été bouleversés.

Bellows brossa un grain de poussière imaginaire sur la bordure du chapeau posé sur ses genoux avant de poursuivre.

— J'ai peur que le carnage ne soit pas fini. Le ton de ces lettres est passé de la mise en garde aux menaces de mort. Voilà pourquoi j'avais besoin de vous voir en personne. Restez en ville d'ici samedi. Dites aux gens que le chantier est momentanément interrompu. Vous pourrez travailler avec l'équipe du gouverneur et préparer les lieux. Je veux que vous soyez sur place avant, pendant et après la réunion. Vous repérerez les menaces potentielles et en alerterez le shérif Hale. Ses agents surveilleront la foule, avec le renfort des gardes du corps de Lila et de deux officiers du commissariat d'Amarillo.

Matt passa les doigts dans ses cheveux coupés court.

— Combien de gardes du corps aura-t-elle ?

— Je ne sais pas. Mais vous serez en contact direct avec Hale. Si quelqu'un essaie de perturber la réunion, de quelque façon que ce soit, la première de vos priorités est d'identifier le coupable. Les gardes du corps de Lila et la police la protégeront.

— Quand Lila Lockhart arrivera-t-elle, et quand repartira-t-elle ?

— Elle ne l'a pas précisé. J'espère qu'elle rentrera à Austin dès le samedi soir, mais quelque chose me dit qu'elle restera à Twin Hearts pour quelques jours. D'autres questions ?

— Où se tiendra la réunion ? A la mairie ?

— Non. Comme je l'ai dit, Lila a annoncé qu'elle se présentait au poste de gouverneur au Talk of the Town Café, et c'est là qu'elle veut tenir cette réunion.

— Mais…

Matt pensa à Faith, qui était enceinte et fatiguée, et travaillait déjà quinze heures par jour.

— Le café ne peut pas accueillir plus de soixante personnes, fit-il remarquer.

— Je le sais très bien. Lila n'arrête pas de me rappeler que la dernière fois il n'y avait pas plus de soixante-dix personnes, cent tout au plus. Eliza avait ouvert la porte qui donne sur la rue pour que les gens puissent entendre son discours depuis l'extérieur.

Matt secoua la tête.

— Mais désormais elle n'est plus une inconnue ambitieuse qui s'essaie à la politique. Quand la nouvelle se répandra, Freedom va être envahi de factions pro-Lockhart et anti-Lockhart, sans parler des curieux et des journalistes.

— Rien ne la fera changer d'avis. Il faut que vous traitiez cette affaire comme une rencontre en terrain hostile. Votre mission est d'identifier la menace et de la neutraliser. Vous étiez dans les renseignements, dans l'armée. Servez-vous des compétences et des tactiques qui vous ont valu vos décorations.

Ces paroles éveillèrent dans l'esprit de Matt le souvenir d'une rue chaude et poussiéreuse, dans laquelle quelques femmes vêtues de burqas et des enfants en haillons s'égaillaient à l'arrivée des jeeps. Les gamins criaient et agitaient la main, dans l'espoir que les soldats leur donnent quelques pièces ou de la nourriture. Les rapports des éclaireurs avaient décrit le village comme étant presque abandonné mais Matt, qui se trouvait dans le second véhicule, n'en était pas moins armé et sur le qui-vive.

Il avait regardé les enfants une dernière fois avant de reporter son attention sur les hautes fenêtres et les toits de terre séchée. Ce n'était pas parce que les rapports ne signalaient aucun danger qu'il n'y en avait pas. Mais les toits étaient déserts — pas de canons de fusils reflétant le soleil, pas de mouvements suspects.

Du coin de l'œil, il avait vu un petit garçon, âgé tout au plus de quatre ou cinq ans, s'approcher du véhicule de tête. Sa mère était juste derrière lui. Elle l'avait saisi par le bras pour l'entraîner plus loin.

Mais quelque chose clochait. La femme s'était arrêtée une fraction de seconde, le dos tourné vers les autres véhicules… Aussitôt, Matt avait compris ce qui se passait.

— Bombe ! avait-il hurlé.

Mais trop tard. Sa voix avait été couverte par la déflagration. Sa première pensée avait été pour son meilleur ami, Rusty, qui était dans la jeep de tête. Sa seconde, pour toutes ces femmes et ces enfants.

— Soarez ?

Matt cligna des yeux.

— Oui, monsieur.

— Quelque chose ne va pas ? Un problème avec votre mission ?

— Non, monsieur. Je m'en occupe.

— Comment va votre genou ?

— Bien, monsieur, répondit-il. Je peux parfaitement courir.

— Je sais. C'est ce que dit votre ordre de décharge. Ma question est : est-ce qu'il tiendra dans un combat au corps à corps ? Ou en cas de changement brusque d'allure ou de direction ?

Matt refréna l'envie de tendre le bras pour se frotter le genou.

— A cent pour cent, monsieur.

Bellows le dévisagea pendant un long moment avant de déclarer :

— Nous savons tous deux que ce genou n'est pas fiable à cent pour cent. S'il l'était, vous seriez toujours dans l'armée. Un menteur n'a pas sa place dans mon équipe.

Il posa les mains sur les roues de son fauteuil roulant et le fit reculer de quelques centimètres.

— Maintenant, que voulez-vous faire ? Reconsidérer votre réponse, ou rassembler vos affaires et retourner à L.A. ? Que décidez-vous, sergent Soarez ?

2

« Menteur ». A ce mot, Matt grimaça. Les muscles de son dos se crispèrent et il sentit son visage s'enflammer.

— Je m'excuse, monsieur, répondit-il à Bellows. Mon genou est fiable à soixante pour cent, environ. Il l'est presque à cent pour cent sur une course en ligne droite, mais il lâcherait sans doute si je devais faire beaucoup de feintes et de pas de côté, comme si j'étais en défense dans une équipe de basket-ball, par exemple.

— Voilà qui est mieux, dit Bellows. Comment voyez-vous l'organisation de la sécurité de ce meeting ?

Matt réfléchit à la disposition du café avant de répondre.

— Eh bien, monsieur, je pense poster des policiers tant à la porte d'entrée qu'à celle de la cuisine, qui donne sur la ruelle. Je vais barricader la porte qui mène à la cave, là où se trouvent la réserve et les escaliers qui mènent à l'appartement de Faith. Comme toute la façade du café est vitrée et que nous n'avons pas assez d'hommes pour la masquer en entier, je laisserai les habitants, et peut-être les journalistes, occuper cette zone. Celui qui en veut à Lila Lockhart, qui que ce soit, ne voudra sans doute pas blesser des innocents. Il ne cherchera qu'à atteindre sa cible : Mme le gouverneur. Il n'aura que le temps de frapper et de s'enfuir.

Le regard acéré de Bellows croisa celui de Matt.

— Logique, commenta-t-il. Et vous, où serez-vous ?

— Sur l'estrade, avec Mme le gouverneur. Il faut que je sois face à la foule, que je voie les visages et les yeux.

— Votre plan me semble bon.

— Merci, monsieur.

Matt marqua une pause.

— Nous aurons besoin de moyens de communication et de tasers, pour neutraliser les perturbateurs sans blesser de civils.

— Je peux arranger ça. Maintenant, dites-moi ce que vous avez appris sur les braves gens de Freedom.

Matt repensa aux huit jours qu'il avait passés en ville.

— Le shérif Hale est un homme bien. Il a toute ma confiance. Son adjoint, Appleton, élève seul son enfant de six ans. Je ne suis pas certain qu'il soit prêt à prendre beaucoup de risques. Les autres hommes du shérif sont compétents, sans plus.

Bellows s'enfonça dans son fauteuil et joignit le bout de ses doigts.

— Le maire n'est pas un fan du gouverneur Lockhart, poursuivit Matt, mais il a plus d'ambition que de convictions. Il n'aura sans doute aucun scrupule à tirer profit de la présence de Lila Lockhart.

Bellows l'invita à poursuivre d'un hochement de tête.

— Les gens sont partagés au sujet de Bailey, la fille du gouverneur Lockhart. La plupart d'entre eux l'aiment beaucoup et sont heureux qu'elle aille bien et qu'elle soit sur le point de se marier. Mais d'autres pensent qu'elle n'aurait pas dû rester à Freedom en sachant qu'elle met les habitants en danger.

— Qui a dit ça ?

— Eh bien… à en croire Stan Lorry et Fred March, qui passent toutes leurs matinées au café, un animateur de radio du nom d'Allan Davidson a consacré l'une de ses émissions à Bailey Lockhart et à la fusillade du 4 juillet. Une douzaine d'habitants de Freedom l'ont appelé. Lorry et March ne jurent que par Davidson.

— J'obtiendrai un enregistrement de cette émission et les noms des auditeurs qui ont appelé, commenta Bellows. Qui d'autre ?

— J'ai rencontré Henry Kemp pour la première fois ce matin. C'est un électron libre. Il a une dent contre les Lockhart.

Matt s'interrompit. Comme Bellows haussait les sourcils, il expliqua :

— Il a proféré des menaces.

— Des menaces ? De quel genre ?

— Je ne l'avais jamais rencontré avant ce matin, insista Matt. Peut-être que ce n'est qu'une grande gueule. Mais il m'a dit, mot pour mot : « Un de ces jours, les Lockhart vont récolter ce qu'ils méritent et croyez-moi : mieux vaut que vous ne soyez pas trop près d'eux quand ça arrivera. »

— Je vois. C'est du Henry tout craché. Rien n'est jamais de sa faute ; il trouve toujours quelqu'un à blâmer pour ce qui lui arrive. Il y a vingt ans qu'il raconte que les Lockhart lui ont volé ses droits d'extraction de pétrole. Mais en réalité il a seulement manqué de chance : ce sont les Lockhart qui ont découvert du pétrole sur les terres qu'il leur avait vendues, et pas lui. Il n'a aucun droit légal sur le gisement. Que pensez-vous de lui ?

Matt revit en esprit le visage rougeaud de Kemp et l'étincelle de rage qui brillait dans ses yeux.

— Il est obsédé par les Lockhart. Il est colérique et pourrait éventuellement recourir à la violence.

— Il a une petite-fille merveilleuse et vénère ses deux arrière-petites-filles, contra Bellows. Pourquoi mettrait-il leur sécurité et leur bonheur en jeu en s'en prenant aux Lockhart ?

Matt fronça les sourcils. Est-ce que Bellows le testait ?

— Ce n'est que mon opinion, monsieur, dit-il avec raideur.

Les yeux de Bellows étincelèrent.

— Vous allez devoir faire mieux, sergent Soarez. Je sais que nous ne nous connaissons pas très bien, et que vous pensez que je vous teste en vous posant une question à laquelle j'attends une réponse bien précise.

Le vieil homme s'éclaircit la voix avant de poursuivre.

— Eh bien, vous vous trompez. Je ne vous teste pas. Je veux que vous me répondiez franchement. Si j'avais voulu être entouré de gens qui soient toujours d'accord avec moi, j'aurais engagé des avocats. Vous faites partie de mon équipe parce que vous êtes un vétéran décoré et un héros. Vous possédez des compétences qui me sont indispensables, et votre opinion a de l'importance pour moi. Je dois pouvoir compter sur vous pour toujours me donner une réponse franche, quelle que soit la question que je vous pose.

— Monsieur, je…

— Ecoutez, fiston, interrompit Bellows. Je sais que vous ne me faites pas confiance, et je sais aussi pourquoi. Tout comme moi, vous avez gravi les échelons sans aucune aide, au prix de beaucoup d'efforts. Vous avez dû trouver seul une façon de vous protéger. Et vous avez appris très tôt que rien n'était jamais gratuit et qu'on ne pouvait se fier à personne.

Ainsi, Bellows se targuait de comprendre son enfance ? Matt essaya de réprimer un éclat de rire, mais en vain.

— Vous pensez que je ne peux pas vous comprendre ? reprit l'autre. Ecoutez… ma vie n'a pas toujours été facile ; que vous le croyiez ou non, je m'en moque. Mais je veux être certain que je peux me fier à vous. D'après votre passé et vos états de service, je sais que vous êtes loyal et digne de confiance. Vous êtes aussi un expert dans le domaine des renseignements. Mais vous ne jouez pas franc-jeu avec moi.

Matt réfléchit à ces paroles.

— Vous parlez de mon genou, monsieur ?

— Je vais vous dire, fils : réfléchissez-y le temps de répondre à cette autre question. Que faites-vous ici ? Pourquoi avez-vous accepté ce travail ? De tous les hommes auxquels j'ai proposé de travailler avec moi, vous étiez le plus réticent. Pourtant, je vous ai offert de payer l'intégralité des études de vos sœurs, dans l'université de leur choix.

Matt se demanda ce qui se passerait s'il disait la vérité à son patron. Il avait signé un contrat de trois mois ; au terme de cette période d'évaluation, Bellows déciderait s'il voulait l'intégrer à l'équipe du CSI, Corps Security and Investigation. Un manque d'honnêteté mettrait aussitôt fin au contrat. Matt ne savait pas quel était le marché qui avait été proposé aux autres agents, mais puisque Bellows lui demandait des réponses franches… Il inspira profondément.

— Je n'aime pas devoir quoi que ce soit à quiconque, dit-il. Je suis rentré dans l'armée parce que c'était bien payé. Quand je l'ai quittée, j'ai attendu de savoir si je pouvais prétendre à une pension d'invalidité et si oui, quel en serait le montant. Je me suis retrouvé sans emploi, avec un genou qui ne fonctionnera plus jamais correctement. Et, comme vous venez de le dire, avec des compétences qui ne me sont d'aucune utilité hors du contexte du combat.

Il s'interrompit quelques secondes et fixa son interlocuteur dans les yeux avant de reprendre :

— Et voilà que vous arrivez et que vous me faites une offre qui est trop belle pour être vraie. Si je l'ai acceptée, c'est uniquement pour l'argent. C'est le seul moyen pour moi d'envoyer mes sœurs à l'université. Et j'en ai assez de voir ma mère gagner aussi peu en travaillant aussi dur. J'ai besoin de ce boulot. Mais si vous essayez de vous servir de ma mère ou de mes sœurs pour faire pression sur moi, monsieur Bellows, vous le regretterez. Ma famille est taboue.

Il s'interrompit et attendit l'explosion de colère, mais l'expression de son patron resta neutre.

— Qu'est-ce que vous voulez dire par là ? demanda le vieil homme. Que vous refusez que je paye les frais de scolarité de vos sœurs ?

Matt déglutit. L'argent que Bellows lui avait agité sous le nez en guise de salaire était plus que ce qu'il avait jamais rêvé de gagner. Mais cela ne suffirait pas pour payer les études des jumelles de dix-sept ans — qui, s'il pouvait rassembler assez d'argent, deviendraient les premières Soarez à obtenir un diplôme universitaire.

— Le salaire que vous m'avez offert était plus que généreux. Pourquoi y ajouter les frais de scolarité ?

— Parce que j'avais besoin de vous, et que je savais que je pouvais vous manipuler en aidant votre famille. Vous connaissez le vieux dicton qui dit qu'à cheval donné on ne regarde pas les dents, pas vrai ?

— Et vous, vous avez sans doute déjà entendu dire qu'il vaut mieux se méfier de ce qui est trop beau pour être vrai.

Bellows posa les mains sur les roues de son fauteuil et fit volte-face. Matt retint son souffle. Est-ce qu'il venait de perdre son travail à cause de quelques paroles malheureuses ?

Bellows manœuvra son fauteuil jusqu'à son bureau en acajou, dont il ouvrit un tiroir. Il y prit une pochette porte-documents.

— Voilà plus de trois ans, j'ai décidé que je voulais faire quelque chose de ma vie, dit-il. J'ai donc créé Corps Security and Investigation. J'ai rencontré un jeune vétéran qui avait failli mourir dans un bombardement. Je lui ai demandé son aide, et je lui ai offert la mienne en retour.

— L'homme que nous avons rencontré à Dallas, devina Matt. Celui que vous appelez Nolan Law.

Bellows acquiesça.

— Nous avons passé des mois à travailler sur notre déclaration de mission, les buts et la fonction de notre organisation. Il y avait des centaines de détails à mettre au point. Une fois prêts, nous nous sommes procuré les états de service de cent vingt-trois vétérans qui étaient allés au combat et qui habitaient le Texas et sa région. Après une étude approfondie et beaucoup de discussions, nous avons réduit la liste à cinq.

Bellows tapota la pochette du doigt.

— Ce dossier contient vos états de service, ainsi que le résumé de tous les documents publics vous concernant, vous et votre famille.

Matt n'avait qu'une envie : se jeter sur l'homme en fauteuil, lui arracher les documents et prendre ses cliques et ses claques. Mais il serra les poings et tint bon. Apparemment, Bellows voulait lui dire quelque chose.

— Je comprends pourquoi vous pensez que notre offre est trop belle pour être vraie. Mais laissez-moi vous dire tout de suite que vous vous trompez. Vous allez travailler — plus dur que vous avez jamais travaillé — pour gagner l'argent et les avantages que je vous ai proposés. En réalité, les missions qui vous seront confiées ne seront pas aussi dangereuses que celles que vous avez menées à bien en zone de combat, mais on vous demandera parfois de risquer votre vie. Corps Security and Investigation est une équipe d'élite, composée d'hommes aux compétences sans équivalent. Chacun d'entre vous a été sélectionné pour ce qu'il sait faire. Vous n'avez pas de remplaçant. En d'autres termes, si vous avez travaillé vingt jours sans la moindre pause et que j'ai besoin d'un expert en surveillance, vous travaillerez vingt jours de plus.

Bellows ressortit de derrière le bureau et regarda Matt droit dans les yeux.

— Souvenez-vous aussi que votre contrat stipule que votre vie est assurée à hauteur de cinq cent mille dollars. Si vous mourez dans l'exercice de vos fonctions, les bénéficiaires que vous avez désignés recevront la somme en un seul versement, sans qu'on leur pose la moindre question. Mais ce versement marquera la fin du contrat. Pensez-vous toujours que le salaire et les avantages qui vous ont été proposés sont « trop beaux pour être vrais » ?

Matt déglutit. Bellows semblait sincèrement passionné par sa société. Peut-être que ce travail était valable, après tout.

— Très bien, conclut ce dernier. Il va donc falloir que vous parliez au shérif Hale et que vous vous occupiez de coordonner la gestion de la foule et la sécurité pendant et après la réunion publique.

— Oui, monsieur.

— Maintenant, avant de partir, veuillez corriger votre seconde affirmation erronée.

En y réfléchissant, Matt comprit de quoi parlait Bellows.

— Oui, monsieur. Eh bien, je pense que Henry Kemp a compartimenté sa vie. D'un côté, il est un grand-père aimant. De l'autre, il est un redresseur de torts, parti en campagne pour rectifier ce qui, à ses yeux, est une grave injustice. Il est trop aveuglé par la colère pour comprendre qu'en détruisant les Lockhart il détruirait aussi sa famille.

Bellows esquissa un sourire.

— Voilà qui est mieux. J'aurai quelqu'un pour surveiller Henry Kemp pendant la réunion publique. De votre côté, repérez tous les autres individus louches. Souvenez-vous que votre priorité numéro un est de garder le gouverneur Lila Lockhart en vie.

Faith Scott fixait le téléphone portable qu'elle tenait toujours à la main. Une brusque douleur lui vrilla le flanc. Elle sursauta et frotta doucement son ventre.

— Pardon, Bout d'chou. Je suis un peu fatiguée. Et je viens juste d'apprendre que nous allons être très occupées ces prochains jours, toutes les deux.

— Faith ? Faith !

Gloria l'appelait depuis la réserve, en sous-sol. Faith alla jusqu'à la porte qui donnait sur les escaliers.

— Quoi ? Tout va bien ?

— Qui vient d'appeler ? J'espère que ce n'était pas Valerio. Il est déjà en retard. S'il ne passe pas cette porte d'ici trente secondes, je lui casse les deux jambes. Je ne peux pas soulever seule ces caisses de mayonnaise, et je ne vais pas faire huit voyages pour monter les pots un par un alors qu'il peut porter deux caisses en même temps.

Faith regarda les marches en bois qui s'enfonçaient dans la pénombre et soupira. En temps normal, elle aurait pu porter seule deux ou trois pots de quatre litres, mais pas maintenant ; pas avec un bébé à bord.

— Je vais descendre jusqu'à la moitié des marches, et tu me passeras un pot à la fois.

— Sûrement pas ! hurla Gloria. Tu restes où tu es.

Faith entendit ses pas résonner dans les escaliers au moment même où la porte de derrière s'ouvrait et se refermait ; quelques instants plus tard, Valerio Rodriguez sortit de la cuisine tout en attrapant le tablier accroché à côté de la porte.

— Ah, *mi ave blanca !* Tu es tellement belle aujourd'hui,

salua-t-il, comme à son habitude. Je suis là, prêt à faire tout ce que tu me demanderas.

Il fit passer le tablier au-dessus de sa tête et noua les cordons dans son dos.

Gloria McDonald, vêtue d'un uniforme blanc et d'un tablier vert, les lèvres peintes d'un rouge brillant, émergea des escaliers plongés dans la pénombre, tel un monstre marin remontant des profondeurs de l'océan.

— Te voilà, Valerio ! Amène tes fesses de flemmard en bas et rapporte-moi deux caisses de mayonnaise. Tu aurais dû les remonter hier. Faith s'est retrouvée à court, et elle a dû descendre chercher un pot.

— *Perdón*, dit Valerio à Faith avant de se tourner vers Gloria. Mais dis-moi, si tu as tellement besoin de mayonnaise, pourquoi est-ce que tu remontes les mains vides ? Ah, ma pauvre Gloria… Je sais que tu es affreusement vieille et complètement décrépite, mais tes bras ne sont pas encore trop flasques pour porter un pot de quatre litres.

— Ecoute, grande gueule. Je pourrais te réduire en bouillie avec une main attachée dans le dos. Dis-moi juste quand et où. Allez, vas-y !

— Gloria, dit Faith. Valerio…

Ce dernier s'était lancé dans une tirade en espagnol, sans doute un chapelet d'insultes.

— Vraiment ? Eh bien, toi-même ! répliqua Gloria.

— Taisez-vous, tous les deux ! hurla Faith.

Gloria et Valerio se tournèrent vers elle, bouche bée. Faith rassembla ses longs cheveux bouclés des deux mains et les souleva, libérant sa nuque. Le geste sembla atténuer la douleur qui lui vrillait le dos, entre les omoplates.

— Pardon, dit-elle en laissant retomber ses cheveux. Mais j'ai quelque chose à vous dire.

Les joues écarlates de Gloria perdirent de leur éclat, et les tendons qui saillaient dans le cou de Valerio commencèrent à disparaître.

— Qu'est-ce qu'il y a, ma chérie ? demanda Gloria en la regardant de la tête aux pieds. Tu n'as pas perdu les eaux, au moins ?

— Tiens, ajouta Valerio en tirant une chaise jusqu'à elle. Assieds-toi, *nueva madre*. Je vais te chercher un verre d'eau.

— Non ! Arrêtez, juste une minute, et écoutez-moi.

Faith sentait le bébé s'agiter sans relâche. Elle frotta le côté de son ventre.

— Vous ne devinerez jamais qui vient de m'appeler.

— Qui ? demandèrent Gloria et Valerio en chœur.

— La chargée de relations publiques du gouverneur Lockhart. D'après elle, Lila Lockhart veut tenir un meeting ici samedi.

Annoncée à haute voix, la nouvelle semblait encore plus incroyable que quand elle l'avait entendue de la bouche de la chargée de relations publiques. Faith secoua la tête.

— A Freedom ? demanda Valerio.

Gloria fronça les sourcils et renchérit :

— Ici ?

Faith releva de nouveau ses cheveux. Elle avait chaud, elle était fatiguée, et elle devait prendre sur elle pour apaiser la sensation de panique qu'elle sentait monter dans sa gorge.

— Ici, confirma-t-elle d'une voix étranglée. Dans le café.

Elle prit une grande inspiration.

— Tout compte fait, je crois qu'un verre d'eau me ferait du bien.

Valerio se précipita derrière le comptoir, remplit un

verre d'eau et de glaçons, et le fit glisser vers elle. Elle le prit et but avec avidité le liquide glacé, qui apaisa aussitôt sa gorge parcheminée.

— Apparemment, quand elle a décidé de se présenter aux élections pour devenir gouverneur, c'est ici qu'elle l'a annoncé. Je ne me souviens pas de ça. Quoi qu'il en soit, elle veut tenir un meeting ici samedi.

Un peu d'eau s'échappa du verre qu'elle tenait. Pour dire à quel point ses mains tremblaient.

— C'est vrai, dit Gloria. C'était il y a une dizaine d'années. Tu avais dans les quinze ans, à cette époque, et je crois me souvenir que tu donnais du fil à retordre à ta grand-mère. Pour autant que je me souvienne, ça n'a pas été une si grosse affaire. Le service du soir a simplement été annulé et on a ouvert la porte de devant pour que tout le monde puisse entendre son discours. Quelqu'un avait apporté un micro et branché des haut-parleurs.

Faith secoua la tête.

— Eh bien, cette fois, ça va être toute une histoire. Le café ne peut accueillir que soixante personnes, et la chargée de relations publiques a dit qu'il y aurait des équipes de télé et des journalistes, et qu'ils sonoriseraient la salle et mettraient des haut-parleurs à l'extérieur pour que tout le monde puisse entendre son discours.

Elle reprit son verre d'eau ; les glaçons tintèrent bruyamment contre les parois du verre.

— Je ne vois pas comment on va pouvoir organiser ça, conclut-elle.

— Qu'est-ce que cette femme a dit d'autre ?

— Elle a dit qu'ils s'occuperaient de tout, mais j'ai peur…

— En ce cas, laisse-les s'en occuper, coupa Gloria. Tu n'auras rien à faire, sauf rester en dehors de leur chemin.

— Mais c'est mon bar. Je devrais fournir de l'eau ou du café…

— Tu ne dois rien faire du tout, insista Gloria. Si Mme le gouverneur pense qu'elle peut s'amener ici et tout chambouler sans même demander ta permission, c'est à elle de s'assurer que tout se passera bien.

— Et les menaces de mort qui pèsent sur elle ? demanda Valerio.

Gloria lui lança un regard impatient.

— Des rumeurs, c'est tout. Tous ceux qui se sont présentés à une élection dans cet Etat ont reçu des menaces de mort. Zut, tout le monde au Texas a sans doute au moins un ennemi mortel.

La panique que Faith avait réussi à juguler essayait de reprendre de la vigueur.

— Des menaces ? Je me souviens de l'homme qui suivait Bailey, mais… ?

— J'ai entendu des gens dire que Lila Lockhart allait se présenter aux élections présidentielles.

— Aux élections présidentielles ? répéta Faith, la gorge nouée. Oh, mon Dieu ! Et elle va l'annoncer *ici* ?

Gloria regarda Valerio, et tous deux se tournèrent vers Faith. Elle savait qu'ils pensaient la même chose qu'elle. S'il y avait ne fût-ce qu'une rumeur que le gouverneur Lila Lockhart puisse annoncer son entrée dans la course à la Maison Blanche, la ville de Freedom et le Talk of the Town Café seraient envahis par la presse, les partisans, les opposants et les curieux.

Une douleur aiguë la frappa au flanc droit. Elle grimaça et se frotta le ventre. Mais, cette fois, la friction ne suffit pas à faire disparaître la douleur. Au même moment, elle remarqua que sa tête lui faisait mal. La douleur se concentrait dans sa tempe gauche.

— Faith ? demanda Gloria. Tout va bien ?

Elle acquiesça et voulut se lever, mais une nouvelle pointe de douleur l'en empêcha.

— Bout d'chou est un peu agitée, aujourd'hui. Sans doute parce que sa maman est au bord de la panique à cause de cette histoire de meeting.

— Viens. Je t'emmène à l'étage. Tu as besoin de te reposer, aujourd'hui.

— Non. Je dois préparer des tartes, et nous avons une douzaine de poulets à faire rôtir pour le menu de ce soir.

— Je peux faire rôtir les poulets d'une main et préparer les tartes de l'autre, déclara Valerio. Contente-toi de me regarder faire.

— Et je vais demander à Molly de venir, ajouta Gloria. Elle sera ravie de faire quelques heures de plus ; je m'occuperai des accompagnements et de la caisse.

Faith se leva prudemment, essayant de faire comme si la douleur avait disparu.

— Je vais aller me reposer quelques minutes. Je redescends dans une heure.

Quand elle atteignit le haut des marches, elle était presque pliée en deux de douleur.

— Ne me fais pas ça, Bout d'chou, supplia-t-elle. Tu n'as que trente-deux semaines. Le docteur a dit qu'il fallait que tu grandisses encore un peu avant d'être prête à sortir.

Elle s'allongea sur son lit et se mit sur le flanc tout en massant la région de son ventre qui la faisait tellement souffrir. Elle ferma les yeux et regretta que sa grand-mère ne soit pas là pour la réconforter. La main chaude de Gram sur son front et ses lèvres contre sa joue pouvaient apaiser n'importe quelle douleur.

Une larme lui échappa et dégoulina sur son nez.

— Si seulement tu avais pu connaître ma Gram, Bout d'chou. Elle t'aurait tant aimée.

Elle retint sa respiration dans l'espoir de réprimer les sanglots qui se formaient dans sa gorge.

— Fais attention à toi, Bout d'chou. Il faut que tu sois grande et forte. Tu es la seule famille qui me reste.

3

Faith avait eu l'intention de ne s'accorder qu'une petite sieste, mais elle dormit deux heures et ne redescendit qu'à 19 heures passées. Le café était plein à craquer. Presque tous les convives avaient choisi le plat du jour, le célèbre poulet rôti au citron vert et à la tequila de Valerio.

Gloria, qui portait un plateau chargé d'assiettes de poulet, de panières de petits pains et de boissons, lui fit un clin d'œil. Faith regarda par le passe-plat et vit que trois autres assiettes attendaient d'être servies.

— Deux à la table sept, cria Gloria, et une au comptoir.

Faith se tourna vers le client assis au comptoir et vit qu'il s'agissait de Matt Soarez. Ses yeux noirs croisèrent les siens et il lui adressa un petit signe de la tête.

Elle n'aimait pas ce qu'elle ressentait quand il la regardait. Son cœur palpitait comme celui d'une adolescente et elle était traversée par un petit frisson d'appréhension. Deux sensations qui lui rappelaient tellement ce que lui avait fait ressentir Rory Stockett, le père de son bébé, que cette fois ce fut l'appréhension qui l'emporta.

Elle ignora délibérément le petit salut de la tête de Matt, prit l'assiette de poulet et la posa devant lui avant de remplir son verre de thé glacé. Quand elle eut fini, Gloria était de retour et prenait les deux dernières assiettes.

— Je m'en occupe, Gloria, dit-elle.

Mais Gloria secoua la tête.

— Toi, découpe les tartes. J'ai déjà deux commandes de tarte aux pommes et crème glacée pécan-caramel.

Ils furent très occupés pendant l'heure qui suivit mais, à 20 h 30, tous les dîneurs étaient partis ; sauf Matt. Dès que les assiettes furent dans le lave-vaisselle et que les restes eurent été jetés, Faith renvoya Valerio et Gloria chez eux.

— Molly vient tôt demain matin, leur dit-elle, et je me sens très bien. Vous avez besoin de repos, tous les deux. Cela fait plus d'une semaine que vous n'avez pas eu de jour de congé.

— Je n'ai pas besoin de congés ! protesta Gloria.

— Et je suis heureux de faire des heures supplémentaires, renchérit Valerio.

Faith leva la main.

— Il faut que vous soyez en pleine forme tous les deux pendant que je serai à la maternité. Alors, s'il vous plaît, ne vous tuez pas à la tâche maintenant.

Ils se lancèrent des regards entendus mais, avant qu'ils aient pu ouvrir la bouche, Faith reprit :

— La discussion est close. Au fait, Gloria, est-ce que tu pourrais passer demain prendre une affiche annonçant qu'on recherche un serveur ? Molly retourne à l'école dans quinze jours, et je dois engager quelqu'un pour la remplacer.

— Bien sûr, ma chérie, dit Gloria.

Quand ils furent enfin partis, Faith ferma la porte de service à clé et se fit une tasse de thé. Pendant que le sachet infusait, elle s'adossa à la table en inox et frotta le côté droit de son ventre. Ses yeux étaient brûlants de larmes contenues. Cette heure de la soirée, après la fermeture du café, quand tout était silencieux, était la plus solitaire de la journée. C'était à ce moment-là que Gram lui manquait le plus.

— Oh ! Gram, chuchota-t-elle. Je t'ai trahie. Tu avais raison. Les hommes sont des papillons.

Bien que ses yeux soient noyés de larmes, le souvenir des paroles que Gram avait coutume de prononcer lui arracha un sourire.

« La plupart des hommes sont comme des papillons, ma Faith chérie, disait-elle. Ils te séduisent et tu ne peux pas t'empêcher de les suivre mais, tôt ou tard, ils finissent par t'entraîner dans… »

A ce point, Gram s'interrompait avant de conclure, avec délicatesse : « Dans le pétrin. »

Faith la questionnait toujours sur son grand-père.

« Mais papi était différent, pas vrai, Gram ? »

Le regard de Gram se faisait lointain.

« Il n'y en avait pas deux comme ton papi, Faith. Pas deux comme lui. J'espère que tu pourras trouver un homme tel que lui, mais avant tu devras peut-être laisser passer beaucoup de papillons. »

Faith caressa le côté de son ventre et dit, à voix basse :

— Ne t'en fais pas, Gram. Plus de papillons. Bout d'chou et moi, nous nous en sortirons très bien, toutes les deux.

Elle cligna des yeux pour chasser ses larmes et prit sa tasse de thé. Elle s'était assez apitoyée sur elle-même. Il fallait encore qu'elle ferme la porte de devant à clé et qu'elle fasse la caisse.

Soudain, la porte battante fit entendre son léger grincement et une voix masculine dit :

— Grosse soirée.

Elle sursauta et manqua renverser sa tasse. C'était Matt. Elle avait oublié qu'il était encore là. Elle ne le regarda pas, de peur que les traces des larmes qu'elle venait de verser soient encore visibles sur son visage.

— J'aime les grosses soirées, monsieur Soarez, répondit-elle brièvement.

Elle passa à côté de Matt pour retourner dans la salle. Il la suivit.

— Je croyais que vous deviez m'appeler Matt.

— Matt, dit-elle à contrecœur.

Elle regrettait de s'être assise pour parler avec lui la veille. Elle ne connaissait rien de lui, mais elle savait tout du genre d'homme qu'il était. Un vrai papillon, de passage en ville le temps de travailler sur un chantier. Il était beau et charmeur, et quand il la regardait avec ces yeux noirs et expressifs, il lui donnait l'impression d'être la fille la plus belle et la plus désirable du monde — tout comme Rory. Et, tout comme Rory, il serait parti d'ici quelques semaines.

Mais au moins ce vagabond charmeur ne piétinerait pas son cœur en partant, parce qu'il ne s'en approcherait pas.

— Est-ce que vous vouliez autre chose ? Parce que je dois fermer, dit-elle sans détour.

Il secoua la tête.

— Je voulais juste m'assurer que ça allait. Gloria m'a dit que vous ne vous sentiez pas bien.

Faith recula d'un pas et frotta son ventre.

— Je suis seulement fatiguée. La journée a été longue, et le week-end va l'être également.

Matt regarda sa montre.

— Il n'est pas très tard. Vous voulez que je vous prépare une autre tasse de thé ?

— Me préparer…

D'abord, elle ne comprit même pas ses paroles. Depuis que Gram était morte, plus personne ne lui préparait de thé.

— Non. Je veux dire…

Elle le regarda. Il était bien plus grand qu'elle, mais pas autant que Rory, ni aussi maigre. Matt était mince, mais robuste. Son torse et ses abdos se devinaient sous son T-shirt blanc, dont les manches courtes laissaient voir des bras aux muscles bien dessinés. Sous son jean foncé, on devinait des cuisses puissantes. Il donnait l'impression d'être le genre d'homme qui ne cherche pas la bagarre, mais qui ne la fuit pas non plus… et qui n'en sort pas perdant.

— Hé, fit-il d'un ton amusé. Je sais préparer du thé. Je sais même cuisiner quelques trucs. D'ailleurs, en parlant de cuisine… depuis quand n'avez-vous pas mangé ?

Faith reposa sa tasse.

— J'ai pris un… je crois que c'était…

Elle s'interrompit.

— Très bien, c'est réglé. Je vais vous préparer quelque chose. Vous voulez un peu de poulet ? Une quesadilla au fromage ? Des œufs sur le plat ?

— Non, répliqua-t-elle avec un geste de refus. Il est tard.

— Pas du tout, reprit-il. Et vous ne pouvez pas rester sans manger jusqu'au petit déjeuner.

— Il n'est peut-être pas tard pour vous, mais je dois encore faire la caisse, passer les reçus des cartes de crédit en revue pour m'assurer qu'il n'y a pas de doublons, nettoyer les tables, vérifier le niveau dans les salières et les poivrières, et… Oh…

Elle s'arrêta net. Sur la table la plus éloignée, près de la porte qui menait au sous-sol, il y avait une immense bassine pleine de vaisselle sale, que Gloria n'avait pas vue.

— Il reste aussi de la vaisselle à laver, acheva-t-elle.

Matt pivota sur son siège et regarda la bassine pleine.

— Je m'en occupe.

En reposant les yeux sur elle, il demanda :

— Pourquoi est-ce que vos employés ne vous aident pas à faire tout ça ?

— Parce que je leur ai dit de rentrer chez eux. Gloria vient de travailler huit jours d'affilée et Valerio sera ici à 4 heures demain matin pour commencer à préparer le bouillon de poulet et la pâte pour les petits pains.

Matt se leva de son tabouret, posa un billet de vingt dollars sur le comptoir et se dirigea vers la table pour y prendre la bassine remplie de vaisselle. Faith encaissa le billet et mit la monnaie sur le comptoir, avant de commencer à examiner les factures de cartes de crédit.

— Merci de votre aide. Vous n'avez qu'à poser la vaisselle sur la table de la cuisine.

— Je vais plutôt la mettre dans le lave-vaisselle, dit Matt en passant derrière le comptoir.

— Il y a de la vaisselle propre dedans, objecta-t-elle. Et ce lave-vaisselle est parfois capricieux. Je m'en occuperai.

— Faith, j'ai travaillé dans pas mal de cafés et de restaurants. Laissez-moi faire ça pour vous.

Elle soupira et haussa légèrement les épaules.

— D'accord. Merci, répondit-elle à contrecœur.

— Et pendant que je serai dans la cuisine, je vous préparerai des œufs et une tasse de thé bien chaud.

Alors qu'il passait la porte battante, Faith sentit une douleur aiguë lui vriller le flanc droit.

— Allons, Bout d'chou, dit-elle. Calme-toi. On va bientôt aller dormir.

Elle prit la calculatrice sur l'étagère, sous la caisse enregistreuse, et entreprit d'additionner les montants qui figuraient sur les reçus de cartes de crédit du jour, tout en s'assurant que chaque somme était exacte et que toutes les informations étaient bien lisibles.

La vérification de ces reçus était une tâche longue et fastidieuse, mais ses clients comptaient sur elle pour s'assurer qu'il n'y avait pas d'erreur. Ses paupières menacèrent de se fermer à deux reprises, mais l'odeur d'œufs brouillés et de pain grillé qui provenait de la cuisine lui fit comprendre qu'elle avait bien plus faim que sommeil.

Elle en avait presque fini avec les factures et son estomac grondait d'impatience quand le carillon de la porte tinta.

Elle leva les yeux et resta bouche bée en voyant un homme grand, au physique agréable, aux cheveux bruns bouclés un poil trop longs… et au sourire un poil trop large.

Pendant un instant, elle resta comme paralysée. Elle ne l'avait pas revu depuis qu'elle avait souscrit le prêt pour lui. Elle avait pensé qu'elle ne le reverrait jamais et pourtant, il était là. Son estomac se noua.

— Rory ! s'exclama-t-elle d'une voix étranglée par l'incrédulité.

Rory Stockett rentra dans le café en roulant des mécaniques.

— Salut, chérie, dit-il.

— Qu'est-ce que tu fais ici ? demanda-t-elle sans le quitter des yeux.

— Ouah, tu as bonne mine ! poursuivit Rory, comme si elle n'avait rien dit.

Il avança vers elle et s'arrêta net.

— Hé !

Une grimace traversa rapidement son visage.

— Regarde-toi un peu. Tu vas bientôt pondre, pas vrai ?

A ces mots, elle fut gagnée par un mélange de colère et de rancune.

— Non, je ne vais pas bientôt « pondre ». Tu pourrais trouver une façon moins grossière de t'exprimer, d'autant que tu n'as pas mis les pieds ici depuis presque six mois.

Il se pencha par-dessus le comptoir pour l'embrasser et elle fut enveloppée par le parfum écœurant de son eau de toilette. Prise d'un haut-le-cœur, elle recula vivement.

Une étincelle irritée jaillit dans les yeux de Rory.

— Hé, Faith, qu'est-ce qui se passe ? Je pensais que ça te ferait plaisir de me voir. Je ne t'ai pas manqué ?

Ses yeux se posèrent sur le tiroir de la caisse, qui était ouvert, et revinrent vers elle. En lui adressant son sourire le plus charmeur, il reprit :

— Tu as vraiment bonne mine. Je dirais que la grossesse te réussit. Alors, qu'est-ce que nous avons ici ? Un petit garçon ? Une fille ?

Il tendit une main vers son ventre ; Faith se raidit et recula encore d'un pas.

— *Nous* n'avons rien, je te rappelle. Et maintenant, il faut que tu t'en ailles. Je dois fermer et faire la caisse.

— On dirait que tu t'en sors bien, poursuivit-il. Ça me fait plaisir.

Gagnée par la crainte, Faith crispa ses doigts sur les reçus qu'elle tenait à la main. Rory n'était ici que pour une chose : l'argent. Après tout, elle lui avait déjà montré qu'elle était une proie facile.

— Va-t'en, Rory, s'il te plaît.

— D'accord, Faith… Je vais tout t'avouer. J'avais vraiment envie de te voir. Tu m'as beaucoup manqué, plus que tu ne peux l'imaginer. Mais je… je ne pouvais plus te regarder en face après ce qui s'est passé.

Il s'interrompit pour scruter son visage, mais elle ne changea pas d'expression.

— Je me suis fait doubler, expliqua-t-il. Un type à qui je faisais confiance devait me livrer un semi-remorque. Il a pris mon argent et m'a refilé un camion déglingué qui ne valait pas le quart de ce que je l'avais payé.

Faith pinça les lèvres. Elle espérait que Rory s'en irait avant que Matt ressorte de la cuisine. Sans trop savoir pourquoi, elle ne voulait pas que Matt voie Rory Stockett. Peut-être parce qu'il lui suffirait de cinq secondes pour le jauger, et qu'elle n'était pas certaine de pouvoir supporter le regard dédaigneux qu'il lui jetterait en essayant de comprendre comment elle avait pu être aussi bête.

— Ecoute, bébé, poursuivit Rory sur le ton enjôleur qu'elle exécrait. Tu m'as tellement manqué ! Je veux prendre soin de toi et de notre bébé, mais il faut que tu me rendes un service. J'ai un bon contrat en vue, mais je suis un peu à court d'argent. Est-ce que tu peux me filer quelques centaines de dollars ? Disons cinq cents ? Je te promets de tripler la somme d'ici quinze jours.

— Non, répliqua-t-elle sèchement. Sors d'ici. J'ai été assez bête pour te croire une fois, mais on ne m'y reprendra plus. Je ne te prêterai plus rien ; tu pourrais être en train de te noyer que je ne te jetterais même pas une bouée.

Mais elle savait qu'elle mentait. Même si cet homme était le pire des escrocs, il était aussi le père de son enfant.

— Hé, allez… Cinq billets de cent ? Tu te fais plus que ça au petit déjeuner.

Il plongea la main dans le tiroir-caisse et attrapa une poignée de billets de vingt dollars. Faith réagit instantanément : elle referma brusquement le tiroir sur sa main.

— Aïe ! hurla-t-il.

Il dégagea sa main et l'agita. Son visage était devenu écarlate. Une expression de colère non contenue sur le visage, il la saisit par les cheveux et s'écria :

— Tu m'as fait mal !

Il l'attira vers lui sans douceur et son ventre vint heurter le bois du comptoir.

— Rory, arrête ! hurla-t-elle. Tu vas faire mal au bébé.

Mais, au lieu de la lâcher, il tira sur ses cheveux jusqu'à ce qu'elle sente son cuir chevelu la brûler et que les larmes lui montent aux yeux.

Alors, elle plaqua les mains sur son torse et poussa de toutes ses forces, mais il était bien trop lourd pour qu'elle le fasse reculer.

— Rory ! Arrête ! cria-t-elle de nouveau.

En vain. Rory continuait de lui tirer les cheveux violemment.

Soudain, le grondement guttural de Rory fut remplacé

par un gargouillis. Elle sentit la prise qu'il exerçait sur ses cheveux se relâcher.

Elle releva brusquement la tête et recula aussi loin que possible, sans prêter attention aux mèches qui étaient restées enroulées autour des doigts de Rory. Elle ne savait pas pourquoi il l'avait relâchée, mais elle n'allait pas laisser passer l'occasion de s'éloigner aussi vite que possible.

Elle cligna des yeux pour chasser ses larmes et observa la scène qui se déroulait devant elle, sans trop la comprendre. Elle avait déjà dû appeler le shérif Hale pour mettre fin à des querelles au café, mais c'était la première fois qu'elle assistait à une vraie bagarre.

Matt avait cravaté Rory et, de sa main libre, lui pinçait le coude gauche. Tout en piaillant de rage et de douleur, Rory frappait en vain le bras de Matt de son poing libre.

Après quelques secondes, la main gauche de Rory devint flasque et les billets de vingt dollars tombèrent par terre. Matt lui fit alors faire volte-face pour le plaquer contre la porte, face à lui, tout en pressant sa pomme d'Adam de l'avant-bras. Le visage de Rory était d'un rouge betterave tirant sur le violet.

Craignant que Matt le tue, Faith cria :

— Matt, lâchez-le !

Mais ce dernier se borna à presser un peu plus fort la pomme d'Adam de Rory, qui se mit à respirer avec difficulté.

— Je ne sais pas qui tu es mais, si tu lèves de nouveau la main sur elle, il faudra que tu apprennes à vivre sans. Pigé ?

Il relâcha un peu sa pression, juste assez pour que Rory puisse parler.

Rory prit une profonde inspiration rauque.

— Espèce de…

Matt appuya de nouveau.

— Faith, appelez le shérif Hale. Dites-lui que nous avons une tentative de cambriolage ici.

A ces mots, les yeux de Rory lui jaillirent de la tête. La sueur perlait à son front et ruisselait sur ses tempes.

Faith était trop secouée pour réfléchir. Elle alla jusqu'au téléphone mais elle était bien incapable de se rappeler le numéro du shérif.

— Arg ! gargouilla Rory.

— Vraiment ? Tu es prêt à partir et à ne pas revenir ?

Celui-ci hocha la tête. Matt laissa retomber son avant-bras, et Rory porta aussitôt la main à sa gorge meurtrie.

— Ordure, marmonna-t-il. Tu aurais pu me tuer.

— C'est vrai, convint gaiement Matt. Mais je ne l'ai pas fait. Faith, vous pouvez dire au shérif que nous n'avons plus besoin de lui.

Faith baissa les yeux sur le combiné qu'elle tenait à la main et le reposa.

— Ne remets plus jamais les pieds ici, dit Matt en poussant Rory vers la porte.

Mais ce dernier se tourna vers Faith.

— Il ne t'a pas fallu longtemps pour trouver un autre pigeon, pas vrai ? Tu lui as dit que le bébé était le mien ?

— Ce bébé n'est pas le tien, rétorqua Faith. C'est le mien.

Matt releva le menton et fit un pas vers Rory, qui se hâta d'ouvrir la porte. Avant de sortir, il se retourna et lança :

— Qui que tu sois, tu vas regretter de t'en être pris à moi.

Ensuite, il posa les yeux sur Faith.

— Et toi aussi, traînée !

Puis il claqua la porte derrière lui.

Matt retourna le panneau pour indiquer que le café était fermé, verrouilla la porte et baissa les rideaux. Ensuite, il se retourna. Le visage de Faith était d'une pâleur de cendre. Il courut vers elle.

— Asseyez-vous quelques minutes. Il vous a fait mal ?

Elle secoua la tête.

— Pas autant que moi. Je lui ai refermé le tiroir-caisse sur la main. J'espère que je lui ai cassé un doigt.

— Bien joué. C'est le père du bébé ?

Elle baissa la tête.

— Oui. Rory Stockett. Un jour, il est arrivé en ville. Il cherchait du travail et il a commencé à fréquenter le café. Il était… gentil, prévenant.

Elle joignit étroitement les doigts et les fixa.

Matt regarda le sommet de sa tête blonde et la courbe délicate de ses épaules. La description qu'elle venait de faire de Stockett s'appliquait tout aussi bien à lui. Pour autant qu'elle sache, il n'était qu'un vagabond gentil et attentionné, lui aussi. Ce qui expliquait en grande partie pourquoi elle soufflait ainsi le chaud et le froid.

Avec elle, la conversation était toujours facile. Dès qu'ils se trouvaient ensemble, ils entamaient tout simplement un échange agréable et courtois. Mais Faith finissait toujours par prendre un peu de recul — physiquement parfois, et toujours émotionnellement. Maintenant, il comprenait pourquoi. Elle voyait en lui un homme qui ressemblait en tout point à son ex. Et même s'il brûlait d'envie de lui dire qu'il n'était pas un vagabond et que, contrairement à Stockett, il était digne de confiance, il ne le pouvait pas.

Et d'ailleurs, même si elle avait su la vérité, aurait-elle vu en lui un homme plus honnête que Stockett ? Après tout, il lui mentait autant que celui-ci lui avait menti.

Mais, qu'elle lui fasse confiance ou non, cela n'avait pas la moindre importance. Il était ici pour mener un travail à bien, et une partie de ce travail était d'assurer sa sécurité. Bellows avait besoin du Talk of the Town Café, et le café n'existait que grâce à elle.

Faith semblait encore secouée par l'incident. Elle

masquait sa bouche d'une main et se frottait le flanc de l'autre.

Matt s'assit face à elle.

— Qu'est-ce qu'il vous a fait ? demanda-t-il doucement.

— Il m'a attrapée par les cheveux quand j'ai refermé le tiroir sur sa main. C'est tout.

— Non, dit Matt en prenant la main qu'elle plaquait sur sa bouche et en l'emprisonnant dans la sienne. Je ne parle pas de ce soir. Qu'est-ce qui s'est passé avant ?

Elle regarda leurs mains entrelacées pendant quelques secondes avant de relever la tête et de lui adresser un sourire sans joie.

— Toujours la même vieille histoire, répondit-elle. Un garçon rencontre une fille. La fille tombe enceinte. Le garçon lui donne une bague et lui demande de l'argent pour démarrer une entreprise de transport routier en lui promettant qu'ensuite ils pourront mener ensemble une vie confortable. La fille est trop naïve pour voir clair dans son jeu. Le garçon quitte la ville avec l'argent : cinq mille dollars que j'ai empruntés pour lui et qu'il a juré de rembourser.

Elle ponctua son explication d'un petit haussement d'épaules.

Matt avait mal pour elle. Elle avait cru Rory Stockett, et il avait profité d'elle.

— Est-ce qu'il lui arrive souvent de se pointer comme ça ?

— Jamais, répondit-elle. Je pensais qu'il était parti pour de bon.

— Et il débarque justement ce soir. Pourquoi maintenant ?

Juste avant le meeting ? C'était peut-être une coïncidence, mais Matt avait du mal à le croire. Il allait devoir faire part de l'incident à Bellows, qui saurait peut-être quelque chose sur ce Rory Stockett.

— Qu'est-ce que vous voulez dire en demandant pourquoi maintenant ?

Matt se redressa.

— J'ai entendu dire que le gouverneur Lila Lockhart serait à Freedom ce week-end. Quelles sont les tendances politiques de Stockett ?

Faith éclata de rire.

— Il n'en a pas. Pas plus que d'intégrité, de code moral ni de conscience.

Stockett était donc de ces hommes qui auraient fait n'importe quoi pour de l'argent et dont la loyauté était à vendre au plus offrant. Il fallait vraiment que Matt parle de lui à Bellows, dès le lendemain.

Mais pour le moment il s'inquiétait pour Faith, qui semblait vraiment au bord de l'évanouissement. Il se leva et se précipita dans la cuisine, dont il ressortit en portant une assiette remplie d'œufs brouillés et de pain grillé.

— Voilà. Mangez avant que ça refroidisse encore plus.

Elle secoua la tête.

— Je ne crois pas que…

— Je ne sais pas si vous allez vomir ou vous évanouir, mais vous feriez mieux de vous remplir un peu l'estomac, insista-t-il. Que voulez-vous boire ?

Elle prit sa fourchette ; c'était bon signe.

— Du jus d'orange, décida-t-il pour elle.

Il remplit un verre au distributeur et le posa devant elle. Elle le saisit et en but la moitié d'un trait.

— Vous vivez ici, à l'étage, pas vrai ?

— Oui, bien sûr.

— Seule ?

— Oui, répondit Faith en le regardant droit dans les yeux. Pourquoi ?

— Est-ce que vous pouvez demander à quelqu'un de s'installer avec vous ?

— Non. Ce n'est pas la peine. Gloria est là jusqu'à 21 heures presque tous les soirs, et Valerio arrive à 4 heures du matin. Je reste seule pendant sept heures à peine.

Elle rit et ajouta :

— Parfois j'aimerais pouvoir engager plus d'employés. J'adorerais faire la grasse matinée, un jour.

— Avez-vous une alarme ?

— Non, répondit-elle en fronçant les sourcils. Vous croyez que Rory est dangereux ? Pas moi. Il s'énerve et se met en colère, et je ferais plus confiance à un serpent à sonnette qu'à lui, mais jamais il ne me ferait de mal.

— Après ce que j'ai vu ce soir, je n'en crois pas un mot.

Tout en réfléchissant, il balaya le café du regard et décréta :

— Je vais passer la nuit ici.

— Quoi ? Non, pas question.

— Pour tout dire…

Il était heureux que Bellows lui ait suggéré de rester en ville pendant quelques jours. Ce changement de programme tombait à pic.

— Le chantier est interrompu, expliqua-t-il. Des problèmes avec la livraison des matériaux. Je vais passer quelques jours ici. Je pourrai vous donner un coup de main pendant le meeting, et je serai plus rassuré si je sais que vous êtes en sécurité.

Il jaugea sa réaction, et ne l'aima pas. Elle posait sur lui un regard ouvertement suspicieux. Elle le comparait certainement mentalement à Rory Stockett et, apparemment, le trouvait à peu près du même tonneau que son ex.

— Comment savez-vous qu'il va y avoir un meeting ? Il ne sera annoncé que demain matin.

Non, visiblement elle avait autre chose en tête.

Oups. L'avait-il dit tout haut ? Il chercha désespérément une explication plausible, en espérant que son expression restait neutre.

— L'un des types avec lesquels je travaille doit avoir dit quelque chose à ce sujet. Il est employé à temps partiel sur le ranch des Lockhart.

Faith hocha la tête, mais la lueur suspicieuse ne quitta pas ses yeux.

— Très bien, reprit Matt. Donc, cette nuit, je vais dormir sur l'une de ces banquettes. Je laisserai un mot à votre cuisinier pour qu'il sache que je suis là quand il arrivera demain.

— Je ne veux pas de vous ici, dit-elle. Je n'ai besoin de personne.

— Regardez-moi, répondit-il. Vous êtes en danger. Je n'ai pas la moindre confiance en Stockett. Si vous ne me permettez pas de rester ici, j'appelle votre cuisinier ou Gloria et je leur dis de venir sur-le-champ.

— Valerio a deux enfants, des garçons, et Gloria a des chats.

— En ce cas, c'est réglé.

Faith se leva et passa derrière le comptoir. Elle sortit une clé de sa poche et verrouilla le tiroir-caisse. En surprenant le regard de Matt sur elle, elle rougit et expliqua :

— Je fais ça tous les soirs.

Matt acquiesça.

— Je vais éteindre les lumières.

Pendant une seconde, elle resta plantée là, comme si elle ne savait pas quoi faire. Matt la comprenait. Il mettait sa routine sens dessus dessous. Pour être juste, c'était Stockett qui avait été le premier à la bouleverser, mais Matt en avait rajouté une couche sans le vouloir.

Enfin, elle se tourna vers l'escalier qui menait à son appartement. Quand elle posa le pied sur la première marche, elle laissa échapper un petit cri étouffé et porta la main droite à son flanc.

— Faith, ça va ?

Elle inspira vivement, par deux fois.

— Oui, ça va. C'est juste Bout d'chou qui me fait savoir qu'il est l'heure d'aller au lit.

— Vous avez dit « elle », tout à l'heure. Vous attendez une fille ?

Elle le regarda par-dessus son épaule.

— Je ne sais pas. Je n'ai pas demandé à connaître le sexe du bébé, mais… oui, je suis sûre que c'est une fille.

Matt sourit. Il se rappelait encore la naissance de ses sœurs jumelles. Il avait treize ans, et il lui était souvent arrivé de les garder pendant que sa mère travaillait. Il adorait jouer avec elle, surtout quand elles avaient été assez grandes pour marcher. Il s'amusait souvent à les habiller et les coiffer à l'identique pour voir si leur mère pourrait les distinguer. Elle y arrivait toujours.

Ses amis le mettaient en boîte, disaient qu'il jouait à la poupée, mais il s'en moquait. C'était ses petites sœurs et, bien qu'il n'ait eu que treize ans, il était l'homme de la maison, et de ce fait, c'est lui qui était responsable de leur sécurité et de leur bonheur.

— Avez-vous déjà réfléchi à un prénom ?

La bouche de Faith s'incurva en un sourire, et elle le regarda dans les yeux. Mais soudain son sourire disparut et son dos se raidit.

— Il faut que j'aille au lit, dit-elle froidement. Bonne nuit.

Matt la suivit des yeux jusqu'à ce que ses jambes aient disparu en haut des escaliers. Ensuite, il alla vérifier que les portes d'entrée, de derrière et de la cave étaient bien fermées, éteignit la lumière et s'allongea sur une banquette trop courte de quelques centimètres pour ses longues jambes.

Une fois encore, l'attitude dc Faith avait changé au beau milieu d'une conversation. Il avait posé une question de trop, s'était un peu trop approché d'elle. Faith ne lui faisait pas confiance, et son attitude n'était pas près de changer.

Et tout cela c'était grâce à Rory Stockett.

4

Un soudain bruit tira Matt du sommeil. Il fut aussitôt en alerte, mais demeura immobile. C'était là un don qu'il avait développé au combat, en Irak. Il essaya d'identifier le son qui l'avait réveillé, mais en vain. En sentant une présence, au-dessus de lui, il ouvrit les yeux et vit un type d'âge moyen, baraqué, aux cheveux noirs et raides, au visage mat et buriné. Le sigle de l'Air Force était tatoué sur son biceps gauche. Il portait un T-shirt et un tablier blancs.

Matt se redressa et ses muscles ankylosés protestèrent. Il réprima un gémissement. Cette nuit passée à dormir plié en deux sur une banquette dans le café n'avait pas été une partie de plaisir.

— *No se mueva !*

Matt s'immobilisa.

— Tout va bien, dit-il. Je suis…

— Matteo Soarez ! cracha l'homme en brandissant le mot que Matt avait laissé dans la cuisine la veille. *Por qué estás aquí ?*

— Hé, mon pote. *Hablo inglés.*

L'homme sourit, mais d'un sourire qui n'avait rien d'avenant.

— Moi aussi. Qu'est-ce que vous faites ici ?

Matt se redressa lentement.

— Je suis là pour protéger Faith.

— Et est-ce qu'elle est au courant ?

Matt acquiesça en bâillant.

— Je peux me lever... Valerio, c'est bien ça ? demanda-t-il.

C'était le prénom qu'il avait entendu Faith prononcer la veille.

Pour toute réponse, Valerio recula de deux pas. Matt se leva et étira ses jambes et son dos. Par certains côtés, dormir sur cette banquette exiguë avait été pire que dormir par terre, dans le désert, sous une tente que ne traversait pas le moindre souffle d'air.

— Merci, dit-il. J'ai pensé qu'il valait mieux que je passe la nuit ici après que Rory Stockett s'était pointé, juste au moment où Faith essayait de fermer.

Au nom de Stockett, Valerio cracha un chapelet de jurons en espagnol.

— C'est l'impression que j'ai eue, moi aussi, répondit Matt avec un sourire. Il a essayé de brutaliser Faith, alors je suis intervenu.

Pour la première fois, Matt vit une étincelle d'intérêt et même peut-être de respect dans les yeux de Valerio.

— Vraiment ? Je ne vois pas de sang.

— Il n'y en a pas, mais M. Stockett va avoir mal à la gorge, ce matin.

Valerio hocha la tête d'un air approbateur.

— Et *mi ave blanca* ?

« Mon oiseau blanc ». C'était un joli surnom.

— Elle est en haut, et j'espère qu'elle dort encore.

— Bien.

Valerio dévisagea Matt pendant une fraction de seconde avant de pointer le pouce vers la cuisine.

— Je ferais mieux de commencer à préparer les petits pains et le bouillon de poulet, et à faire chauffer le gril pour le petit déjeuner.

Il fit quelques pas vers la porte de la cuisine avant de se retourner.

— Vous savez, dit-il, si vous devez continuer à dormir ici, vous allez devoir trouver un endroit plus confortable que cette banquette.

Matt tendit le cou et grimaça.

— Ouais, dit-il. Vous avez raison.

Une heure plus tard, le café bourdonnait d'activité et de rumeurs. Apparemment, les programmes du matin de la télé et de la radio avaient annoncé le meeting que Lila Lockhart allait tenir à Freedom, car tous ceux qui venaient pour le petit déjeuner en parlaient.

Bombardé de questions auxquelles il ne pouvait que rarement répondre, le shérif Hale ne parvint pas à manger tranquillement une seule bouchée de son petit déjeuner.

— Je n'étais au courant de rien avant le journal de ce matin, moi non plus, répétait-il inlassablement.

Son compagnon du petit déjeuner, le maire Arkwright, affirmait ne rien savoir non plus mais, contrairement au shérif, il avait beaucoup d'opinions à exprimer. Matt pensa qu'il était heureux qu'Arkwright ne soit pas payé au mot.

— Si vous voulez mon avis, tout bien considéré, je pense que notre estimée gouverneur fait une grave erreur en tenant un événement de quelque nature que ce soit ici, à Freedom, si peu de temps après la terrible tragédie de la parade du 4 juillet.

Le maire s'interrompit à peine pour reprendre son souffle avant de poursuivre.

— Ce que je veux dire, c'est que nous savons tous que le responsable du carnage visait prétendument sa fille, mais comment Lila Lockhart peut-elle en être certaine ? Si elle me demandait mon avis, je lui conseillerais de ne pas se montrer en public pendant un certain temps.

Tandis que le maire continuait à pérorer, une grande

et jolie jeune femme rousse s'assit au comptoir, à côté de Matt, et commanda un café et un bagel.

— Vous devez être nouveau ici, dit-elle.

Matt acquiesça.

— Je suis arrivé il y a un peu plus d'une semaine.

— Je m'appelle Charlotte. Charlotte Manning.

— Matt Soarez.

Charlotte le regarda droit dans les yeux et hocha la tête.

— Eh bien, Matt Soarez, quel bon vent vous amène ici ?

— Un chantier de construction, répondit-il évasivement.

Charlotte l'étudia de la tête aux pieds et demanda :

— Combien de temps allez-vous rester en ville ?

— Charlotte ! lança Fred March.

Stan Lorry ajouta :

— C'est bon de te voir. Je me disais que tu avais peut-être renoncé au café.

Charlotte pivota sur son tabouret de bar.

— Pas du tout, Fred. Je me remets tout juste d'une mauvaise sinusite. Je me nourrissais de thé et de médicaments contre le rhume.

— Viens t'asseoir avec nous une minute, proposa Stan. Dis-nous ce que tu penses des dernières combines de Lila. On aurait pu croire qu'elle avait compris qu'elle avait déjà fait bien assez de mal à Freedom. Les gens se remettent tout juste du fiasco du 4 juillet. Et voilà qu'elle veut tenir un meeting ?

Fred March jugea bon d'ajouter son grain de sel.

— Lila finira par aller trop loin et ce jour-là, on fera mieux de tous reculer d'un pas et de regarder le feu d'artifice.

Gloria sortit de la cuisine juste à temps pour entendre la fin de la phrase de Fred.

— Oh ! Fred, boucle-la. Et les autres aussi.

Les sourcils froncés, elle regarda le maire. Apparemment, Gloria n'avait peur de personne.

— Est-ce que cet Etat a jamais eu un gouverneur que tu appréciais, Fred ? demanda-t-elle sèchement. Et toi, Stan ?

Elle remplit les tasses de café vides avant de poursuivre.

— Et si vous pensez que cette grande gueule de Davidson, à la radio, a quoi que ce soit de vaguement intelligent à dire, il faudra que je révise encore à la baisse mon estimation de votre QI.

Elle reposa le pot de café, prit le torchon à vaisselle qu'elle portait sur l'épaule et commença à essuyer le comptoir.

— Ecoutez-vous un peu parler. Je ne vous le dis pas, mais certaines des choses que j'entends ne sont pas loin de ressembler à des menaces.

— Lâche-nous, Gloria ! râla Stan. On a droit à notre liberté d'expression, tout comme toi.

— Peut-être, mais quand les gardes du corps de Lila Lockhart seront à côté de vous, ainsi que quelques fédéraux, vous allez vite comprendre ce qu'ils pensent du genre de liberté d'expression dont vous usez, les gars.

Matt quitta le café de bonne heure, avant que Faith descende. Il retourna à son appartement, se doucha et se changea. Ensuite, il appela Bellows.

— J'allais justement vous téléphoner, dit celui-ci sans préambule. Je rencontre Gavin Farraday ce matin. C'est le garde du corps qui est chargé d'assurer la sécurité du meeting. Il est arrivé d'Austin, tard hier soir. Il sera ici à 9 heures pile. Je veux que vous soyez là, vous aussi.

Matt passa un pantalon kaki repassé ainsi qu'un polo jaune et prit le chemin de la propriété de Bellows. On l'introduisit dans la même pièce que l'autre jour.

Bellows, assis dans son fauteuil roulant, était derrière son bureau. Un homme de taille moyenne, en costume et cravate, au regard acéré, se leva d'un canapé en cuir et tendit la main.

Bellows fit les présentations. Matt serra rapidement la main de Farraday et s'assit. L'homme reprit aussitôt la parole comme s'il n'avait pas été interrompu par les présentations.

— Il y aura trois gardes du corps en plus de moi. Je serai sur l'estrade avec un collègue, en compagnie de Mme le gouverneur. Les deux autres seront juste devant l'estrade, afin de repousser les attaques s'il y en a.

Il regarda Matt et poursuivit :

— Ce que je veux savoir, Soarez, c'est comment vous comptez utiliser le shérif et ses agents, ainsi que les trois agents de police d'Amarillo.

Matt acquiesça et se pencha en avant.

— J'ai décrit mon plan dans les grandes lignes à M. Bellows l'autre jour, mais je l'ai un peu affiné depuis. Il faut deux policiers à la porte de devant, et un à celle de la cuisine, qui donne sur une ruelle. Il faut également barricader la porte qui mène au sous-sol et les escaliers qui conduisent à l'appartement de Faith — Mlle Scott. Le shérif et trois de ses adjoints resteront dehors pour surveiller la foule et seront prêts à intervenir si quelqu'un cherchait à prendre la fuite. Ses deux autres hommes encadreront les journalistes.

Matt s'arrêta le temps de reprendre son souffle.

— La personne qui en veut à Lila Lockhart ne cherchera pas à faire de victimes parmi les auditeurs, reprit-il. Bien sûr, s'il est acculé, il ne se dérobera pas. Mais il travaille sans doute seul, et n'aura que le temps de frapper et de s'enfuir.

L'expression de Farraday varia à peine, mais Matt pouvait dire que le garde du corps aimait ce qu'il entendait.

— Et vous ? demanda-t-il. Que ferez-vous ?

— Je préfère être sur l'estrade avec le gouverneur, répondit Matt. Je veux être face au public pour pouvoir étudier les langages corporels et les expressions, et repérer toute réaction suspecte.

Farraday se tourna vers Bellows et hocha légèrement la tête.

— J'ai pris les dispositions nécessaires pour que des équipements radio et des tasers soient livrés à l'aéroport d'Amarillo. Ils devraient arriver à 2 heures, cet après-midi. Pouvez-vous aller les chercher ?

— Bien sûr, répondit Matt.

— Apportez-les ici. Nous les garderons jusqu'à samedi, intervint Bellows.

Farraday acquiesça et précisa :

— Mon équipe passera les prendre samedi matin et les apportera au bureau du shérif. Nous aurons assez de matériel pour tous les adjoints et tous les agents. Nous aimerions vous rencontrer tous samedi matin.

— J'en informerai le shérif Hale.

— Très bien. Je reprendrai contact avec vous d'ici là, Soarez. Nous nous rencontrerons au moins une fois de plus avant samedi.

Matt serra de nouveau la main de Farraday.

— Merci, monsieur.

Quand le garde du corps fut parti, Matt se tourna vers Bellows.

— Avez-vous une minute, monsieur ?

— Qu'est-ce qu'il se passe ? demanda son patron sans ambages.

— Il y a eu un incident hier soir au Talk of the Town Café.

Bellows haussa les sourcils.

— Le père du bébé de Faith, Rory Stockett, s'est montré et a essayé de la forcer à lui donner de l'argent.

Heureusement, j'étais là. J'ai prévenu Stockett de ne plus l'importuner. Il nous a menacés tous les deux.

— Stockett, répéta Bellows en plissant le front.

— Rory de son prénom. Avez-vous entendu parler de lui, monsieur ?

— Je ne suis pas sûr. Le nom me semble familier. Il est possible que j'aie entendu certaines rumeurs à son sujet, et je pense qu'elles avaient un rapport avec une activité illégale. Laissez-moi faire des recherches. Avez-vous des raisons de penser qu'il puisse avoir un quelconque rapport avec les menaces émises contre le gouverneur Lockhart ?

— Rien de concret, répondit Matt. Mais Faith — Mlle Scott — m'a dit qu'elle ne l'avait pas revu depuis qu'elle lui avait prêté cinq mille dollars, il y a six mois. Et il se montre maintenant, quelques jours avant le meeting. La coïncidence est un peu trop étrange.

Bellows acquiesça.

— Ça vaut le coup de vérifier. Je demanderai à quelqu'un de s'en occuper. Autre chose ?

— Non, monsieur.

Matt se tourna vers la porte, mais s'arrêta et ajouta :

— En fait, il y a autre chose. Je m'installe dans le café. Je dormirai par terre s'il le faut, mais je ne veux pas prendre le risque que Stockett essaie de nouveau de rentrer en contact avec elle. Même s'il n'a rien à voir avec les menaces, il pourrait perturber le meeting.

— C'est vous qui voyez. Je ne vous demande pas de me tenir au courant de vos moindres faits et gestes, aussi longtemps que vous avez votre téléphone portable sur vous et que je peux vous contacter à tout moment. Faites tout ce qui vous semble nécessaire pour que Lila Lockhart soit en sécurité et qu'aucun incident ne se produise en ville.

Faith aimait l'atmosphère qui régnait au café l'après-midi. Les derniers clients du déjeuner partaient à 14 heures, et on ne commençait à servir le dîner qu'à 17 heures. Entre-temps, tout était calme. Il arrivait que quelqu'un vienne prendre une part de tarte et un café ou que le maire choisisse de recevoir ses rendez-vous de l'après-midi ici mais, en général, le café était désert pendant trois heures.

Faith avait fait les tartes ce matin, pendant que Gloria et Valerio servaient le petit déjeuner. Quand elle était descendue, Matt était déjà parti. Elle refusait de se l'avouer, mais elle avait été déçue. Elle avait essayé de le convaincre qu'il n'était pas nécessaire qu'il passe la nuit au café mais, en le sachant au rez-de-chaussée, elle avait mieux dormi que jamais depuis la mort de Gram.

Elle s'assit à une table près de la fenêtre pour envelopper les couverts dans des serviettes d'un blanc immaculé tout en sirotant une tisane. Elle avait continué à utiliser des serviettes en tissu après la mort de Gram, bien que tout le monde l'ait poussée à passer aux serviettes en papier. Mais elle pouvait encore entendre Gram dire : « Aucun repas décent ne devrait être servi avec des serviettes en papier. »

Le carillon de la porte tinta, et une voix mélodieuse lança :

— Salut, Faith.

— Salut, Molly. Heureuse de te voir de retour.

Faith accueillit d'un sourire l'adolescente qui travaillait comme commis de cuisine, et parfois comme serveuse. Faith l'avait engagée après avoir découvert qu'elle était enceinte, et c'était la chose la plus intelligente qu'elle ait faite depuis un moment.

Molly essayait d'économiser assez d'argent pour aller à l'école d'hôtellerie, et elle était ravie de pouvoir observer la façon dont Valerio travaillait en cuisine, et de l'aider à l'occasion.

— Merci. Et merci aussi pour la journée de repos supplémentaire.

— Et ton ami, est-ce qu'il a été heureux ?

— Oui, m'dame. Et je suis prête à travailler le week-end, répondit Molly en montrant la vitrine du pouce. A moins que cette offre d'emploi soit un message détourné.

Faith sourit.

— Pas du tout, Molly. Je ne sais pas comment nous ferions sans toi. Je m'organise seulement en prévision de l'automne, quand tu seras partie pour l'école d'hôtellerie.

— Ouf, dit la jeune fille en épongeant théâtralement une transpiration imaginaire sur son front. Je prendrai toutes les heures supplémentaires que vous me proposerez, aussi. J'aurai bien besoin de l'argent.

— Je vais te prendre au mot, répondit Faith, parce que nous allons être très occupés ce week-end. Le gouverneur Lockhart…

— Tient un meeting, je sais ! coupa Molly avec un sourire ravi. Je suis tellement excitée ! Vous avez vu ses gardes du corps ? Il y en a qui sont canons !

— Tu les trouves canons ? Attends d'avoir vu Matt Soarez, murmura Faith.

— M'dame ?

— Rien, répondit Faith en secouant la tête.

— Est-ce que je dois finir de dresser les tables ?

— Non. J'aimerais mieux que tu aides Valerio en cuisine, pour découper les tartes et préparer les corbeilles de pain, par exemple. Moi, je vais finir ce que je suis en train de faire.

— D'accord.

— Molly ? Quand tu auras fini, demande à Valerio

de te montrer comment on découpe un poulet pour le faire frire.

— Je lui demanderai. Merci, Faith.

Molly se dirigea vers la cuisine d'un pas sautillant que Faith lui envia.

Elle plia une serviette et l'enroula autour d'un couteau, d'une fourchette et d'une petite cuillère. Tout en attachant le petit paquet avec du papier gommé, elle chuchota :

— Maintenant, je ne sautille plus, je me dandine. Pas vrai, Bout d'chou ?

Comme en réponse, un élancement la traversa sur le côté droit du ventre. Elle frotta la zone douloureuse.

— Arrête, Bout d'chou. Pourquoi est-ce que tu ne fais pas une sieste ?

Mais la douleur persista jusqu'à ce qu'elle soit contrainte de ne plus prendre que de courtes inspirations superficielles, dans l'espoir de la calmer. Au bout de plusieurs minutes, elle commença enfin à s'estomper.

Faith se retourna et regarda le calendrier accroché derrière la caisse enregistreuse. Elle avait rendez-vous lundi chez le docteur. Si ces douleurs persistaient, il faudrait qu'elle lui en parle.

A 17 heures, la douleur s'était dissipée, assez en tout cas pour que Faith puisse tenir son rôle d'hôtesse, installant les clients à leur place, bavardant avec les habitués et récitant la liste des plats et des desserts aux autres.

Ce ne fut qu'à 20 heures, quand la plupart des dîneurs furent partis, qu'elle put enfin souffler un peu. Elle avait surveillé la porte toute la soirée, mais Matt ne s'était pas montré. Pourtant, d'habitude, il venait toujours dîner en fin de service… Pourquoi n'était-il pas encore arrivé ?

Une vague frayeur s'installa dans la poitrine de Faith. Matt était venu en ville pour travailler sur un chantier. Elle l'avait vu pour la première fois sept jours plus tôt…

non, huit. Peut-être que le chantier était terminé et qu'il ne reviendrait jamais.

Elle secoua la tête à cette pensée. Il ne scrait pas parti sans la prévenir. Surtout après lui avoir proposé de dormir au café pour la protéger de Rory... pas vrai ?

Mais elle savait qu'elle se montrait bien naïve. Rien n'obligeait Matt Soarez à l'informer de ses projets. Il était intervenu, tel un chevalier en armure étincelante, quand Rory l'avait rudoyée, mais tout homme digne de ce nom aurait fait de même.

D'ailleurs, c'était peut-être à cause de cette bagarre qu'il avait oublié de lui signaler que son chantier était terminé.

Faith soupira et refoula les larmes imbéciles qui menaçaient de lui monter aux yeux, avant d'aller chercher les reçus de cartes bleues dans le tiroir-caisse. Puisque aucun client ne s'attardait ce soir, elle allait pouvoir les vérifier tranquillement, et peut-être même monter se coucher avant 22 heures.

Elle était penchée sur la pile de reçus quand le carillon de la porte tinta. Elle releva vivement la tête, mais l'homme qui se tenait à la porte n'était pas Matt.

Cet homme-là était de taille moyenne et aussi baraqué qu'un pilier de rugby. Il avait le crâne rasé et un nez qui semblait avoir été cassé plus d'une fois. Il portait une chemise blanche, une cravate d'université et un costume sombre qui tombait bien, malgré sa carrure. Il ajusta ses manchettes et lissa sa cravate tout en balayant la salle du regard.

Apparemment satisfait de voir qu'il n'y avait personne d'autre qu'elle, il avança jusqu'au comptoir et jucha sa personne imposante sur un tabouret.

— Café, marmonna-t-il.

Il déboutonna son veston et en laissa retomber les pans, ce qui permit à Faith d'entrevoir un éclat métallique. Son cœur se mit à battre la chamade. L'inconnu avait un revolver. Elle se demanda vaguement pourquoi il jugeait utile d'être armé. Il ne semblait pourtant pas en avoir besoin.

La gorge sèche, elle croassa :

— N… normal ou déca ?

L'homme la regarda, le front plissé.

— Café, gronda-t-il.

Faith attrapa une tasse, qu'elle serra de toutes ses forces pour empêcher ses doigts de trembler, la remplit de café et la posa devant lui.

— Voulez-vous du sucre ou de la crè…

L'homme prit son poignet d'une main incroyablement grande.

Sous le coup de la surprise, Faith bondit en arrière. Bien sûr, cela ne l'aida en rien, au contraire. L'homme se contenta de resserrer sa prise, au point de faire naître un fourmillement dans ses doigts. Il bloquait sa circulation.

— Avez-vous oublié que la date d'échéance du remboursement de votre prêt est proche, mademoiselle Scott ? demanda-t-il d'une voix douce.

Elle ne comprenait pas ce que lui disait l'inconnu.

— Mon quoi ?

— Votre prêt, ma chérie. Cinq mille balles.

— B… Balles ?

La bouche de l'homme se tordit en une grimace, et il souffla à deux reprises. C'était peut-être sa façon de ricaner.

— Cinq mille dollars, dit-il lentement, comme s'il s'adressait à un enfant.

— Je… je ne sais pas de quoi vous parlez.

Il relâcha son poignet, et elle agita la main. Quand le sang circula à nouveau dans ses doigts, elle eut l'impression qu'on y enfonçait des dizaines d'épingles.

— Ne fais pas l'idiote, chérie. Tu as souscrit un prêt il y a six mois.

Il y a six mois. Bien sûr. Un profond désespoir s'abattit sur elle, l'empêchant presque de respirer.

— C'était pour Rory, mon… mon ancien fiancé, et c'est lui qui va le rembourser.

Elle s'arrêta net, la poitrine comprimée par un mauvais pressentiment.

— Pas vrai ? demanda-t-elle.

L'homme secoua la tête et fit de nouveau cette hideuse grimace, accompagnée d'un son étrange qui devait être un rire.

— Tu parles de Stockett ? demanda-t-il, les épaules secouées par l'amusement. Oh, ma chérie !

Il hocha lentement la tête, posa les yeux sur son ventre et remarqua :

— J'ai bien peur que tu ne te sois fait avoir.

Faith eut l'impression que son cœur cessait de battre.

— Oh non, dit-elle dans un souffle.

— Oh si, dit l'homme. C'est vrai que Stockett a promis de rembourser ce prêt dans les six mois. Mais ces six mois se terminent aujourd'hui, et c'est ton adresse qu'il nous a donnée.

— Oh ! Mon Dieu, murmura Faith.

Bien sûr, Rory avait pris le large en lui laissant ce prêt sur les bras. L'homme avait raison : elle s'était bien fait avoir.

— Combien… combien est-ce que je dois ? demanda-t-elle, résignée. Il faudra que je m'arrange pour payer en plusieurs fois.

Le costaud lui décocha un regard qui semblait presque désolé.

— Chérie, dit-il. Tu ne comprends vraiment pas, hein ?

L'expression de son large visage et ce ton de regret l'effrayèrent plus que tout ce qu'il avait pu dire ou faire jusqu'ici.

— Qu'est-ce que vous voulez dire ? demanda-t-elle, la gorge nouée.

— Le boulot de mon patron, c'est de prêter de l'argent aux gens qui ne peuvent pas obtenir de prêt par les voies habituelles. Nos termes sont : cent pour cent d'intérêts, payables le jour de l'échéance. Pour toi, chérie, ça veut dire que tu dois dix mille, payables aujourd'hui. Si tu ne payes pas aujourd'hui, eh bien… mon patron n'accepte ni les « Je ne peux pas payer », ni les « Encore un peu de temps ». Il faut que tu trouves un moyen de te procurer l'argent.

Il regarda autour de lui et demanda :

— Est-ce que cet endroit est assuré ?

Faith était trop choquée pour réagir. Ses yeux la brûlaient, elle était prise de vertiges, mais elle ne pouvait rien faire sinon regarder fixement cet homme.

— Assuré ? répéta-t-elle bêtement.

— Oui. Le café. Le bâtiment.

Elle acquiesça, sans trop savoir ce qu'il demandait.

— Pour combien ?

Elle déglutit et sentit le sang refluer de son visage. Son cœur commença à cogner dans sa poitrine.

— Allez, chérie. Tombe pas dans les pommes. Combien ?

— Cent…

Elle prit une inspiration tremblante avant de répondre :

— Cent mille.

A sa réponse, l'homme secoua la tête.

— Dommage, chérie. Jamais tu ne pourras reconstruire ce café avec cent mille balles. Mais voilà ce que tu peux faire : si tu ne trouves pas dix mille balles d'ici dimanche, ton café va brûler. Tu pourras ramasser l'argent de l'assurance et régler ta dette.

— Mais c'était le café de ma grand-mère ! Sa maison ! C'est tout ce que j'ai.

— Chérie… une fois que tu nous auras payés, il te restera quatre-vingt-dix mille.

Faith sentit un nœud se former dans sa gorge. Le Talk of the Town Café était l'œuvre de Gram. Elle en avait toujours retiré bonheur et fierté. Et elle avait promis à Faith, depuis sa plus tendre enfance, que le café lui appartiendrait un jour.

Elle serra les dents pour refouler les sanglots qui se formaient dans sa gorge. Que pouvait-elle faire ? Rory l'avait laissée démunie, sans la moindre porte de sortie. De toutes les promesses qu'il lui avait faites, aucune n'était sincère.

L'homme se leva, ajusta son veston pour qu'il masque son arme, jeta un billet sur le comptoir et lui adressa un dernier regard.

— Je repasserai dimanche.

Quand le costaud sortit du café, Faith se mit à trembler de tous ses membres. Les muscles de sa poitrine étaient tellement contractés qu'elle haletait, incapable de prendre la profonde inspiration que réclamaient ses poumons. Mais plus elle essayait de respirer, plus sa panique grandissait.

Elle tenta de réguler sa respiration, mais la peur qui s'était emparée d'elle était trop intense. Jamais elle n'aurait pu rassembler dix mille dollars en deux ans ; comment aurait-elle pu y arriver en deux jours ?

Elle allait tout perdre.

5

Au moment précis où Matt rentrait dans le parking du Talk of the Town Café, un type à la carrure de catcheur, vêtu d'un costume sombre, montait dans une Land Rover noire. A sa vue, le système d'alarme interne de Matt se déclencha. Quand l'homme démarra, la lumière de sa plaque d'immatriculation s'alluma et Matt mémorisa aussitôt le numéro.

Deux choses lui semblaient particulièrement étranges chez cet individu. Déjà, personne, pas même le maire, ne portait de costume ici en été. Il faisait trop chaud. Deuxièmement, les grands baraqués en costume et voiture hors de prix ne fréquentaient jamais les cafés des petites villes. Jamais.

Quand il rentra dans l'établissement, il trouva Faith les mains plaquées sur le ventre en un geste protecteur. Son visage était d'une pâleur de cendre.

— Faith, dit-il en avançant vers elle. Qu'est-ce qui se passe ?

Elle leva vers lui un visage aux traits déformés par la peur et ouvrit la bouche, mais rien n'en sortit. Elle ne put que secouer la tête.

Il s'assit à côté d'elle et prit ses mains dans les siennes. Elles étaient tremblantes et froides comme la glace.

— Faith ?

Au même instant, Gloria sortit de la cuisine, un plateau chargé de tasses fraîchement lavées dans les mains.

— Qu'est-ce qui se passe ici ? demanda-t-elle. En entendant le carillon tinter plusieurs fois, j'ai pensé qu'on avait un coup de feu à retardement.

Matt ne répondit pas. Il continuait à regarder Faith droit dans les yeux. Elle restait rigoureusement immobile, mais il devina qu'elle ne voulait pas que Gloria soit au courant de ce qui s'était passé avec le type baraqué qui venait de quitter le café.

Gloria se tourna vers Faith.

— Tout va bien, mon cœur ?

— Bien sûr, répondit-elle. Tout va bien. J'ai juste un peu mal.

Elle retira ses mains de celles de Matt et frotta le côté de son ventre.

— Tu n'as pas encore fini ? Je croyais que tu étais déjà rentrée chez toi. Je t'ai dit que je ne veux pas que tu te tues à la tâche avant même que je sois partie à la maternité.

Gloria plissa les yeux et dévisagea Faith avant de se détourner ; elle en profita pour lancer un regard noir à Matt avant de retourner en cuisine. Il comprit son message silencieux. « Vous me direz ce qui s'est passé. »

Quand ils furent seuls de nouveau, Faith joignit étroitement les mains.

— Il… Il faut que je vous parle.

— D'accord. Si nous nous asseyions là-bas ? Je vous porterai un verre d'eau et vous pourrez me dire ce qui vous a terrifiée à ce point.

— Non, répondit-elle vivement. Je veux dire… pouvons-nous aller à l'étage ? Personne ne doit entendre ce que j'ai à vous dire.

— Bien sûr.

Il ne parvenait pas à mettre le doigt sur ce qui l'avait

bouleversée, mais il était certain que l'aspirant catcheur qu'il venait de croiser y était mêlé.

Faith gravit les marches lentement. Matt la suivit en remarquant qu'elle s'agrippait à la rampe avec tant de force que la peau, sur les articulations de ses doigts, en devenait transparente. Elle parvint à monter les escaliers sans s'arrêter mais, une fois qu'ils eurent atteint le palier, elle soupira profondément.

— Nous y voilà, dit-elle.

Elle s'efforçait de respirer régulièrement, mais Matt voyait bien qu'elle était à bout de souffle.

— Est-ce que votre médecin est content de savoir que vous montez cet escalier ?

En fuyant son regard, elle sortit un trousseau de clés de sa poche et ouvrit la porte de son appartement.

— Qui d'autre a les clés du café et de votre appartement ? demanda-t-il.

— Gloria et Valerio ont un passe-partout, tout comme moi, répondit-elle. Et les clés des deux portes du café sont accrochées dans la cuisine.

Elle détacha une clé de son trousseau et la lui tendit en ajoutant :

— Voilà un autre passe-partout. Il ouvre toutes les portes du bâtiment. Vous feriez mieux de le prendre, puisque vous allez sans doute entrer et sortir à toute heure du jour et de la nuit.

Sans poser de questions, Matt prit la clé et la mit sur son porte-clés. Ensuite, il rentra dans l'appartement, qui était spacieux et lumineux. Le séjour faisait à peu près la moitié de la salle de restaurant du rez-de-chaussée. Sur sa gauche, il vit deux chambres, séparées par une salle de bains. Dans la plus grande des chambres, qui était sensiblement aussi vaste que le séjour, il y avait un grand lit à baldaquin. Le sol de l'autre chambre, plus petite, était recouvert d'une bâche en plastique, sur laquelle étaient posés plusieurs pots de peinture. La cuisine se trouvait sur la droite, juste au-dessus de celle du café, donc.

Les fenêtres, qui donnaient sur le nord, devaient fournir cette lumière pure et indirecte que les peintres prisent tant. Les voilages brillaient d'un éclat soyeux qui rappelait à Matt l'éclat des joues de Faith. La moquette était du même bleu que ses yeux.

Les meubles du séjour étaient vieux, et leur tissu fané ; ils avaient sans doute appartenu à sa grand-mère. Dans un coin, il y avait un rocking-chair drapé d'une couverture rose et bleu. L'effet était plein de charme et de douceur, tout comme elle.

— Je vois que vous préparez la chambre du bébé, dit-il avec un geste vers la pièce inachevée. Et vous avez déjà un rocking-chair.

— J'avais espéré pouvoir finir de peindre la pièce, répondit Faith d'une voix mal assurée. Mais j'ai eu tellement de travail…

Elle s'arrêta net, et Matt se tourna vers elle. L'avait-il bouleversée ? Car sans aucun doute possible elle était au bord des larmes. Elle avait croisé les bras, et son visage était d'une pâleur inquiétante.

Il fit un pas vers elle.

— Je suis vraiment désolée, mais…

Elle s'interrompit et pinça les lèvres.

— Faith ?

Maintenant, elle semblait terrifiée. Il avança encore d'un pas.

Soudain, son visage se tordit et des larmes jaillirent de ses yeux. Elle enfouit sa figure dans ses mains et marmonna quelques mots étouffés, qu'il ne saisit pas.

Il ne savait pas pourquoi elle pleurait, mais il savait qu'il ne pouvait pas rester sans rien faire. Il posa une main sur son épaule. Aussitôt, elle se pencha vers lui. Dans un geste aussi naturel que celui de respirer, il tendit son autre bras, et Faith vint se blottir contre lui. Elle enfouit son visage contre sa chemise et se mit à sangloter sans retenue.

Il referma ses bras autour d'elle pour la réconforter mais, tandis que les larmes de Faith imprégnaient le tissu, il serra les dents. Tenir ainsi Faith contre lui n'avait rien de confortable. Ce corps pressé contre le sien éveillait en lui une réaction qu'il s'était jusqu'alors efforcé d'ignorer.

— Chut, chuchota-t-il en masquant sa frustration. Tout va bien se passer. Ne vous inquiétez pas.

— Pardon, marmonna-t-elle sans relever la tête.

Il glissa une main sur sa nuque, goûtant la caresse de ses cheveux soyeux dans sa paume.

— Chut. Calmez-vous et dites-moi ce qu'il y a.

— Je me sens tellement bête. Je ne sais pas quoi faire.

Sa voix se brisa.

— Je serai heureux de vous aider de toutes les façons possibles, Faith. Si vous avez besoin de quelque chose, dites-le-moi. Je peux peindre la chambre du bébé, ou…

Elle secoua la tête.

— Non, vous ne voudrez pas m'aider. Pas quand vous saurez de quoi il s'agit.

Comme elle s'arc-boutait contre son torse, il relâcha son étreinte et la laissa s'écarter de lui.

— Mais vous n'aurez pas à intervenir, poursuivit-elle. J'ai seulement besoin de quelques renseignements. Peut-être que vous pourrez me dire si vous connaissez quelqu'un que je pourrais appeler, ou…

— Calmez-vous, Faith, dit-il en prenant ses mains dans les siennes, si délicatement qu'il les touchait à peine. Asseyez-vous. Vous préférez le fauteuil ou le rocking-chair ?

— Le rocking-chair, marmonna-t-elle.

— Très bien.

Il la mena jusqu'à celui-ci. Quand elle fut assise, il alla lui chercher un verre d'eau dans la cuisine. Elle le prit et but avec avidité.

— Maintenant, dites-moi.

Il s'assit sur le bord de son canapé. Il ne voulait pas se sentir trop à l'aise chez elle. Il en aurait bientôt fini avec cette mission, et il n'aurait alors plus aucune raison de s'attarder à Freedom — et encore moins aux alentours de l'appartement de Faith.

— D'abord, dites-moi pourquoi vous ne voulez pas que Valerio et Gloria sachent que vous avez un problème. Gloria se doute de quelque chose et, à en juger par la façon dont elle m'a regardé, elle croit que c'est ma faute.

Il lui adressa un petit sourire, qu'elle ne lui rendit pas. Elle semblait anéantie, et dans ses yeux brillait toujours cette lueur terrifiée.

— Ça a quelque chose à voir avec cet homme en costume, pas vrai ?

Elle releva vivement la tête.

— Vous l'avez vu ?

— Qui est-ce ? demanda-t-il.

— Je ne sais pas. Je vous le jure, Matt.

— Très bien. Qu'est-ce qu'il voulait ?

— Je vous ai dit que Rory m'avait demandé de l'argent.

Matt hocha la tête.

— Un garçon rencontre une fille, etc.

— Eh bien, Rory m'a mise en relation avec un de ses amis en me disant qu'il m'accorderait un prêt avec un taux d'intérêt décent.

Elle s'arrêta et émit un petit son qui pouvait passer pour un rire.

— Et il m'a promis qu'il rembourserait lui-même le prêt, parce que c'était à lui de le faire, et que personne ne viendrait m'importuner.

Matt se pencha en avant, posa les coudes sur ses genoux et baissa les yeux sur ses mains jointes. Il préférait éviter de regarder Faith. Des tas de gens se faisaient arnaquer de cette façon, mais il était déçu de voir qu'elle avait été assez naïve pour se laisser prendre aux mensonges de Stockett.

— Et en effet, le taux était décent… pour Rory, poursuivit-elle amèrement.

Sa lèvre inférieure commençait à trembler.

— Cet homme m'a dit… il m'a dit… que les cinq mille dollars étaient devenus dix mille, et…

Un sanglot la força à s'interrompre, puis un autre. Elle ne put poursuivre.

Matt se leva d'un bond et marcha jusqu'à la fenêtre, qui donnait sur le parking, à l'arrière du café.

Zut. Stockett avait jeté Faith dans les griffes d'un usurier. S'il pouvait mettre la main sur cet arnaqueur, il…

— Matt ? demanda Faith, d'une petite voix effrayée.

Il se retourna.

— D'accord. Qu'est-ce qu'il a dit qu'il allait faire ?

— Il m'a demandé si le café était assuré, et je lui ai répondu que oui. Pour cent mille dollars. Il m'a dit que si je ne pouvais pas rassembler dix mille dollars d'ici dimanche, le café brûlerait. Que je pourrais les rembourser quand l'assurance m'aurait dédommagée et garder le reste.

Elle s'arrêta et plaqua les mains sur sa bouche, avant de les laisser retomber et de poursuivre en reniflant.

— Ce café est tout ce que j'ai. C'est Gram qui me l'a légué. Et maintenant, je vais le perdre. Comment est-ce que j'ai pu être aussi bête ?

Matt se pencha vers elle et prit ses mains dans les siennes.

— Ecoutez-moi, Faith. Est-ce que vous avez un objet que vous pourriez vendre pour régler au moins une partie de la somme ?

— Je ne… attendez !

Son visage avait repris un peu de couleurs.

— Rory m'a donné une bague de fiançailles. Je ne l'ai pas jetée et je ne la lui ai pas rendue. Je me suis dit qu'il me devait quelque chose, et je l'ai gardée pour le bébé.

Matt pensait pouvoir deviner ce que Faith allait lui montrer, mais ce fut avec un sourire et un hochement de tête encourageants qu'il dit :

— Allez la chercher, et regardons-la de plus près.

Faith fouilla pendant quelques instants au fond de son placard avant de revenir avec la bague. Matt n'était pas un expert en diamants, mais il savait reconnaître une pierre authentique. Les diamants étaient la matière naturelle la plus dure qui existe. Il prit la bague et sortit son couteau de poche.

— Qu'est-ce que vous faites ?

— Faites-moi confiance, Faith. Si cette bague a une quelconque valeur, mon couteau ne lui fera aucun mal.

Le visage de Faith se décomposa.

— Vous pensez que c'est un faux, pas vrai ? En fait, ça ne me surprendrait pas…

Matt alluma la lampe de chevet et examina la bague. C'était un solitaire, magnifique en apparence. Il examina l'intérieur de l'anneau, sans y trouver de poinçon. Il retourna la bague et racla le dessous de la pierre de la pointe de son couteau qui, bien sûr, laissa une marque. Ensuite, il gratta l'intérieur de l'anneau sur lequel était monté le diamant. De minuscules paillettes d'or restèrent collées à la pointe de son couteau, et des éraflures argentées apparurent à la surface du métal.

Il releva la tête.

— Je suis désolé.

Faith haussa les épaules, en un geste qui trahissait son abattement.

— Qu'est-ce que j'aurais pu attendre d'autre d'un homme tel que lui ?

Elle reprit la bague, la glissa à son doigt et la fixa, comme si elle se rappelait l'instant où Rory la lui avait donnée. Ensuite, elle l'ôta et la jeta en direction d'une poubelle, qu'elle manqua. La bague rebondit sur le parquet.

— Ce n'est pas avec ça que je vais sauver le café, dit-elle d'un ton cynique.

— Ne vous découragez pas, répliqua Matt. Le café vous appartient et il n'est pas hypothéqué, c'est bien ça ?

— Oui, à part ce prêt stupide.

— Laissez-moi un peu de temps. Je parie que je vais trouver une solution. Quel genre de papiers avez-vous signés ?

— Je vais les chercher.

Matt regarda sa montre.

— Je vais vous dire ce qu'on va faire. Trouvez les papiers et donnez-les-moi. Ensuite, contentez-vous de tout préparer pour le meeting. Oubliez le type en costume.

— Matt ?

Il releva la tête. Faith s'était approchée de lui. Elle posa une main sur son bras et dit, à mi-voix :

— Merci.

Ses lèvres étaient entrouvertes et ses yeux, encore brillants de larmes, semblaient lui poser une question muette.

Matt voulut reculer. Enfin… il ne le voulait pas vraiment. Mais il *fallait* qu'il recule, pour leur bien à tous deux. Pourtant, il en était incapable. Il était cloué sur place, comme hypnotisé par ses yeux bleus. Il couvrit la main de Faith de la sienne, se pencha et l'embrassa tendrement.

A sa surprise, et pour son plus grand plaisir, elle lui rendit son baiser. Ensuite, surprise et plaisir se transformèrent en une sensation tout à la fois plus douce et plus acérée que tout ce qu'il avait jamais ressenti. Il s'approcha encore d'elle, et la tendresse de son baiser se mua en sensualité. Faith ne résistait pas, bien au contraire.

Mais soudain elle s'écarta et marmonna :

— Non. Non, non et non.

— Faith ?

Il resta planté là, habité par une intense perplexité — et l'impression inconfortable que son jean était soudain devenu trop étroit.

Elle porta une main à ses lèvres et, fuyant son regard, murmura :

— Il… il faut que… que je dorme un peu. Je dois me lever tôt demain.

Matt recula vers la porte en espérant que son visage n'était pas aussi écarlate qu'il en avait l'impression.

— C'est vrai, répondit-il. Je dois y aller, moi aussi. Dès que j'aurai découvert quelque chose, je vous mettrai au courant.

Combien de façons encore pouvait-elle trouver pour ficher sa vie en l'air ? Faith aspergea son visage d'eau dans l'espoir d'effacer toute trace de ses larmes — et du baiser de Matt.

Pendant un instant, elle s'autorisa à revivre le moment de plénitude qu'elle avait connu quand leurs lèvres s'étaient unies. Quelque chose de spécial s'était produit dans ce minuscule laps de temps. Pour elle, il ne s'était pas seulement agi d'un baiser mais aussi d'une promesse, pleine de force et d'espoir. Oui, Matt Soarez était un homme digne de confiance.

A peine cette pensée se fut-elle formée dans son esprit qu'elle la repoussa. *Non.* Il n'était pas digne de confiance. Il n'était qu'un travailleur itinérant — un oiseau de passage, comme Rory. Et un beau jour il disparaîtrait, lui aussi.

Sa gorge se noua. Elle avait cru que Rory l'aimait vraiment. Elle avait accepté sa bague avec tout son amour et toute sa confiance. Elle était tombée enceinte par accident, mais Rory avait semblé ravi par la nouvelle. Elle avait donc commencé à penser à eux comme à une famille : Rory, le bébé et elle.

Ensuite, il lui avait fait part de son intention d'acheter un gros semi-remorque pour se lancer dans le transport routier. A force de lui répéter qu'il gagnerait bien sa vie, il avait fini par la convaincre.

Elle avait accepté de souscrire un prêt en mettant son café en garantie, et Rory avait promis de le rembourser. Mais à peine lui avait-elle donné l'argent qu'il était parti, la laissant dévastée par le chagrin.

Pourtant, ces huit derniers mois, pendant lesquels elle avait porté son enfant en elle, lui avaient fait gagner en force mentale et en assurance. Elle savait que sa fille et elle s'en sortiraient très bien toutes seules.

— Pas vrai, Bout d'chou ? demanda-t-elle en se frottant le ventre. On va former une équipe, toutes les deux. Ce que j'attends de toi, c'est que tu me donnes un coup de pied si jamais je commence à penser que je pourrais avoir un avenir avec Matt. D'accord ?

A sa grande surprise, un coup bref lui traversa le flanc. Le bébé lui avait répondu.

— Ouille, dit-elle. C'était parfait. Mais tu n'as peut-être pas besoin de frapper aussi fort.

Tout en préparant le dîner, le lendemain soir, Faith demanda à Gloria ce qu'elle pensait de Matt.

— Ce que j'en pense ? répliqua Gloria en se plantant les poings sur les hanches. J'en pense que tu dois me dire ce qui s'est passé hier soir.

— Ce qui s'est passé ? répéta-t-elle. Qu'est-ce que tu veux dire ?

— Maintenant, ma fille, écoute-moi. Si tu ne veux rien me dire, je vais aller voir Matt et lui extorquer la vérité.

— Il ne s'est rien passé, mentit Faith.

Elle ne voulait pas que Gloria s'inquiète au sujet du prêt. En plus, même si elle avait un cœur d'or, elle était bavarde. Si Faith se confiait à elle, toute la ville saurait aussitôt combien elle avait été naïve.

— Faith, ma chérie, tu es trop intelligente pour essayer de me mentir, dit Gloria avec un sourire en coin.

Elle scruta le visage de Faith pendant quelques secondes, secoua son tablier, le noua autour de sa taille et se tapota les cheveux.

— J'ai l'impression que vous devenez très copains, tous les deux.

— Gloria, s'il te plaît ! protesta Faith en essayant d'ignorer la chaleur qui gagnait son visage. Je n'ai pas le temps d'écouter tes bêtises. Je me demandais seulement si tu pensais que nous pouvons lui faire confiance.

— Des bêtises ? C'est tout ce que c'est ? Tu penses que je n'ai pas vu qu'il passe tout son temps ici, en ce moment ? Tout le monde l'a remarqué !

Faith grimaça. Est-ce que Gloria disait vrai ?

— Arrêtez donc tous de vous en faire pour moi, dit-elle. Plus jamais je ne me ferai embobiner par un traîne-misère comme Rory !

Gloria lissa des deux mains le devant de son tablier et s'assura que son carnet de commandes était bien dans sa poche.

— Voyons, Faith. Comment peux-tu les comparer ? Rory était faux et fuyant comme une anguille. Si tu veux savoir ce que je pense de Matt Soarez, je te dirai que c'est un honnête homme. Je fais cent fois plus confiance à un homme qui s'habille en jean délavé et bottes de travail qu'à un type en pantalon de costume et mocassins à petits nœuds.

— Mais Matt est ici pour travailler sur un chantier, objecta Faith. Dès qu'il aura fini, il disparaîtra.

A cette idée, une douleur naquit au creux de sa poitrine.

— Et je n'ai pas besoin d'un autre type de ce genre, compléta-t-elle.

— Ma chérie... je sais que Rory t'a brisé le cœur. C'était la première fois que tu étais amoureuse, mais écoute-moi bien. Tu pourrais trouver bien pire que Matt Soarez. Et...

Gloria jeta un regard entendu vers son ventre avant de conclure :

— Tu vas te rendre compte que c'est sacrément difficile d'élever un enfant seule.

Faith passa derrière le comptoir et déverrouilla le tiroir-caisse.

— Pas la peine de me le dire, Gloria. Je le sais très bien.

Gloria tapotait ses cheveux blonds lorsque le carillon de la porte retentit, annonçant l'arrivée du premier des clients du soir.

— Au fait, l'adjoint Appleton m'a dit qu'il avait vu Rory, l'autre soir. Il est venu ici, pas vrai ?

Faith détourna les yeux sans répondre.

— Donc il est venu, conclut Gloria. Fais attention, ma chérie. Ne retombe pas dans ses griffes.

— Ne t'en fais pas, répondit Faith. Je n'en ai pas la moindre intention.

— Parfait. Et, Faith...

Faith eut un sourire narquois. Une fois que Gloria avait commencé à dispenser ses conseils, on ne pouvait plus l'arrêter.

— Matt est ici pour te protéger. Pendant combien

de temps encore vas-tu le faire dormir en bas, sur une banquette trop courte pour lui de trente centimètres ?

Sur ces mots, Gloria salua de la tête le couple qui venait de rentrer et s'empara de la cafetière.

6

Après avoir quitté Faith, Matt se rendit en voiture jusqu'à l'aéroport d'Amarillo pour récupérer l'équipement envoyé par Gavin Farraday. Avant de prendre le chemin du retour, il décida de passer voir sa mère dans la maison qu'il avait louée pour elle dès qu'il avait accepté le poste offert par Bart Bellows. Bien sûr, il la trouva en train de faire la cuisine.

— Est-ce que tout va bien, Matteo ? demanda-t-elle en lui tendant la joue pour qu'il l'embrasse. Tu m'avais pourtant dit que tu aurais trop de travail pour venir me voir avant un moment.

— Je suis occupé, oui. Mais puisque j'étais en ville je me suis dit que je pouvais passer à la maison.

Coredad Soarez posa un regard perçant sur son fils.

— Quelque chose me dit que cette visite n'est pas motivée par le seul désir de voir ta mère.

Matt prit une empanada chaude sur la plaque que sa mère venait juste de sortir du four, jongla avec jusqu'à ce qu'elle ait un peu refroidi et mordit dedans.

— Je voulais te demander si tu pourrais prêter le berceau à quelqu'un qui va bientôt avoir un enfant.

— Quelqu'un ?

Sa mère fit glisser le reste des empanadas dans un plat, et se retourna.

— Qui est-ce quelqu'un ?

— Elle s'appelle Faith Scott. Elle possède un café, et elle n'a pas de berceau.

— Et où est son mari ?

Matt considéra la dernière bouchée d'empanada qu'il tenait encore à la main avant de répondre.

— Elle n'a pas de mari non plus.

— Ah.

Il grimaça. Les « ah » de sa mère se passaient de commentaires.

— Bien sûr qu'elle peut emprunter le berceau, poursuivit sa mère. Il a accueilli de beaux bébés. Tu lui diras que son enfant sera béni.

— Merci, maman, dit Matt.

Il poussa un soupir de soulagement silencieux. Cette fois, il s'en était bien tiré.

— Je vais le mettre dans le pick-up et repartir. Je dois…

— Oh non, coupa Coredad Soarez. Tu ne *dois* rien faire du tout avant de t'être assis et de m'avoir tout dit sur cette Faith Scott. A combien de mois en est-elle ? Est-ce qu'elle attend un garçon ou une fille ? Où est le père ?

Ce ne fut qu'une heure plus tard que Matt put reprendre la route de Freedom. Il se dirigeait vers la propriété de Bellows pour y déposer l'équipement quand son portable sonna.

C'était Farraday. Le chef de la sécurité du gouverneur Lockhart voulait passer en revue la façon dont ils allaient s'organiser pour assurer la sécurité lors du meeting du samedi. Pour que personne ne puisse les voir ensemble, il demanda à Matt de le rejoindre au quartier général de Corps Security and Investigation. Les bureaux du CSI se trouvaient juste à la sortie de Freedom, dans une vieille usine de fusils transformée en bâtiment abritant des bureaux.

Dès qu'ils furent assis dans la salle de conférences du CSI, Farraday demanda :

— Etes-vous allé chercher l'équipement ?

— Oui. Cet après-midi. Il est sur la banquette arrière de mon camion, dans les cartons d'expédition.

Farraday regarda par la fenêtre.

— Est-ce que votre camion est celui dans lequel je vois un berceau ? Vous êtes sûr que notre équipement est en sécurité ?

— Il n'y a eu aucun incident jusqu'ici.

— Et vous êtes revenu directement ?

— Non. Je suis d'abord passé voir ma mère.

— Donc, vous n'avez eu le temps ni de faire l'inventaire de l'équipement, ni de le tester.

— Si. J'ai vérifié le contenu des cartons à l'aéroport avant de signer le reçu. Ensuite, je me suis arrêté dans le parking des taxis pour tester le matériel de radio. Malheureusement, je n'ai pas pu recruter de volontaire pour essayer les tasers, je l'ai fait sur moi-même. Sur le réglage le moins fort, ils marchent.

Matt se frotta la paume gauche et précisa :

— Ils marchent bien.

— Parfait.

Farraday posa les coudes sur la longue table de conférence en acajou et se pencha vers l'avant.

— Le gouverneur Lila Lockhart arrivera au Talk of the Town Café samedi à 19 heures, dans un SUV de couleur sombre. Nous la ferons rentrer dans la salle par la porte de derrière. Elle se tiendra sur une estrade que nous avons fait construire, et qui sera posée derrière le comptoir.

Matt acquiesça.

— Avez-vous besoin de visiter le café avant samedi ?

— Non. J'ai un plan à l'échelle. Comme il n'y a pas beaucoup de place derrière le comptoir, l'estrade sera forcément assez petite. En plus de Mme le gouverneur, elle accueillera le maire Arkwright, deux gardes du corps et moi-même. Arkwright ira rejoindre le public après son discours d'introduction. Puisque vous voulez observer la foule depuis l'estrade, vous pourrez y monter dès que le maire en sera descendu. Vous serez posté tout près de la porte qui mène aux cuisines. Est-ce que ça vous convient ?

— Oui. Ça a l'air parfait.

— Voici le plan à l'échelle, dit Farraday en déployant le papier sur la table. Où le shérif et vous avez-vous l'intention de poster les agents ?

Matt finalisa le plan de sécurité avec Farraday, qui acquiesça en signe d'approbation.

— J'aimerais que le lieu soit plus facile à sécuriser, conclut-il.

— Moi aussi, mais Mme le gouverneur a choisi de tenir son meeting dans ce café.

Farraday haussa les épaules en signe d'impuissance.

— Est-ce que quelqu'un a indiqué à Faith quel serait son rôle au cours du meeting ?

— Faith ? répéta Farraday. Oh… Mlle Scott, la propriétaire ? La chargée de relations publiques de Mme le gouverneur, Tanya Gossett, doit s'entretenir avec elle.

— Combien de temps durera le meeting ?

— Mme le gouverneur veut parler pendant une vingtaine de minutes avant une séance de questions. Nous avons l'intention d'en finir à 21 heures. Elle sortira par la cuisine pour regagner son SUV. Vos hommes devront disperser la foule.

— Alors, de façon réaliste, quelles sont d'après vous les probabilités que quelqu'un cherche à s'en prendre au gouverneur Lockhart pendant ce meeting ?

Farraday fronça les sourcils.

— J'ai peur que le risque augmente. Est-ce que Bart vous a parlé du mot qu'a reçu Mme le gouverneur après la parade du 4 juillet ?

Matt fit un geste de dénégation.

— Il était très court et très direct. Il disait : « Il est temps de mourir, Lila. »

— Comment est-il arrivé jusqu'à elle ?

— Personne ne le sait. Il était au milieu de son courrier.

— Et vous, qu'en pensez-vous ?

— Rien, répondit Farraday. Le mot était écrit en capitales, sur du papier bon marché. Sans enveloppe. L'auteur l'appelle Lila, mais puisque tout le monde la connaît sous ce diminutif, cela ne nous apprend pas grand-chose.

— En ce cas, nous devons partir du principe qu'elle court un grave danger. Portera-t-elle un gilet pare-balles ?

Farraday eut un sourire ironique.

— Pas à moins que nous la plaquions au sol pour le lui enfiler de force. Et ça n'arrivera pas.

Matt fut surpris.

— Vous plaisantez ? Parce que, si elle était sous ma protection, c'est exactement ce que je ferais.

— Vraiment ? On voit bien que vous n'avez jamais eu affaire à Lila Lockhart.

Faith finissait de vérifier les reçus de cartes de crédit, tard le jeudi soir, quand Matt frappa à la porte de devant. Elle courut lui ouvrir.

Quand il lui sourit, elle sentit son cœur bondir dans sa poitrine.

— Je vois que tu as fermé à clé, comme je t'avais dit de le faire, dit-il en la tutoyant pour la première fois.

Faith fit comme si de rien n'était et acquiesça.

— J'ai seulement dit à mes habitués que, s'ils voulaient une part de tarte après 21 heures, ils devraient m'appeler pour me prévenir. Et en parlant de tarte… je t'ai gardé une part à la cerise. Ça n'a pas été facile, tu peux me croire, mais le maire a dû se contenter d'une part de tarte aux pommes.

— Tu es la meilleure, dit-il en effleurant son menton du doigt.

Faith ressentit la caresse jusque dans ses doigts de pied. Elle se morigéna intérieurement. Il ne fallait pas qu'elle oublie sa décision de garder ses distances avec Matt. Au même instant, une vive douleur lui traversa le flanc. Le bébé venait de lui donner un coup de pied.

— Merci, chuchota-t-elle, autant pour Matt que pour son enfant.

— Alors, où en est-on dans cette histoire de meeting ? demanda Matt d'un ton léger.

Faith fronça les sourcils. Son ton était étrange ; presque *trop* désinvolte.

— Tout sera prêt dans les temps, je suppose. La chargée de relations publiques du maire m'a appelée aujourd'hui pour m'expliquer comment se déroulerait la soirée. Apparemment, l'équipe du gouverneur Lockhart organise tout, jusque dans les moindres détails.

— Bien.

Matt marqua une pause et balaya la salle du regard avant de poursuivre.

— L'un des gardes du corps du gouverneur m'a demandé de les aider à repérer d'éventuels perturbateurs.

— Vraiment ? Toi ? lança-t-elle sans dissimuler sa surprise.

Elle regretta aussitôt sa réaction.

— Je ne voulais pas dire que…

Matt balaya ses excuses d'un geste de la main.

— Apparemment, M. Bellows leur a recommandé de recruter deux des ouvriers qui travaillent pour lui pour parer à d'éventuels ennuis. J'ai dit que je serais ravi de donner un coup de main. Et de toute façon, j'aurais quand même été là.

Sans savoir pourquoi, Faith sentit son visage s'enflammer.

— Je ferais mieux de finir de faire la caisse, dit-elle. Et de te servir ta part de tarte. Est-ce que tu veux de la glace avec ?

Matt hocha la tête et s'assit sur un tabouret. Il sortit un billet de cinq dollars de son portefeuille et le posa sur le comptoir.

— Matt, s'il te plaît… arrête de tout payer. Tu restes ici pour… pour me protéger. Je te dois bien plus que quelques repas et une part de tarte.

Elle alla chercher la part qu'elle avait mise de côté pour lui et y ajouta une généreuse dose de crème glacée. Matt s'attaqua aussitôt à son assiette.

Faith finit de compter la recette et ferma le tiroir-caisse à clé tout en repensant à ce que Gloria avait dit le matin même.

— Matt ?

Il raclait l'assiette vide de sa fourchette pour y glaner les dernières miettes. Il leva la tête vers elle.

— Est-ce que…

Comment pouvait-elle tourner cette question sans qu'il la prenne pour une proposition ?

— Est-ce que tu veux dormir à l'étage ? Dans le salon, je veux dire. Sur le canapé… dans le salon.

Elle inspira profondément avant d'ajouter :

— Tu as déjà la clé de l'appartement.

Matt mangea les dernières miettes de tarte, reposa sa fourchette et prit quelques secondes pour la disposer soigneusement, en un geste parfaitement inutile.

— Ce serait agréable, dit-il enfin. On est très bien assis sur les banquettes, mais elles sont un peu courtes et étroites pour y dormir.

Faith hocha la tête sans mot dire. Elle ne s'était pas attendue à ce que le problème soit réglé aussi rapidement, aussi simplement. Une fois de plus, elle fut impressionnée de voir combien Matt était franc et ouvert. Rory aurait posé sur elle un regard lubrique et lâché quelque remarque à double sens — comme certains des habitants de la ville, d'ailleurs. Mais Matt avait pris sa suggestion pour ce qu'elle était, et répondu avec la plus grande courtoisie. Les paroles de Gloria résonnèrent dans son esprit : « Matt Soarez est un honnête homme. J'accorde toute ma confiance à un homme qui s'habille en jean délavé et bottes de travail. »

— Très bien, en ce cas, dit-elle. Je vais monter et sortir des draps et une couverture — pour mettre sur le canapé.

— Dans le salon, compléta Matt dans un sourire.

Faith fut brusquement tirée d'un profond sommeil par un fracas épouvantable. Pendant une fraction de seconde, avant d'être complètement réveillée, elle pensa que ce bruit faisait partie du rêve qu'elle était en train de faire. Mais elle sentit alors quelque chose de lourd s'abattre sur le matelas. L'onde de choc se propagea dans son corps, en même temps qu'un millier de minuscules piqûres se faisaient sentir sur ses bras.

Qu'est-ce que c'était ? Des fourmis ? Encore à moitié endormie, elle repoussa les couvertures. Il fallait qu'elle les chasse.

Soudain, le plafonnier projeta sa lumière aveuglante.

— Faith ! Ne bouge pas !

Elle cligna des yeux. Matt se tenait à la porte et posait sur elle un regard acéré.

— Je ne sais pas ce qui s'est passé, dit-elle en baissant les yeux.

Ses bras, sa chemise de nuit et le drap étaient parsemés de morceaux de verre. Elle leva un bras pour les faire tomber.

— Ne bouge pas ! cria Matt.

Il éteignit la lumière et s'élança vers la fenêtre.

— Matt ? Qu'est-ce que c'est ?

Sans répondre, il pressa une touche sur le portable qu'il tenait à la main.

— Shérif, quelqu'un vient juste de jeter une brique dans la fenêtre de Faith. J'ai vu une silhouette monter dans un pick-up de couleur sombre. Je pense qu'il est parti vers l'ouest.

Il s'interrompit avant de répondre :

— Bien. Aux deux bouts de la rue. Merci.

— Matt, fais quelque chose ! cria Faith.

Il resta à la fenêtre pendant quelques secondes avant de se retourner et de la regarder. Ensuite, il posa les yeux sur la porte, comme s'il ne savait pas s'il devait rester ou quitter la pièce. Enfin, il alla rallumer la lumière et l'inspecta, ainsi que le lit.

— Est-ce que tu es blessée ? demanda-t-il.

— Je ne crois pas.

— Oh ! Bon sang ! murmura-t-il d'une voix étranglée.

— Quoi ?

Faith ne comprenait toujours pas ce qui venait de se passer. Mais quand elle baissa de nouveau les yeux vers son corps, les bruits, les piqûres et les paroles de Matt prirent aussitôt tout leur sens. Elle était recouverte de petits morceaux de verre. Dans la lumière crue projetée par le plafonnier, sa chemise de nuit, ses bras et ses draps semblaient parsemés de paillettes.

Puis elle vit ce que Matt avait vu. Elle ouvrit la bouche mais rien n'en sortit. Elle ne pouvait plus respirer.

Un éclat de verre d'au moins vingt centimètres de long, aux extrémités terriblement pointues, s'était planté dans le matelas, à moins de quinze centimètres de sa cuisse gauche. Juste à côté, près de sa hanche, il y avait une vieille brique à laquelle un mot était attaché avec un élastique.

Matt prit rapidement quelques photos avec son téléphone.

— Que… qu'est-ce que tu fais ?

— Si quoi que ce soit arrive plus tard, je veux pouvoir prouver que cet incident n'était pas une blague. Tu aurais pu être gravement blessée, ou même tuée.

Faith reposa les yeux sur le morceau de verre et chercha à avaler sa salive, mais en vain ; sa gorge était trop sèche.

— Où sont tes chaussures ? demanda Matt sans quitter le morceau de verre des yeux.

— Mes…

Elle avait du mal à comprendre ce qu'il disait. Les battements de son cœur résonnaient jusque dans ses oreilles, sa bouche et sa gorge étaient presque trop sèches pour qu'elle puisse parler, et ses membres étaient secoués de frissons.

— Les voilà, marmonna-t-il.

Il ramassa ses chaussures et en frappa les semelles l'une contre l'autre, avant de les essuyer avec ses doigts. Puis il les posa par terre, à côté du lit, et reprit :

— Je veux que tu fasses exactement ce que je te dis, d'accord ?

Elle hocha la tête.

— Pour commencer, ne bouge pas d'un centimètre avant que je te dise de le faire. Tu pourrais te couper sur un autre morceau de verre.

Il regarda tout autour de lui et alla prendre son peignoir, dont il s'enveloppa la main avant de ramasser la brique.

— La surface est sans doute trop rugueuse pour qu'on y trouve des empreintes digitales, expliqua-t-il, mais nous pourrons peut-être tirer quelque chose du mot.

Ensuite, la main protégée par l'une des manches du peignoir, il saisit le morceau de verre et tira dessus. Faith fut horrifiée de voir qu'il devait forcer pour parvenir à l'extraire du matelas. Elle dut faire un effort immense pour repousser l'image qui cherchait à s'imposer à son esprit : ce même morceau de verre, planté dans sa cuisse.

Enfin, Matt posa le peignoir sur la commode et Faith baissa de nouveau les yeux. Sa chemise de nuit était longue, mais elle était remontée sur ses jambes. Elle tendit la main pour la tirer vers le bas mais Matt s'exclama :

— Faith !

Elle interrompit aussitôt son geste mais dit :

— Je ne peux pas rester comme ça une minute de plus.

— D'accord. Attends juste une seconde. Nous devons être très prudents.

Il examina le drap, juste à côté de ses cuisses et de ses hanches, et reprit :

— Très bien. Assieds-toi, mais fais très attention. Il y a du verre brisé partout autour de toi. Ensuite, pivote sur le côté.

Faith suivit ses instructions et sentit deux ou trois piqûres à l'arrière des genoux.

— Maintenant, poursuivit Matt, je vais te mettre tes chaussures et tu te lèveras. Compris ?

Il s'agenouilla. Ses mains étaient grandes mais ce fut avec une douceur étonnante qu'il les passa tout autour de ses chevilles, puis sur le dessus et la plante de ses pieds avant de lui enfiler ses chaussures.

Ensuite il se releva et tendit la main. Elle y posa la sienne.

— Lève-toi, dit-il.

Elle obéit. Des éclats de verre tombèrent sur le parquet et sur son drap.

— Emporte des vêtements de rechange dans la salle de bains et prends une douche. Est-ce que tu as des tongs ? Mets-les dans la cabine de douche pour ne pas te couper les pieds.

Elle acquiesça avant de demander :

— Et la brique ? Il y a un mot qui y est attaché.

— Je vais le lire. Est-ce que tu as un balai et une serpillière ?

— Dans le placard, en haut de l'escalier, répondit-elle en se dirigeant vers la salle de bains.

Après s'être douchée, elle essuya le bac de douche pour en ôter jusqu'au moindre éclat de verre. Quand elle ressortit de la salle de bains, Matt refermait la porte de la chambre derrière lui.

— Je ne veux pas toucher au lit avant que le shérif ait eu le temps de le voir et de le photographier pour garder des preuves, expliqua-t-il.

Faith hocha la tête. Soudain, elle était comme paralysée par le spectacle qui s'offrait à elle, et que sa peur l'avait empêchée de remarquer.

Mais maintenant ces quelques instants lui revenaient avec une limpidité totale. Quand il était entré dans sa chambre, Matt n'était vêtu que d'un boxer et d'un débardeur. Sur le moment, elle avait été trop terrifiée pour réagir. Mais même s'il avait passé un jean pendant qu'elle se douchait son cerveau lui projetait la vue qu'il lui avait offerte alors qu'il ne portait que ses sous-vêtements.

Elle venait d'être agressée dans son lit ; elle aurait dû être folle de terreur. Pourtant, en cet instant, son esprit était empli de l'image de ses cuisses, de ses épaules et de ses bras musclés. Et une pensée s'imposait à elle :

s'il l'avait pu, il aurait fait écran de son corps pour la protéger.

Elle secoua la tête. Il fallait qu'elle se défasse de cette impression que Matt Soarez était plus, bien plus qu'il ne semblait être. Elle n'avait aucune raison concrète de penser qu'il n'était pas un simple ouvrier du bâtiment qui passait quelques jours en ville pour terminer un chantier. Pourtant… quelque chose ne collait pas dans le tableau.

Matt scrutait toujours le sol. Sans relever la tête, il dit :

— Tu ferais mieux de ne pas marcher pieds nus avant d'être sûre d'avoir enlevé tout le verre.

Ensuite, il releva la tête et ses yeux s'agrandirent. Faith baissa les siens et vit ce qu'il avait vu : de minuscules gouttes de sang qui perlaient sur ses épaules et ses bras. Elle passa un doigt sur son visage, et quand elle le regarda, y vit une petite traînée de sang.

— Mon Dieu, Faith, dit-il.

Les yeux de Matt brillaient d'une lueur qu'elle voyait pour la première fois chez un homme, une lueur tout à la fois effrayante et excitante. Matt était hors de lui, mais pas contre elle ; pour elle. Cette lueur éveilla en elle quelque instinct primitif.

— Je… j'ai enlevé tous les morceaux de verre et mis de l'alcool sur les coupures, bredouilla-t-elle.

Il appuya le balai contre le mur et enveloppa doucement son bras de ses doigts. Il examina attentivement sa peau avant de relever les yeux vers elle, derrière les cils les plus longs et les plus noirs qu'elle ait jamais vus.

— Est-ce que tu as des coupures plus profondes ? demanda-t-il avec un calme que démentait son expression.

— Non, sauf celle-là, répondit-elle en montrant un sparadrap sur son épaule.

Il relâcha son bras et porta sa main aux doigts écartés juste devant son ventre, mais sans le toucher.

— Et le bébé ?

Faith sourit.

— Apparemment, elle a dormi pendant tout l'incident, mais elle est bien réveillée, maintenant.

Suivant un instinct qu'elle ne comprenait pas vraiment, elle le regarda et demanda :

— Est-ce que tu aimerais la sentir ?

Comme Matt ne bougeait pas, Faith posa une main sur la sienne et la plaqua sur son flanc droit.

— Elle donne tout le temps des coups de pied ici, dit-elle. Je n'arrête pas de lui dire de se retourner, de taper ailleurs, mais… Oh ! Elle recommence.

Le regard de Matt croisa le sien. Dans ses yeux noirs, elle lut un mélange de douceur et d'émerveillement.

— Ouah, chuchota-t-il.

Elle hocha la tête.

— Je sais. Ouah.

Matt la dévisagea pendant un long moment, la main toujours posée sur son flanc, et inclina son visage vers le sien.

Faith sentit les battements de son cœur s'accélérer et, en réaction, les mouvements du bébé se firent plus agités. Elle partit d'un petit rire.

Les doigts puissants de Matt se déplacèrent doucement sur son ventre et le bébé se calma.

— Elle ne bouge plus, chuchota-t-il.

Faith acquiesça.

— Elle s'est rendormie.

— Qu'est-ce qui se passerait si…

Il s'arrêta net, et son regard sombre fouilla le sien.

— Si quoi ? murmura-t-elle.

Matt inclina la tête et l'embrassa, éveillant en elle de nouvelles sensations incertaines. Ses lèvres étaient douces, mais fermes. Il y avait dans ce baiser quelque chose de circonspect, mais aucune timidité. Et sa douceur extrême se doublait d'une sensualité troublante.

Lentement, il approfondit ce baiser jusqu'à ce que Faith ait l'impression que ses jambes allaient se dérober sous elle. Elle s'agrippa aux avant-bras de Matt pour ne pas perdre l'équilibre tandis que sa langue explorait sa bouche et taquinait la sienne. Il avait un goût de dentifrice à la menthe et de sommeil.

Il l'attira plus près encore, jusqu'à ce que son ventre soit pressé contre lui, avant d'interrompre le baiser et de baisser les yeux en respirant avec force. Quand il la regarda de nouveau, toute douceur, toute sensualité avaient disparu de ses yeux, remplacées par une expression de frayeur.

Il recula d'un pas.

— Il faut que j'appelle le shérif Hale. Que je sache s'il a pu attraper la personne qui a jeté cette brique, qui que ce soit.

— La brique, répéta Faith. Au fait, qu'y a-t-il d'écrit sur le mot ?

Matt posa sur elle un regard un peu étonné.

— Je n'ai pas encore regardé.

Il cligna des yeux, la relâcha et porta le regard tout autour de lui, comme s'il avait oublié où il avait posé la brique. Enfin, il la vit, sur la commode, à demi couverte par le peignoir.

— Tu as des gants ?

Faith acquiesça.

— En bas.

— Bien. Allons les chercher.

Matt prit la brique, toujours enveloppée dans le peignoir, et ils descendirent à la cuisine. Faith lui donna une paire de gants, qu'il enfila avant de détacher le papier qui enveloppait la brique et de le déplier avec précaution. La feuille était froissée et déchirée, mais le message était encore lisible.

Debout à ses côtés, Faith déchiffra les quelques mots griffonnés d'une écriture délibérément enfantine :

Fais attention a toi, faith. ne te mele pas de politique. ton heure n'est pas encore venue.

7

Matt examina le mot avant de relever les yeux vers Faith, qui considérait toujours la feuille de papier avec perplexité.

— Je ne comprends pas, dit-elle en le regardant. Qu'est-ce que ça veut dire ?

Matt se borna à secouer la tête, sans répondre. Il avait une idée de ce que signifiait ce mot. Il aurait parié son salaire que l'auteur faisait allusion au meeting qui allait se tenir dans son café. Mais il ne dit rien, parce qu'il ne voulait pas l'influencer avant que le shérif l'ait interrogée.

A cet instant, on frappa à la porte. Faith sursauta, et Matt laissa échapper un soupir de soulagement en distinguant le visage du shérif Hale à travers la vitre. Il alla lui ouvrir.

— Salut, shérif.

— Soarez, mademoiselle Scott, dit Hale en touchant son chapeau de cow-boy de l'index. J'ai tourné en rond pendant une vingtaine de minutes à la recherche du véhicule que vous avez vu. Mais je n'en ai croisé aucun qui corresponde à la description que vous m'avez faite.

— Merci d'avoir essayé, dit Matt.

— Alors, où est cette brique ?

Matt conduisit le shérif jusqu'au comptoir.

Ce dernier chaussa ses lunettes et lut rapidement le mot avant de se pencher pour l'examiner de plus près. Ensuite, il prit une serviette dans la pile posée sur le comptoir et s'en servit pour saisir la feuille de papier sans la toucher des doigts. Il la retourna, la tint à la lumière pendant une seconde et la reposa.

— Du stylo-bille noir sur du papier bon marché, comme du papier pour imprimante, par exemple. Pas de filigrane.

Il ôta ses lunettes et se tourna vers Faith.

— Vous avez une idée de ce que ça veut dire : « Ne te mêle pas de politique » ?

Matt attendit la réponse de Faith.

— Je... je n'en sais rien, dit-elle en écartant les mains d'un geste désespéré.

Elle se tourna vers Matt, mais il se borna à la regarder sans mot dire. Ce n'était pas à lui de répondre à sa place. Il n'était pas dans la chambre quand la brique avait traversé la vitre. Il fallait qu'elle fasse au shérif Hale sa propre description de l'incident. Il avait envie d'aller vers elle et de la prendre dans ses bras pour la rassurer, mais il se l'interdit. Il commençait à beaucoup trop s'attacher à Faith Scott et ce n'était pas elle, sa mission. S'il était ici, c'était uniquement pour assurer la sécurité du gouverneur Lila Lockhart et des habitants de Freedom pendant le meeting.

Il attendit de voir comment elle allait répondre à la question du shérif.

— C'est peut-être à cause de Mme Lockhart ? Et si quelqu'un était furieux que le meeting ait lieu chez moi ?

Hale fronça les sourcils.

— Est-ce que c'est une question que vous me posez, ou une affirmation ?

Faith tressaillit et pâlit. Ce devait être la première fois que le shérif s'adressait à elle sur un ton aussi sec.

— Si vous me racontiez exactement ce qui s'est passé ? reprit Hale.

Faith regarda Matt avant de reposer les yeux sur le shérif.

— Je ne sais vraiment pas. Il y a eu un gros bruit et quelque chose est tombé sur le lit. Ça m'a réveillée.

Elle se tourna de nouveau vers Matt, mais il ne dit rien.

— J'ai… J'ai crié, et Matt est arrivé en courant.

— Dans quelle fenêtre la brique a-t-elle été jetée ?

— Celle de ma chambre. Elle est juste au-dessus du lit.

— Je suis arrivé aussitôt, intervint Matt. Quand j'ai allumé la lumière, j'ai vu la brique et un gros éclat de verre planté dans le matelas, à peu près au milieu du lit.

— Vous étiez là ? lui demanda le shérif. Vous dormiez en bas ?

— Non, répondit-il. Cette nuit, je dormais à l'étage. Sur le canapé du salon. Je suis donc arrivé aussitôt après l'incident.

Le shérif soutint le regard de Matt pendant un instant avant de se tourner de nouveau vers Faith.

— Mademoiselle Scott, pouvez-vous nous excuser, Soarez et moi ? Je voudrais lui parler du véhicule qu'il a vu quitter les lieux.

Faith sembla un peu étonnée, pourtant elle obéit.

— Je suis plutôt fatiguée, et mon bébé fait des siennes, dit-elle en se frottant le flanc et en grimaçant. Je vais essayer de dormir un peu.

Elle se tourna vers les escaliers mais s'arrêta net.

— Oh ! Non.

Matt devina aussitôt à quoi elle pensait.

— Va dormir sur le canapé, dit-il. Il est déjà prêt. Ferme la porte de la chambre et ne touche pas au lit. Nous devrons peut-être prendre d'autres photos. Je dormirai ici, en bas.

Elle sembla vouloir protester, mais elle finit par hocher la tête et se dirigea vers les escaliers.

Dès que Matt eut entendu la porte de l'appartement se refermer, il se tourna vers le shérif.

— Alors, qu'en pensez-vous ? demanda Hale.

Matt secoua la tête.

— Je n'en sais rien. Il semblerait que quelqu'un lui déconseille de fréquenter le gouverneur Lockhart.

— C'est ce qu'on dirait, oui, convint Hale. Mais si Stockett est encore en ville, il ne lui aura pas échappé que vous dormez ici.

Matt acquiesça et s'adossa au comptoir.

— C'est vrai. Il n'était pas ravi que j'intervienne, l'autre soir. Mais de là à jeter une brique dans sa fenêtre ? Et ce mot ne lui ressemble pas. Je me serais attendu à quelque chose de plus direct de sa part. Comme : « Tu m'appartiens. »

— Bien vu. Est-ce que Faith a peur de lui ?

— Pas vraiment. Pas physiquement, en tout cas. Elle l'a plutôt bien maîtrisé, l'autre soir. Elle lui a coincé la main dans le tiroir-caisse.

Hale éclata de rire.

— Vous ne m'aviez pas dit ça. Bien joué.

— Que savez-vous sur Stockett ? demanda Matt. A part qu'il lui a brisé le cœur et qu'il l'a plaquée après l'avoir mise enceinte ?

— La rumeur court qu'il l'a persuadée de lui prêter une somme d'argent assez importante.

Matt hocha la tête.

— Elle a souscrit un prêt sur gage de cinq mille dollars.

Le shérif Hale secoua la tête d'un air dégoûté.

— Je n'ai jamais aimé ce type.

— Pire encore, il le lui a fait souscrire auprès d'un usurier. Maintenant, la somme a doublé. Quelqu'un est venu la voir hier soir.

Hale fronça les sourcils.

— Il l'a brutalisée ?

— Non. En fait, il lui a même donné jusqu'à dimanche pour rembourser le prêt. Mais ça ne fait pas une grande différence. Elle n'aura pas plus cette somme dimanche qu'elle ne l'a aujourd'hui.

— Il ne serait pas logique que l'usurier ait jeté une brique à travers sa fenêtre pour lui envoyer un message qu'il lui a déjà délivré en personne, remarqua Hale en passant la main dans ses cheveux coupés court. Je pense que vous avez raison. Quelqu'un n'est pas content que son café accueille le meeting.

— C'est vrai. Et, en ce qui concerne mon travail, cet incident représente une menace supplémentaire contre le gouverneur.

— Eh bien, dit le shérif Hale, je dois prendre les photos de la scène de crime et demander au labo d'Amarillo d'analyser ce mot.

— Ouais. Parce que la personne qui a jeté cette brique s'est beaucoup trop approchée de Faith. Si ce gros éclat de verre était tombé quelques centimètres plus loin, elle aurait pu être gravement blessée, voire même tuée.

Quand Matt eut fini d'aider le shérif Hale à faire des photos de la scène de crime et à enlever les draps couverts d'éclats de verre du lit de Faith, il était 9 heures. Dès qu'il fut certain que Faith allait bien, il quitta le café pour se rendre chez Bellows.

L'homme achevait tout juste sa séance de kiné, qui l'avait fatigué et mis de mauvaise humeur. Il s'épongea le visage avec une serviette et congédia le kiné avant de se tourner vers Matt.

— Qu'est-ce qu'il y a, Soarez ? J'espère que c'est important. Il me reste beaucoup de détails à régler pour demain.

— Oui, monsieur, répondit Matt. J'ai besoin d'une avance sur mon salaire.

Les yeux bleus de Bellows s'agrandirent.

— Une avance, répéta-t-il. Et de combien ?

Matt avala sa salive. Si Bellows avait été de bonne humeur, la tâche n'aurait déjà pas été facile. Mais le patron semblait mal luné et prêt à passer ses nerfs sur lui.

— Dix mille, monsieur.

Contrairement à ce qu'il aurait pensé, Bellows n'explosa pas. Il se contenta de plisser les yeux et de répéter :

— Dix mille… Je suppose que vous avez une bonne raison ?

— Avec tout le respect que je vous dois, c'est personnel, monsieur.

Bellows haussa les sourcils.

— Si vous espérez que je vous remette une telle somme, fils, il va peut-être falloir que vous envisagiez de reformuler votre réponse !

Matt grimaça. Voilà ce qu'il avait redouté. Bellows lui avait offert un poste bien payé parce qu'il avait besoin de ses compétences. Cet homme était un philanthrope, jusqu'à un certain point… que Matt était en train de dépasser, il le savait.

— Monsieur, c'est la propriétaire du Talk of the Town Café, Faith Scott, qui a besoin de cet argent.

— Pour quoi faire ? Je ne connais pas Faith, mais je connaissais sa grand-mère, Eliza. Elle a légué le café à sa petite-fille, et aucune charge ne pesait sur cet établissement. Pourquoi a-t-elle besoin d'une telle somme ? Et pourquoi vous en préoccupez-vous ? Et, ce qui est plus important encore, pourquoi est-ce que je devrais m'en préoccuper ?

Avant que Matt ait pu répondre, son patron reprit :

— Et pour l'amour du ciel, asseyez-vous. Vous me rendez nerveux à faire les cent pas comme ça.

Matt ne s'était pas rendu compte qu'il arpentait la

pièce. Il devait être plus anxieux qu'il ne le pensait. Il obéit et s'assit.

— Vous vous souvenez que je vous ai parlé de Rory Stockett, monsieur ?

— Stockett ? Ah oui, Stockett. Je me suis un peu renseigné à son sujet. Apparemment, c'est un individu assez peu recommandable.

Matt acquiesça.

— Il a convaincu Faith de souscrire un prêt de cinq mille dollars.

— Donc cette fille est assez naïve pour faire confiance à un petit truand. C'est son problème, pas vrai ?

Bellows dévisagea Matt.

— Allons, sergent. Vous n'êtes pas en train de vous amouracher d'elle, au moins ? Elle est enceinte, non ?

Sans céder sous le regard perçant de Bellows, Matt répondit :

— Stockett lui a donné une bague en toc en lui promettant de l'épouser dès qu'il aurait lancé une société de transport routier. C'est pour ça qu'il voulait l'argent ; à ce qu'il a dit, du moins.

Bellows se redressa dans son fauteuil roulant.

— J'ai fait quelques recherches au sujet de Rory Stockett, grâce aux relations que je possède dans divers milieux, dit-il sur un ton légèrement ironique.

Matt pouvait très bien imaginer que la zone d'influence de Bellows s'étendait des personnalités les plus haut placées du gouvernement aux franges les plus viles de la pègre.

— Il est connu pour ses magouilles et sa malhonnêteté.

Bellows s'arrêta, le temps de prendre une profonde inspiration.

— Il joue beaucoup aussi et semble s'être fait une spécialité de subtiliser leur argent aux femmes trop crédules. Je suppose qu'il a jeté la petite-fille d'Eliza entre les griffes d'un usurier ?

— Un homme est venu la voir hier soir, répondit Matt. Disons seulement que ce n'était pas un comptable. Il lui a dit que si elle ne payait pas son établissement brûlerait. Et, très tôt ce matin, quelqu'un a jeté une brique dans sa fenêtre ; un morceau de verre de vingt centimètres de long s'est planté dans le matelas, tout près de sa cuisse.

Bellows fit rouler son fauteuil jusque derrière son bureau.

— Est-ce qu'elle va bien ?

— Oui, monsieur. Mais elle aurait pu être grièvement blessée. Il y avait un message sur la feuille de papier qui entourait la brique. Il conseillait à Faith de faire attention à elle et de ne pas se mêler de politique.

— Hum. La formulation ressemble à celle des lettres qu'a reçues Lila Lockhart, dit Bellows en se frottant le menton. Il s'agit d'une nouvelle lettre de menace. Vous comprenez que ma priorité est d'assurer la sécurité du gouverneur Lockhart, pas vrai ? Et que c'est aussi la vôtre ?

— Je le comprends, monsieur.

— Et qu'en dit Bernie ? demanda Bellows.

— Il pense la même chose que moi. Que la personne qui a jeté cette brique cherche à faire suffisamment peur à Faith pour qu'elle refuse que le meeting se tienne dans son café.

Bellows sortit un dossier d'un tiroir de son bureau et l'ouvrit. Il feuilleta les quelques papiers qui s'y trouvaient. Matt était certain qu'il s'agissait de son dossier… et que Bellows n'avait nul besoin de le consulter. Il devait le connaître par cœur.

Bellows referma le dossier, regarda sa montre et dit :

— J'ai un rendez-vous dans dix minutes. Voilà ce que je peux faire. Je vais vous donner dix mille dollars pour votre petite amie, mais ils seront pris sur la bourse d'études de vos sœurs.

Matt fut à la fois surpris et consterné. Quand son patron avait offert de financer les études des jumelles, il lui en avait été reconnaissant. Jamais il n'aurait pu payer lui-même les frais de scolarité. Et voilà qu'il sacrifiait une partie non négligeable de la bourse d'études de ses sœurs pour aider une jeune femme qu'il ne connaissait pas vraiment. Présenté ainsi, son choix semblait plutôt idiot.

— Eh bien, fils ?

Matt avala sa salive.

— Monsieur, ma famille est tout pour moi. J'ai été très clair sur ce point. Mais Faith Scott est en danger, et je ne peux pas la laisser tomber. Si c'est l'usurier qui lui a envoyé cette lettre de menace et que ces dix mille dollars sont le prix à payer pour assurer sa sécurité et celle de son bébé, la somme ne me paraît pas excessive. Je trouverai un autre moyen de financer les études de mes sœurs. Soit j'économiserai, soit je trouverai un second travail.

Bellows s'était déjà détourné pour ouvrir un petit coffre-fort encastré dans le mur, derrière lui. Il compta cent billets de cent dollars et posa la liasse sur son bureau, à portée de main de Matt.

— Monsieur ? J'ai encore besoin de quelque chose.

Bellows crispa la mâchoire et se mit à tapoter son bureau du bout du doigt. Matt sentit la sueur commencer à perler dans sa nuque.

— J'ai relevé la plaque d'immatriculation du véhicule que conduisait l'homme. Je dois savoir à qui appartient ce véhicule afin de pouvoir rentrer en contact avec lui pour lui remettre les dix mille dollars.

Tout en secouant la tête, Bellows attrapa un stylo en argent et griffonna quelques mots sur un bloc-notes. Il arracha la page et la posa sur la liasse de billets.

— Appelez ce numéro. Vous y trouverez l'homme que vous cherchez.

Matt ramassa les billets et regarda le numéro de téléphone inscrit sur le bout de papier.

— Oui, monsieur, dit-il. Merci, monsieur.

Il se leva et se tourna vers la porte, mais s'arrêta net en entendant Bellows lui lancer :

— Vous allez vous faire piétiner le cœur.

Matt se retourna.

— Pardon ?

Bellows décrocha le téléphone.

— Vous m'avez très bien entendu. Et maintenant, filez. Je suis en retard pour mon rendez-vous.

Matt se détourna et partit. Tout en montant dans son pick-up, il marmonna :

— Mon cœur n'a rien à voir là-dedans.

Mais il protestait avec bien trop de vigueur, et il en était conscient.

Faith enveloppa les derniers couverts d'une serviette, puis posa le tout sur une table avant de regarder la pendule accrochée au-dessus de la porte. Il lui restait environ une demi-heure avant le début du dîner — trop peu de temps pour se doucher et se changer.

Elle enfouit son visage dans ses mains. Elle avait mal à la tête, et elle redoutait ce qui allait se passer le lendemain. Tanya Gossett avait eu beau lui promettre que l'équipe du gouverneur Lockhart la dédommagerait pour cette journée perdue, cela ne suffisait pas à la rassurer.

Gloria sortit de la cuisine, attrapa son tablier sous le comptoir et le secoua avant de le nouer autour de sa taille et de le lisser des deux mains. Ensuite, elle posa sur Faith un regard critique.

— Ma chérie, arrête de t'en faire pour ce meeting. L'équipe de Lila Lockhart compte des dizaines de personnes qui organisent ce genre de réunions à longueur d'année. Tu n'auras rien à faire.

— Je sais bien qu'ils feront ce que leur dira le gouverneur Lockhart. Tout ce que je me demande, c'est si le café sera encore debout quand tout sera fini.

— Bien sûr que oui. Je me souviens du dernier meeting que Lila a tenu ici, il y a des années. Elle a payé à ta grand-mère une somme bien plus importante que ce à quoi elle s'attendait. C'est avec cet argent qu'elle a fait retapisser les banquettes.

Faith soupira.

— Sans doute parce qu'elles avaient été déchirées pendant le meeting.

— Pas du tout... enfin, peut-être qu'une ou deux avaient été un peu abîmées. Mais ta grand-mère a toujours dit que ça valait la peine.

— Eh bien, j'espère que c'est vrai.

Le carillon de la porte tinta. Faith releva la tête et posa les yeux sur un vieux cow-boy vêtu d'un jean repassé et de bottes cirées, et qui arborait un sourire radieux.

Elle marqua un temps d'arrêt en reconnaissant Henry Kemp. Elle coula un regard vers Gloria, vit que son amie était bouche bée et se demanda si le même ahurissement se lisait aussi sur son visage. Henry ne souriait *jamais*.

— Henry, dit-elle d'une voix étranglée par la surprise.

Elle se racla la gorge et fit un second essai.

— Henry, bonjour.

— Faith, ma fille ! Je suis juste passé m'assurer que tout était prêt pour la fête d'anniversaire de Lyric et Lacy, demain.

Faith sentit le sang refluer de son visage et fut saisie d'un léger vertige.

— Oh… J'ai bien peur que ça ne soit pas possible demain.

Le grand sourire de Henry disparut, remplacé par une expression suspicieuse.

— Oh ! Vraiment ? Et pourquoi donc ?

La gorge de Faith s'assécha. Est-ce qu'il essayait de la piéger ? Il avait sûrement entendu parler du meeting. Toute la ville était au courant.

— C'est… à cause du meeting du gouverneur Lockhart. Le café sera fermé toute la journée.

Le visage rubicond de Henry devint violet sous l'effet de la colère.

— Le gouverneur Lockhart, répéta-t-il d'un ton moqueur. A cause de notre chère élue et de son meeting, mes arrière-petites-filles vont être privées de leur surprise d'anniversaire. C'est merveilleux.

Il laissa échapper quelques jurons bien sentis.

— Henry, je suis vraiment désolée mais je n'ai pas eu le choix.

— Bon sang, tu crois que je ne le sais pas ? Cette fichue Lila Lockhart obtient tout ce qu'elle veut, comme tous les Lockhart d'ailleurs. Si les moyens légaux ne suffisent pas, ils se contentent de prendre ce qu'ils veulent. Tout comme ils ont pris mes terres sans me donner un seul penny pour le pétrole.

— Je me rachèterai, dit Faith. Si vous veniez avec les filles lundi après-midi ? Je leur offrirai leur banana split, et tout ce que vous voudrez. Et comme c'est notre jour de fermeture, vous aurez le café pour vous tout seuls.

Le visage de Henry revint à une couleur un peu plus proche de la normale.

— Ce n'est pas ta faute, Faith. Et je peux payer les cadeaux d'anniversaire de mes arrière-petites-filles.

Il recula de deux pas vers la porte. Là, il leva le bras et agita l'index vers elle.

— Mais écoute-moi bien : cette histoire n'est pas finie. Lila va regretter d'avoir gâché l'anniversaire de mes petites. D'une façon ou d'une autre, elle va s'en mordre les doigts.

Il pivota sur les talons de ses bottes et sortit à grandes enjambées.

— Pfiou ! souffla Gloria. Il était en rogne.

Faith frissonna.

— Quand il se met en colère comme ça, il me fait peur. Tu as vu la couleur de son visage ? Il va finir par faire ce que Gram appelait une crise d'apoplexie.

Elle prit une inspiration tremblante et demanda :

— D'après toi, qu'est-ce qu'il a voulu dire en affirmant que Lila Lockhart allait le regretter ?

Gloria la regarda dans les yeux.

— Je n'en sais rien, mais la façon dont il l'a dit m'a fichu les jetons.

— A moi aussi, répondit Faith.

Ce soir-là, Matt passa à son appartement pour prendre une douche et se changer. Il prit quelques minutes pour passer une couche de vernis sur le berceau, qui en avait bien besoin après avoir servi pour lui et pour ses sœurs.

Il était 20 heures quand il arriva au café. En s'approchant, il vit une silhouette sombre se glisser à l'arrière du bâtiment. On aurait dit Rory Stockett. L'inconnu était sensiblement de la même taille et de la même corpulence, et Stockett savait forcément que la porte de la cuisine restait ouverte jusqu'à 21 heures.

Matt se gara et contourna le bâtiment sur les traces de la silhouette, sans même chercher à empêcher ses bottes de faire crisser le gravier. A la lueur d'un réverbère, il put voir qu'il s'agissait bien de Stockett. Quand l'homme remarqua la présence de Matt, il gronda et se rua vers la poignée de la porte.

— Reste où tu es, Stockett, lança Matt.

— Toi ! Ne t'approche pas de moi !

Il essaya de tourner la poignée, mais Matt le poussa.

Stockett trébucha en arrière et faillit tomber. Il se redressa rapidement et se jeta aussitôt sur Matt, mais celui-ci l'attendait. L'escroc décochait des coups de poing au hasard, aussi maladroitement qu'un gamin dans une cour de récré. Matt les esquivait sans aucune difficulté, mais Stockett était habité par une telle rage qu'il ne renonça pas.

Matt lui donna alors un coup de poing dans le ventre, qui l'arrêta net. Il se plia en deux, le souffle coupé, et s'affaissa contre le mur de briques du café. Matt avança vers lui.

— Je ne t'avais pas dit de ne pas remettre les pieds ici ?

Toujours plié en deux, Stockett toussa avant de ramener ses pieds sous lui pour se relever. Quand Matt aperçut un éclair métallique, il était presque trop tard.

Stockett se rua sur lui en brandissant un couteau.

Matt se campa fermement sur ses jambes et se prépara à contrer l'attaque de Stockett. La façon dont il tenait son arme était révélatrice : ce n'était pas un professionnel du combat au couteau. Matt saisit vivement son poignet, en même temps qu'il esquivait son assaut. Son mauvais genou faillit se dérober, mais il reprit rapidement son équilibre et tordit le bras de Stockett derrière son dos tout en enfonçant le pouce dans son poignet, cherchant le point qui paralyserait ses doigts et le contraindrait à lâcher le couteau.

Mais Stockett était comme enragé. Il se débattit et la lame glissa sur l'avant-bras de Matt qui, sous l'effet de la surprise, relâcha sa prise.

Le couteau de Stockett fendit l'air, à quelques centimètres à peine du torse de Matt qui s'était jeté en arrière, retombant sur son mauvais genou. Cela ne l'empêcha pas de pivoter vivement sur lui-même en dirigeant un crochet vers le bras tendu de Stockett.

Il atteignit sa cible et le couteau tomba par terre. Sans prêter attention à l'estafilade qui courait sur son bras, Matt donna un coup de coude dans la tempe de Stockett, l'agrippa par le col et le plaqua contre le mur de briques.

— Je ne t'ai pas dit de ne pas remettre les pieds ici ? demanda-t-il à nouveau.

— Tu n'as pas le droit de me donner des ordres ! Faith est à moi ! glapit Stockett. C'est ma fiancée.

Matt appuya son avant-bras ensanglanté sous le menton de Stockett et gronda, les dents serrées :

— Non, ce n'est pas ta fiancée. Toi, tu n'as été que le donneur de sperme.

Stockett se débattit, mais Matt n'eut qu'à appuyer un peu plus fort sur sa gorge pour l'immobiliser. L'homme laissa échapper un gargouillis.

— Si je te vois encore traîner par ici, reprit-il, tu vas en taule pour harcèlement.

— Ne me menace pas, espèce de…

Matt pressa encore un peu plus la gorge de Stockett.

— Maintenant, dégage, et ne viens plus importuner Faith.

Stockett essaya de parler, mais en vain. Du coin de l'œil, Matt vit que la porte de la cuisine s'ouvrait, inondant la ruelle de lumière.

— Compris ? demanda-t-il à Stockett.

L'homme hocha la tête avec difficulté. Matt le prit de nouveau par le col et le poussa vers la rue.

Dès qu'il fut hors de sa portée, Stockett se retourna.

— Je te ferai payer ça, qui que tu sois. Tu es un homme mort.

Matt éclata de rire.

— Je m'appelle Soarez. Matt Soarez.

— Matt ! lança la voix de Valerio. Qu'est-ce qui se passe ici ? Est-ce que je dois appeler le shérif ?

Matt jeta un œil vers la ruelle pour s'assurer que Stockett était bien parti avant de répondre.

— Non. C'était seulement cette ordure de Stockett. J'ai dû lui rappeler qu'il n'était pas le bienvenu ici.

— Bien joué. Maintenant, rentre et viens dîner.

Matt suivit Valerio dans la cuisine, où Faith sortait une fournée de petits pains du four.

— Qu'est-ce qui se passait dehors, Valerio ?

Elle releva la tête et manqua laisser tomber le plateau.

— Matt ! Qu'est-ce qui t'est arrivé ? Tu saignes !

Il avait presque oublié la coupure de son avant-bras. Il la regarda. Zut. Elle était plus profonde qu'il l'aurait cru.

— Valerio, dit-il, est-ce que tu pourrais prendre une serviette et ramasser le couteau qui est dehors ? Il vaut mieux que je le garde, au cas où je déciderais de porter plainte contre Stockett pour attaque à main armée.

— Rory ? balbutia Faith. C'est Rory qui a fait ça ?

— Il rôdait près de la porte de ta cuisine. Je lui ai dit de s'en aller.

— Oh ! Matt. Nous devons arrêter cette hémorragie.

Elle attrapa un torchon propre et en enveloppa son bras.

— Il va te falloir des points, ajouta-t-elle.

— Je ne pense pas…

— Bien sûr que si, coupa-t-elle. Il faut t'amener au Holy Cross Hospital. Ce n'est qu'à huit kilomètres d'ici. Je vais t'y conduire. Gloria peut fermer le café ce soir. Puisque nous n'ouvrons pas demain, je ferai la caisse dans la matinée.

Matt voulut protester, mais il savait que Faith avait raison. Sous la pression du torchon, la sensation lancinante qui palpitait dans son bras avait augmenté jusqu'à atteindre un niveau qui pouvait indéniablement être qualifié de douloureux, et le sang s'échappait toujours aussi abondamment de la blessure.

— Je peux conduire moi-même, protesta-t-il.

— Non, tu ne peux pas. Allons-y.

Faith pinçait les lèvres et une étincelle déterminée brillait dans ses yeux. Il ne la connaissait pas depuis longtemps, mais il savait ce que signifiait cette expression : rien ne la ferait changer d'avis.

8

C'était le Dr Larry Kendall qui était de garde aux urgences du Holy Cross Hospital. Quand il rentra dans la salle d'examen, il salua chaleureusement Faith.

— Comment va cette cheville ? demanda-t-il tout en ôtant le torchon imbibé de sang qui enveloppait le bras de Matt.

Elle tendit la jambe.

— Bien, répondit-elle. Mais mon ego souffre encore.

Le Dr Kendall éclata de rire.

— Pendant le premier mois de sa grossesse, Faith a glissé sur une frite et s'est tordu la cheville. Que vous est-il arrivé, monsieur… ?

— Soarez. Matt Soarez. J'ai eu quelques ennuis dans une ruelle.

Faith intervint.

— Il a empêché le père du bébé de s'introduire dans le café, expliqua-t-elle. Rory l'a agressé avec un couteau.

Le Dr Kendall dévisagea Matt.

— Vous savez que je suis obligé d'informer la police de l'incident.

Matt serra les lèvres et acquiesça.

Faith se frotta le flanc. Elle ne savait pas que les blessures par arme blanche devaient être signalées à la police. Il était donc possible que Rory soit arrêté… Elle ne savait pas trop ce qu'elle en pensait. Elle ne permettrait jamais à Rory de revenir dans sa vie, elle en était certaine. Mais elle était quand même triste de savoir que le père de son bébé aurait un casier judiciaire.

Le Dr Kendall palpa le bras de Matt et dit :

— Eh bien, Faith a raison. Il vous faut des points.

Il prit un flacon de solution saline sur une étagère et rinça abondamment la plaie. Faith frissonna en voyant Matt grimacer de douleur.

— Et… qui êtes-vous, monsieur Soarez ? demanda le Dr Kendall. Je ne me rappelle pas vous avoir déjà vu dans le coin.

— C'est vrai. Je ne suis que de passage en ville. Je travaille sur un chantier.

— Et vous vous trouviez au café de Faith ce soir quand son ex est arrivé ?

— Il… Matt a fait quelques travaux pour moi, répondit vivement Faith.

— Je vois, fit Kendall.

Il prit un autre flacon et aspergea la blessure avec un liquide marron à l'odeur prononcée. Matt resta stoïque, mais il pâlit.

— Je pense qu'il va vous falloir au moins cinq points, peut-être même six, commenta le docteur. Nous verrons bien.

— Je dois pouvoir travailler demain, dit Matt.

Le médecin le regarda par-dessus ses lunettes.

— Nous ferons tout pour que ce soit possible.

En moins d'une minute, il posa six points sur l'avant-bras de Matt. Ensuite il pansa la blessure et la tapota.

— Voilà. Il faudra que vous reveniez dans cinq jours pour faire retirer les points, dit-il. D'ici là, n'en faites pas trop.

— Ne vous inquiétez pas, docteur, répondit Faith. Je

vais m'assurer qu'il ne fait rien qui risque d'arracher ces points.

Kendall tendit le bras vers le bouton de l'Interphone et annonça :

— Il faut que je demande au bureau des admissions d'appeler la police.

— Docteur ? dit Matt. Attendez une minute.

Kendall se retourna et lui décocha un regard suspicieux.

— Avant que vous signaliez l'incident, j'aimerais vous dire deux mots.

Kendall étrécit les yeux.

— Allez-y.

— En privé, précisa Matt.

Le médecin le dévisagea pendant quelques secondes avant de dire :

— Dans ce cas, accordez-moi une minute.

Il se tourna vers Faith et demanda :

— Est-ce que vous voyez votre gynéco régulièrement ?

Elle acquiesça.

— Bien sûr. D'ailleurs, j'ai un rendez-vous la semaine prochaine.

Il pointa le doigt vers son pied.

— Est-ce que je peux jeter un œil ?

Sans attendre de réponse, il s'assit et remonta doucement son pantalon, d'abord la jambe droite, puis la gauche.

— Hum.

Il se pencha et pressa doucement ses chevilles avant de demander :

— Quelle est votre tension ?

— Le Dr Jones a dit qu'elle était un peu trop élevée.

Kendall acquiesça.

— Je suppose que vous ne vous rappelez pas les nombres exacts. Vous voyez combien vos pieds sont enflés ? Est-ce que ça vous arrive souvent ?

— Pas tellement, répondit-elle. Le Dr Jones m'en a parlé la semaine dernière. Il m'a dit de passer le moins de temps possible en position debout.

Le médecin releva la tête vers elle.

— Et avez-vous suivi son conseil ?

— Oui. Mais nous avons eu beaucoup de travail ces derniers temps.

Le Dr Kendall posa sur elle un regard empli d'un mélange de reproche et d'inquiétude.

— Est-ce que le Dr Jones vous a parlé de la prééclampsie ? demanda-t-il tout en prenant sa tension.

Faith acquiesça. Elle n'avait pas compris grand-chose à ce que lui avait dit son gynécologue, qui parlait vite et utilisait beaucoup de termes médicaux. Mais elle avait saisi que c'était dangereux.

— Avez-vous des migraines ? Des nausées ? Est-ce que vous vomissez ?

Faith dut reconnaître qu'elle avait eu tous ces symptômes.

— Mais comme je disais…

— Vous avez beaucoup de travail, coupa le Dr Kendall. Je sais. Mais votre tension est vraiment trop élevée. Pas au point qu'une hospitalisation soit nécessaire, heureusement. Et même si vos chevilles sont gonflées, elles ne le sont pas de manière alarmante. Mais si l'un ou l'autre de vos symptômes s'aggrave, je vous ferai admettre à l'hôpital. Compris ?

Faith hocha tristement la tête.

— Je comprends, mais je ne peux pas entrer à…

— Ecoutez-moi, Faith, coupa le médecin en la menaçant du doigt. Je vous *ordonne* de ne pas rester debout à moins que ce soit absolument nécessaire. Pas plus de deux heures par jour, en tout cas. Et je vous ordonne aussi d'appeler le Dr Jones dès demain — ou plutôt dès lundi, puisque nous sommes vendredi.

Le Dr Kendall se tourna vers Matt, qui hocha la tête avec détermination. Aucun doute : il s'assurerait qu'elle suive à la lettre ses recommandations.

— *Et*, reprit-il, si quoi que ce soit survenait ce week-end, je suis de garde ici.

Il se tourna de nouveau vers Matt.

— Je suppose que vous êtes proches, tous les deux ? Je compte sur vous pour l'amener en cas d'urgence.

— Proches ? répéta Faith d'une voix vibrant de panique. Non ! Enfin, je veux dire…

— Je compte sur vous, répéta le Dr Kendall.

Il prit le dossier posé sur le brancard à côté de Matt et y écrivit quelques mots. Ensuite, il sortit un formulaire vierge d'un tiroir et le remplit, avant de le tendre à Faith.

— Donnez ceci au bureau des admissions, et n'oubliez pas ce que je vous ai dit. Venez aux urgences si quoi que ce soit survient pendant le week-end, et appelez le Dr Jones dès lundi.

Faith acquiesça et regarda Matt, qui lui décocha un petit sourire.

— Très bien. Je vais attendre dehors, dit-elle.

Dès que le Dr Kendall eut refermé la porte sur elle, Matt prit la parole.

— J'ai deux services à vous demander, docteur.

— Je vous écoute, répondit celui-ci en croisant les bras.

— Quand je vous ai dit qu'il fallait que je puisse travailler demain, j'étais sérieux. Je suis un spécialiste de la surveillance.

Le Dr Kendall reprit le dossier.

— Vous avez dit que vous étiez ouvrier en bâtiment.

— En effet. Mais ce n'est qu'une couverture. En réalité, je travaille pour Bart Bellows.

Le Dr Kendall haussa vivement les sourcils.

— Et ma mission de demain pourrait être une question de sécurité nationale, poursuivit-il.

— De sécurité nationale ? répéta le Dr Kendall en éclatant de rire.

Matt sortit une carte de son portefeuille et la tendit au médecin.

— Voici le numéro personnel de Bart Bellows. Vous pouvez l'appeler et lui demander de confirmer mes dires.

Le Dr Kendall examina la carte avant de lever de nouveau les yeux vers Matt.

— Si vous me disiez en quoi consiste votre travail de demain ?

Matt se demanda ce qu'il pouvait se permettre de révéler.

— Vous avez bien dit que vous étiez de garde aux urgences ce week-end ? Et ce sont les urgences les plus proches de Freedom ?

Kendall acquiesça.

— Parfait. Il y a une réelle possibilité que nous ayons des blessés. Laissez-moi vous exposer ce qui se passe demain.

Matt mit rapidement le médecin au courant des menaces reçues par le gouverneur Lockhart, et du meeting qu'elle allait tenir au Talk of the Town Café.

— Plusieurs spécialistes surentraînés, dont moi-même, ainsi que les gardes du corps du gouverneur et des agents de police venus d'Amarillo seront présents pour aider le shérif Hale à maintenir l'ordre, conclut-il.

Le Dr Kendall secoua la tête et laissa échapper un rire bref.

— Eh bien… Je crois que c'est la première fois que j'ai l'occasion de soigner un agent sous couverture.

— Maintenant, j'ai une autre requête, dit Matt.

— Allez-y.

Le Dr Kendall remonta ses lunettes sur son nez et attendit.

— Je voudrais vous demander de ne pas signaler cet incident aux autorités.

— Nous y sommes tenus par la loi, rappela le médecin.

Mais il ne semblait pas aussi déterminé qu'auparavant.

— En ce cas, pourriez-vous attendre quelques jours pour faire votre rapport ? L'individu qui m'a agressé est Rory Stockett, le père du bébé de Faith. Nous nous intéressons à lui dans le cadre de plusieurs affaires. Je me sentirais bien mieux si je le savais derrière les barreaux mais, si nous l'incarcérons, nous risquons d'effrayer les individus que nous essayons d'appréhender.

— A mon avis, son incarcération serait un bien pour la sécurité du gouverneur Lockhart, fit remarquer Kendall.

Matt hocha la tête.

— Pour demain, oui. Mais les menaces à son encontre sont de plus en plus inquiétantes. Et je peux vous assurer que Stockett est du menu fretin. Nous, nous visons le cerveau. Ce n'est que quand nous l'aurons arrêté que le gouverneur Lila Lockhart sera en sécurité. Et pas avant.

Sur la route qui les ramenait au café, Faith coula un regard vers Matt, qui fixait son avant-bras bandé.

— C'était à quel sujet ? demanda-t-elle.

— Quoi ?

Il semblait avoir du mal à détourner les yeux de son bras blessé.

— La discussion entre le Dr Kendall et toi. Tu sais que je peux très bien me débrouiller seule.

A la lueur des phares des voitures qui roulaient en sens inverse, elle le vit serrer les dents. Elle se gara dans le parking, derrière le café, et ajouta malicieusement :

— Il existe une chose appelée le secret professionnel.

Mais elle savait très bien que ce dont Matt avait voulu discuter avec le Dr Kendall en privé n'avait rien à voir avec elle. Il s'agissait de tout autre chose.

A l'instant où Matt était rentré dans la cuisine, le bras en sang, elle avait vu ses soupçons se confirmer : cet homme était plus qu'un simple charpentier.

L'homme qui était rentré dans la cuisine d'un pas décidé et avait ordonné à Valerio de ramasser le couteau, l'homme qui avait fait preuve d'un étrange manque d'inquiétude devant une blessure qui avait fini par nécessiter six points de suture n'était pas un simple travailleur itinérant.

— Nous n'avons pas parlé de toi, dit-il catégoriquement.

— Je sais, rétorqua-t-elle.

— Le Dr Kendall avait dit qu'il serait de garde aux urgences demain. Je voulais seulement l'informer de la tenue du meeting du gouverneur Lockhart au cas où quelqu'un serait blessé.

— Tu ne penses pas que l'équipe de Lila Lockhart s'en est déjà occupée ?

Elle détacha sa ceinture. Mais Matt posa une main sur son bras.

— Attends.

Faith interrompit son geste et se tourna vers lui.

— Qu'est-ce qu'il y a ?

— Tu as raison. L'équipe du gouverneur a effectivement tout prévu. Si j'ai eu cette discussion avec le Dr Kendall, c'est parce qu'on m'a demandé d'aider à assurer la sécurité de ce meeting. Je serai entre autres chargé de garder un œil sur la foule pendant le discours de Lila Lockhart.

Faith scruta son visage. Est-ce que Matt lui mentait ? Ces mots, prononcés d'un ton égal, ne ressemblaient pas à un mensonge… mais ils ne ressemblaient pas non plus à la vérité.

Elle était épuisée. Elle avait mal aux pieds et à la tête. Le bébé s'agitait sans relâche, et l'allusion faite par le Dr Kendall à la prééclampsie l'avait effrayée. Aussi n'était-elle pas d'humeur à livrer un match de ping-pong verbal. Ce fut d'un ton sec et empreint d'une légère dérision qu'elle demanda :

— Pourquoi toi ?

Matt eut un brusque mouvement de la tête, presque imperceptible, mais elle le vit et le ressentit.

— Pourquoi moi ? répéta-t-il avec un rire bref. C'est simple. Ils ont besoin de muscles supplémentaires, et l'argent qu'ils me versent pour cette mission me sera bien utile.

Faith regretta aussitôt son attitude.

— Je ne voulais pas…

Matt leva une main.

— Je sais. Pas de problème.

— Non, tu ne sais pas. Je fais trop peu confiance aux… aux gens.

Elle avait failli dire « aux hommes ».

— J'ai tendance à me méfier d'eux, ces temps-ci.

Les yeux sombres de Matt s'emplirent de douceur, et sa bouche se détendit en un petit sourire.

— Je ne suis pas Stockett, chuchota-t-il.

Soudain, elle fut incapable de soutenir son regard, parce qu'elle y lisait une question à laquelle elle n'était pas sûre de pouvoir répondre. Elle avait travaillé dur pour construire une vie pour elle et le bébé qu'elle portait. Après huit longs mois, elle s'était enfin convaincue qu'elle pouvait s'en sortir seule. Elle avait le café. Elle avait Gloria, qui était presque comme une mère pour elle. Elle avait ses amis.

Qu'aurait-elle fait d'un autre homme qui, comme elle l'avait dit à Gloria, n'avait pas un sou en poche ?

Matt effleura sa joue du pouce.

— Je comprends combien il t'a fait souffrir. Et je sais

à quel point c'est dur de devenir mère quand on est seule. J'ai regardé ma mère lutter pour que ma famille reste unie après le départ de mon père.

Faith leva les yeux vers lui.

— Je ne veux pas…

Matt posa un index sur ses lèvres pour l'empêcher de conclure : « d'un autre vagabond dans ma vie ». Et, avant qu'elle ait pu réagir, il se pencha et déposa un tendre baiser sur sa bouche.

Le contact des lèvres de Matt sur les siennes lui arracha un gémissement de frustration et de désir. Son corps se rappelait leur dernier baiser et toutes les sensations qu'il avait fait naître en elle.

Matt se recula et la regarda droit dans les yeux. La question qu'elle lut dans son regard était sans équivoque.

Alors, elle fit quelque chose d'impensable. Elle se pencha vers lui pour un baiser qui n'avait rien de doux.

Il laissa échapper un petit cri de surprise et lui rendit son baiser ; cette fois, ses lèvres étaient bien plus fermes.

Contrairement aux baisers de Rory, qui étaient torrides, presque frénétiques, ceux de Matt étaient profonds, lents et infiniment plus excitants. On aurait dit qu'ils venaient droit de son âme. Quand il l'embrassait ainsi, elle se sentait chérie, protégée, en sécurité. Et en même temps, son corps était parcouru par un désir qui dépassait en intensité tout ce qu'elle avait pu connaître jusqu'alors.

— Matt ? chuchota-t-elle contre sa bouche. Si…

Il l'embrassa pendant quelques instants encore avant de se reculer. Ses joues étaient rouges.

— Qu'est-ce qu'il y a ? demanda-t-il en la regardant avec tendresse.

Faith sentit son visage s'empourprer.

— Je me disais que, si tu veux, nous pourrions…

Il secoua la tête.

— Non, dit-il d'une voix dure.

Il caressa sa joue du pouce et répéta, plus doucement :

— Non. Faith, j'espère que tu peux comprendre ce que je vais te dire là, maintenant. Sinon, j'espère que tu le comprendras bientôt.

Un frisson de peur fusa le long de son dos. Faith reconnaissait ce ton. Elle l'avait déjà entendu. Matt la rejetait.

— Je ne suis pas contre l'idée de voler quelques baisers çà et là, reprit-il, ni d'avoir quelques aventures d'une nuit qui ne dureront que le temps de mon séjour en ville.

Elle secoua la tête.

— Alors, où est le problème ? Tu as une petite amie ? Ce n'est pas grave.

Elle ouvrit la portière, mais il la saisit par le bras.

— Faith. Regarde-moi.

Elle se tourna vers lui, espérant que les larmes qu'elle retenait à grand-peine ne faisaient pas briller ses yeux.

— Je n'ai pas de petite amie, poursuivit-il en insistant sur chaque mot. Pas de femme non plus.

— Très bien, dit-elle d'une voix faible.

Elle ne savait pas si elle pouvait lui faire confiance. Matt lui semblait être un homme loyal, attentionné, honorable ; le genre d'homme qui ne tombe amoureux que d'une seule femme et lui reste fidèle jusqu'à la fin de ses jours. Mais elle jugeait si mal les hommes... Elle aurait tout donné pour découvrir, une fois seulement, qu'elle avait vu juste.

Elle pivota sur le siège et descendit maladroitement de voiture en marmonnant :

— Pourquoi est-ce que je ne peux pas avoir raison, pour une fois ?

— Comment ? demanda Matt.

Il descendit vivement et fit le tour de la voiture pour prendre sa main et l'aider à descendre.

— Qu'est-ce que tu as dit ?

— Rien, répondit-elle vivement. Je… je parlais au bébé.

Le regard perçant qu'il posa sur elle lui fit comprendre qu'il n'en croyait pas un mot.

Maintenant qu'elle était debout, elle voulut retirer sa main de la sienne, mais il résista. Sans la lâcher, il l'entraîna jusqu'à la porte de la cuisine, qu'il ouvrit avec sa clé. Puis, la tenant toujours, il traversa le café et monta les escaliers qui menaient à son appartement.

La main qui enserrait la sienne était forte et protectrice, et l'attitude de Matt rappelait étrangement à Faith la fin d'un rendez-vous amoureux. Une fois devant la porte de sa chambre, il l'obligea à lui faire face. Sur son visage, elle lut un mélange de plaisir et de triomphe.

— Faith, dit-il en baissant les yeux vers leurs mains entrelacées. J'ai quelque chose pour toi, et je ne veux même pas que tu envisages de refuser.

— Quelque chose pour moi ? demanda-t-elle, surprise. Mais de quoi s'agit-il ?

— Attends une minute.

Il lâcha sa main pour aller soulever l'un des coussins du canapé sur lequel il dormait. Là, il prit une épaisse enveloppe qu'il lui tendit.

Faith fixait l'enveloppe en silence.

— Je ne comprends pas, dit-elle enfin.

— C'est l'argent dont tu as besoin pour rembourser ton prêt.

— Oh.

Elle leva les mains en un geste de refus.

— Oh non, dit-elle. Non, je ne peux pas prendre ça. Matt… où as-tu trouvé cet argent ?

— Ne t'inquiète pas, répondit-il. C'est une avance sur mon salaire et je sais que, contrairement à Stockett, tu me rembourseras.

— Non, Matt, dit-elle en secouant la tête.

Ses pensées n'étaient plus qu'un tourbillon confus. Matt, qui n'était guère plus qu'un étranger pour elle, lui offrait un moyen de se dégager de la dette qu'elle avait contractée à cause de Rory. Il lui offrait l'argent avec lequel elle pourrait sauver son café.

— Ne discute pas, répliqua-t-il en posant un doigt sur ses lèvres. Tu n'auras pas le dernier mot. A quelle heure l'homme a-t-il dit qu'il reviendrait chercher son argent ?

Elle recula d'un pas. Quand Matt touchait sa bouche, elle ne pouvait plus réfléchir.

— Il ne l'a pas dit.

— Très bien. On m'a donné un numéro auquel je devrais pouvoir le joindre. Je vais garder l'argent et lui fixer un rendez-vous. D'ailleurs, ce sera bien mieux comme ça. Je ne serai pas tranquille si tu dois le rencontrer seule.

— Mais, Matt… je ne peux pas te rembourser. Je n'ai pas autant d'argent.

— Ne t'inquiète pas de ça. Nous établirons un échéancier de remboursement une fois que nous n'aurons plus à nous occuper du meeting de Lila Lockhart.

Faith sentit ses yeux s'emplir de larmes.

— Je ne sais pas quoi dire. Je…

— Chut, murmura-t-il en posant de nouveau un doigt sur ses lèvres. Tu n'as rien à dire. Maintenant, va dormir. Tu vas avoir une grosse journée, demain.

Il tourna les talons, retourna au canapé et arrangea les draps et l'oreiller.

Faith se retira dans sa chambre, dont elle ferma la porte. Elle avait jeté un œil dans l'enveloppe quand Matt la lui avait tendue, et ce qu'elle y avait vu lui avait donné le vertige. Il y avait dans cette enveloppe plus de billets de cent dollars qu'elle n'en avait jamais vus en même temps.

Elle regarda la porte et sentit la présence de Matt dans la pièce voisine. Après avoir endossé le rôle de protecteur, puis celui de chevalier servant chargé de repousser les attentions malvenues de Rory Stockett, voilà que cet homme, qui en apparence n'était rien d'autre qu'un ouvrier itinérant, lui donnait les moyens de rembourser sa dette.

Les larmes ruisselaient sur son visage, et son esprit était empli d'une seule question.

Qui était vraiment Matt Soarez ?

9

— Donc, même si je ne prends pas ces menaces à la légère, elles ne m'empêcheront pas de tenir la promesse que j'ai faite aux habitants du merveilleux Etat du Texas !

A ces mots, des vivats et des applaudissements s'élevèrent de la foule qui emplissait le Talk of the Town Café et se déversait jusque dans la rue.

Les appareils photo crépitaient et les journalistes, le micro à la main, se pressaient autour du comptoir qui formait une barrière naturelle devant l'estrade de fortune installée par les ouvriers.

Le gouverneur Lila Lockhart, dont l'énergie palpable inspirait aussitôt confiance, s'interrompit jusqu'à ce que le silence soit revenu. Elle regarda tour à tour chacune des caméras.

Matt grimaça intérieurement. Tout comme Bellows, il aurait préféré que Lila Lockhart ne fasse aucune allusion aux menaces. Mais Bellows l'avait bien prévenu que Mme le gouverneur était « aussi têtue qu'une mule ».

Il balaya la foule du regard, sans s'attarder sur un visage en particulier. Les auditeurs massés dans le petit café de Faith étaient bien trop nombreux pour qu'il puisse espérer pouvoir lire sur leurs visages.

Au contraire, il préféra laisser son cerveau fonctionner à l'intuition. C'était une technique qu'il avait apprise à l'étranger, et qui marchait presque à tous les coups. Il eut une bouffée de regrets en pensant à son meilleur ami, Rusty, qui était mort parce que Matt n'aurait jamais cru qu'une mère accompagnée d'un enfant puisse porter une bombe.

Mais ce soir il devait lutter pour maintenir son attention à cent pour cent sur son travail. Une partie de ses pensées revenaient sans cesse vers Faith.

Il savait précisément à quel endroit elle se tenait : près de la porte des cuisines, juste à côté du maire. Il avait bien tenté de la convaincre de rester dans son appartement, loin du stress et de la foule, mais elle avait refusé. Elle lui avait répondu que ce café lui appartenait, et qu'elle allait veiller sur lui pendant toute la durée du meeting.

Mme le gouverneur Lockhart n'avait pas le monopole de l'obstination.

— Si je suis revenue à Freedom, ma ville natale, poursuivit l'élue, c'est afin de renouveler la promesse que je vous ai faite, à vous mes amis et voisins, mais aussi au peuple du Texas : je continue à travailler pour vous.

— Menteuse !

L'accusation fendit les vivats et les applaudissements pour résonner tel un coup de tonnerre. Du coin de l'œil, Matt vit le garde du corps qui se tenait à côté de lui se redresser et poser la main sur le taser qu'il portait à la ceinture.

Les caméras se tournèrent vers l'endroit d'où était monté le cri. Le café s'emplit du bruissement des murmures de la foule.

Matt repéra aussitôt l'homme qui avait parlé. Henry Kemp. Il marmonna son nom et sa position dans sa radio. Farraday, qui se tenait à la droite du gouverneur, réagit aussitôt.

— Repos, dit-il à ses hommes. C'est juste une grande gueule. Lockhart va s'en occuper.

Lila leva une main pour faire taire la cacophonie de moqueries qui emplissait le café et partit d'un rire joyeux.

— Et voici…

Elle s'interrompit jusqu'à ce que le silence soit revenu avant de poursuivre :

— Voici ce que j'aime dans notre magnifique pays et notre merveilleux Etat du Texas ! Tout le monde a le droit d'exprimer son opinion, même les vieux grincheux.

Des rires brisèrent la tension qui régnait dans la salle. Le gouverneur Lila Lockhart avait repris le contrôle de la foule — et retrouvé toute l'attention des caméras.

Matt se tourna de nouveau vers Henry pour voir comment il prenait l'humiliation que venait de lui faire subir Lila. Aussitôt, son cerveau lui hurla que quelque chose clochait. Ses yeux venaient de capter le reflet des lumières sur un objet en acier.

Il ne fallut qu'une fraction de seconde pour que le message envoyé par son cerveau atteigne ses lèvres, mais ce fut presque trop tard.

— Pistolet ! cria-t-il.

Un autre éclat lumineux attira son regard au moment où le coup de feu résonnait dans l'espace confiné.

Il y eut un cri de douleur derrière lui, immédiatement suivi d'un ordre :

— Appelez une ambulance ! Nous avons un blessé !

Il ne prit même pas le temps de tourner la tête pour voir qui avait été touché, ni où était Lila Lockhart. Ses gardes du corps s'occuperaient d'elle. Pour sa part, Matt devait attraper le tireur.

Soudain, tout lui sembla se dérouler au ralenti. Comme s'il lui fallait un temps incroyablement long pour effectuer le moindre mouvement. Les yeux toujours rivés à la zone où il avait vu l'éclat lumineux, il bondit par-dessus le comptoir et atterrit dans la foule tout en décrivant l'homme qu'il avait vu dans sa radio.

— Casquette de base-ball bleue ! Chemise bleu clair. Derrière Kemp, et sur sa gauche. Se dirige vers la porte. Ne le laissez pas filer !

Pendant une ou deux secondes, il glissa sur les épaules des spectateurs couchés sur le sol, comme un surfeur glisse sur une vague. Quand enfin ses pieds touchèrent le sol, il s'élança vers l'endroit où il avait repéré la casquette de base-ball. Mais l'homme avait disparu. Quel déguisement parfait, d'une simplicité ridicule ! Ils auraient dû interdire le port de tout couvre-chef dans le café. Mais il était trop tard, maintenant.

Derrière lui, il y eut des cris de protestation tandis que les gardes du corps exfiltraient Lila Lockhart par les cuisines. *Va avec eux*, intima-t-il mentalement à Faith.

Lentement, bien trop lentement à son goût, il se fraya un chemin entre les spectateurs saisis de panique. Zut. Il aurait dû sortir par les cuisines et faire le tour du bâtiment.

— Hale, je l'ai perdu, dit-il.

Mais le tumulte des voix faisait grésiller sa radio. Farraday hurlait des ordres. L'un des gardes du corps gémissait de douleur. L'adjoint du shérif Appleton essayait de calmer la foule.

— Shérif ! cria-t-il. Vous l'avez ?

Enfin, le ton calme de Hale se détacha dans le brouhaha.

— Négatif. Aucun signe de lui.

Soudain, quelqu'un saisit Matt par le bras. Il fit volte-face, les poings serrés, prêt à se battre, et se retrouva nez à nez avec un journaliste qui lui brandit un micro sous le nez.

— Vous étiez sur l'estrade avec Mme le gouverneur. Que pouvez-vous nous dire ?

— Otez-vous de là, gronda-t-il.

Il repoussa le micro sans douceur et se fraya un chemin

à travers la foule jusqu'à la porte. En voyant le shérif venir dans sa direction, il baissa le volume de sa radio. Quand il le repéra, Hale fit de même.

— La foule est trop importante, dit le shérif. Pas la peine d'essayer de les contenir.

Matt voulut protester. Son instinct lui dictait de rassembler les personnes présentes et de rechercher des résidus de poudre sur leurs mains, mais il savait que le shérif avait raison. Le tireur avait profité de la mêlée pour disparaître ; il s'apprêtait peut-être même déjà à quitter la ville.

— Fichtrement efficace comme déguisement, marmonna Hale.

— Vous pouvez le dire. Il n'a eu qu'à enlever sa casquette. La seule chose que j'ai vue, c'est qu'il était grand.

Le shérif Hale acquiesça et se passa une main sur la tête.

— Mais pas assez.

Matt soupira.

— Ouais.

D'après ce qu'il avait vu, le tireur devait faire dans les un mètre quatre-vingts — plus grand que beaucoup des gens présents dans le café, mais pas assez pour être repéré sans cette casquette bleue sur la tête.

Un autre journaliste se dirigeait vers eux. Matt lui tourna le dos, regarda le shérif droit dans les yeux et lui fit un petit signe de la tête. Le shérif remonta le volume de sa radio et écouta quelques instants.

— Très bien, répondit-il. Ramenez les agents ici, et dispersons cette foule.

Dans son oreillette, Matt entendit la voix de l'adjoint Appleton — et celle, plus distante, de Farraday.

— Aucun homme portant une casquette de base-ball n'a été vu en train de quitter le périmètre.

— Un garde du corps est blessé. A l'épaule.

— Le maire Arkwright et Mlle Scott ont été renversés. Ils semblent aller bien tous les deux.

Faith ! Le cœur de Matt se serra. Elle se tenait juste à côté de la porte des cuisines. Les gardes du corps, dans leur hâte de mettre le gouverneur Lila Lockhart en sûreté, s'étaient rués sur cette porte et l'avaient bousculée, ainsi que le maire.

Mon Dieu… pourvu qu'elle ne soit pas blessée.

Déchiré entre son devoir et son inquiétude, Matt regarda le shérif, qui hocha la tête et dit :

— Allez-y. Je m'en occupe.

Faith jeta un regard renfrogné à Matt et repoussa une fois encore la main qu'il avait posée sur son front.

— Je t'ai dit que j'allais bien, lança-t-elle, irritée.

Le gyrophare de l'ambulance transformait son mal à la tête en véritable migraine, elle se sentait nauséeuse et son coude, qu'elle avait éraflé sur le gond de la porte, la faisait souffrir.

— D'après le secouriste, ta tension est élevée. Et le Dr Kendall a dit qu'il t'hospitaliserait si…

— Si elle l'était trop, coupa-t-elle. Et elle ne l'est pas. Maintenant, s'il te plaît, arrête de t'agiter.

Elle désigna son coude éraflé et dit :

— Ça, c'est une égratignure.

Ensuite, elle tendit le doigt vers les secouristes qui installaient le garde du corps blessé dans l'ambulance, gêné dans leur tâche par le troupeau de journalistes et de cameramen massés autour de l'arrière du véhicule.

— Et ça, c'est une blessure par balle, conclut-elle.

Matt lui jeta un regard exaspéré.

— Le garde du corps a reçu une balle dans l'épaule. Aucun os n'a été touché. Et il n'attend pas un bébé, lui.

— Soit, répliqua-t-elle. Maintenant, si tu pouvais sortir de mes jambes, il faut que j'aille regarder les dégâts qu'a subis mon café.

Elle voulut se lever, mais ses jambes tremblaient encore tellement qu'elles refusèrent de lui obéir. Elle ne voulait pas le dire à Matt mais, pendant les quelques secondes qui avaient suivi le coup de feu, elle avait eu peur que le bébé et elle se fassent piétiner.

Sans perdre un instant — et sans se soucier de ceux qui se trouvaient sur leur chemin —, les gardes du corps s'étaient saisis de Lila Lockhart et de leur collègue blessé pour les faire descendre de l'estrade et les conduire dans la cuisine.

Le maire avait été repoussé contre le comptoir avec tant de force qu'il en avait eu le souffle coupé. Heureusement, Faith se trouvait derrière lui. Sinon, c'était son ventre — son bébé — qui aurait violemment heurté l'angle aigu formé par le comptoir de bois dur.

C'était un garde du corps qui l'avait renversée. Elle était tombée contre le chambranle de la porte des cuisines et s'était éraflé le coude sur un gond. Sans son chemisier, qui était resté accroché dans le gond, elle serait tombée par terre et aurait été piétinée.

— Bon sang, Faith ! lança durement Matt. Si tu avais suivi les conseils du Dr Kendall, tu aurais été à l'étage, loin de tout danger.

Elle se leva en vacillant, et il tendit aussitôt le bras pour la soutenir.

— Et maintenant, regarde-toi, reprit-il. Tu ne peux même plus marcher. Est-ce que l'équipe du gouverneur ne t'a pas dit qu'ils s'occuperaient des dégâts ? Viens. Je vais t'emmener à l'étage et te mettre là où tu aurais dû être pendant tout ce temps : au lit.

Elle ouvrit la bouche pour répliquer, mais il ajouta d'un ton sévère :

— Si tu préfères, je peux appeler le Dr Kendall ; tu sais ce qu'il fera.

Cette fois, Faith renonça à protester. La journée avait été longue et épuisante. Matt passa un bras robuste autour de sa taille pour l'aider à gravir les marches et elle demanda :

— Et le tireur ? Est-ce qu'ils l'ont attrapé ?

— Non. Il portait une casquette de base-ball. Il lui a suffi de s'en débarrasser pour devenir impossible à distinguer parmi la foule.

Ils se frayèrent un chemin parmi les gens qui se pressaient toujours dans le café et montèrent l'escalier qui menait à son appartement.

— Il a essayé de tuer Lila Lockhart ? demanda-t-elle.

Matt hocha gravement la tête tout en ouvrant sa porte et précisa :

— Il se tenait juste derrière Henry Kemp.

Faith rentra dans son appartement et se laissa tomber sur le canapé.

— Oh. J'ai oublié de te dire. Henry est passé au café, hier après-midi. Il voulait s'assurer que tout serait prêt pour l'anniversaire de ses arrière-petites-filles. Il m'avait dit la semaine dernière qu'il voulait les amener ici cet après-midi pour leur offrir un banana split. Mais j'ai dû lui dire que ce serait impossible à cause du meeting.

Matt acquiesça et lâcha, sarcastique :

— Je parie qu'il en a été ravi.

— Matt, il… il l'a menacée. Je veux dire, presque. Il a dit qu'elle allait regretter d'une façon ou d'une autre d'avoir gâché la fête d'anniversaire de ses arrière-petites-filles. Ce sont ses propres mots.

La bouche de Matt prit un pli sévère.

— J'ai bien peur que cette querelle avec les Lockhart

l'ait rendu maboul. Regarde comment il l'a traitée de menteuse devant tous ces gens et ces caméras !

— Je sais. Ça m'a vraiment étonnée. Ça ne lui ressemble pas.

Matt fronça les sourcils.

— Ça ne lui ressemble pas, tu dis ? Il ne laisse jamais passer une occasion de l'attaquer ! Souviens-toi de ce que tu viens de me dire.

— Je sais. Sur le moment, j'ai eu peur. Son visage était tellement congestionné que j'ai cru qu'il allait avoir une crise cardiaque. Mais je ne le crois pas capable de mettre ses menaces à exécution. C'est une grande gueule, et il ne se remettra jamais de ce qu'il pense que les Lockhart ont fait à sa famille, mais il a une petite-fille et deux merveilleuses arrière-petites-filles. Il préférerait se faire tirer dessus que les faire souffrir, de quelque façon que ce soit.

Matt lui décocha un regard acéré.

— C'est exactement ce que j'ai dit à…

Il s'arrêta net et baissa les yeux.

— Dit à qui ?

Il serra les dents. Il devait être plus prudent. Il avait failli griller sa couverture en révélant à Faith qu'il avait parlé de Kemp avec Bart Bellows.

— Matt ?

Il releva les yeux vers elle.

— Oublie ce que j'ai dit, répondit-il avant de lui sourire. Tu te sens bien ? Tu veux que je t'aide à te préparer pour aller te coucher ?

Faith aurait tellement voulu que Matt reste avec elle… Elle avait mal au ventre du côté droit, là où s'appuyait le bébé, et sa migraine était tellement intense maintenant qu'elle en avait la nausée. A chacun des battements de son cœur, un élancement douloureux lui traversait la tête. Elle ferma les yeux pendant une seconde.

— Faith ? Tu as mal ?

Elle secoua la tête.

— Non, je vais bien, répondit-elle en le repoussant des deux mains. Va jouer les gardes du corps. Moi, je vais aller me coucher.

Il la dévisagea avant d'acquiescer.

— Je remonte dans un petit moment. Je viendrai voir comment tu vas.

Matt quitta la pièce. Bientôt, Faith entendit le bruit de ses pas résonner dans l'escalier. Elle prit deux minutes pour nettoyer et bander son coude, se mit en chemise de nuit et se glissa sous les couvertures. Elle s'adossa aux oreillers et essaya de se détendre. Elle sentit le bébé s'agiter dans son ventre et murmura :

— Du calme, Bout d'chou. Maman a vraiment très mal à la tête. Il faut que nous dormions, d'accord ?

Mais elle se sentait trop anxieuse pour pouvoir dormir. La douleur qui lui vrillait le crâne semblait se propager à son corps tout entier. Elle pouvait sentir battre son pouls jusque dans ses doigts et ses orteils.

Elle aurait aimé que Matt soit là. Il lui était tellement plus facile de s'endormir quand elle savait qu'il était sur le canapé, dans le salon.

Les attentions protectrices de Matt et sa façon de s'inquiéter pour elle avaient quelque chose d'addictif. Elle aimait savoir qu'il se souciait d'elle, qu'il était décidé à la protéger. Et elle adorait qu'il la taquine. En fait, elle aimait tout de lui.

Le sommeil la gagna lentement. Matt était en bas et, quand il aurait fini, il remonterait dans son appartement et se posterait entre elle et la porte. Entre elle et le danger.

Mais bientôt il partirait. Comment pourrait-elle vivre sans lui ?

Quand Matt redescendit dans le café, le shérif Hale était en train d'examiner le sol, comme si les objets que la foule avait laissés derrière elle pouvaient lui révéler leurs secrets à condition qu'il les regarde assez longtemps.

— Shérif ?

Sans relever la tête, Hale partit d'un rire cynique.

— J'espérais trouver un indice, dit-il. Bon sang, j'espérais même trouver une casquette de base-ball par terre, au milieu de la pièce.

Il releva la tête et ajouta :

— Ça nous faciliterait la tâche.

— Je ne dirai pas le contraire, répondit Matt. D'autres nouvelles ?

Hale passa une main sur ses cheveux coupés court.

— La balle a traversé l'épaule du garde du corps. Nous ne l'avons pas encore retrouvée.

D'un mouvement de la tête, il désigna le comptoir, derrière lequel se trouvait l'estrade temporaire que l'équipe du gouverneur avait construite à l'occasion du meeting.

— Je parie qu'elle est tombée sous l'estrade. Les ouvriers seront là demain matin pour la démonter. Et je serai là, moi aussi. Peut-être que cette balle nous fournira un indice.

Matt l'espérait, lui aussi.

— Quoi d'autre ?

— Pas grand-chose. Nous pouvons oublier les empreintes digitales, à cause de l'importance de la foule et de ce que je sais de Freedom. A vue de nez, je dirais que les empreintes de la moitié de la population n'ont jamais été relevées.

— Et bien sûr, personne n'a rien vu.

— Rien du tout, confirma Hale. Moncel Jefferson, un lycéen de terminale, se tenait juste à la porte. Il m'a dit qu'un type était sorti en courant juste après le coup de feu. Moncel l'a attrapé par le bras et lui a demandé s'il avait vu quelque chose, mais le type s'est dégagé si brusquement qu'il a failli l'envoyer par terre.

— Est-ce que le gamin peut le décrire ? demanda Matt, plein d'espoir.

Mais le shérif secouait déjà la tête.

— Il a dit que l'homme portait un jean et une chemise à manches longues aux manches retroussées. Il pense qu'elle était bleue. Et c'est tout.

— Ça cadre avec ce dont je me souviens. Est-ce qu'il a parlé de la casquette de base-ball ?

Hale soupira.

— D'après Moncel, il n'en portait pas, mais il ne peut pas se rappeler le visage du type. Il a dit que c'était un blanc. Au physique ordinaire. Grand.

— Ça ne nous avance pas vraiment, dit Matt.

— Non, convint le shérif.

10

Le médecin avait passé un brassard de tensiomètre géant autour du ventre de Faith et il l'avait serré, serré… jusqu'à l'empêcher de respirer.

— Faith !

Elle s'éveilla en sursaut.

— Matt ? lâcha-t-elle dans un souffle.

Elle regarda son ventre. Il n'y avait pas de tensiomètre et pourtant, elle sentait encore la douleur de la compression.

Matt s'assit sur le bord du lit, lui prit la main et lui sourit.

— Tu rêvais, dit-il.

Elle ferma les yeux et gémit. Elle avait l'habitude d'avoir mal au ventre mais, cette fois, la douleur était différente. Elle irradiait dans son bas-ventre, dans son dos, et jusque dans ses cuisses. Elle se redressa péniblement pour s'adosser aux oreillers et laissa échapper un autre gémissement.

Matt posa sur elle un regard anxieux.

— Qu'est-ce qu'il y a ?

— Rien, répondit-elle d'un ton sec. C'est juste une douleur. Elle partira…

Elle dut s'arrêter net, le souffle coupé. La douleur s'intensifiait. Maintenant, elle ressemblait à une crampe.

— Le travail a commencé, dit Matt. Viens. Nous devons t'emmener à la maternité.

— Non, rétorqua-t-elle entre ses dents serrées. Je t'ai dit que ça allait s'arrêter.

En effet, la douleur s'estompa et Faith se laissa retomber sur les oreillers en poussant un soupir de soulagement.

— Tu vois ?

Mais Matt ne semblait pas rassuré.

— Ça fait combien de temps que ça dure ? demanda-t-il.

— Ça n'a pas duré. Je rêvais.

Mais tout en prononçant ces mots elle se rendit compte que cette douleur, cette sensation de compression, de crampe, s'était déjà produite dans la nuit. A deux reprises, elle s'était réveillée pour se rendormir aussitôt.

— A combien d'intervalle ?

— Arrête, dit-elle. Le travail n'a pas commencé.

Elle marqua une pause.

— Je n'ai même pas encore perdu les eaux.

Mais Matt ne sembla pas le moins du monde ébranlé par cette affirmation. Il regarda sa montre et dit :

— Habille-toi. Je descends prévenir Valerio que nous partons pour la maternité.

— Attends, Matt, dit-elle alors qu'il se tournait vers la porte. Pas la peine de les alerter, Gloria et lui. Ce ne sont pas des contractions.

Il se retourna ; ses yeux noirs brillaient d'une lueur déterminée.

— Habille-toi si tu ne veux pas que je te porte en bas comme tu es. Je reviens dans deux minutes.

Faith garda les yeux rivés à sa nuque jusqu'à ce qu'il ait passé la porte. Jamais personne ne l'avait regardée ainsi, ne lui avait parlé ainsi. Elle resta assise pendant un moment, essayant de déchiffrer l'expression qu'elle avait lue sur son visage et dans ses yeux.

Il y avait de la détermination et de l'autorité, mais il y

avait aussi autre chose. Quelque chose de farouche et de protecteur ; de primitif.

Si elle n'avait pas été aussi énorme et épuisée, elle aurait cru qu'elle plaisait à Matt. Mais elle *était* énorme et épuisée ; et d'ailleurs, elle ne voulait pas lui plaire. Du moins était-ce ce qu'elle se répétait sans cesse. Matt était exactement le genre d'homme dont elle n'avait pas besoin.

La voix de sa grand-mère s'éleva dans sa tête : *Alors, arrête de rêvasser.*

— Merci, Gram, chuchota-t-elle.

Parce que c'était tout ce qu'elle faisait. Elle rêvassait ; elle jouait à faire semblant.

Elle posa les pieds par terre et voulut se lever, mais une nouvelle pointe de douleur traversa son bas-ventre et ses reins.

— Oh non, murmura-t-elle. Pas maintenant, Bout d'chou. Ce n'est pas le moment.

Elle se laissa retomber sur le lit en soufflant, juste au moment où Matt revenait dans la pièce.

— Encore une contraction ? demanda-t-il en regardant sa montre. Huit minutes. On ferait mieux d'y aller.

— Huit minutes ? haleta-t-elle. C'est impossible. C'est trop tôt.

Matt s'assit à côté d'elle.

— Faith, calme-toi et écoute-moi. Quand mon père est parti, ma mère était enceinte de mes sœurs jumelles. Alors, crois-moi, je connais tous les signes. En plus, quand j'étais en Irak, j'ai dû accoucher une femme dans l'un des villages que nous traversions.

Faith le regarda, horrifiée.

— Je refuse que tu m'accouches moi aussi ! cria-t-elle. Gloria !

— Tout va bien. Si nous nous dépêchons, nous avons le temps de te conduire à la maternité.

— Non ! cria-t-elle.

A la seule idée que Matt pourrait la voir…

— Non ! Va chercher Gloria ! Tout de suite !

Matt ouvrit de grands yeux.

— Faith, ne t'inquiète pas…

— Gloria ! hurla-t-elle. Gloria !

— D'accord ! lança Matt en se levant d'un bond.

Ses yeux étaient immenses et emplis de panique.

— D'accord, répéta-t-il. Elle devrait être arrivée, maintenant. Je vais aller la chercher.

Il fit volte-face et se dirigea vers la porte juste au moment où, au grand soulagement de Faith, Gloria apparut. Elle devait être montée directement. Elle n'avait même pas mis son tablier.

— Qu'est-ce qui se passe ici, ma chérie ? demanda-t-elle en se précipitant vers Faith. Oh mon Dieu ! Tu vas avoir ton bébé.

Elle se tourna vers Matt et lâcha sèchement :

— Pourquoi est-ce que vous ne m'avez pas appelée ?

— J'étais…

— Fais-le sortir d'ici ! cria Faith, presque pliée en deux par une nouvelle contraction. Je me fiche du nombre de bébés qu'il a fait naître. Il ne fera pas naître le mien !

Gloria dit quelques mots à Matt, que Faith ne comprit pas, et il quitta aussitôt l'appartement pour dévaler l'escalier. Ensuite, Gloria l'aida à passer un peignoir et des chaussures, parvint à la faire descendre au rez-de-chaussée et la fit monter à l'arrière de sa voiture. Elle s'installa auprès d'elle. Matt était au volant.

Tandis que Matt sortait du parking sur les chapeaux de roues et prenait la direction du Holy Cross Hospital, les contractions cessèrent enfin.

— Gloria, Dieu merci. Tu ne me laisseras pas, pas vrai ?

— Non, ma chérie. Bien sûr que non. Je vais rester avec toi.

— Oh non ! Gloria ! C'est dimanche ! Qui va aider Valerio à servir les gens qui viennent déjeuner après la messe ? gémit-elle.

— Ne t'inquiète pas de ça, dit Gloria d'un ton rassurant. Matt l'aidera.

Elle enfonça un doigt dans l'épaule de Matt et demanda :

— Pas vrai, mon chou ?

Matt était épuisé, sa fichue jambe lui faisait un mal de chien, et il n'avait rien mangé de toute la journée sauf deux bouchées de tarte aux cerises après que les clients d'après-messe du dimanche étaient partis. Il jaugea rapidement les dimensions de la salle et estima qu'il avait parcouru quinze kilomètres, sinon plus, pour prendre les commandes, verser du café et servir les tables.

Avant cette matinée, il avait déjà le plus grand respect pour Faith qui, à vingt-cinq ans — vingt-six tout au plus — dirigeait seule son café. Maintenant, il l'admirait sans réserve. Elle était la première à se lever le matin, et c'était elle qui fermait le café chaque soir. Ce qui faisait des journées de quinze heures. Et elle était enceinte.

Il débarrassa les derniers couverts et slaloma entre les tables couvertes de fleurs, de plantes en pot et de paniers emplis de cadeaux pour le bébé. Il arriva dans la cuisine, où Valerio chargeait le lave-vaisselle.

— Ah, mec…, dit Valerio. Je croyais qu'on en avait fini.

Matt posa la bassine pleine d'assiettes avec un gémissement.

— J'ai l'impression qu'on n'en verra jamais le bout.

— C'est vrai, répondit Molly.

Assise sur un tabouret, la jeune fille essuyait des verres

avec un torchon immaculé. Ses cheveux étaient ramenés en chignon flou sur le sommet de sa tête, et elle semblait aussi épuisée que si elle avait passé toute la nuit à étudier — ou à faire la fête.

Valerio éclata de rire.

— C'est l'impression que j'ai, moi aussi.

Il fit démarrer le lave-vaisselle, jeta une serviette sur son épaule et s'appuya contre un comptoir. Ensuite, il prit sa tasse de café, qui semblait se remplir toute seule, et but une gorgée avant de demander :

— Il y avait beaucoup de monde aujourd'hui, pas vrai ?

— Comme je n'ai pas l'habitude de travailler dans un restaurant, je croyais que j'étais le seul à le penser, répondit Matt. Je dois bien avoir parcouru quinze kilomètres. Mon mauvais genou se plaint.

— Gloria affirme qu'en une journée complète on fait vingt kilomètres, dit Molly.

— Mais ce n'était pas un dimanche comme les autres, objecta Valerio. Toute la ville doit être venue pour parler du coup de feu et pour avoir des nouvelles du bébé de Faith.

— On m'a demandé au moins cinquante fois comment elle allait et si le bébé était né, confirma Matt. Et qu'est-ce que c'est que toutes ces fleurs et tous ces paniers ?

— Tu n'as jamais vécu dans une petite ville ?

Sans attendre la réponse de Matt, Valerio enchaîna :

— Au moindre événement, tout le monde se mobilise. D'habitude, il y a aussi des plats cuisinés et des tartes.

Matt fronça les sourcils.

— Des plats cuisinés et des tartes ?

— Quand quelqu'un est malade, meurt, ou a un bébé, les gens de Freedom font corps. Ici, nous veillons tous les uns sur les autres. Seulement, comme Faith dirige un restaurant et que ses tartes sont les meilleures de la ville, ils n'ont pas voulu envoyer de nourriture ; alors, ils ont tous envoyé des fleurs et des cadeaux.

Molly éclata de rire.

— Je parie qu'elle en a reçu autant à l'hôpital.

L'idée était presque incompréhensible pour Matt. Sa conception de la communauté était très différente. Le quartier de Los Angeles dans lequel il avait grandi grouillait de gangs, dont la rivalité transformait les rues en zone de combat. Pour Matt et sa famille, celui qui vivait dans l'appartement voisin n'était généralement pas un ami, mais plutôt une menace potentielle.

Il se souvint du jour où il avait ramené sa mère de l'hôpital après qu'elle avait accouché des jumelles. Il avait à peine treize ans et avait supplié une infirmière, qui terminait son service au même moment, de les ramener à la maison. Si elle avait refusé, ils auraient dû prendre le bus.

En rentrant chez eux, ils n'avaient été accueillis que par les relents de chou pourri et d'urine qui flottaient dans le couloir. C'est à cet instant que Matt avait fait le vœu d'emmener sa mère et ses sœurs loin d'ici.

Il avait fini par pouvoir respecter cette promesse. Il avait utilisé l'avance versée par Bart Bellows pour installer sa famille à Amarillo. Si Bellows ne l'engageait pas définitivement, il devrait trouver un moyen de les faire vivre, puisqu'il les avait arrachées à leur foyer, leur travail et leurs amis.

La sonnerie du téléphone le ramena brusquement à l'instant présent.

— *Holà*, dit Valerio. *Epa ! Epa !* C'est génial.

Matt attendit, retenant son souffle. Est-ce que c'était Gloria ? Est-ce que c'était parce que le bébé de Faith était né que Valerio était aussi excité ? Il refréna son impatience et attendit.

— Non, non. Reste. On s'en sort très bien, ici.

Après quelques autres réponses monosyllabiques, Valerio se tourna vers eux. Son visage basané brillait d'excitation. Le cœur de Matt cogna dans sa poitrine.

— Valerio ? C'était Gloria ? Faith va bien ?

— C'est une fille ! cria Valerio. Deux kilos quatre cent cinquante.

— Youhou ! s'exclama Molly en brandissant le poing. Une fille ! Génial !

Une fille ! Faith avait toujours su qu'elle attendait une fille. Elle allait être tellement heureuse.

— Est-ce qu'elle va… est-ce qu'elles vont bien ?

Matt baissa les yeux sur sa main et vit qu'elle tremblait. Quand sa mère était partie pour la maternité pour donner naissance à ses sœurs jumelles, il avait été terrifié, bien qu'elle en soit à sa quatrième grossesse. Faith venait d'accoucher de son premier enfant, et l'accouchement avait été déclenché par un événement traumatisant.

— Gloria dit que Faith est fatiguée, mais qu'elle va bien. Et le bébé est *muy hermosa*.

Beau. Bien sûr que le bébé était beau. Sa mère était magnifique.

— Tu penses que je peux aller la voir ?

Valerio posa la question à Gloria, écouta, dit : « D'accord », et raccrocha.

— Gloria pense qu'il vaudrait mieux la laisser se reposer, ce soir. Si tu allais la voir demain matin ? Le café sera fermé, et Molly et moi pouvons nous charger du ménage et du réapprovisionnement.

Matt secoua machinalement la tête avant de demander :

— Et toi ? Tu ne veux pas voir le bébé ? Tu es resté au café presque vingt-quatre heures sur vingt-quatre depuis une semaine.

Valerio lui coula un regard de côté et répondit :

— Quelque chose me dit que Faith sera plus heureuse de te voir, toi.

Avant de se rendre à l'hôpital, Matt passa chez lui pour mettre une dernière couche de vernis sur le berceau. Il avait espéré qu'il trouverait aussi le temps de finir de peindre la chambre du bébé, mais il n'avait aucune idée du nombre de jours que Faith passerait à la maternité. Sa mère y était restée trois jours après la naissance des jumelles, mais c'était dix-sept ans plus tôt.

Une fois à l'hôpital, après avoir demandé où était la chambre de Faith, il s'arrêta à la boutique de cadeaux et acheta un lys royal blanc dans un soliflore gracile.

Quand il arriva devant la porte de sa chambre, ses mains tremblaient plus que jamais, et son cœur cognait avec force. Jamais il ne s'était senti ainsi, sauf avant son premier rendez-vous amoureux. D'ailleurs, la soirée ne s'était pas très bien passée. Il avait voulu embrasser Esme Santos, mais n'avait réussi qu'à renverser un verre de soda sur son chemisier.

Cette fois, il espérait bien s'en sortir sans rien faire tomber.

Il frappa un coup léger à la porte entrebâillée et la poussa sans attendre la réponse.

Faith, vêtue d'une chemise de nuit blanche bordée de dentelle, était assise dans un fauteuil, à côté du lit. Le soleil de cette fin d'après-midi la nimbait d'un halo rose pâle. Elle tenait son enfant dans ses bras. La petite, coiffée d'un minuscule bonnet rose, agitait les bras.

En l'entendant entrer, Faith leva les yeux et sourit.

— Salut, dit-elle.

Matt avala sa salive.

— Salut. Comment tu vas ?

— Je vais bien. J'étais fatiguée hier soir, mais j'ai bien dormi.

La petite émit un gargouillis, et Faith reporta aussitôt son attention sur elle. Du coin d'une serviette, elle lui essuya la bouche.

Matt était comme hypnotisé. Assise ainsi dans la lumière du soleil couchant, Faith ressemblait à une madone. Une douleur sourde naquit dans sa poitrine ; il se frotta distraitement le torse, mais sans parvenir à la chasser.

Faith toucha le bout du nez du bébé de l'index et dit quelques mots, qu'il ne comprit pas. Il était trop fasciné par l'expression qu'il lisait sur son visage — mélange d'amour inconditionnel, de joie, d'émerveillement et de surprise.

Bon sang… il était incapable de la quitter des yeux. Et il comprit qu'il aurait beau masser sa poitrine, il ne chasserait pas la douleur qui y palpitait. Il avait l'impression qu'une seule chose parviendrait à l'éloigner. Un éclair de terreur pure le traversa.

— Matt ?

Il cligna des yeux et la regarda.

— Quoi ? Je veux dire, où est Gloria ? demanda-t-il.

— Je lui ai dit de rentrer chez elle, hier soir. Elle n'a pas été ravie, mais elle n'avait même pas quitté la chambre pour manger depuis que nous étions arrivées. Elle a dit qu'elle passerait au café ce matin pour voir si Valerio avait besoin d'aide.

Les yeux toujours rivés à son visage, Matt acquiesça et elle éclata de rire.

— Viens donc faire la connaissance de Kaleigh.

— Callie ?

Faith secoua la tête.

— Ça se prononce Callie mais ça s'écrit K-A-L-E-I-G-H.

Il s'approcha sur la pointe des pieds et baissa les yeux vers le bébé.

— C'est un nom horriblement grand pour une si petite chose.

Faith toucha la petite main de Kaleigh du bout du doigt ; aussitôt, le bébé referma ses doigts minuscules dessus. Faith agita légèrement le doigt, mais sa fille tint bon.

— Kaleigh, ma chérie, j'aimerais te présenter un monsieur très gentil.

Elle inclina la tête pour embrasser les doigts du nourrisson.

— Oui, mon trésor ; je tiens à te le présenter. Voici Matt Soarez. Mon chevalier servant, qui me sauve des dragons et des gardes du corps du gouverneur.

La gorge de Matt, qui était déjà sèche, devint parcheminée. Il aurait voulu protester contre cette description. Mais quelque part, au plus profond de lui, il sentait naître une émotion qu'il n'avait jamais ressentie auparavant. Il se frotta de nouveau la poitrine. La douleur était toujours là, mais elle se mêlait maintenant de fierté, de détermination, d'un sens des responsabilités, et de quelque chose qu'il n'arrivait pas à identifier ni à nommer.

A moins qu'il ne le veuille pas.

Il inspira profondément et essaya de se concentrer sur Kaleigh plutôt que sur ce mélange d'émotions. Ensuite, il se souvint qu'il tenait un vase à la main.

— Je... je t'ai apporté quelque chose. Enfin, à toi et au bébé.

Au même instant, son cerveau analysa ce qu'il avait vu en rentrant dans la chambre. Toutes les surfaces planes étaient couvertes de panières de fleurs, de peluches et de plantes en pot.

— Oh ! Matt. C'est adorable. Est-ce que quelqu'un t'a dit combien j'aime les lys ? Merci.

— Je le trouvais joli mais, à côté de ça..., dit-il avec un geste circulaire du bras, ma fleur fait un peu minable.

— Non, pas du tout, protesta Faith.

— Qui a envoyé tout ça ?

Il regarda le plus imposant des paniers, qui semblait assez grand pour contenir son linge sale d'un mois et débordait de boîtes et de pots d'accessoires pour bébé, surmontés d'un ours en peluche rose qui faisait au moins trois fois la taille de Kaleigh.

— Ce panier a été envoyé tôt ce matin par Mme le gouverneur, avec un mot dans lequel elle dit qu'elle est désolée que j'aie été blessée par sa faute.

— Et le reste ?

— Le bouquet d'œillets vient de l'église. Les Kemp ont envoyé le joli petit panier qui est là-bas, et…

Elle s'interrompit et secoua la tête.

— Oh ! Il y en a trop. Je ne me souviens plus de qui a envoyé quoi.

Kaleigh eut un petit hoquet ; Faith la posa contre son épaule pour lui tapoter doucement le dos. Quant à Matt, il fit rapidement l'inventaire des fleurs.

— Les Hale, dit-il en regardant la carte qui accompagnait un cyclamen en pot. Et c'est le maire Arkwright qui a envoyé les fleurs jaunes dans le vase en forme de poussin.

— C'est vrai, dit Faith. Gloria avait commencé à faire une liste avant de partir. Elle voulait absolument passer au café. Elle a dit qu'elle était sûre que Valerio et Molly avaient tout mis sens dessus dessous.

— Et moi aussi, je suppose, compléta Matt en lui coulant un regard de côté.

Faith rougit et répondit, dans un petit rire :

— Eh bien… tu connais Gloria.

Matt sourit.

Soudain, un coup sec sur la porte se fit entendre.

— Oh non, dit tristement Faith. Je parie qu'ils viennent chercher la petite pour la ramener à la nurserie.

Mais la tête qui passa par l'entrebâillement de la porte n'était pas celle d'une infirmière ; c'était celle de Stockett.

— Salut, bébé ! dit ce dernier en rentrant dans la chambre.

Il tenait un petit ours en peluche, avec un nœud rose autour du cou.

Matt se crispa mais resta là où il était, de l'autre côté de la chambre. Ensuite, il se leva sans bruit et se prépara à passer à l'action, au cas où il aurait dû s'interposer entre Faith et Stockett.

— Rory ? Qu'est-ce que tu fais ici ? demanda Faith, d'une voix qui trahissait sa peur.

Stockett fronça les sourcils, mais sans se départir du sourire qu'il s'était plaqué sur le visage.

— Quelle question ! Je suis venu voir mon bébé. Alors, qu'est-ce que nous avons ici ? Une fille ?

Il avança de quelques pas ; apparemment, il n'avait toujours pas remarqué Matt.

— Qu'elle est mignonne… Regarde, elle a mon nez. Ça va être la chérie de papa. Pas vrai, ma princesse ?

Il tendit la main vers le visage de Kaleigh, et Faith recula vivement.

— Ne la touche pas, gronda-t-elle. Jamais !

Stockett pointa le doigt vers la figure de Faith.

— Maintenant, Faith, tu vas m'écouter. Tu ne peux pas m'empêcher de voir cet enfant. Je suis son père, et j'ai des droits.

Faith cligna des yeux avant de se tourner vers Matt, qui avait déjà décidé qu'il était temps d'intervenir. Une seule grande enjambée lui suffit pour se trouver nez à nez avec Stockett.

— Faith ne veut pas de toi ici, dit-il d'un ton égal.

— Bon sang ! lança Stockett. Encore toi ? Qui tu es, d'abord ? Son garde du corps ?

— Quelque chose comme ça, oui.

Le regard de Stockett vola jusqu'à Faith avant de revenir à Matt. Son visage s'assombrit sous l'effet de la colère.

— Donc, c'est comme ça.

Il jeta l'ours en peluche sur le lit et se tourna, les poings serrés.

— Rory, arrête ! cria Faith.

— Espèce d'ordure, gronda Stockett. Comment est-ce que tu oses la toucher ? Elle est à moi. Et la gamine aussi.

— Eh bien, Stockett, c'est bien là le problème, dit Matt.

Il n'avait pas adopté d'attitude défensive. Tant par son expérience passée avec Stockett que par sa connaissance de son propre corps, il savait qu'il aurait largement le temps de lui assener deux coups de poing avant que l'autre ait pu en placer un. Mais il voulait éviter d'en arriver là.

Déjà, il n'aurait pas été poli de se bagarrer dans l'aile maternité de l'hôpital. De plus la pièce était tellement petite que Faith et sa fille auraient risqué de se retrouver prises dans la mêlée.

Le visage de Stockett virait à l'écarlate.

— De quel problème est-ce que tu parles ?

— Tu vois, Faith peut remplir le certificat de naissance comme elle le veut, répondit Matt avec un regret feint. Elle n'a pas donné le nom du père. Donc… je suis navré de devoir t'annoncer que tu n'es pas le père de cet enfant.

— Espèce de…

Stockett ponctua son insulte d'un crochet du droit, mais Matt saisit son poing d'une main, posa l'autre sur son biceps et lui tordit le bras, juste assez pour que Stockett ait un aperçu de ce qu'il sentirait s'il le lui tordait jusque dans le dos.

— Allons… Nous n'allons pas faire de scandale dans un hôpital, pas vrai ? Tu ferais mieux d'en rester là si tu ne veux pas que Faith appelle la sécurité et porte plainte contre toi pour tentative d'agression.

Le visage de Stockett, d'écarlate, était en passe de virer au violet. Ses yeux étaient tellement exorbités que le blanc se voyait tout autour de ses iris. Dans une dernière tentative désespérée, il se jeta de tout son poids contre Matt.

Matt recula et lâcha le bras de Stockett. C'était un risque mais, d'après ce qu'il savait de l'homme, il était à peu près certain qu'il ne voulait pas avoir affaire à la police.

Stockett releva le menton d'un air belliqueux.

— Je ne sais pas pour qui tu te prends, *señor* Soarez, dit-il sur un ton sarcastique, mais nous n'en avons pas fini, je peux te l'assurer. Tu n'aurais pas dû t'en prendre à moi.

Matt ne bougea pas. Il s'autorisa juste un petit sourire.

— Tu entendras parler de moi ! hurla Stockett en menaçant Matt du doigt tout en reculant vers la porte. On a un compte à régler, tous les deux. Alors, tu ferais mieux de surveiller tes arrières !

Stockett aurait été bien avisé de suivre son propre conseil. Amusé, Matt le regarda reculer en direction d'une infirmière à la carrure imposante qui avait dû être colonel dans l'armée avant de travailler à l'hôpital. Elle avait silencieusement passé la porte à l'instant ou Stockett informait Matt qu'il n'aurait pas dû s'en prendre à lui.

— Hé ! aboya-t-elle.

Dans sa surprise, Stockett manqua trébucher.

— Vous vous trouvez dans un hôpital, poursuivit-elle d'un ton sec et typiquement militaire, et vous troublez le silence. Est-ce que je dois appeler la sécurité, monsieur ? Ou allez-vous partir ?

Après un coup d'œil à Faith et un regard de travers vers Matt, Stockett se glissa par la porte, contournant l'infirmière aussi prudemment qu'un chaton contourne un chat dominant.

Quand il fut parti, l'infirmière se frotta les mains et sourit à Faith. Matt fut soufflé par le changement instantané qui s'était opéré en elle. L'infirmière aux façons militaires avait maintenant tout de la grand-mère aimante.

— Il est temps que Kaleigh se repose, dit-elle doucement en prenant le bébé dans les bras de Faith. Et que maman se repose, elle aussi.

Elle se tourna vers Matt et ajouta d'un ton sévère :

— J'espère que vous allez vous occuper de cet escroc à deux balles. S'il revient ici, j'appelle le shérif.

Matt hocha la tête.

Quand l'infirmière fut partie avec le bébé, les grands yeux bleus de Faith plongèrent dans ceux de Matt.

— Comment est-ce que tu as su pour le certificat de naissance ?

— Gloria m'a dit que c'était ce que tu pensais faire, répondit-il. Quand rentrerez-vous à la maison, le bébé et toi ?

— Je peux sortir demain, si je pense que je suis prête.

— Demain ?

S'il voulait peindre la chambre du bébé, il fallait qu'il le fasse ce soir.

— Je ne sais pas encore trop comment…

Elle porta une main à ses seins et ses joues s'enflammèrent.

— Comment quoi ? demanda Matt.

Mais il comprit alors ce qu'elle voulait dire et sentit son visage s'empourprer, lui aussi.

— Ne t'en fais pas, dit-il. Je suis sûr que Kaleigh trouvera toute seule.

Il attrapa l'ours en peluche qu'avait apporté Stockett et demanda :

— Tu veux de ça ?

Faith secoua la tête, sans cesser de le regarder dans les yeux.

— Non ! Je ne veux rien de lui. Et je ne veux pas qu'il s'approche de Kaleigh.

Elle prit une respiration tremblante avant de demander :

— Et s'il revient ? Qu'est-ce que je dois faire ?

Les dernières paroles de Stockett résonnèrent aux oreilles de Matt. « Un compte à régler. Surveille tes arrières. »

— Ne t'inquiète pas de ça. Tu es en sécurité ici et je pense que Stockett finira par se heurter à quelqu'un de sa taille, un de ces jours.

Il espérait seulement qu'il pourrait protéger Faith jusqu'à ce que Stockett soit mis hors d'état de nuire.

11

Son médecin ayant été pris par une urgence le lendemain, Faith ne rentra de l'hôpital avec Kaleigh que le mercredi.

Matt eut ainsi tout le temps de finir de peindre la chambre du bébé et d'y installer le berceau, le rocking-chair et une petite table qui se trouvait dans le salon. Quant à Gloria, elle monta les cadeaux et les fleurs qui avaient été envoyés.

Quand Faith vit la chambre et le berceau, elle éclata en sanglots, à la grande surprise de Matt.

— Hé, dit-il. C'est censé être une bonne surprise ; un cadeau pour toi et Kaleigh.

— C'est… tellement… beau, sanglota-t-elle. Je n'arrive pas à y croire. D'où vient ce berceau ?

— Je l'ai rapporté de chez ma mère, répondit Matt. Elle m'a demandé de te dire que cinq bébés tendrement aimés y avaient dormi.

— Et il l'a remis en état lui-même, ajouta Gloria.

Faith se mit à pleurer de plus belle. Gloria passa un bras autour de ses épaules et la conduisit vers le rocking-chair.

— Assieds-toi, ma chérie, et profite de ta chambre. Matt doit partir, pas vrai ?

Matt comprit le message.

— Oui, j'ai beaucoup de choses à faire.

Il adressa un regard lourd de sens à Gloria et ajouta :

— Occupez-vous bien d'elles.

Il quitta le café et se dirigea vers le tribunal. Il voulait trouver le shérif et lui demander de lui montrer les séquences qu'avaient tournées les médias du meeting.

Quarante minutes plus tard, le shérif Hale se renfonça dans son fauteuil.

— Et c'est tout, dit-il.

Matt, qui s'appuyait d'une hanche contre le bureau, secoua la tête.

— C'est mince, c'est sûr.

Hale pointa la télécommande vers le poste et coupa l'image.

— Ouais. Heureusement que les chaînes de télé voulaient avoir le plus de séquences possible. Et évidemment ils voudront tous avoir l'exclusivité quand nous trouverons le type qui a tiré ce coup de feu.

— Est-ce qu'on peut repasser les vidéos ?

— Bien sûr, répondit le shérif en lui lançant la télécommande. Allez-y, et tant mieux si vous repérez un détail qui m'a échappé. Je les ai déjà regardées deux fois, et tout ce que je vois, c'est cette casquette de base-ball. Après le coup de feu, c'est le chaos.

— J'aimerais les emporter, si c'est possible. Je veux rentrer vérifier que Faith et le bébé vont bien.

Hale acquiesça.

— Elle a quitté l'hôpital, pas vrai ? Je n'ai pas eu le temps d'aller la voir. Elle va bien ?

— Elles se portent à merveille toutes les deux. Et sa fille est magnifique.

De ses yeux noirs, le shérif scruta le visage de Matt.

— Vous avez été d'une grande aide pour Faith, dit-il d'un air entendu.

Matt sentit ses joues s'empourprer.

— Je devais passer du temps au café de toute façon. Et

avec Stockett de retour dans le coin, il fallait que quelqu'un soit là pour veiller sur elle.

— Je vois, marmonna Hale.

Il désigna la télé et ajouta :

— Prenez tout ça. J'espère que vous remarquerez quelque chose.

Matt saisit les bandes et promit :

— J'y ferai attention.

— Je n'en doute pas.

Matt signa les formulaires de prêt que lui tendait le shérif et les lui rendit.

— Et les enquêteurs qui ont examiné la scène de crime ? Est-ce qu'ils ont trouvé quelque chose ?

— La casquette de base-ball. Elle avait été piétinée et envoyée jusque sous le comptoir, mais elle est encore intacte. Par contre, il n'y a guère de chances d'y trouver une empreinte digitale.

— Pas d'ADN non plus ?

— Ça se présente mal. En revanche, nous avons la balle.

Matt fronça les sourcils.

— Bon sang, shérif, vous auriez pu me le dire, ça fait…

Il regarda sa montre et conclut :

— Une heure que je suis arrivé.

— Nous avons aussi la douille, compléta le shérif. Même si elle a été piétinée, elle aussi.

— La douille également ? Jusqu'à quand comptiez-vous garder ces informations pour vous ?

— J'avais l'intention de vous en parler maintenant.

Le shérif Hale se redressa dans son fauteuil et Matt vit une lueur d'excitation dans ses yeux.

— La balle était sous l'estrade, juste comme je m'y attendais. Après avoir traversé l'épaule du garde du corps, elle n'avait plus assez de vitesse pour s'enfoncer dans le mur.

— Et qu'en dit la police scientifique ?

— Qu'elle vient d'un 9 mm, répondit le shérif en le regardant. Mais écoutez un peu ça : la douille était écrasée, mais l'équipe a réussi à lire ce qui était marqué sur le culot. Voilà à quoi ça ressemble.

Il dessina un cercle et y inscrivit des lettres et des chiffres. Matt tendit le doigt vers le croquis.

— Vous voyez le numéro qui est juste là ? demanda-t-il. C'est la date de la fabrication. Ce qui veut dire qu'elle est d'origine militaire !

Il souffla avec force avant de reprendre.

— Qui que soit ce type, il a des relations. Un civil peut se procurer ces balles, mais ce n'est pas facile. La police scientifique essaie de relever une empreinte digitale sur la douille, et mes hommes passent les alentours de la ville au peigne fin au cas où le tireur se serait débarrassé de son arme en fuyant.

— Bon sang. Il était grand, avec cette fameuse casquette de base-ball. Il peut très bien s'agir d'un ancien militaire, et il était armé. J'aurais dû être capable de le repérer dans la foule.

— Allons, Matt. Ne soyez pas trop dur avec vous-même. Il y avait trop de gens présents pour pouvoir les surveiller tous.

— En tout cas, s'il y a quoi que ce soit sur ces vidéos, je vais le trouver ; je vous le promets.

— J'espère bien, dit Hale.

Matt prit congé et retourna directement au café. Il s'engagea dans l'escalier et croisa Gloria, qui descendait de l'appartement.

— Vous voilà, dit-elle. Valerio vient juste de recevoir une commande de plusieurs cartons de poulet. Il aurait besoin d'aide pour les décharger du camion et les descendre jusqu'au congélateur de la cave.

— Comment va Faith ? Et le bébé ?

— Elles vont bien toutes les deux.

— Je vais juste monter deux minutes…

Gloria l'arrêta d'un geste.

— Allez aider Valerio. Faith est en train d'allaiter Kaleigh.

Embarrassé, il fit demi-tour.

— Oui, m'dame.

Il fallut à Matt et Valerio trois voyages à travers la cuisine, la salle de restaurant et dans les escaliers de la cave pour finir de stocker la viande dans l'immense congélateur. Après le troisième et dernier voyage, Matt se laissa tomber sur une chaise, dans la cave, et s'épongea le front.

— Comment est-ce que tu fais ?

Valerio lui sourit et plia le bras pour faire ressortir son biceps.

— Il me faut deux fois plus de temps quand je suis seul, mais ça fait de l'exercice.

— Comme tu dis, convint Matt. Dommage que cette cave n'ait pas de sortie qui donne directement sur l'extérieur. Ça serait bien plus simple si tu pouvais te garer de l'autre côté et rentrer directement la marchandise.

Il regarda autour de lui. La cave, bien éclairée, était équipée d'un congélateur de taille industrielle qui occupait un mur entier, d'une rangée d'étagères en acier sur lesquelles étaient alignées les boîtes de conserve et d'un grand coffre-fort en métal doté d'une serrure à combinaison.

— J'ai travaillé dans quelques restaurants quand j'étais jeune, poursuivit-il, et cette réserve est l'une des mieux rangées que j'aie jamais vues. Mais ce que je me demande, c'est comment Faith a pu descendre ce congélateur monstrueux jusqu'ici. Et c'est quoi, ça ?

Il tendit le doigt vers le coffre-fort.

— Ce que ça a l'air d'être, rien de plus, dit Valerio.

— Rien de plus ? D'où vient ce coffre-fort, et comment est-il arrivé dans cette cave ?

— Peux pas te dire. Il était déjà là quand j'ai commencé à travailler au café, il y a une quinzaine d'années, avec l'*abuela* de Faith, *señora* Eliza, soupira Valerio. Je venais tout juste de quitter l'armée de l'air. Ma femme est morte peu après, en me laissant avec les deux garçons.

— Deux garçons, répéta Matt. Quel âge ?

— Ils avaient quatre ans et six mois quand leur mère est morte. Sonny a dix-neuf ans maintenant, et Carlos presque seize.

Les yeux noirs de Valerio étincelaient de fierté.

— C'est super. J'aimerais bien les rencontrer.

— Il faudra y penser, répondit Valerio.

— Donc, tu as commencé à travailler pour la grand-mère de Faith ? Faith m'a parlé d'clle. Elle est morte il y a deux ans, c'est ça ?

Valerio acquiesça.

— Et sa mère… et son père ?

Valerio prit une caisse de pots de ketchup et se dirigea vers l'escalier en disant :

— Prends la mayonnaise. On remonte.

Matt obéit et suivit Valerio jusque dans la cuisine. Quand ils eurent déposé leurs fardeaux, Valerio se tourna vers Matt.

— D'après ce que j'ai entendu dire, Eliza et William Scott ont vécu dans cette maison pendant de nombreuses années. Eliza a transformé le rez-de-chaussée en café après la mort de William, en 1967 ou 1968. Mary, la maman de Faith, devait avoir dans les six ans. En 1980, elle est partie. Et quand elle est revenue, six ans plus tard, elle était enceinte de Faith.

— Et le père ? demanda Matt.

Il s'apprêta à entendre une réponse qui n'allait pas lui plaire.

— Je ne l'ai jamais vu. On dit que c'était un drôle de type. Il s'est pointé en ville, la mère de Faith est tombée follement amoureuse de lui… et elle l'a suivi.

C'était donc ça. Pas étonnant que Faith ne lui fasse pas confiance. Elle avait reproduit ce que sa mère avait vécu avant elle.

A ce stade, même si Matt lui avouait sa véritable identité, Faith se sentirait sans doute doublement trahie. Il lui serait impossible de… Matt secoua la tête pour essayer d'en déloger la pensée qui cherchait à s'immiscer dans son esprit conscient.

— *Que pasa, amigo ?* demanda Valerio. Tu as mal à la tête ?

— Quoi ? demanda Matt. Oh… non. Je pensais à un truc, c'est tout. Est-ce que tu as besoin d'autre chose pour le moment ?

Valerio le dévisagea attentivement.

— Non, vas-y ! Va voir Faith, répondit-il.

— Je vais juste monter la voir un instant. J'ai quelque chose à faire.

Il reprit les vidéos, qu'il avait posées sur un comptoir pour aider Valerio, sortit de la cuisine et se dirigea vers l'escalier.

Dès qu'il se serait assuré que Faith et sa fille étaient bien installées, il regagnerait son appartement pour examiner les séquences. Le tireur apparaissait quelque part, sur l'un de ces films, et Matt était fermement décidé à le trouver.

Faith s'installa confortablement parmi la montagne d'oreillers que Gloria avait disposés autour d'elle et regarda

Kaleigh, qui venait juste de finir de téter. La petite agitait les bras et une grimace renfrognée tordait son visage.

— Ton petit ventre est plein maintenant, pas vrai, ma chérie ? chuchota-t-elle. Tu as besoin de faire ton rot, Kaleigh ? C'est ça qui t'embête ?

Elle souleva sa fille, la posa contre son épaule gauche et lui tapota le dos, la joue posée contre la sienne. Le contact de cette peau si douce, de ce visage chéri l'emplit d'une émotion indéfinissable, tout à la fois merveilleuse et terrifiante, recouverte d'un amour d'une profondeur inouïe. Vingt-quatre heures plus tôt encore, elle aurait cru que personne ne pouvait aimer autant que ça.

Mais maintenant elle savait que c'était faux. Elle aimait Kaleigh autant que ça — et même plus encore. Sa gorge se noua et ses yeux s'emplirent de larmes.

— Hé, Kaleigh. Hé, bébé, chuchota-t-elle en tapotant le dos de son enfant. On va très bien s'en sortir toutes les deux, pas vrai ?

Pour toute réponse, Kaleigh laissa échapper un rot assez sonore.

Faih la reprit dans ses bras et, du coin de son bavoir, essuya sa petite bouche.

— Voilà, dit-elle. Gentille fille.

Ensuite, elle ferma les yeux et se mit à fredonner une berceuse sans paroles que sa mère lui chantait quand elle était petite.

— C'est juste toi et moi, Kaleigh, dit-elle en berçant doucement le bébé d'avant en arrière. Juste toi et moi. Nous n'avons besoin de personne, pas vrai ? Et surtout pas d'un homme.

A ces mots, elle sentit la tristesse s'insinuer dans son cœur mais n'en ajouta pas moins :

— On peut s'en sortir toutes seules, pas vrai, ma chérie ?

Matt arriva devant la porte de la chambre de Faith juste à temps pour l'entendre dire que Kaleigh et elle n'avaient surtout pas besoin d'homme dans leur vie.

Ces mots ouvrirent une profonde brèche dans une partie de son cœur dont il ignorait l'existence. Mais maintenant, il savait qu'elle existait, parce qu'elle lui faisait un mal de chien. Il eut un instant d'hésitation, envisagea de revenir plus tard… Il ne voulait *vraiment* pas interrompre le doux moment d'intimité que partageaient Faith et son enfant.

— Gloria ? Matt ? Qui est là ?

Bon sang ! Faith l'avait entendu. Il se plaqua un sourire sur le visage et poussa la porte.

— C'est moi, dit-il.

Mais le spectacle qui s'offrait à lui effaça son sourire et emplit son cœur de désir.

Faith était assise dans son lit, son enfant dans les bras. Elle était vêtue d'une chemise de nuit bleu ciel. Quelques cheveux d'un blond pâle s'étaient échappés de sa natte et flottaient autour de son visage, qui rayonnait de bonheur et de sérénité.

— Salut, dit-elle en lui souriant.

Il avala sa salive et voulut parler, mais sa gorge était trop nouée. Il se sentait aussi empoté qu'un adolescent dans les affres de son premier béguin, mais il ressentait une palette d'émotions complètement différentes qui le ramenèrent dix-sept ans en arrière, le jour où les jumelles étaient nées.

Il lui avait suffi d'un seul regard sur ses petites sœurs pour savoir qu'il voulait être père. Il adorait les bébés. Ils étaient si mignons. Chaque jour renfermait une nouvelle découverte, une nouvelle aventure, de l'instant où ils découvraient leurs doigts et leurs orteils à celui de leur premier mot, puis de leurs premiers pas, et ainsi de suite.

— Matt ? Tout va bien ? demanda Faith, les sourcils froncés.

— Bien sûr, croassa-t-il.

Il se racla la gorge avant de reprendre :

— Bien sûr. Tout va bien. Je voulais juste passer te voir. M'assurer que tu étais bien installée.

— Gloria s'est vraiment bien occupée de moi, dit Faith en changeant de position.

— Qu'est-ce qu'il y a ?

— Rien. J'aimerais coucher Kaleigh pour qu'elle fasse une sieste, mais ma chemise de nuit est enroulée autour de mes jambes et je ne veux pas la déranger. Elle dort.

Faith baissa les yeux vers son bébé, puis les leva vers Matt. Il y avait tant d'amour sur son joli visage qu'il en eut le souffle coupé.

— Je pourrais…, commença-t-il avant de se racler de nouveau la gorge. Je vais la prendre. Je peux la mettre dans son berceau.

Faith releva le menton et le regarda droit dans les yeux.

— Vraiment ?

— Bien sûr, répondit-il. Je t'ai parlé de mes sœurs jumelles, tu te souviens ? Je me suis occupé d'elles dès l'instant où elles ont quitté la maternité. Tu pourrais demander à ma mère. Je sais y faire, que ce soit avec les nouveau-nés, les bébés d'un an, les tout-petits…

Faith écarquilla les yeux et battit des paupières, ce qui l'arrêta net. Il n'aurait jamais dû dire ça. Il était allé trop loin en sous-entendant qu'il serait encore là quand Kaleigh aurait un an, voire même deux.

— C'est, euh… très bien, dit Faith d'un ton hésitant. Donc tu sais qu'il faut que tu soutiennes sa tête, pas vrai ?

Matt se pencha pour glisser sa main sous la tête de Kaleigh. Il était si près de la bouche de Faith qu'il aurait pu l'embrasser.

Faith regardait toujours son enfant. Ses longs cils pâles ombraient ses yeux, et l'une des mèches qui s'étaient échappées de sa tresse chatouillait le bout de son nez. Mais avant de perdre la tête, sans parler du contrôle d'une certaine partie de son anatomie, Matt ramena ses pensées sur le bébé, dont les fins cheveux blonds étaient aussi doux que des cheveux d'ange dans sa paume.

— Très bien, mademoiselle Kaleigh, chuchota-t-il. Allons te mettre au lit pour une sieste. Ta maman aussi a besoin de se reposer.

Il souleva le bébé et le déposa dans le berceau. Quand il se retourna vers Faith, elle le regardait avec une expression étrange sur le visage.

— Voilà. Tu vois ? dit-il. Elle est très bien.

Faith acquiesça.

— Je vois, répondit-elle d'une voix rauque.

Pour éviter son regard, il lissa et tapota le dessus-de-lit avant de dire :

— Maintenant, il faut que tu te reposes un peu. Je vais…

— Reste, chuchota-t-elle. Reste un peu.

— Je…

— Juste le temps que je fasse une sieste. Enfin, si tu es occupé, je ne veux pas te retenir. Seulement, Gloria aide Valerio à préparer le repas, et je préférerais que quelqu'un soit là. A la maternité, il y avait toujours des infirmières. Je suis terrifiée à l'idée que je pourrais m'endormir et ne pas entendre Kaleigh pleurer.

Matt faillit l'assurer qu'elle l'entendrait, que ces petits poumons étaient capables de réveiller tout le quartier, mais quand il se tourna vers elle, ses yeux étaient clos et ses lèvres légèrement entrouvertes.

Elle s'était déjà endormie.

Pendant plus longtemps qu'il ne l'avouerait jamais, même à lui-même, il la regarda dormir. Assis là, à côté de son lit, regardant sa poitrine se soulever et retomber à chacune de ses respirations, et ses paupières frémir au rythme de ses rêves, Matt accepta cnfin la vérité à laquelle il n'avait jamais osé penser auparavant.

Il était en train de tomber amoureux de Faith, et il était déjà fou de Kaleigh. Il n'avait pas fallu plus d'une seconde à ce bébé pour s'emparer de son cœur.

Faith avait mis plus de temps — à moins qu'il n'ait simplement pas voulu le reconnaître plus tôt. Il repensa à la première fois qu'il l'avait vue. Elle était sortie d'un pas souple de la cuisine du café, portant un plateau chargé de tasses de café à hauteur de l'épaule. Après avoir servi les cafés, elle s'était tournée vers le comptoir, où il était assis, et lui avait demandé s'il en voulait un, lui aussi.

Il avait été comme cloué sur place par ses yeux bleus, et son petit sourire timide avait suffi à lui couper le souffle et à lui assécher la gorge.

A présent, la seule vue de ses cils qui effleuraient ses joues et de ses lèvres entrouvertes dans son sommeil produisait exactement le même effet sur lui.

Il dut faire appel à toute sa force de caractère pour se retenir de caresser son visage.

Bon sang. Il était dans un sacré pétrin.

12

Matt ne voyait aucun inconvénient à rester chez Faith pendant qu'elle faisait la sieste. Il se sentait bien, assis dans son salon. Plus encore, sa présence avait quelque chose de naturel.

Il regardait le troisième et dernier film contenant les séquences tournées pendant le meeting quand il entendit Kaleigh geindre. Il se leva d'un bond et poussa la porte de la chambre.

Le bébé était réveillé et sur le point de se mettre à pleurer. Il jeta un regard vers Faith pour s'assurer qu'elle dormait toujours.

— Coucou, Kaleigh, chuchota-t-il. Si tu venais avec moi dans le salon ? Je te bercerai, et tu pourras m'aider à trouver le méchant parmi une centaine de personnes à la télé. D'accord ?

Il attrapa Kaleigh, tâta sa couche et sentit qu'elle était mouillée. Sans cesser de lui parler à voix basse, il sortit de la chambre, dont il tira la porte derrière lui, et prit le sac à langer qui était posé par terre. Il installa Kaleigh sur la table basse et la changea rapidement.

— Voilà, lui chuchota-t-il à l'oreille. Maintenant, regardons un peu la télé pendant que maman dort.

Il s'assit dans le rocking-chair, installa confortablement

Kaleigh dans ses bras et redémarra le lecteur de DVD. Il avait coupé le son pour ne réveiller ni Faith ni le bébé.

La caméra faisait un panoramique sur la foule ; beaucoup des spectateurs lui étaient inconnus mais, à force de voir leurs visages, ils lui devenaient familiers. Il se pencha légèrement en avant. Il avait vu deux autres séquences du même moment, tournées sous un angle différent, et reconnaissait le fermier sexagénaire qui posait une question au gouverneur Lila Lockhart. Le coup de feu allait partir — dans cinq secondes environ.

Comme le son était coupé, Matt ne le repéra qu'aux réactions qu'il avait provoquées. La caméra oscilla pendant quelques secondes avant que le cameraman se remette du choc provoqué par le coup de feu et la stabilise. Déjà, certains auditeurs baissaient la tête, d'autres se tournaient vers l'endroit d'où était parti le coup de feu et d'autres encore avaient commencé à se frayer un chemin parmi la foule.

De la position privilégiée qu'occupait la caméra, il vit une main qui tenait un micro s'élever, retomber et s'élever de nouveau.

Matt secoua la tête.

— Nous avons eu de la chance que personne ne soit piétiné, Kaleigh, murmura-t-il. Surtout ta maman, qui a bien failli l'être. C'est à cause de ce coup de feu que tu es déjà là. Je pense qu'il n'était pas prévu que tu arrives avant encore quatre ou cinq semaines. Regarde : dans une minute, tu vas voir ta maman. Toi aussi tu seras là. Bien sûr, tu seras dans son ventre, mais…

Il s'arrêta net. Il venait de remarquer un détail qu'il n'avait pas vu sur les deux autres vidéos.

Au lieu de diriger la caméra vers l'estrade et le garde du corps blessé, le cameraman avait balayé la foule prise de panique. La prise de vue bougeait d'une façon qui soulevait le cœur et se déplaçait beaucoup plus rapidement que la normale, mais la personne qui filmait était parvenue à faire un panoramique sur l'ensemble de l'intérieur du café avant de braquer la caméra sur les portes.

Matt se redressa. Le tireur devrait apparaître à l'écran, ne serait-ce que pendant une fraction de seconde.

— Regardons ça encore une fois, chuchota-t-il à l'adresse de Kaleigh.

Il baissa les yeux vers la petite fille et vit que ses paupières étaient fermées et ses lèvres légèrement entrouvertes. Elle ressemblait tellement à sa mère… Il pencha la tête et embrassa tendrement ce petit front tout neuf. La douceur de sa peau lui noua la gorge.

— Tu es tellement belle, murmura-t-il. Tout comme ta maman.

Il se leva lentement pour aller recoucher Kaleigh dans son berceau. Elle fronça légèrement les sourcils mais se rendormit aussitôt.

Quand il fut revenu dans le salon, Matt pressa la touche de retour rapide et attendit plusieurs secondes avant d'appuyer sur « stop ». Ensuite, il examina la télécommande, espérant y trouver une touche qui lui permettrait de passer la séquence au ralenti. Comme il n'en trouva pas, il la repassa à la vitesse normale.

La caméra avait été placée plus près de l'estrade, de sorte que les plans du gouverneur sur le podium incluaient obligatoirement une partie de la foule. Matt laissa tourner le film pendant quelques secondes, appuya sur « pause », examina la foule, appuya de nouveau sur « play » et répéta le processus.

Il vit deux fois l'homme coiffé de la casquette de baseball bleue, qui était assez profondément enfoncée pour masquer ses yeux. Mais la seconde fois l'homme avait un peu relevé la tête, de sorte que Matt vit qu'il avait une moustache noire. Il revint en arrière et laissa le film se dérouler de nouveau, appuyant sur « pause » à l'instant précis où la casquette de base-ball apparaissait à l'écran.

Il scruta les images, d'abord de très près, puis d'un peu plus loin, se plaçant même à l'autre bout de la pièce. Mais de quelque endroit qu'il se trouve, l'image n'était pas plus nette. Tout ce qu'il en retira fut la confirmation de ce dont il se souvenait : l'homme portait une chemise bleue aux manches longues tout ce qu'il y avait de plus banale et dont il avait facilement pu se débarrasser, comme il l'avait fait de la casquette. S'il portait aussi un T-shirt, jeter sa chemise avait suffi à changer radicalement son apparence.

Il laissa tourner le DVD, espérant que la caméra était restée braquée sur la foule assez longtemps pour filmer l'homme en train de tirer.

Ce n'était pas le cas. Mais Matt continua à regarder. Peut-être pourrait-il entrevoir le tireur après qu'il s'était débarrassé de la casquette. Il aurait donné six mois de salaire pour pouvoir identifier l'homme qui avait essayé de tuer Lila Lockhart.

Faith entendit Kaleigh geindre doucement. Elle ouvrit les yeux et regarda son réveil. 18 heures ! Elle avait dormi deux heures, alors qu'elle n'avait voulu faire qu'une sieste de quelques minutes. La couche de Kaleigh devait être trempée. Elle se leva rapidement et alla se pencher sur le berceau, où sa fille dormait paisiblement. Faith tâta sa couche, mais elle était sèche. Ce qui semblait impossible au bout de deux heures.

Matt devait l'avoir changée pendant qu'elle dormait. Quel homme merveilleux il était. Il savait tout sur les bébés. Il en avait même fait naître un quand il était militaire, en Irak. Et, bien qu'il soit arrivé en ville d'on ne savait où pour travailler sur un chantier, il s'était retrouvé chargé de l'organisation de la sécurité du meeting de Lila Lockhart, aux côtés du shérif. Qu'ignorait-elle d'autre à son sujet ?

Cette pensée aurait dû l'inquiéter à cause de ses expériences passées — et de celles de sa mère — avec des vagabonds charmeurs au physique agréable. Mais au contraire, elle lui réchauffa le cœur. Elle aurait adoré en apprendre plus au sujet de Matt Soarez.

Comme d'habitude, son côté rationnel s'interposa : *Non, tu n'as ni envie ni besoin d'en savoir plus sur lui.*

Mais, cette fois, la raison ne l'emporta pas. Cette fois, elle s'autorisa pendant quelques minutes à imaginer ce que serait une vie auprès de Matt. S'il était bien ce qu'il avait prétendu être, rien de plus qu'un ouvrier itinérant qui était en ville le temps d'un chantier, il fallait qu'elle tourne les talons et s'enfuie dans la direction opposée. Mais s'il était ce qu'il semblait être, peut-être que cette fois son cœur ne se trompait pas. Peut-être que cette histoire connaîtrait une fin heureuse.

Perdue dans ses pensées, elle passa dans le salon, où elle trouva Matt assis dans le rocking-chair. Dès qu'il l'entendit, il tourna la tête et se leva. Son visage s'illumina — à moins qu'il ne s'agisse que d'un jeu de lumière.

— Faith, tu ne devrais pas te lever.

Elle sourit.

— Si, je le dois. Ce sont les ordres de mon obstétricien. Il veut que je m'asseye et que je marche. Et je suis certaine qu'il n'aimerait pas apprendre que je viens de dormir deux heures au beau milieu de la journée.

— Tu étais épuisée, objecta Matt. Tu avais besoin de dormir.

— Peut-être, mais pas autant. Est-ce que tu as changé Kaleigh ?

— Ouaip. Je t'ai dit que je savais m'occuper d'un nouveau-né. Je peux tout faire, sauf donner le sein.

Il sourit et Faith sentit que ses joues s'empourpraient. Mais elle fut aussitôt gagnée par la consternation.

— Je ne l'ai pas entendue pleurer. Oh… comment est-ce que je vais pouvoir m'occuper d'elle si je ne me réveille pas quand elle pleure ?

Le sourire de Matt se fit tendre.

— Ne t'inquiète pas, dit-il. Je suis allé la voir dès que je l'ai entendue bouger. Elle geignait à peine. Je l'ai changée, et ensuite nous sommes allés nous asseoir dans le rocking-chair et avons un peu regardé la télé ensemble avant qu'elle se rendorme. C'est un bébé facile.

Elle acquiesça.

— Merci de t'être occupé d'elle. J'étais assez fatiguée.

Elle se tourna vers la télé et demanda :

— Qu'est-ce que tu regardes ?

— Les séquences tournées par les chaînes de télé pendant le meeting.

— Oh ! dit-elle. Je vois.

Sur l'écran, Lila Lockhart était de profil. Elle avait pris le micro et était sortie de derrière le pupitre pour répondre à la question qu'une femme venait de lui poser.

— Je me souviens de ça, dit-elle, le cœur battant. C'est là que le type lui a tiré dessus.

Matt lui jeta un regard pensif et mit le DVD sur « pause ».

— C'est vrai. Il a attendu qu'elle soit sortie de derrière le pupitre. Est-ce que tu te souviens d'autre chose ?

— Non. J'étais terrifiée à l'idée d'être piétinée par la foule.

— Ça a bien failli arriver. J'aurais dû mieux réfléchir quand je t'ai dit où te placer. Si tu n'avais pas été poussée contre le mur par les gardes du corps du gouverneur, le travail n'aurait peut-être pas commencé.

Faith sourit.

— Tout s'est bien terminé et, d'après ce que me disent

beaucoup de dames en ville, mon accouchement a été très facile. Donc, peut-être que ces événements ont eu un côté positif, après tout.

Le regard noir de Matt s'adoucit.

— Peut-être, convint-il. En tout cas, je suis heureux d'avoir pu faire la connaissance de Kaleigh. Si tu étais allée jusqu'au terme, je n'aurais sans doute plus été là.

— Tu n'aurais plus été là ? demanda-t-elle, le souffle presque coupé par cette remarque désinvolte. Tu ne vas pas partir, si ?

— Pas tout de suite, répondit-il, mais je dois aller là où le travail se trouve.

— Oh. Je comprends. Bien sûr que c'est ce que tu dois faire.

Elle avait voulu parler sur un ton de gaieté insouciante mais, d'après l'expression qu'elle lut sur le visage de Matt, elle avait échoué.

— Tu, euh… tu ne sais pas où tu iras après, alors ?

Matt secoua la tête, se tourna de nouveau vers la télé et remit le film en marche.

Elle n'aurait pas dû lui poser cette question. Déjà, cela ne la regardait pas. Il fallait qu'elle change de sujet.

— Kaleigh dort beaucoup, dit-elle. Elle n'est pas malade, au moins ?

Matt gloussa.

— Sois heureuse qu'elle dorme. Bientôt, tu devras te lever la nuit pour la faire téter et arpenter la pièce pendant des heures en la tenant dans tes bras quand elle aura mal au ventre.

Il reprit aussitôt son sérieux, et tendit le bras pour ramener une mèche de cheveux derrière son oreille.

— Arrête de t'inquiéter, dit-il doucement. Tu vas être une mère merveilleuse, Faith. Crois-moi. J'ai un bon feeling avec les gens.

Vraiment ? Est-ce que tu as du feeling par rapport à ça ? Elle sourit timidement et toucha sa main, qui s'était attardée près de son visage.

Les doigts de Matt se posèrent sur sa nuque et il se pencha pour l'embrasser tendrement. Mais après quelques secondes elle sentit sa langue toucher ses lèvres. Avec un petit soupir, elle s'ouvrit à lui tout en fermant les yeux. Matt inclina un peu la tête pour approfondir le baiser.

Le corps de Faith réagit d'une façon qui la surprit. Elle avait voulu cet instant, mais elle ne s'était pas attendue à ce que son corps endolori soit parcouru par les sensations qu'elle connaissait maintenant.

Il l'attira plus près de lui, l'enveloppant tendrement de ses bras, et continua à l'embrasser. Ensuite, il suivit des lèvres la courbe de sa mâchoire jusqu'au lobe de son oreille, qu'il entreprit de mordiller.

Une sensation de faiblesse gagna ses jambes, et une sorte de palpitation, à la fois douce et intense, commença à résonner en elle. Elle rejeta la tête en arrière et pressa ses seins contre le torse de Matt.

Il revint à sa bouche pour l'embrasser longuement, profondément, imitant de la langue l'acte sexuel avec une sensualité incroyable.

Faith avait l'impression de ne plus pouvoir respirer. Mais les baisers de Matt étaient pour elle comme un souffle — comme une source de vie. Aussi longtemps qu'il continuerait à l'embrasser, elle pourrait survivre.

Enfin, il recula et la regarda dans les yeux, comme pour y trouver quelque chose qu'elle ne put identifier. Elle se mit sur la pointe des pieds et chercha de nouveau sa bouche. Il l'attira contre lui, pressant tout son corps contre le sien. Quand elle sentit son sexe en érection contre son ventre, tout son être se contracta dans un soudain accès de désir.

— Mmm..., gémit-elle.

Matt s'arrêta net, les sourcils froncés.

— Est-ce que je t'ai fait mal ?

— Cette partie de moi est encore un peu sensible, c'est tout, chuchota-t-elle.

Gênée de devoir expliquer pourquoi elle avait laissé échapper ce gémissement de douleur, elle appuya la tempe contre son épaule et son regard se posa sur la télé.

— Oh mon Dieu ! s'écria-t-elle soudain en s'écartant de lui.

Matt se crispa et la saisit par les épaules.

— Faith ? Qu'est-ce qu'il y a ?

Elle montra l'écran du doigt.

— Je viens juste de me rappeler quelque chose. Avant que tout ce chaos ne commence, j'ai cru apercevoir Rory dans la foule. Mais quand il s'est tourné vers moi, j'ai vu que ce n'était pas lui car l'homme qui lui ressemblait portait une moustache. Ensuite, les gardes du corps ont évacué Lila Lockhart, j'ai été bousculée et je n'y ai plus pensé. De toute façon, je ne vois pas pourquoi Rory aurait assisté à ce meeting.

— A quel moment as-tu cru le voir ?

Faith réfléchit avant de répondre.

— Je crois que c'est juste après que Henry a crié « menteuse ». Avant que le coup de feu ne soit tiré.

En une fraction de seconde, Matt avait pris la télécommande et arrêté le DVD.

Faith fixait l'écran et l'image figée du gouverneur Lockhart, penchée en avant, les yeux posés sur un homme, au troisième rang, qui avait pris la parole.

Elle tourna la tête et ferma les yeux pour mieux se souvenir.

— Il était dans le fond. Il portait une chemise bleue et une casquette de base-ball.

Matt appuya sur la touche de retour rapide et repassa l'enregistrement.

— Très bien. Quand tu le repères, dis-le-moi.

Faith regarda l'écran. La caméra fit un panoramique sur la foule, puis se mit soudain à osciller tandis que les gens commençaient à se baisser, à se bousculer et à crier. Elle examina les visages.

— Alors ? demanda Matt d'un ton grave.

— Je me suis peut-être trompée. J'ai à peine entrevu cet homme, et tout s'est passé trop vite après le coup de feu. Peut-être que tu devrais revenir un peu plus en arrière, au moment où Henry Kemp a hurlé « menteuse ».

Matt obéit.

Elle se rapprocha de la télé et regarda attentivement.

— Stop ! Repasse la scène, maintenant.

Elle aperçut la silhouette dont elle avait pensé qu'il s'agissait de Rory.

— C'est pour ça que je l'ai vu. Il était juste derrière Henry, dit-elle sans quitter l'écran des yeux.

Le corps de Matt fut aussitôt en alerte.

— Où, Faith ? Où est-il ?

Il lui tendit la télécommande et ajouta :

— Avance et arrête-toi sur lui.

Faith fit aller les images d'avant en arrière jusqu'au moment où elle put isoler l'instant précis où l'homme faisait son apparition sur l'écran.

— Tu vois ? Juste là ? dit-elle en touchant l'écran du doigt.

Matt se pencha lui aussi en avant, les sourcils froncés.

Faith sentait la tension qui émanait de lui. Il ne fallait pas aller chercher bien loin pour comprendre qu'il pensait que Rory était peut-être le tireur.

— Qu'est-ce qu'il y a ? Tu penses que c'est lui le coupable ?

Matt secoua brièvement la tête.

— Je ne sais pas. C'est possible. Mais je ne peux pas identifier l'homme que tu me montres comme étant Stockett. D'autant plus que je ne l'ai vu que deux fois.

Faith déglutit avec force.

— Ecoute, Matt. Je n'ai aucune envie de savoir que le père de mon bébé a peut-être essayé de tuer le gouverneur Lockhart, mais en y repensant c'est vrai que, si on oublie la moustache, cet homme ressemble beaucoup à Rory.

Matt étrécit les yeux et scruta son visage. Elle lui rendit son regard sans flancher jusqu'à l'instant où elle entendit que Kaleigh commençait à s'agiter.

— Elle a faim. Il faut que je la fasse téter.

Matt acquiesça.

— Et moi, il faut que je montre ça au shérif ; ensuite, je suppose que nous emmènerons les vidéos à Amarillo pour voir si le département photographie de la police scientifique peut améliorer l'image et identifier formellement Stockett.

Il reprit la télécommande tandis que Faith s'éloignait pour aller chercher Kaleigh.

Quand elle revint dans la pièce, il avait mis les DVD dans un sac en plastique et se dirigeait vers la porte.

— Matt ? demanda-t-elle timidement.

Il se tourna.

— J'aiderai autant que je le pourrai. Je ne me fais aucune illusion sur Rory.

Le regard de Matt avait quelque chose de sombre.

— Est-ce que tu as des photos de lui ?

Elle secoua la tête.

— Non. Il n'a jamais aimé être pris en photo.

L'expression de Matt lui fit clairement comprendre ce qu'il pensait de cette information.

— En ce cas, je suis presque sûr que tu vas devoir le

décrire pour que la police en fasse un portrait-robot. Je vais demander au shérif Hale de tout organiser.

Faith acquiesça tout en tapotant le dos de Kaleigh, mais la petite fille avait faim, et elle le fit savoir à sa mère de la seule façon qu'elle connaissait : en pleurant.

— Matt ? dit de nouveau Faith par-dessus les cris de Kaleigh. J'espère que tu…

Elle s'arrêta. Quoi qu'elle ait eu l'intention de dire, elle ne le pouvait pas. Alors, elle trouva une autre façon de terminer sa phrase.

— Tu me tiendras au courant, pas vrai ? Pour Rory ?

Matt releva le menton, et un coin de sa bouche s'incurva en un demi-sourire cynique.

— Ne t'en fais pas, répondit-il. Je serais ravi de mettre ton petit ami derrière les barreaux pour une tentative d'homicide.

13

Matt et le shérif Hale durent attendre le lendemain pour rencontrer Bart Bellows et l'informer des derniers rebondissements de l'affaire.

Assis derrière son bureau, ce dernier examina la photo en gros plan du culot de la douille.

— On dirait du matériel militaire, commenta-t-il. Et le pistolet ?

— Mon premier adjoint, Jeff Appleton, l'a trouvé hier après-midi. Tous mes hommes fouillaient les poubelles depuis samedi soir.

Matt savait déjà que l'arme avait été retrouvée, mais il était encore tout excité par cette découverte. Si le tireur l'avait jetée dans un égout, un étang ou un lac, peut-être aurait-elle disparu pour toujours.

— Appleton a trouvé un Beretta 9 mm, poursuivit le shérif. Il était enroulé dans une chemise bleue d'un genre passe-partout. Pas d'empreintes. J'ai envoyé le pistolet et la chemise à la police scientifique d'Amarillo pour voir si les stries de la balle et du revolver correspondent.

— Bien, dit Bellows. J'en informerai le préfet de police et lui demanderai de traiter cette affaire en priorité. La sécurité de Mme le gouverneur le préoccupe autant que nous. Avez-vous trouvé quelque chose sur la chemise ? Des cheveux ? De la transpiration ?

— Non, dit Hale. Mais j'espère que le labo découvrira un indice.

Bellows se tourna vers Matt. Il aurait été exagéré de dire qu'il semblait amusé, mais une étincelle brillait dans ses yeux.

— Vous êtes au bord de l'explosion, fils. Quelles sont les nouvelles ?

Matt inspira profondément.

— Nous avons peut-être des images du tireur, monsieur.

Bellows ne répondit pas. Il attendit que Matt poursuive.

— Faith — Mlle Scott — pense qu'elle a entrevu Rory Stockett juste avant le coup de feu.

Comme son patron haussait les sourcils, il s'interrompit.

— Eh bien ? Continuez, l'encouragea Bellows. Quel rôle joue le père du bébé de Mlle Scott dans toute cette histoire ?

— Elle regardait les images du meeting avec moi, expliqua Matt. Elle m'a désigné un homme qui pourrait être Stockett. Il porte bien une casquette de base-ball bleue. Par contre, contrairement à Stockett, il semble avoir une moustache. Il s'agirait donc d'un postiche.

Bellows se renfonça dans son fauteuil roulant et joignit le bout des doigts.

— Où est cette vidéo ? demanda-t-il.

— Nous avons envoyé l'original à Amarillo pour qu'ils essaient de voir si l'image de l'homme peut être agrandie et améliorée. Mais nous avons une copie, si vous souhaitez la voir.

— Bah, dit Bellows. A quoi bon regarder une photo floue d'un homme dont on ne sait pas avec certitude si c'est notre tireur ? Si j'engage des professionnels, c'est pour qu'ils s'occupent de ce genre de choses. Qu'allez-vous faire maintenant, shérif ?

Hale se gratta le menton.

— Nous avons émis un avis de recherche concernant Stockett. Mais la seule photo que nous ayons de lui est celle de son permis de conduire, et elle a été prise il y a six ans.

— Vous voulez dire que Faith Scott n'a aucune photo de son ex ? demanda Bellows à Matt.

— Non, monsieur. Apparemment, Stockett n'aime pas être pris en photo.

— Ça se comprend.

Bellows se tourna de nouveau vers Hale.

— Vous avez donc alerté les aéroports, les gares routières, tout ça ?

— Oui, répondit le shérif. Mais je doute que cela serve à quelque chose. Je parie qu'il se cache dans le coin.

— Et la fille ? Dix contre un qu'elle sait comment le contacter.

— Non, monsieur, protesta Matt. Elle ne veut plus avoir affaire à lui.

Bellows planta son regard dans celui de Matt.

— C'est le père du bébé, fiston.

Matt baissa les yeux. Bellows avait raison. Matt pouvait penser tout ce qu'il voulait de Faith, mais il ne la connaissait que depuis quelques jours. En réalité, il ignorait complètement si elle savait comment rentrer en contact avec Stockett. Il ne lui avait même pas posé la question.

Comme s'il avait lu dans ses pensées, Bellows se tourna vers le shérif.

— Est-ce que vous l'avez interrogée ? demanda-t-il.

— Nous lui avons envoyé un dessinateur de la police judiciaire qui doit nous fournir un portrait de Stockett en se basant sur la photo de son permis de conduire et la description que Faith fera de lui.

— Convoquez-la pour un interrogatoire. Je vous garantis qu'elle sait quelque chose.

Matt ne put s'empêcher d'objecter :

— Elle vient juste d'avoir un bébé, monsieur.

Il aurait mieux fait de se taire. Sa priorité numéro un était d'assurer la sécurité du gouverneur Lila Lockhart, pas celle de Faith.

Bellows le fixa d'un regard dur.

— J'en suis conscient, mais c'est une question de vie ou de mort pour Lila Lockhart. Mlle Scott doit être interrogée.

Matt dut faire appel à toute sa force de caractère pour ne pas baisser la tête.

— Oui, monsieur.

— Et pas par vous, reprit Bellows. Je demanderai au chef de la police d'Amarillo d'envoyer un agent femme pour interroger Mlle Scott. D'ici là…

Bellows pointa un doigt vers Matt.

— Vous, prenez contact avec le gros bras qui est venu se faire rembourser son prêt. Il pourra peut-être vous dire où se planque Stockett. Si c'est lui qui a tiré, je veux qu'il soit envoyé derrière les barreaux, et sans tarder.

Faith fit passer Kaleigh sur son bras gauche et adressa un petit signe de la tête à la femme qui se tenait à la porte. Elle venait de se présenter comme étant l'inspectrice Mary Anne Ingram, du département de police d'Amarillo.

— Entrez, dit-elle en s'effaçant pour la laisser pénétrer dans son appartement.

— Quel bébé adorable, roucoula l'inspectrice Ingram. Est-ce que vous voulez la coucher avant que nous parlions ?

La question avait tout d'un ordre, Faith alla donc coucher Kaleigh dans son berceau et revint dans le salon. Elle ramassa le drap et l'oreiller qui étaient restés sur le canapé et dit :

— Asseyez-vous, je vous prie.

— Je vois qu'un ami dort chez vous, remarqua Ingram.

Faith se mordit la lèvre. Elle n'avait pas eu l'occasion de parler à Matt depuis qu'il était parti ce matin en compagnie du shérif Hale. Les deux hommes avaient-ils organisé cet interrogatoire ? Matt aurait pu l'appeler pour la prévenir — à moins qu'une loi quelconque ne le lui interdise.

— Voulez-vous un verre d'eau, madame l'inspectrice ?

— Non, merci.

La policière sortit un petit enregistreur numérique de la ceinture de son uniforme et le posa sur la table basse.

— Je vais enregistrer notre conversation. Pour les archives.

Faith acquiesça de nouveau et s'humecta les lèvres du bout de la langue. Elle avait la gorge sèche. Elle aurait aimé boire une gorgée d'eau.

— Allons-y, dit Ingram. Vous êtes seule propriétaire du Talk of the Town Café ?

— Oui, répondit Faith.

— Et en tant que telle, vous connaissez beaucoup des habitants de Freedom ?

— C'est exact.

— Combien de clients avez-vous par jour ?

Faith tordit ses mains sur ses genoux avant de répondre.

— C'est difficile à dire.

— Et pourquoi donc ? Vous ne pouvez pas simplement compter les transactions ? Tant de factures de caisse enregistreuse égalent tant de clients.

— Oui, bien sûr, répondit-elle. Mais c'est rarement aussi simple. Nous ouvrons le tiroir-caisse plusieurs fois par jour pour prendre de la monnaie ou effectuer un remboursement. Vous savez comment c'est.

— Pour tout dire, non, je ne le sais pas, répondit l'inspectrice Ingram en la dévisageant. Je suis certaine que vous savez combien de clients vous servez en un jour.

Donnez-moi le nombre de ceux qui viennent pour le petit déjeuner, le déjeuner et le dîner.

— Je pense que nous servons environ soixante-dix personnes entre 6 et 10 heures du matin, les bons jours. Au déjeuner, il doit y avoir une centaine de clients. Pour le dîner, ça peut aller de soixante à quatre-vingts les soirs de semaine, et monter à presque cent cinquante certains week-ends.

— Je vois. Ça n'était pas tellement difficile, pas vrai ?

Ingram sourit à Faith, qui avait déjà décidé qu'elle n'aimait pas cette femme.

— Donc, en une semaine, vous voyez pas mal d'habitants de la ville passer dans votre café. Est-ce qu'on peut dire ça ?

— Oui, répondit Faith.

— Et vous entendez beaucoup de leurs conversations ?

— Je suppose.

— Et quelle est l'attitude des habitants de Freedom envers le gouverneur Lila Lockhart ?

Faith lui jeta un regard renfrogné.

— Freedom est comme n'importe quelle autre ville, répondit-elle. Certains l'aiment, d'autres la détestent, et beaucoup sont plutôt neutres.

Ingram acquiesça.

— Parlons de ceux qui détestent Mme le gouverneur. Qui sont-ils ?

— Pardon ?

— Allons, mademoiselle Scott. C'est une question simple. Dites-moi les noms des personnes en ville qui n'aiment pas Mme le gouverneur.

— Je ne comprends pas pourquoi vous me posez toutes ces questions.

— J'en suis désolée mais, pour tout dire, il n'est pas

nécessaire que vous compreniez le but de mes questions. Je vous demande seulement d'y répondre.

Faith aurait aimé pouvoir demander à Matt si l'inspectrice était autorisée à recueillir ses réponses. Dans une tentative désespérée pour éluder la question, elle répondit :

— Cela me gêne de donner des noms.

Ingram fronça les sourcils.

— Mademoiselle Scott. Je suis venue jusqu'ici par politesse parce que vous venez juste d'avoir un bébé, mais nous pouvons très bien organiser cette entrevue à Amarillo.

— Non ! Non, répondit vivement Faith.

La poitrine serrée par une affreuse sensation de peur, elle parla à l'inspectrice des conversations qu'elle entendait chaque jour.

— Très bien, dit l'inspectrice Ingram quand elle eut fini. Maintenant, parlons de Rory Stockett. Quand l'avez-vous rencontré ?

Faith grimaça quand la femme prononça le nom de Rory, mais elle n'en fut pas étonnée. Après tout, c'était pour parler de lui que l'inspectrice était venue jusqu'ici.

— Il y a environ un an et demi, répondit-elle. Il est venu un matin prendre son petit déjeuner. Il m'a dit qu'il avait un travail dans le coin.

— Et vous avez commencé à vous fréquenter ?

— C'est ça.

— Et quand êtes-vous devenus intimes ?

Faith sentit son visage s'empourprer.

— En quoi cette question est-elle pertinente ? demanda-t-elle sèchement.

L'inspectrice Ingram releva le menton et la fixa.

— Contentez-vous de répondre, s'il vous plaît.

Faith serra les poings pendant un instant avant de lancer sèchement :

— Une quinzaine de jours après notre première rencontre.

— Quelles étaient les opinions politiques de M. Stockett ? Que lui inspirait le gouverneur Lila Lockhart ?

La question arracha un petit rire cynique à Faith.

— Rory ? Des opinions politiques ? Sa vision du monde est très limitée.

Du doigt, elle dessina un cercle tout autour de sa tête et précisa :

— Son univers se résume à peu près à ça.

— Donc il n'a jamais parlé de politique ? N'a jamais fait la moindre allusion à Mme le gouverneur ?

— Non.

Ingram se renfonça dans son siège et croisa les bras.

— Cette réponse n'est pas acceptable.

Faith fixa la femme.

— J'en suis navrée, mais c'est la seule que je peux vous donner. Je n'ai jamais vu Rory Stockett s'intéresser à quoi que ce soit, sinon à lui-même.

— En ce cas, s'il ne s'intéresse pas à la politique, qu'est-ce qui vous fait croire qu'il a pu tirer sur le gouverneur ? Pourquoi pensez-vous que l'homme qui apparaît sur cette image floue est Rory Stockett ?

Faith écarta les mains.

— Je n'ai aucune idée de ce qui aurait pu le pousser à tirer sur Lila Lockhart, sauf…

Elle marqua un temps d'arrêt avant de conclure :

— Sauf l'argent.

Elle parla alors de l'amour du jeu de Rory, de sa demande en mariage et de la bague en toc, de son charme persuasif et de la façon dont il l'avait convaincue de souscrire un prêt.

— Une dernière question, mademoiselle Scott, dit Ingram. Vous n'avez pas caché que Rory Stockett était le père de votre bébé et qu'il vous avait quittée après vous avoir extorqué une somme d'argent assez importante.

L'inspectrice semblait impatiente d'en arriver à sa grande question.

— Pourquoi ne penserions-nous pas que vous cherchez à lui nuire ? Que vous l'accusez d'avoir tiré ce coup de feu pour vous venger de ce qu'il vous a fait ?

Faith entendit Kaleigh commencer à geindre et la remercia mentalement pour cette interruption. Elle avait assez vu l'inspectrice Mary Anne Ingram. Elle se leva et la toisa.

— Rien ne peut vous empêcher de le penser, en effet, répondit-elle. Tout ce que je peux vous dire, c'est que si vous me connaissiez vous sauriez que je ne suis pas du tout ce genre de femme. Et maintenant, mon bébé a besoin de moi. En avons-nous fini ?

L'inspectrice se leva et rajusta sa veste.

— Pour le moment. Mais laissez-moi vous rappeler que vous ne devez quitter la ville sous aucun prétexte.

— Ne vous en faites pas, répliqua Faith. Je dois m'occuper de mon bébé et faire tourner mon café. Je ne bougerai pas d'ici.

Matt se gara dans le parking d'une station-service, en dehors de la ville, et repéra aussitôt la Land Rover noire dont il avait mémorisé la plaque d'immatriculation. Elle était garée un peu à l'écart, hors de la lueur des réverbères.

Il avait appelé le numéro inscrit sur le bout de papier que lui avait donné Bellows, et n'avait pas été surpris de ne pas tomber sur le département qui s'occupait des véhicules à moteur. La conversation avait été pour le moins laconique.

« C'est Bart Bellows qui m'a donné ce numéro, avait-il dit.

— Ouais ?

— Il faut que je parle à l'homme qui est venu au Talk of the Town Café jeudi.

— Ouais ?

— Est-ce qu'on peut se rencontrer à la station-service à l'ouest de la ville à 5 heures, cet après-midi ?

— 20 heures. »

Et l'homme avait raccroché.

Quand il se gara à la droite de la Land Rover, le grand type chauve en sortit, referma la portière et s'y adossa. Il portait des lunettes de soleil tellement sombres que Matt se demanda comment il avait pu conduire. Il descendit du pick-up et s'appuya contre la Land Rover, à côté du grand type.

Pendant quelques instants, tous deux gardèrent le silence. Enfin, l'homme dit :

— Ouais ?

Matt réprima un sourire et se demanda s'il avait répété ses « Ouais ? » devant un miroir. Il fut saisi de l'envie presque incontrôlable de ne répondre que par des monosyllabes, mais il se retint.

— J'ai l'argent que vous doit Mlle Scott, dit-il en plongeant la main dans la poche arrière de son pantalon.

— Ouais ? fit l'homme en tournant légèrement la tête vers lui.

— Ouais, répondit-il en lui tendant l'enveloppe.

Le chauve compta rapidement les billets et fourra l'enveloppe dans la poche intérieure de son veston.

— Merci, dit-il en se redressant.

— Une minute. Bart Bellows pense que vous pourriez nous aider à trouver quelqu'un.

— Bellows ? répéta l'homme en regardant droit devant lui.

Il sortit un cure-dents de sa poche et se le planta dans la bouche.

— Ouais, répondit Matt. Rory Stockett.

— Pourquoi ?

— M. Bellows pense que Stockett pourrait nous éclairer sur ce qui s'est passé au meeting du gouverneur Lila Lockhart.

Le chauve mâchonna son cure-dents pendant un moment. Enfin, il le fit passer à la commissure de ses lèvres et répondit :

— Stockett est un idiot.

— Ce n'est pas moi qui dirai le contraire, répondit Matt. Mais ce n'est pas une excuse.

L'homme tordit les lèvres en une grimace hideuse ; sans doute sa façon de sourire, pensa Matt. Ensuite, il se redressa, ajusta son veston et lissa sa cravate.

— Stockett doit beaucoup d'argent à un homme dangereux, dit-il en ouvrant la portière de sa voiture.

— Attendez ! Quel est le nom de cet homme ?

Le costaud secoua lentement la tête.

— Peux pas vous répondre. Tout ce que je peux dire, c'est que, si cet homme voulait que Stockett fasse quelque chose pour lui, il ne pourrait pas refuser.

— Il faut que j'en sache plus…, lança Matt.

Mais le chauve remonta dans la Land Rover, ferma la portière et mit le moteur en route. Matt s'écarta du véhicule et regarda le gros SUV s'éloigner.

« Il ne pourrait pas refuser. »

Cela pouvait vouloir dire n'importe quoi. Matt suivit des yeux les feux arrière du véhicule jusqu'à ce qu'ils aient disparu dans un virage. Ensuite, il remonta dans son pick-up et attrapa son téléphone pour appeler Bellows et faire son rapport, mais celui-ci sonna au moment où il s'apprêtait à composer le numéro.

— Ouais ? répondit-il avec un sourire d'autodérision. Soarez.

— Matt, c'est Bernie Hale. On a peut-être du nouveau.

— Comment ça ? demanda Matt en regardant dans la direction qu'avait prise la Land Rover.

— Un homme a été amené au Northwest Texas Hospital d'Amarillo. Il avait été roué de coups. Pas de pièce d'identité. Le directeur des urgences a appelé la police, qui m'a prévenu. Ils disent que le type correspond à la description que Faith a faite de Stockett.

— Et que dit-il, lui ?

Hale poussa un petit grognement.

— Apparemment, il ne dit rien.

— Et ses cheveux ?

— Rien de sûr. Il a une blessure au cuir chevelu qui a beaucoup saigné. Je vous y emmène ?

Matt regarda sa montre. Il était presque 20 h 30.

— Je suis à la station-service. Je vous retrouve à l'hôpital. Comme ça, si vous devez rester sur place, je pourrai rentrer au café.

— Bonne idée.

— Shérif ? Vous pensez que c'est Stockett ?

— Roué de coups ? Abandonné dans une ruelle ? Refusant de répondre aux questions ? Ça ne me surprendrait pas.

— Ouais. Moi non plus. Je vous retrouve là-bas.

Matt raccrocha, sortit de la station et prit la direction d'Amarillo. Il composa le numéro de portable de Faith, qui répondit aussitôt.

— Matt ?

Même le brouhaha qui régnait dans le café ne suffisait pas à dissimuler l'anxiété qu'il percevait dans sa voix.

— Hé, dit-il. Qu'est-ce qu'il y a ? Tout va bien ?

— Non, dit-elle.

A la réflexion, elle semblait plus furieuse que bouleversée.

— Ils ont envoyé une inspectrice m'interroger cet après-midi.

Matt grimaça.

— Je sais, ma chérie. Je suis désolé. Qu'est-ce que…

— Elle m'a accusée d'essayer de piéger Rory parce qu'il m'avait plaquée.

— Je ne pense pas…

— Non, Molly, lança Faith. Le poulet est pour la table douze. A la dix, c'est le ragoût de bœuf et les petits pains au fromage.

— Pourquoi es-tu en train de travailler ?

— Je me sens bien ; très bien, même. Et je ne fais qu'accueillir les clients. Je suis assise avec Kaleigh, qui a dormi pendant tout le coup de feu du dîner.

— Je croyais que tu étais censée te reposer.

— Est-ce que la ligne est mauvaise ? Je viens juste de dire que j'étais assise. Tu rentres bientôt ?

— Sans doute pas avant deux heures. Il faut que je fasse un saut à Amarillo. Ils ont arrêté un type qui correspond à la description de Stockett.

— Quoi ? dit Faith. Ils ont arrêté Rory ?

— Pas sûr. L'homme refuse de parler. J'accompagne le shérif Hale pour l'interroger. Maintenant, passe-moi Gloria.

— Gloria ? Pourquoi ?

Il savait que Faith lui en voudrait s'il demandait à Gloria de garder un œil sur elle, mais il s'en moquait. Il était hors de question qu'il la laisse seule alors que l'homme qui se trouvait à l'hôpital d'Amarillo n'était peut-être pas Stockett.

— Faith…

— D'accord, rétorqua-t-elle d'un ton sec. Ne quitte pas.

Pendant un moment, il n'entendit que le fracas de la vaisselle et des couverts, et le bourdonnement des conversations. Enfin, Gloria prit le téléphone.

— Matt ? Qu'est-ce qu'il y a ? demanda-t-elle.

— Je dois aller à Amarillo avec le shérif. Restez avec Faith jusqu'à mon retour, vous voulez bien ?

— Bien sûr. Pas dc problème. Je m'installerai sur votre canapé.

— Parfait. Je vous réveillerai en rentrant.

Il jeta un regard à l'horloge du tableau de bord et ajouta :

— J'espère être de retour avant 23 heures.

— Vous allez à Amarillo ? Ça m'étonnerait que vous soyez rentré avant minuit, dit Gloria. Mais ne vous en faites pas, je veillerai sur les filles.

— Merci, Gloria ; je vous revaudrai ça.

— J'espère bien.

Il raccrocha et accéléra, dépassant ainsi la vitesse autorisée. Si on l'arrêtait, il pourrait toujours dire qu'il travaillait avec la police d'Amarillo en vue d'arrêter l'homme qui essayait de tuer le gouverneur Lila Lockhart. Ce serait sans doute plus efficace que de dire qu'il avait hâte de retourner auprès d'une femme qui venait juste d'avoir le bébé d'un autre homme, et qui avait bien plus de raisons qu'elle ne le pensait de ne pas lui faire confiance.

14

— La bouilloire est sur le feu, lança Gloria depuis la cuisine. Dès que tu auras fini de faire téter la petite et que tu l'auras couchée, on boira une tisane.

Faith s'enfonça dans le rocking-chair et ferma les yeux, savourant son amour pour l'être minuscule qu'elle avait porté en elle pendant si longtemps. Elle était heureuse ; comblée, même.

Mais sa félicité se dissipa à l'instant où le visage de Matt s'imposa à son esprit. Aussitôt, elle rouvrit les yeux pour chasser cette image et regarda de nouveau son bébé.

— Nous n'avons pas besoin d'un homme, pas vrai, Kaleigh ? roucoula-t-elle. Non, nous n'en avons pas besoin. Non, nous n'en avons pas besoin.

Kaleigh ouvrit ses yeux d'un bleu pur, regarda Faith et émit un petit bruit de satisfaction.

— C'est vrai, Kaleigh. Je suis heureuse que tu sois d'accord.

Faith toucha le joli petit nez de sa fille du bout du doigt et continua à lui parler à voix basse. Mais soudain, un bruit la fit sursauter.

— Gloria ? Qu'est-ce que c'était ? appela-t-elle. Est-ce que ça venait d'en bas ?

Gloria ne répondit pas, mais au même moment la

bouilloire commença à émettre son sifflement agaçant. Faith décida d'acheter une bouilloire silencieuse.

Kaleigh téta pendant encore quelques minutes avant de s'endormir. Faith la souleva doucement, la porta jusqu'au berceau et l'y coucha. Ensuite, elle alluma le babyphone, mit le récepteur dans sa poche, éteignit la lumière et revint dans le salon en reboutonnant son chemisier.

— Gloria ?

Est-ce qu'elle était dans la salle de bains ? Non, la porte était ouverte.

— Où es-tu ? demanda-t-elle en rentrant dans la cuisine. J'ai entendu la bouilloire...

Elle s'arrêta net. Rory était appuyé au comptoir, à côté de la cuisinière. Et il avait un revolver à la main ! Par terre, allongée à ses pieds, Gloria gémissait. Ses cheveux blonds étaient collés par le sang.

— Gloria ! cria-t-elle. Oh mon Dieu, Rory ! Qu'est-ce que tu fais ? Tu es fou ?

Elle se précipita vers Gloria.

— Ne bouge pas ! hurla-t-il.

Avec ses yeux exorbités, il ressemblait à un animal traqué, terrifié. Il pointa l'arme sur elle. Le canon tremblait.

— Et ne me traite pas de fou !

Elle avait déjà commis cette erreur. Si on le traitait de fou, Rory devenait dingue. Elle leva les mains, paumes tournées vers lui, en un geste apaisant.

— Il faut que je m'occupe de Gloria, dit-elle. Qu'est-ce que tu lui as fait ? Tu lui as tiré dessus ?

— Ne bouge pas ! hurla Rory.

Cela ne servirait à rien d'essayer de le calmer. Il était hors de lui. Elle ne l'avait jamais vu ainsi.

Et comme si sa colère était contagieuse, Faith sentait la peur qu'il lui avait d'abord inspirée fondre sous l'effet de la rage.

— Qu'est-ce que tu vas faire, Rory ? Me tirer dessus ?

Rory agita de nouveau l'arme, comme s'il s'agissait d'un jouet. Sans le quitter des yeux, elle s'agenouilla lentement et posa le dos de sa main sur la joue de Gloria.

— Gloria ? Ça va ? Tu peux parler ?

— Et zut, bredouilla Gloria.

Puis elle essaya de s'asseoir, gémit de nouveau et porta une main à sa tête. Quand elle l'ôta, elle était couverte de sang.

Elle posa les yeux sur Faith et marmonna :

— Ce fumier m'a frappée. Je l'ai pas entendu arriver.

Elle secoua prudemment la tête avant d'expliquer :

— La bouilloire.

— Je sais, Gloria, dit Faith en tirant une chaise vers elle. Viens. Laisse-moi t'aider à t'asseoir.

Rory commença à faire les cent pas dans la cuisine, qui était tellement petite qu'il ne lui fallait que deux enjambées pour la traverser.

— Arrête ça, Faith ! Elle va bien. Il faut que tu m'écoutes ! cria-t-il sans cesser d'agiter son arme en tous sens.

Faith prit Gloria par le bras et l'aida à s'asseoir.

— Bon sang !

Il tira un coup de feu dans le plafond. Faith se figea et Gloria poussa un hurlement.

— Je t'ai dit de m'écouter !

D'une main qui tremblait, Rory pointa de nouveau son arme sur Faith. Elle crut sentir la chaleur qui émanait du canon.

— Très… très bien, Rory, dit-elle d'une voix brisée par la peur. J'écoute.

Tout en arpentant la pièce, il marmonna :

— Il faut que je quitte la ville. Je dois partir ce soir. Ils vont me tuer, Faith. Me *tuer*. Mais c'était pas ma faute. Non, c'était pas ma faute.

Faith tressaillait à chaque fois que le canon de l'arme se

retrouvait pointé dans sa direction. L'index de Rory était posé sur la détente. Elle ne s'y connaissait pas en armes mais elle savait, d'après ce qu'elle avait vu à la télé, que certaines pouvaient faire feu au moindre contact. Rory l'ignorait-il ? Parce qu'elle avait l'impression qu'il pressait la gâchette affreusement fort.

— Rory, il faut que tu te calmes. Si tu blesses quelqu'un avec cette arme, tu pourrais aller en prison.

— Ha !

Rory s'arrêta net et répondit, en agitant le revolver pour ponctuer ses paroles :

— Tu ne sais rien du tout. Je vais en taule de toute façon. Ils m'ont eu, Faith. Ils m'ont bien eu. Oh, mon Dieu !

Il se remit à arpenter la pièce.

Gloria releva la tête et inspira longuement avant de toucher l'entaille qui traversait son cuir chevelu.

— Espèce d'ordure, dit-elle. Rory Stockett, pose ce revolver tout de suite.

Les paroles de Gloria étaient pleines de courage, mais son visage était d'une pâleur inquiétante.

Rory pointa le pistolet vers elle.

— Toi, tu la fermes. Sinon, la prochaine fois, je ne me contenterai pas de t'assommer. Je me servirai du bon bout de ce revolver et je te collerai une balle dans la peau.

— J'espère bien qu'ils vont te mettre en prison, marmonna Gloria.

— Fais attention à ce que tu dis, la vieille ! cria Rory.

— Rory, prononça Faith d'un ton égal. Dis-moi quel est ton problème et je ferai tout ce que je peux pour t'aider.

L'expression de Rory était de plus en plus sombre. Faith était terrifiée à l'idée qu'il puisse perdre les pédales et les abattre toutes. Et les railleries de Gloria n'arrangeaient rien.

— Rory, reprit-elle en faisant un pas vers lui, les bras

en l'air. Dis-moi juste comment je peux t'aider. Tu es le père de mon bébé, après tout.

Elle avait prononcé cette dernière phrase à contrecœur. Elle aurait préféré tout oublier de lui et se contenter d'être heureuse qu'il n'ait pas la fibre paternelle.

— C'est vrai, dit Rory d'une voix plus calme. Je suis son père. Et je vais te dire autre chose : je ne vais pas laisser un bon à rien d'immigré se pointer et vous enlever à moi. Vous m'appartenez. Toutes les deux. D'accord ?

Rory baissa le pistolet un instant avant de poursuivre.

— Oh ! Faith… J'ai cru que j'allais te perdre. J'avais tellement peur que tu sois blessée.

— Blessée ? répéta-t-elle sans comprendre. Blessée comment ? De quoi est-ce que tu parles ?

— J'ai essayé de te prévenir. Je t'ai dit de ne pas t'approcher de Lila Lockhart.

— Oh mon Dieu, Rory ! C'est *toi* qui as jeté cette brique !

— J'essayais de te prévenir ! Tu ne comprends pas ? s'écria-t-il en agitant de nouveau le pistolet. Je te protégeais. Maintenant, il faut que tu m'aides. S'ils m'attrapent, ils vont me tuer.

Faith essaya de trouver un sens aux élucubrations de Rory.

— Qui va te tuer, Rory ? De quoi est-ce que tu parles ?

— Je n'ai pas le temps de tout t'expliquer, Faith. Où sont tes clés de voiture ?

— Mes clés de voiture ? répéta-t-elle. Oh ! Bien sûr ! Tu peux partir avec ma voiture. Je ferai mettre les papiers à ton nom. Comme ça, si tu es arrêté, tu seras dans les règles.

Il scruta son visage avant de répondre.

— Partir. Faire le mort pendant un moment. Ouais ! C'est ce que je dois faire.

Ses yeux perdirent de leur éclat sauvage.

— Ouais, reprit-il. Je sais ce qu'il me faut. Où est la clé de la cave, Faith ? Il me faut de l'argent.

— De l'argent ? Non, Rory. Je n'en ai pas.

— Ne me raconte pas de salades, Faith. Je sais que tu as toujours du liquide planqué dans le coffre-fort. Tu me l'as dit, tu te souviens ?

De ce que Faith avait pu confier à Rory pendant les mois qu'ils avaient passés ensemble, il ne se rappelait qu'une chose, bien sûr : sa remarque désinvolte sur les deux mille dollars qu'elle gardait dans le coffre-fort pour faire face à une quelconque urgence.

— Allons, reprit-il. Je n'ai pas beaucoup de temps. J'ai besoin de cet argent, Faith.

Elle secoua la tête mais, avant qu'elle ait pu dire quoi que ce soit, il fit un pas vers elle et pressa le canon du revolver contre sa nuque.

— Fais ce que je te dis, Faith. Bouge-toi !

Elle obéit et avança docilement vers la porte. En quittant la pièce, elle tourna la tête vers Gloria pour tenter de lui envoyer un message muet : « Va chercher Kaleigh. Descends par l'escalier de derrière. »

Elle croisa le regard de Gloria, mais cette dernière semblait encore sonnée.

Pourvu qu'elle ait compris ce que je voulais qu'elle fasse…

Quand Faith eut descendu quelques marches, elle vit du verre brisé sur le sol, à l'avant de la salle du café. Voilà donc d'où venait le bruit qu'elle avait entendu juste avant que la bouilloire se mette à siffler. Rory avait brisé la vitre de devant et passé le bras par le trou pour déverrouiller la porte.

Elle descendit la dernière marche. Rory la poussa du canon de son pistolet pour l'inciter à avancer.

— Tu as la clé de la cave ? demanda-t-il.

Elle acquiesça et, faisant mine de la chercher, plongea la main dans sa poche. Il fallait qu'elle éteigne le babyphone avant que Gloria ou Kaleigh fassent du bruit, rappelant à Rory qu'il les avait laissées seules à l'étage, sans surveillance. A tâtons, elle trouva le bouton du récepteur et appuya dessus.

Prise d'un léger vertige sous l'effet du soulagement, elle sortit la clé de sa poche.

Enfuis-toi, Gloria, songea-t-elle. *Prends Kaleigh et enfuis-toi ! Par la cuisine !*

Elle mit la clé dans la serrure et tourna.

— Ouvre, dit Rory. Ouvre la porte et descends l'escalier.

Elle obtempéra. Une fois en bas des marches, elle tendit le bras. Aussitôt, Rory se crispa et elle sentit le canon de son arme s'enfoncer un peu plus profondément dans sa nuque. Mais quand il eut compris manifestement qu'elle voulait seulement allumer la lumière, il se détendit un peu.

— Rory, si tu veux partir, tu dois te dépêcher. Matt va revenir à la maison d'une minute à l'autre.

Elle regretta aussitôt d'avoir prononcé ces paroles.

— A la maison ? répéta Rory en lui enfonçant le canon du pistolet dans le cou. C'est chez lui ici, alors ? Tu viens d'avoir *mon* bébé et tu…

— Rory, il n'y a rien entre Matt et moi. Je te le promets.

Menteuse.

— Il est juste…

Qu'était-il pour elle ? Comme elle ne savait pas comment finir cette phrase, elle chercha à renverser la situation.

— Rory, qu'est-ce qui s'est passé ? Comment t'es-tu retrouvé acoquiné avec des gens qui veulent tuer Lila Lockhart ?

— Ne me pose pas de questions. Ouvre ce coffre-fort. Tout de suite !

Il prit une inspiration haletante et poursuivit :

— Tu sais comment c'est, Faith. J'ai perdu aux courses. C'est toujours pareil. Je n'ai jamais de chance. J'ai parié sur un vainqueur à coup sûr — un vainqueur *à coup sûr* ! — et j'ai perdu quand même.

Faith tourna lentement le cadran du coffre-fort d'une main tremblante. Elle savait que si elle se trompait dans la combinaison Rory penserait qu'elle l'avait fait exprès.

Où était Matt ? Elle n'avait pas la moindre idée de l'heure, mais elle savait qu'il était tard. *S'il te plaît, dépêche-toi*, implora-t-elle.

— Je devais payer ma dette, Faith, expliqua Rory d'une voix enjôleuse. Je le devais. Quand ils m'ont dit que je pouvais la rembourser en tirant sur Lila Lockhart, je me suis dit que c'était l'occasion rêvée, même si c'était pas de la tarte de ne pas se faire pincer.

Il éclata de rire et ajouta :

— Tu sais que je n'ai pas oublié ta tarte à l'abricot…

La bêtise de cette remarque arracha une grimace à Faith.

Encore un tour et le coffre-fort serait ouvert. Elle sentit les engrenages se mettre en place, mais elle n'ouvrit pas le coffre. Elle fit semblant de continuer à manipuler le cadran, en espérant que Rory ne la regardait pas de trop près.

— Donc tu n'avais pas l'intention de toucher le garde du corps ? demanda-t-elle doucement.

— Je ne voulais toucher personne. Ce devait être un avertissement, rien de plus. Un inconnu tire un coup de feu en direction de Lila Lockhart et prend la fuite. Fin de l'histoire.

Il soupira.

— Mais maintenant, ils sont tous en rogne parce que j'ai touché le garde du corps. Bon sang, ça aurait pu arriver à n'importe qui. Je pense que le pistolet était défectueux. La visée ne devait pas être droite.

— Tu veux dire que tes employeurs te recherchent ?

— Je pense qu'ils vont me tuer, Faith. C'est pour ça qu'il faut que je file d'ici et que je me planque.

Il pressa le canon du pistolet contre sa nuque et poursuivit, d'une voix pensive :

— Mais il me faut un déguisement… Je sais ce qu'on va faire. Tu vas venir avec moi. On va mettre une fausse plaque sur ta voiture et faire comme si on était mari et femme.

Le cœur de Faith cognait dans sa poitrine. D'une voix teintée d'un regret feint, elle répondit :

— Je ne peux pas partir, Rory. Il faut que je m'occupe du bébé.

— Non, répliqua-t-il sèchement. Il faut que tu viennes. Gloria s'occupera du bébé. Toi, tu dois m'aider. On se fera passer pour un couple marié et peut-être qu'on se mariera pour de bon. Qui sait ?

Il marqua une pause avant de demander :

— Pourquoi est-ce que tu mets autant de temps à ouvrir ce foutu coffre ? Il faut qu'on parte tout de suite.

Le cœur de Faith battait si vite qu'elle pouvait à peine reprendre son souffle.

— Rory, non. Tu ne peux pas faire ça.

Il allait la prendre en otage en la forçant à abandonner son bébé… Le temps pressait. Puisqu'elle ne pouvait pas compter sur Matt, elle allait devoir arrêter Rory elle-même, sans aide extérieure.

— Je n'y vois pas assez pour finir de former la combinaison, dit-elle en se penchant vers le cadran. Tu y vois quelque chose, toi ?

Elle posa la main sur la poignée de la porte du coffre.

— Bon sang, Faith. Tu n'es vraiment bonne à rien.

Rory se rapprocha et inclina la tête.

— Quel chiffre faut-il composer maintenant ? demanda-t-il.

Aussitôt, Faith tira de toutes ses forces sur la poignée de la porte. Un craquement fendit l'air. Elle avait réussi. La porte avait frappé Rory à la tête, de plein fouet.

Matt roulait aussi vite qu'il pouvait. Il marmonna un juron en regardant l'horloge du tableau de bord : 23 h 30. Il avait quitté l'hôpital d'Amarillo plus tard que prévu.

L'homme que la police d'Amarillo avait signalé au shérif Hale ressemblait au portrait-robot établi par la police scientifique, mais ce n'était pas Rory Stockett.

Ils l'avaient interrogé pendant deux heures sans obtenir la moindre réponse ; l'homme se bornait à répéter qu'il ne savait plus qui il était et n'avait aucun souvenir de ce qui lui était arrivé.

La police était certaine qu'il feignait l'amnésie ; les médecins, pour leur part, n'en étaient pas aussi sûrs. Ils avaient donc trouvé un compromis : le médecin de garde aux urgences avait fait admettre l'homme dans le service psychiatrique, et la police avait pris ses empreintes et sa photo pour essayer de l'identifier. De son côté, la police scientifique était allée passer la ruelle où on l'avait trouvé au peigne fin, dans l'espoir d'y découvrir des indices qui permettraient de déterminer qui il était et ce qui lui était arrivé.

Matt regarda son GPS ; il était encore à une dizaine de kilomètres du café. Il prit son téléphone sur la console pour appeler Faith et la prévenir qu'il arrivait. Ce fut alors qu'il vit qu'elle l'avait appelé, quatre minutes plus tôt, sans qu'il entende la sonnerie du téléphone.

Gagné par une vague appréhension, il appuya sur la touche de rappel.

— Matt !

Ce n'était pas la voix de Faith, mais celle de Gloria. Elle semblait hors d'haleine.

— Mon Dieu, Matt !

— Gloria, qu'est-ce qu'il y a ?

Les mains de Matt se crispèrent sur le volant. Il entendait les pleurs de Kaleigh en bruit de fond.

— Gloria, où est Faith ?

— C'est Rory ! Il la tient ! J'ai dû faire sortir le bébé…

— Où ça, Gloria ? Au café ? Vous avez appelé le shérif ?

Le cœur battant, il appuya sur l'accélérateur.

— Non, haleta-t-elle. Je viens juste d'emmener Kaleigh. Il… il m'a frappée à la tête. J'ai dû m'asseoir. J'ai la tête qui tourne.

— Est-ce que c'est Kaleigh qui pleure ? Elle va bien ?

— Oui. Dépêchez-vous !

— Gloria, écoutez-moi. Appelez le bureau du shérif. Dites-lui de venir tout de suite !

— D'accord, répondit Gloria.

La communication fut coupée.

Gloria devait avoir un traumatisme crânien. Il espérait que Kaleigh allait bien. Et Faith…

Il sentait les battements de son cœur résonner dans ses oreilles. Stockett la tenait.

Les lumières de la station-service apparurent devant lui. Il serait au café dans deux minutes. Pourvu qu'il n'arrive pas trop tard…

Faith n'arrivait pas à y croire. Le plan qu'elle avait improvisé avait marché.

Le lourd panneau de métal avait frappé Rory sur le côté de la tête. Il était tombé en arrière, renversant une pile de caisses de sodas et laissant échapper son revolver.

La lumière se reflétait sur l'acier de l'arme, à une cinquantaine de centimètres de l'endroit où Rory était tombé. Pendant qu'il essayait en jurant de se dégager des caisses qui lui étaient tombées dessus, Faith glissa sur le sol pour tenter de s'emparer de l'arme.

Ses doigts se refermèrent sur l'acier au moment où Rory parvenait à se relever. Une main sur la tempe, il écrasa sa main avec son pied.

Une douleur atroce coupa le souffle de Faith. Elle fit de son mieux pour ne pas lâcher le pistolet, mais Rory émit un grondement et lui écrasa de nouveau la main.

Elle hurla et lâcha l'arme.

Quand Rory se pencha pour la ramasser, il vacilla et faillit s'écrouler à nouveau. Elle en profita pour ramper hors de sa portée.

Mais Rory s'était redressé trop vite. Le pistolet en main, il la tenait en joue, l'air mauvais.

— Espèce de traînée. Tu m'as frappé. Tu vas le regretter !

Il secoua rapidement la tête et se tourna vers le coffre-fort. Sans le quitter des yeux, Faith recula, centimètre par centimètre. Rory n'avait remarqué qu'une chose : la porte du coffre-fort était ouverte.

— Ha ! aboya-t-il.

Il lui jeta un regard rapide, fourra le pistolet dans sa ceinture et plongea ses deux mains dans le coffre.

— Où il est, Faith ? hurla-t-il. Où est le fric ? Dis-le-moi, et je te laisserai partir.

Elle chercha des yeux un objet qui pourrait lui servir d'arme. Rory était trop occupé à fouiller le coffre-fort pour faire attention à elle et, au moins pour les quelques minutes à venir, il n'avait plus son arme à la main.

— Je le range derrière les papiers, répondit-elle.

Mais c'était un mensonge. L'argent se trouvait dans une

enveloppe de papier kraft marron, au milieu des archives que Rory était en train de faire tomber par terre.

Avec quoi allait-elle pouvoir le frapper ? La cave ne renfermait que des caisses et des cartons…

Mais oui, des caisses ! Des caisses en bois que Valerio ouvrait avec un pied-de-biche qu'il rangeait quelque part dans la cave. Où était ce pied-de-biche ? Elle plissa les yeux et le vit, posé sur une caisse vide, tout près d'elle. Elle jeta un regard vers Rory et s'en saisit vivement.

Rory avait renoncé à fouiller dans les piles de papiers et s'apprêtait à regarder dans l'enveloppe. Il y plongea la main et en sortit une liasse de billets. Avec un cri de triomphe, il s'empressa de glisser l'argent dans ses poches.

Le cœur de Faith battait avec tant de force qu'elle avait l'impression qu'il allait exploser. Elle empoigna fermement le pied-de-biche et s'accroupit pour avancer tout doucement vers Rory.

Une fois l'argent dans ses poches, Rory avait repris son pistolet. Des deux mains, Faith leva la lourde barre d'acier au-dessus de sa tête.

Rory sentit aussitôt sa présence et fit volte-face. Elle abattit alors le pied-de-biche de toutes ses forces devant elle, mais il recula d'un pas et elle le rata. Emportée par son élan, elle trébucha et tomba contre le mur.

Rory haletait, mais il parvint à rire.

— Eh bien, Faith… Agresser son fiancé à coups de pied-de-biche marque généralement la fin de la relation. On dirait que tu n'es plus amoureuse de moi. Et ce n'est pas trop tôt.

Il pointa de nouveau le pistolet vers elle. Faith le fixait, abasourdie. Comment avait-elle jamais pu penser que cet homme l'aimait ?

— Tu vas me tirer dessus ? demanda-t-elle d'une

voix tremblante. Je suis la mère de ton enfant. Kaleigh a besoin de moi.

Des larmes ruisselaient sur son visage, mais ce n'était pas sur lui qu'elle pleurait ; il ne le méritait pas. Elle pleurait pour son enfant.

— Arrête un peu, Faith. Je ne vais pas te tirer dessus.

Il partit d'un rire sec et précisa :

— Pas à moins que j'y sois obligé. J'ai besoin de toi pour m'aider à partir. Et maintenant, lève-toi.

Elle ne savait pas quoi faire. Elle ne pouvait pas partir avec lui. Mais que ferait-il si elle refusait ? Est-ce qu'il lui tirerait dessus ?

Un bruit retentit alors au-dessus d'eux. Rory l'entendit lui aussi et jeta un regard vers l'escalier avant de se tourner de nouveau vers elle.

— Debout ! gronda-t-il.

Elle ne bougea pas. Pourvu que ce soit Matt !

Rory fit passer le pistolet dans sa main gauche, la saisit par le bras et essaya en vain de la forcer à se lever.

— Bon sang, dépêche-toi ! hurla-t-il.

Au même instant, un coup de feu résonna au-dessus de la tête de Faith, qui poussa un hurlement.

Rory sursauta, se retourna et tira en direction du haut des marches. Faith entendit l'affreux craquement du bois qui volait en éclats et sentit son cœur se déchirer.

— Ne bouge plus, Stockett.

En reconnaissant la voix de Matt, elle laissa échapper un sanglot de soulagement. Mais Rory la tira de nouveau par le bras et s'accroupit derrière elle.

— Je vais la tuer ! hurla-t-il. Laisse-moi partir d'ici. Laisse-moi partir, et elle sera à toi !

— Tu n'iras nulle part, Stockett. Pose ce pistolet et lâche Faith.

— Non ! Il faut que je file d'ici. Il faut que je me cache. Ils vont me tuer !

— C'est moi qui vais te tuer si tu ne poses pas ton arme.

La voix de Matt, calme et posée, offrait un contraste saisissant avec les hurlements paniqués de Rory.

— Ecoute-moi, Faith, poursuivit Matt. Je vais allumer une lampe torche très puissante. Quand je le ferai, je veux que tu te baisses. Fais-toi aussi petite que possible et protège-toi la tête. D'accord ?

— La ferme, Soarez ! hurla Rory. Arrête de lui parler. Je te jure que je vais la tuer !

— Non, tu ne la tueras pas.

La voix de Matt était si calme et pleine d'assurance que Faith s'autorisa à espérer qu'il avait raison.

— D'accord, dit-elle d'une voix qui se brisa.

Aussitôt, la lumière jaillit et elle se plaqua au sol.

Rory poussa un cri de fureur et se rua en avant en la poussant hors de son chemin. Il voulut brandir son arme, mais un coup de feu retentit avant qu'il en ait eu le temps. Son cri de rage se transforma en glapissement de douleur, et le pistolet tomba au sol avec un bruit sourd.

Soudain, le monde que connaissait Faith vira au chaos. Des gens apparurent de partout, envahissant sa cave.

D'un bond, Matt descendit les dernières marches. Il s'empara de Rory, qui criait toujours en serrant sa main ensanglantée contre son torse.

Faith sentit quelqu'un la prendre par les épaules et l'aider à se relever. Puis on la conduisit jusqu'aux marches et elle gravit l'escalier pour regagner la salle de restaurant.

Quand elle émergea de l'escalier, elle vit que la personne qui lui avait apporté son aide était l'adjoint Appleton. L'avait-il escortée tout au long de l'escalier, ou seulement rejointe en haut des marches ? Elle ne pouvait plus réfléchir. Le fracas des coups de feu résonnait encore dans sa tête.

Elle voulut le remercier, mais en fut incapable. Quand elle ouvrit la bouche, elle fondit en larmes.

15

Tandis que le shérif Hale emmenait Rory Stockett après lui avoir passé les menottes, Matt se fraya un chemin à travers la foule de badauds pour gagner l'ambulance où Faith était en train d'être examinée.

Il grimaçait de douleur à chaque fois qu'il posait le pied droit par terre. Il s'était reçu sans douceur sur sa mauvaise jambe quand il avait bondi en bas des marches. Dès qu'il en aurait le temps, il faudrait qu'il applique de la glace sur son genou.

Mais, pour le moment, il s'inquiétait pour Faith. Elle avait déjà traversé beaucoup de moments difficiles, et voilà qu'elle avait été retenue en otage par le père de son bébé, qui avait pointé une arme sur sa tête et mis sa vie en danger.

Matt se sentait accablé sous le poids de l'échec. Il aurait dû être là pour veiller sur elle. Le shérif Hale aurait pu aller seul à Amarillo interroger le suspect.

Il s'approcha de l'ambulance en boitillant. La foule s'écarta devant lui et il aperçut Faith, assise à l'arrière du véhicule, Kaleigh dans les bras. Dans les éclats rouges du gyrophare, ses cheveux blonds scintillaient comme des fils d'or. L'image qu'elle offrait, ainsi assise avec son bébé, ressemblait à une peinture délicate, teintée de rose, d'une mère et son enfant.

Gloria était allongée sur un brancard, à l'intérieur de l'ambulance, et répétait à qui voulait l'entendre qu'elle n'était pas invalide et qu'elle n'avait pas besoin d'aller à l'hôpital. Un secouriste à l'air las essayait de lui mettre une perfusion dans le bras.

— Salut, dit Matt dès qu'il fut assez près.

Faith leva les yeux sans répondre avant de les reposer sur Kaleigh.

— Hé, Faith, reprit-il. Qu'ont dit les secouristes ?

Elle eut un petit haussement d'épaules et caressa le front de Kaleigh du bout des doigts.

Matt fronça les sourcils. Qu'avait-elle donc ? Etait-elle blessée ? Ou Kaleigh ? Il regarda autour de lui et vit un second secouriste, un stéthoscope passé autour du cou, en grande conversation avec l'adjoint Appleton.

Il s'approcha des deux hommes et Appleton le présenta au secouriste, qui s'appelait Ed.

— Qu'est-ce qui ne va pas chez Faith ? demanda-t-il sans préambule. Elle est blessée ? Et le bébé ?

Ed leva les mains, paumes en avant.

— Oh ! lança-t-il dans un petit rire. Une minute. Faith, la jeune mère blonde ? Elle va bien. Elle a eu peur, elle est peut-être un peu en état de choc, mais c'est tout. Je lui ai donné un sédatif léger pour qu'elle puisse se détendre et dormir cette nuit.

— Elle n'a pas été blessée ?

— Elle va avoir du mal à se servir de sa main droite pendant un moment, répondit Ed. Apparemment, le type a marché dessus. Mais sinon elle n'a rien.

Le secouriste s'épongea le visage et reprit :

— Le bébé va bien aussi. Gloria, la femme plus âgée, a un traumatisme crânien assez sévère. Nous l'emmenons à l'hôpital pour la mettre en observation.

— Je peux donc ramener Faith et le bébé dans leur appartement ? Elle est libre de s'en aller ?

La question s'adressait autant à l'adjoint Appleton qu'au secouriste. Les deux hommes acquiescèrent, et Appleton précisa :

— Je lui ai posé quelques questions, mais nous pouvons attendre avant de la soumettre à un interrogatoire officiel. Demain, par exemple.

Matt hocha la tête et serra les mains des deux hommes. Ensuite, il retourna vers l'ambulance.

— Faith, dit-il en s'accroupissant devant elle. Je vais t'emmener en haut pour que Kaleigh et toi puissiez vous reposer. D'accord ?

Elle hocha la tête et se leva.

— Est-ce que tu veux que je la prenne ? demanda-t-il en se levant, lui aussi.

— Non, répondit-elle vivement en secouant la tête. Je la porte.

Quand ils arrivèrent aux marches, Matt passa un bras autour de la taille de Faith. Elle se crispa aussitôt. Quelque chose en lui se tordit de douleur. Est-ce qu'elle avait peur de lui ? Que s'était-il passé dans cette cave pour qu'elle soit sur ses gardes au moindre contact ?

Une fois sur le palier, Matt prit sa clé et ouvrit la porte. Ensuite, il s'effaça pour laisser Faith rentrer la première.

Elle passa la porte et se retourna.

— Merci, dit-elle d'une voix sans timbre.

— Laisse-moi t'aider à mettre Kaleigh au lit, suggéra-t-il avec un petit sourire.

Il avança d'un pas.

— Non, s'il te plaît, dit-elle plus fort. Laisse-moi seule.

Elle referma la porte de l'épaule. Il resta planté là pendant quelques secondes, abasourdi, avant de se frotter les yeux et de se passer une main sur le visage. Pendant un moment, il envisagea de frapper et d'exiger de savoir ce qui n'allait pas.

Mais il n'en fit rien. Ce soir, Faith semblait fragile, au bord de l'effondrement, même. Apparemment, elle était traumatisée par l'épreuve qu'elle venait de traverser. Elle avait besoin de se reposer et de guérir.

Il descendit l'escalier en remarquant que son cœur le faisait plus souffrir que son genou.

Pendant les deux jours qui suivirent, les journées de Matt ne furent qu'une succession de réunions et d'interrogatoires. Bart Bellows insistait pour avoir un compte rendu détaillé de l'incident avec Rory Stockett et exigeait, ainsi que le shérif Hale, qu'il assiste à chacun des interrogatoires auquel Stockett était soumis. La police d'Amarillo l'interrogea minutieusement. Quant à Lila Lockhart, elle le fit venir à Austin en avion afin qu'il la mette personnellement au courant de tout ce qui s'était passé.

Matt n'avait plus une minute à lui. Le samedi après-midi, entre deux réunions, il trouva quand même le temps de passer voir Gloria à l'hôpital. Il la trouva debout et prête à partir.

— Ils ont fini par me relâcher, annonça-t-elle. Et il était temps. Il faut que je m'occupe de mes chats et j'ai un travail qui m'attend.

— Je suis heureux que vous alliez bien, Gloria, dit Matt. Vous avez été tellement courageuse d'éloigner Kaleigh du café comme vous l'avez fait, avec un traumatisme crânien.

Gloria rosit.

— Eh bien, répondit-elle d'une voix étranglée, j'aime Faith et Kaleigh comme si elles étaient de ma famille.

Je ne sais pas ce que j'aurais fait s'il leur était arrivé quelque chose.

— Vous avez vu Faith ? Depuis l'autre soir, je veux dire ?

— Elle est passée me voir, oui.

Gloria secoua la tête et ajouta :

— Pauvre petite. Elle se reproche tout ce qui est arrivé.

— C'est ridicule, répondit Matt.

— Je le sais et vous le savez, mais elle doit encore le comprendre par elle-même. Elle a besoin de temps.

Gloria marqua une pause avant de reprendre :

— En parlant de temps, quand avez-vous l'intention de lui dire — et de nous dire à tous — qui vous êtes exactement ?

Matt sentit son visage s'empourprer.

— A qui avez-vous parlé ? demanda-t-il.

— Hum. Au shérif, au maire, au gars de la fourrière... Tout le monde ici sait que vous travaillez pour Bart Bellows, mais que vous n'êtes pas ouvrier du bâtiment.

— Est-ce que Faith le sait ?

— Le contraire m'étonnerait.

— Je sais que j'ai fait une erreur, Gloria. Pensez-vous qu'elle pourra me pardonner de lui avoir menti ?

Gloria le dévisagea attentivement avant de lâcher :

— Que je sois damnée. Vous êtes fou d'elle, pas vrai ? J'ai bien vu qu'elle vous attirait, et n'importe qui peut voir que vous adorez ce bébé, mais... c'est sérieux, pas vrai ?

Matt hocha tristement la tête.

— Je veux l'épouser, Gloria. Je veux veiller sur elle et Kaleigh. Je ne sais pas trop comment je pourrais vivre sans elles désormais. Mais j'ai peur qu'elle pense que je suis pire que Stockett.

A sa grande consternation, Gloria ne le contredit pas. Elle se borna à répondre :

— Espérons que, quand elle se sera reposée et qu'elle pourra de nouveau réfléchir, elle saura faire la différence entre une bourse en soie et une oreille de truie.

Matt, qui avait espéré que Gloria pourrait lui dire comment s'y prendre avec Faith, quitta l'hôpital aussi frustré que lorsqu'il était arrivé.

Il faillit passer au café, mais il était attendu au quartier général de Corps Security and Investigation une heure plus tard. Il devait prendre part à une discussion au sujet des dernières menaces reçues par le gouverneur Lila Lockhart. Quand il reverrait enfin Faith, il voulait avoir tout le temps de lui parler.

Parce qu'il aurait besoin de beaucoup de temps pour la convaincre que Kaleigh et elle devaient passer le reste de leur vie à ses côtés.

Faith berçait Kaleigh tout en fredonnant une berceuse. La douce odeur de talc de sa fille flottait autour d'elle. Le clair de lune passait par la fenêtre de la chambre et dessinait des motifs pâles sur le plancher. Elle se sentait plus comblée qu'elle l'avait jamais été dans sa vie. Elle appuya la tête contre le dossier du rocking-chair et continua à fredonner.

De temps à autre, une pensée essayait d'interrompre la mélodie, mais Faith la rejetait. Elle voulait vivre pleinement cet instant où elle tenait son bébé contre son sein. Elle était vivante et en bonne santé, Kaleigh allait bien. Rien d'autre n'importait.

Quand la pensée chercha de nouveau à s'imposer, elle fredonna plus fort et chanta les quelques paroles dont elle se souvenait. Elle allait bientôt devoir retourner à sa vraie vie, celle où elle commençait à travailler avant le lever du soleil pour ne terminer que tard le soir, celle où, en plus de faire tourner son café et de payer ses factures, elle devrait s'occuper de son bébé.

Bientôt, elle allait devoir affronter seule la fatigue de chacune de ces longues journées. Le visage de Matt surgit dans son esprit — son sourire timide, sa façon de froncer les sourcils quand il s'inquiétait pour elle, le contact de ses lèvres sur les siennes. Si elle affrontait la réalité, elle devrait aussi affronter la perspective d'une vie sans lui.

Et c'était une perspective qu'elle ne pouvait pas supporter d'envisager, pour le moment du moins.

Elle baissa les yeux vers Kaleigh et toucha sa joue. Pour l'instant, plus rien n'existait sinon sa fille et elle. Pendant un instant encore, elle pouvait repousser la réalité en fredonnant une berceuse.

L'avant du café était plongé dans l'obscurité, mais il y avait de la lumière à l'étage. Donc, Faith était encore debout. A l'origine, Matt avait pensé attendre le lendemain — on serait lundi, le seul jour de la semaine où le café était fermé. Il serait bien plus logique d'aller la voir dans la matinée.

Mais après avoir passé la soirée à nettoyer l'appartement, à boucler ses quelques valises et à les charger dans son pick-up, il s'était rendu compte qu'il n'avait plus rien à faire. Deux choix s'offraient à lui : rester assis dans un appartement vide, ou se rendre jusque chez sa mère, à Amarillo.

Mais… il pouvait aussi aller voir Faith. Et c'était ainsi qu'il s'était retrouvé là, devant le café, les yeux levés vers sa fenêtre, avec une question en tête : avait-elle seulement envie de le voir ?

Il descendit du pick-up et s'approcha du café. Par la porte vitrée, il voyait Valerio en cuisine. Il frappa doucement à la vitre et ce dernier passa la tête par la porte de la cuisine, l'air furieux. Mais son visage s'éclaira dès qu'il le vit.

— Matteo ! Rentre ! lança le cuisinier.

Matt chercha sur son porte-clés la clé que lui avait donnée Faith et rentra. Valerio vint à sa rencontre.

— Matteo ! Je finissais juste de tout ranger. Je suis heureux de te voir. Tout va bien ?

— Ouais. La semaine a été difficile, mais nous... enfin, la police a suffisamment de preuves contre Stockett pour l'envoyer derrière les barreaux pour un moment.

— C'est une très bonne chose pour Faith.

Matt acquiesça et se tourna vers l'escalier.

— Comment va-t-elle ?

— Elle a été très calme, et a passé tout son temps avec le petit bébé.

— Si je monte, est-ce que tu crois que je la dérangerai ?

Valerio secoua la tête.

— Va savoir ce qu'une femme peut vouloir. Tu sais que Gloria a été vexée que je n'aille pas la voir à l'hôpital ? Il n'y avait plus que moi pour ouvrir le café ! Elle n'a pas compris que j'avais trop à faire ?

Matt sourit à Valerio.

— Tu devrais peut-être lui poser la question.

Valerio dénoua son tablier et l'accrocha à la patère, près de la porte de la cuisine.

— Et toi, tu devrais peut-être faire de même avec Faith, dit-il. Je rentre chez moi. Demain, j'emmène les garçons à Amarillo. Ils seront debout à l'aube et impatients de partir. Bonne nuit, Matteo.

— Bonne nuit, Valerio.

Matt ferma à clé derrière Valerio avant de gravir les escaliers. La porte de l'appartement de Faith était ouverte. Il l'entendait fredonner une berceuse de sa voix claire.

Il suivit la douce mélodie et la trouva dans la chambre du

bébé. Elle avait installé le rocking-chair face à la fenêtre, de sorte qu'elle lui apparaissait de profil.

A sa vue, Matt fut gagné par un intense sentiment d'amour et de désir. Faith penchait la tête vers sa fille et chantait pour elle. Jamais il n'avait vu plus beau spectacle.

Pendant un long moment, il resta simplement là, et se laissa emplir par la sérénité de ce tableau. En sentant des larmes lui brûler les paupières, il se rendit compte qu'il était en présence de ce qu'il avait désiré toute sa vie durant. Il ne savait pas si Faith pourrait un jour lui pardonner ses mensonges et ses supercheries, mais si elle en était incapable, du moins aurait-il connu la joie de l'aimer pendant un moment.

Faith avait fini par sentir sa présence. La mélodie s'arrêta soudain et elle tourna la tête. Il se figea et attendit sa réaction. Il ne voulait surtout pas l'effrayer.

Elle le regarda pendant un moment, avant de poser Kaleigh contre son épaule d'un geste calme et naturel.

Matt approcha prudemment, comme il se serait approché d'un chaton effrayé.

— Rentre, Matt, dit Faith.

— Salut, répondit-il.

Il alla jusqu'à elle et caressa le front de Kaleigh. Les fins cheveux soyeux effleurèrent le bout de ses doigts.

Il approcha un fauteuil du rocking-chair et s'assit.

— Comment vas-tu ? demanda-t-il doucement.

Faith se borna à hocher la tête et Matt prit une grande inspiration.

— Je te dois des excuses, Faith. J'avais une mission à remplir et pour cela, je devais faire semblant d'être arrivé en ville par hasard pour trouver un boulot. Je n'ai jamais voulu te mentir.

— Ce n'est pas grave, Matt, répondit-elle.

Mais sa voix était trop calme. Presque distante.

— Je veux que tu comprennes pourquoi je ne pouvais pas te dire la vérité, insista-t-il. Je travaille pour Bart Bellows. Et je ne suis pas un ouvrier en construction. Il m'a engagé en qualité d'expert en surveillance et m'a envoyé à Freedom pour garder un œil sur les personnes qui pouvaient vouloir du mal à Lila Lockhart. Je ne pouvais pas en parler — ni à toi ni à personne. Seul le shérif Hale savait qui j'étais en réalité.

Il secoua la tête et répéta :

— Je ne voulais pas te mentir.

— Je sais, dit-elle de la même voix calme.

— Faith, écoute-moi. C'est important. Je veux que tu apprennes à me connaître. Je veux que tu rencontres ma mère et mes sœurs. Faith, je veux que tu…

— Matt, interrompit-elle en levant une main. Ce n'est pas grave, je t'assure. Je comprends. Tu avais un travail à faire et tu l'as fait. Kaleigh et moi allons très bien. Tu n'as plus à t'inquiéter pour nous.

Matt se leva brusquement et commença à arpenter la pièce. Il lui fallut prendre sur lui pour continuer à parler d'une voix basse et égale.

— Donne-moi le bébé, dit-il. Je veux te parler.

— Je peux la tenir pendant que tu parles, répondit-elle. Elle est en train de s'endormir.

— Mais je veux la tenir… si tu me fais confiance.

Faith haussa les sourcils et croisa son regard. Après quelques secondes, elle acquiesça.

— Bien sûr que je te fais confiance.

Il se pencha et prit Kaleigh contre son épaule. Son parfum emplit son cœur de tant d'amour qu'il crut qu'il allait exploser. Il cala le bébé dans le creux de son coude gauche et lui caressa le ventre jusqu'à ce qu'elle ferme les yeux et entrouvre les lèvres. Pendant un moment, il fut incapable de la quitter du regard. Ensuite, il retourna vers le rocking-chair et tendit la main.

Faith la prit et le laissa l'aider à se lever. Elle semblait un peu effrayée. Comme elle ouvrait la bouche, il posa deux doigts sur ses lèvres.

— Non, chuchota-t-il. Ne dis rien. Laisse-moi parler d'abord.

Il l'attira plus près de lui jusqu'à ce que le bébé soit blotti entre eux deux.

— Je veux que vous m'épousiez, Kaleigh et toi.

Faith pâlit et ouvrit de nouveau la bouche, puis la referma. Elle pinça les lèvres un instant avant de dire :

— Matt, je…

— Chut. J'ai d'excellentes références. J'ai un travail stable et bien payé. J'aime les bébés, et j'ai récemment appris beaucoup sur la façon de faire tourner un restaurant.

Il leva un quatrième doigt et ajouta :

— Et je suis livré avec cinq baby-sitters.

— Cinq baby…, commença Faith.

— Ma mère et mes quatre sœurs. Estella et Inez seront prises par leurs études pendant un moment, mais elles pourront quand même garder Kaleigh le week-end.

— Je ne comprends pas…

Il posa de nouveau un doigt sur ses lèvres.

— Ne réponds pas tout de suite. Je sais que c'est un peu rapide, et je comprends que tu puisses être furieuse contre moi en ce moment ; mais je suis prêt à attendre.

Il faillit s'étrangler sur le dernier mot. Sa gorge se nouait — de peur ? d'amour ? Sans doute les deux. Son cœur cognait si fort qu'il était surpris qu'il ne jaillisse pas de sa poitrine. Il retint son souffle et attendit qu'elle réponde.

Faith secoua la tête, et il fut gagné par le désespoir. Mais ensuite, lentement, son visage s'éclaira et ce fut avec un petit rire qu'elle répondit :

— Très bien. Tu m'as convaincue avec tes cinq baby-sitters.

Matt la fixa en se demandant s'il avait bien entendu.

— Quoi ? Vraiment ? Tu veux dire que tu es d'accord ? Tu vas m'épouser ?

Maintenant, le sourire de Faith contenait un soupçon de malice.

— Quelle femme saine d'esprit refuserait cinq baby-sitters ? Mais j'ai une exigence.

Matt était incapable d'effacer le sourire de son visage, même si cette fameuse exigence l'emplissait d'une légère appréhension.

— Laquelle ? demanda-t-il. Tout ce que tu veux.

Les yeux de Faith étincelaient.

— Je pense que nous devrions nous assurer que nous sommes compatibles.

Il fronça les sourcils.

— Compatibles ?

Elle se hissa sur la pointe des pieds et se pencha par-dessus Kaleigh pour l'embrasser. Le bébé gargouilla et commença à s'agiter.

— Si tu la mettais dans son berceau ? chuchota-t-elle à son oreille.

Un frisson le traversa.

— D'accord.

Il alla poser Kaleigh et lui caressa le ventre jusqu'à ce qu'elle se rendorme.

Faith le regarda faire d'un air attendri.

Quand il revint devant elle, il semblait perplexe.

— Tu penses que nous ne sommes pas compatibles ?

Elle passa les bras autour de son cou et lui mordilla l'oreille.

— Eh bien… il ne faudrait surtout pas qu'on se marie avant de découvrir qu'on est mal assortis.

Le regard de Matt s'adoucit.

— Quelque chose me dit que cela n'arrivera pas.

— Mais quand même…, dit-elle dans un sourire.

— Mais Faith… Cela ne fait qu'une semaine ; sept jours. Est-ce que… tu peux ?

Elle le réduisit au silence en laissant glisser ses mains sur son torse et son ventre, pour les poser sur le bouton de son pantalon.

— C'est un peu tôt pour moi, mais j'ai lu des articles sur…

Ses joues s'empourprèrent.

— Sur certaines choses que nous pouvons faire, acheva-t-elle.

— Des ch… choses ?

— Il y en a beaucoup, du moment que nous prenons notre temps, murmura-t-elle.

Elle déboutonna son jean et sourit en sentant la preuve du désir qu'elle lui inspirait.

— Prendre notre temps, marmonna-t-il.

Il glissa les mains sous son chemisier et lui caressa les seins, lui arrachant un gémissement de plaisir. Ses tétons durcirent aussitôt. Elle le prit par la main et l'entraîna vers le lit.

— Je t'aime tant, chuchota-t-il.

— Je t'aime aussi, répondit-elle.

Ses lèvres effleurèrent les siennes tandis qu'il commençait à la caresser, doucement, intimement.

— Tu es déjà excitée, dit-il.

Faith partit d'un petit rire.

— Sans doute parce que tu m'as promis cinq baby-sitters, chuchota-t-elle.

Retrouvez prochainement,
dans votre collection

BLACK ROSE

Troublants faux-semblants, de Maggie Wells - N°717

DÉFENSEURS DE LA JUSTICE – 2/3

Un parc animalier dédié aux reptiles, des adolescentes qui disparaissent dans les parages… Pour Lori Cabrera, adjointe du shérif du comté de Masters, les activités du propriétaire de cet étrange zoo sont suspectes. Quant à son avocat, Simon Wingate, elle s'interroge à son sujet : comment ce séduisant et brillant juriste, installé récemment dans la région, a-t-il pu accepter de se lier à un client aussi peu fréquentable ?

Un refuge dans la montagne, de Nicole Helm

Muette de stupeur, Sabrina écoute les reproches injustifiés que lui assène Connor, le secouriste aux allures d'ours mal léché avec qui elle a tenté d'arrêter un criminel. Certes, l'homme leur a échappé, mais le moment est mal choisi pour une dispute. D'autant que le fuyard a disparu dans la montagne et qu'une terrible tempête s'annonce à l'horizon…

Le secret d'Alyssa, de Barb Han - N°718

Abasourdi, Blake fixe Alyssa, son ex-femme, qui vient de frapper à sa porte. Troublé par son état de confusion, stupéfait de la découvrir enceinte, il la fait entrer et écoute son récit. Un récit entrecoupé de pleurs dans lequel elle lui révèle qu'elle vient d'échapper à des criminels, qu'elle a totalement perdu la mémoire et qu'elle a trouvé refuge chez lui car, selon elle, c'est là qu'elle habite…

Un étranger à sa porte, de Julie Miller

« Allez-vous-en », murmure Ava d'une voix angoissée. Puis elle jette un coup d'œil à l'extérieur et constate que ses craintes étaient fondées : l'inconnu qui vient de lui demander refuge s'est évanoui. Tremblante, elle l'observe et remarque qu'il est beau, très beau… et qu'il est blessé. Consternée, elle se rend alors à l'évidence, elle va devoir appeler les secours et sortir de la retraite solitaire où elle avait enfin trouvé la paix…

HARLEQUIN BLACK ROSE

Retrouvez prochainement,
dans votre collection

BLACK ROSE

Le miroir de la peur, de Marie Ferrarella - N°719

La gorge nouée, Sam examine le corps de la femme qui vient d'être assassinée. *Sa future femme.* Certes, il ne l'aimait pas et c'est par devoir qu'il s'apprêtait à l'épouser, mais de là à souhaiter sa mort... Et brusquement Zoe, la sœur de la victime, lui montre une marque sur le front de cette dernière. Une signature semblable à celle d'un tueur d'une autre époque : le père de Sam, en prison depuis des années...

Une fillette à protéger, de Julie Anne Lindsey

Allison et Bonnie Hill... Derek répète pour lui-même les noms des deux personnes qu'il va devoir protéger. Allison, la jeune maman, si jolie, si touchante, et qui vient bien malgré elle d'être témoin d'un meurtre. Et Bonnie, son adorable fillette, qu'elle élève seule et qui, depuis quelques heures, est devenue, elle aussi, la cible d'une bande de dangereux criminels...

La colline des secrets, de B.J. Daniels - N°720

Alors que McCall vient d'être nommée adjointe du shérif de Whitehorse, la dépouille de son père est retrouvée dans les collines. Une découverte qui la pousse à reprendre l'enquête. Mais, bientôt, elle est victime d'une série d'agressions. Ne sachant plus vers qui se tourner, elle reçoit une aide inattendue : celle de Luke Crawford, son amour de jeunesse, de retour après dix ans d'absence...

Les faux fiancés, de Debra Webb et Regan Black

Pour réhabiliter la mémoire de son père, injustement accusé de trahison, Frankie se lance dans une enquête risquée. Une quête de la vérité qui la mène bientôt à Chicago. Là, une de ses amies lui présente un enquêteur, Aidan Abbot, et lui conseille, pour endormir la méfiance de ceux qu'elle soupçonne, de le présenter comme son fiancé...

HARLEQUIN BLACK ROSE

Retrouvez prochainement,
dans votre collection

BLACK ROSE

Pour la vie d'un enfant, d'Angi Morgan - N°721

Jane a bien du mal à retenir ses larmes. Ainsi, Steve Woods, avec qui elle a rompu quatre ans plus tôt, a été chargé de l'affaire à laquelle elle est mêlée. Elle lui révèle alors comment, pour la contraindre à kidnapper un petit garçon, héritier d'une riche famille, une bande de criminels a pris en otage Rory, son propre fils, ce petit garçon qui, bien qu'il l'ignore, est le fils de Steve...

La mémoire révélée, de Rita Herron

Une à une, les révélations s'abattent sur Rose. D'abord elle se rend compte avec horreur que son fiancé a été payé pour la tuer, puis elle apprend qu'elle a été adoptée lorsqu'elle était enfant et que ses vrais parents ont été assassinés... Protégée par Maddox McCullen, le séduisant shérif de la ville, elle fouille son passé malgré le danger...

HARLEQUIN BLACK ROSE

SAGAS

SECRETS. HÉRITAGE. PASSION.

Villa luxueuse en Grèce,
palais somptueux en Italie,
manoir mystérieux en Louisiane, chalet
enneigé en Alaska…
Voyagez aux quatre coins du monde et
vivez des histoires d'amour
à rebondissements grâce aux intégrales
de votre collection Sagas.

4 sagas à découvrir tous les deux mois.

DIVERTIR • INSPIRER • ÉMOUVOIR

HARLEQ
www.harleq

RESTEZ CONNECTÉ AVEC HARLEQUIN

Harlequin vous offre un large choix de littérature sentimentale !

Sélectionnez votre style parmi toutes les idées de lecture proposées !

www.harlequin.fr

- **Découvrez** toutes nos actualités, exclusivités, promotions, parutions à venir…
- **Partagez** vos avis sur vos dernières lectures…
- **Lisez** gratuitement en ligne
- **Retrouvez** vos abonnements, vos romans dédicacés, vos livres et vos ebooks en précommande…

L'application Harlequin

- Des **ebooks gratuits** inclus dans l'application
- **50 nouveautés tous les mois** et + de 7 000 ebooks en téléchargement
- Des **petits prix** toute l'année
- Une **facilité de lecture** en un clic hors connexion
- Et plein d'autres avantages…

Téléchargez notre application gratuitement

Télécharger dans l'App Store

DISPONIBLE SUR Google Play

SUIVEZ-NOUS !

facebook.com/HarlequinFrance
twitter.com/harlequinfrance

VOTRE COLLECTION PRÉFÉRÉE DIRECTEMENT CHEZ VOUS

Vous souhaitez découvrir nos collections ? Une fois votre colis de bienvenue reçu si vous souhaitez continuer à recevoir nos livres, cela se fera automatiquement. Vous n'avez aucune obligation d'achat et cette offre est sans engagement de durée

Dans votre 1er colis, 2 livres au prix d'un + 1 cadeau

☛ COCHEZ la collection choisie et renvoyez cette page au
Service Lectrices Harlequin – CS 20008 – 59718 Lille Cedex 9 – France

Collections	Prix 1er colis	Réf.	Prix abonnement (frais de port compris)
❑ AZUR	4,75€	AZ1406	6 livres par mois 31,49€
❑ BLANCHE	7,30€	BL1603	3 livres par mois 24,85€
❑ HISTORIQUES	7,30€	LH1202	2 livres par mois 17,49€
❑ PASSIONS	7,80€	PS0903	3 livres par mois 26,49€
❑ BLACK ROSE	7,90€	BR0013	3 livres par mois 26,79€
❑ HARMONY*	5,99€	HA0513	3 livres par mois 20,76€
❑ NORA ROBERTS*	8,90€	NR2403	3 livres tous les 2 mois, prix variable**
❑ SAGAS*	7,99€	SG2303	3 livres tous les 2 mois 29,46€
❑ VICTORIA	7,80€	VI2115	5 livres tous les 2 mois 42,09€
❑ GENTLEMEN*	7,50€	GT2022	2 livres tous les 2 mois 17,95€
❑ HORS-SÉRIE*	7,70€	HS2812	2 livres tous les 2 mois 18,45€

*livres réédités / **entre 28,79€ et 31,39€ suivant le prix des livres

F22PDFM

N° d'abonnée Harlequin (si vous en avez un) ______________

Mme ❑ Mlle ❑ Nom : ______________

Prénom : ______________ Adresse : ______________

____

Code Postal : ______ Ville : ______________

Pays : ______________ Tél. : ______________

E-mail : ______________

Date de naissance : ______________

Date limite : 31 décembre 2022. Vous recevrez votre colis environ 20 jours après réception de ce bon. Offre soumise à acceptation et réservée aux personnes majeures, résidant en France métropolitaine, dans la limite des stocks disponibles. Prix susceptibles de modification en cours d'année. Vous pouvez demander à accéder à vos données personnelles, à les rectifier ou à les effacer. Il vous suffit de nous écrire en nous indiquant vos nom, prénom et adresse à : Service Lectrices Harlequin CS 20008 59718 LILLE Cedex 9. Service Lectrices disponible du lundi au vendredi de 9h à 17h : 01 45 82 47 47.

Harlequin® est une marque déposée du groupe HarperCollins France – 83/85, Bd Vincent Auriol – 75646 Paris cedex 13. SA au capital de 1 149 680€ – R.C. Paris. Siret 31867159100069/APE5811Z.